ISA

L'ÎLE DES EXCLUS

TOME 1

De la même autrice aux éditions Charleston :

Isa (tome 2) – L'Île de l'ermite, 2019

Retrouvez l'autrice sur son site : www.sergine.com et sur sa page Facebook.

Présente édition :

10, place des Cinq-Martyrs-du-Lycée-Buffon
75015 Paris – France
www.editionscharleston.fr

ISBN : 978-2-36812-627-1
Maquette : Patrick Leleux PAO

Pour suivre notre actualité, rejoignez-nous sur Facebook (Editions.Charleston), sur Twitter (@LillyCharleston) et sur Instagram (@LillyCharleston) !

Charleston s'engage pour une fabrication éco-responsable ! Amoureux des livres, nous sommes soucieux de l'impact de notre passion et choisissons nos imprimeurs avec la plus grande attention pour que nos ouvrages soient imprimés sur du papier issu de forêts gérées durablement.

Sergine Desjardins

ISA

L'ÎLE DES EXCLUS

TOME 1

Roman

CHARLESTON
POCHE

À tous les exclus et à ceux qui leur tendent la main.

« La société ne serait adéquatement protégée de la contagion qu'en isolant les lépreux. C'était l'unique but du lazaret de l'île Sheldrake. Il devait d'abord rendre service à la société en servant de dépotoir à des phénomènes médicaux plutôt qu'aux lépreux eux-mêmes. Peu de citoyens montrèrent quelque empressement que ce soit dans l'encouragement d'une recherche médicale et scientifique qui aurait pu alléger les souffrances des lépreux. Le système de ségrégation en vigueur à l'île Sheldrake résista même aux abus que des enquêtes périodiques découvraient. On croyait généralement que la saleté, l'incurie et le délabrement ne mettaient pas en cause l'esprit de charité communautaire puisqu'il s'agissait de conditions propres à une colonie impure de lépreux. »

Laurie C.C. Stanley, Impur ! Impur !
La lèpre au Nouveau-Brunswick de 1844 à 1880.

« Ce qu'il y avait de plus pénible pour ces pauvres infortunés, c'était l'ennui, le cruel ennui, doublé de l'humiliation publique qui semblait leur être infligée, du moment qu'on les avait séparés de la société, de leurs parents et de leurs semblables. Aujourd'hui encore, l'ennui et la honte de passer pour des lépreux sont des souffrances morales qui torturent plus cruellement les ladres de Tracadie que toutes les incommodités ou douleurs physiques qu'ils endurent. »

Ph. F. Bourgeois,
Vie de l'abbé François-Xavier Lafrance.

L'île Sheldrake est située dans la Miramichi au Nouveau-Brunswick (Canada), en face des villages d'Oak Point et de Bartibog Bridge. Les îles évoquent souvent l'enchantement et la beauté. Mais pour les lépreux qui furent séquestrés sur l'île Sheldrake de 1844 à 1849, elle ne fut guère autre chose qu'une prison maritime. Ceux qui survécurent à cette séquestration furent ensuite transférés à la léproserie de Tracadie, à une soixantaine de kilomètres de l'île.

En 1873, la découverte du bacille de la lèpre, le *Mycobacterium leprae*, constitua le premier jalon pour le traitement des malades. On doit cette découverte au médecin bactériologiste et dermatologue norvégien Gerhard Henrik Armauer Hansen (1841-1912). Cette bactérie fut l'une des premières dont le rôle pathogène a été identifié. Jusqu'à présent, les recherches tendent à démontrer que l'humain ainsi que les singes d'Afrique et les tatous d'Amérique seraient porteurs de cette bactérie.

En 1935, Daniel Bovet de l'Institut Pasteur a isolé le sulfone du dapsone. Ce composé chimique a permis de s'attaquer efficacement à cette maladie.

Les progrès de la science et de la médecine ont fait en sorte qu'aujourd'hui, une personne atteinte de la lèpre n'a plus à subir, si elle est soignée à temps, les terribles conséquences de cette maladie. Ce n'est qu'en 1954 que la lèpre a été considérée comme un problème de santé publique. À partir de cette année-là, une structure de prise en charge des malades a été développée.

La léproserie de Tracadie ferma ses portes en 1965.

« Qu'en aurait-il été de moi ce jour-là, me suis-je parfois demandé, s'il ne s'était subitement trouvé quelqu'un, comme en tant d'autres fois où j'en eus le plus grand besoin, pour me porter secours ? »
Gabrielle Roy, La Détresse et l'enchantement.

« Il savait que cette peine vivrait désormais toujours quelque part dans son cœur.
Il avait atteint l'âge où l'on sait que certaines choses nous accompagnent jusqu'au bout. »
Michel Jean, Le Vent en parle encore.

PROLOGUE

Printemps 1909, baie de Rimouski.

Les centaines d'oies des neiges qui se balançaient sur la mer houleuse et sombre s'envolèrent soudain en lançant des cris qu'un vent furieux emporta loin de toute oreille humaine. Comme si elles ne formaient qu'un seul corps, elles mirent le cap sur l'île Saint-Barnabé, tout près, à peine à quelques coups d'ailes.

Dans sa petite maison de l'île, si proche de l'eau que, du balcon, on avait parfois l'illusion d'être sur un bateau voguant sur une mer étale, Isabelle tendit l'oreille et regarda par la fenêtre. Un frisson la parcourut. L'arrivée des oies était toujours une fête.

Le temps était à l'orage. Le ciel était si bas que les arbres géants semblaient percer les nuages. Qu'importe ! Isabelle s'habilla à la hâte et sortit, aussi excitée que la première fois où elle avait vu des oies blanches. Pourtant, vivant sur l'île une partie de l'année, elle avait souvent eu l'occasion de les observer. Portées par les vagues, ou par le vent, ou encore par leur instinct, elles venaient se reposer sur le rivage, à quelques encablures de chez elle.

Isabelle savait déjouer leur vigilance. Encore agile malgré son âge avancé, elle s'approcha à pas de loup et se cacha derrière le foin de mer. Elle y resta longtemps, immobile. Elle ne se lassait pas de les observer et de les écouter cacarder. Sans doute les aimait-elle autant parce qu'elles incarnaient des leçons qu'elle-même avait, à peine sortie de l'enfance, apprises de bien cruelle façon. Solidaires, loyales, toujours unies dans un même effort, aucune oie ne parasitait les autres. Pour s'en convaincre, il suffisait de les voir, en plein vol, prendre à tour de rôle la place astreignante du gouvernail. Cette même solidarité, à moins que ce ne soit de l'amour, les poussait aussi à ne jamais abandonner l'une d'elles, dans le cas où celle-ci ne pourrait plus voler à cause d'une blessure, de la maladie, ou de la vieillesse. Pendant longtemps, Isabelle avait côtoyé des personnes qui ne pouvaient se vanter d'en faire autant.

Soudain, la pluie tomba drue. Isabelle courut jusqu'à sa maison, alluma le foyer et prit le livre à la couverture mordorée qui traînait sur sa table. C'était le seul livre qu'elle avait écrit. Certes, la rédaction de ses mémoires avait réveillé de douloureux souvenirs. Elle n'en était pas moins fière de l'avoir menée à terme. Les lettres qu'elle recevait de ses lecteurs lui confirmaient qu'elle avait fait œuvre utile : elle était la preuve vivante que l'on peut se relever des pires épreuves. Ceux qui avaient lu l'histoire de sa vie lui répétaient la célèbre formule du philosophe Nietzsche : « Tout ce qui ne tue pas rend plus fort. » Elle acquiesçait du bout des lèvres.

Elle savait que c'était à moitié vrai : l'accumulation de blessures peut tout aussi bien fragiliser. Elle croyait plutôt que les rencontres et les liens que l'on crée sont déterminants dans une vie. Pendant l'épreuve et après en être sortie, elle avait eu la chance d'être entourée de personnes aimantes. Et d'animaux aussi : elle ne sous-estimait pas l'influence qu'ils avaient eue dans sa vie. Progressivement, elle avait appréhendé la vie joyeusement et avec plus de légèreté. Elle avait aussi la conviction que la souffrance, si elle peut rendre amer et barricader les cœurs, humanise la plupart des gens. Elle pensait comme l'écrivain Nathaniel Hawthorne ; elle venait de terminer la lecture de son magnifique ouvrage, *La Lettre écarlate,* et elle avait noté ce passage qui reflétait ses propres pensées : « Il manquait à la petite fille ce qui manque toute leur vie à bien des grandes personnes : un chagrin qui la toucherait profondément et ainsi l'humaniserait, la rendrait capable de sympathie. »

Isabelle alla s'asseoir à son bureau, prit sa plume et écrivit à la journaliste qui lui avait fait une requête :

Oui, ma chère dame, vous pouvez me citer dans votre article. Je vous demande seulement de ne pas révéler mon nom de famille. Comme vous le savez, j'ai signé mon livre Isa à Gus. *Je ne l'ai pas fait seulement parce que c'est la coutume au pays de mon enfance, mais surtout parce qu'avoir vécu parmi les lépreux a entaché mon nom d'infamie. Je ne veux pas que mes enfants et mes petits-enfants portent le poids écrasant de cette honte. De toute façon, comme l'a écrit Shakespeare, « Qu'y a-t-il dans un nom ? Ce que nous appelons rose, par n'importe quel autre nom, sentirait aussi bon. »*

Avant de ranger le livre qu'elle avait écrit, elle l'ouvrit et relut son avant-propos :

Je sème la terreur, la laideur, la mort, la discorde, la honte, la détresse, l'exclusion.

Je frappe indifféremment le riche ou le pauvre, le vieillard ou l'enfant, l'homme ou la femme.

Je défigure, mutile, isole, exacerbe la libido et blesse.

Je transforme les gens au point où une mère ne reconnaît plus son enfant, une femme, son époux, un homme, sa fiancée.

Je me moque des médecins qui me confondent avec la syphilis, la peste ou certaines maladies de la peau.

Je me ris des grands de ce monde, même du roi Louis XIV qui, jadis, a envoyé ce qu'il croyait être le dernier groupe de lépreux à l'hôpital Saint-Mesmin, près d'Orléans.

Imprévisible, je disparais et réapparais quand bon me semble.

On m'appelle la maladie de Hansen ou l'éléphantiasis des Grecs.

On pourrait tout aussi bien m'appeler douleur, honte, souffrance, désarroi et désespoir.

Je suis la lèpre.

Tracadie, 14 avril 1844.

La maison de Charlotte et Gus était la plus belle du village. De style victorien, ses multiples fenêtres s'ouvraient sur la baie de Tracadie où les dunes de sable étaient une caresse pour les pieds. Bien que la maison soit imposante, ceux qui y habitaient étaient si joyeux qu'on s'y sentait parfaitement à l'aise. On y respirait la joie de vivre et le bonheur. Le père François Lagardière s'y arrêtait chaque jour. Il y venait si souvent qu'il ne sentait plus le besoin de toquer à la porte avant d'entrer. Cela irritait Charlotte, mais elle s'en accommodait. D'autant plus qu'elle imputait son indélicatesse au fait qu'il avait souvent les mains chargées.

Les Tracadiens étaient habitués à voir leur curé, parcourant les villages alentour, le plus souvent à pied, emportant avec lui une petite boîte de bois en forme de chapelle, contenant tout ce qu'il lui fallait pour célébrer la messe chez les malades : une pierre d'autel, un calice et divers ornements sacrés.

Peu après son arrivée à Tracadie, il n'avait pas tardé à se lier d'amitié avec Gus. Avec lui, il se sentait en pays connu. Gus était né à Kamouraska, un village où le père François avait passé une partie de sa vie.

Ils s'étaient découvert d'autres points communs. Avant d'épouser Charlotte, Gus avait été capitaine de bateau, comme l'aïeul du père François, un officier de l'armée britannique. Les deux hommes parlaient souvent de la mer et des grands navires. Au début, le curé ne discutait pratiquement qu'avec Gus, mais il avait ensuite découvert en Charlotte une excellente musicienne et une femme dont l'intelligence ne cessait de l'étonner, lui qui, comme beaucoup d'hommes de ce temps-là, estimait que les femmes en étaient dépourvues. Charlotte lui avait confié que si elle avait été un homme, elle serait devenue médecin.

Cet intérêt pour la médecine les avait beaucoup rapprochés : avant d'étudier la théologie, François avait exercé cette profession. Il racontait cependant que l'épidémie de choléra qui avait sévi à Montréal lui avait ouvert les yeux sur sa véritable vocation. Lorsqu'il se dévouait nuit et jour auprès des malades, impuissant à leur apporter d'autres secours que la prière, il avait décidé de se faire prêtre. Mais à Saint-Jean, au Nouveau-Brunswick, où il avait eu sa première cure avant de venir à Tracadie, il avait vite constaté que ses ouailles le consultaient plus souvent en espérant qu'ils règlent leurs ennuis de santé plutôt que les maux de leurs âmes. Le père François ne s'en formalisait pas trop. D'autant plus que plusieurs malades croyaient que ses prières avaient aussi un rôle à jouer dans leur guérison.

Des lépreux vivaient à l'écart des villages du Nouveau-Brunswick depuis une cinquantaine d'années. Pourtant, le père François n'avait entendu parler d'eux que plusieurs mois après son arrivée dans ce coin de pays. Il avait observé la même chose lors de l'épidémie de choléra : au début de la contagion, on faisait comme si elle n'existait pas. On essayait de ne pas la voir, comme si, en l'ignorant, on se prémunissait du danger. D'autant plus qu'on racontait que ceux qui attrapaient le choléra étaient des peureux. Et des gourmands aussi. On mangeait donc peu, allant jusqu'à jeûner des jours entiers, devenant du même coup plus faibles et vulnérables.

Le père François était le seul qui voulait soigner les lépreux. Les autres étaient terrifiés par les effets horribles de cette maladie. Lui, se sentait protégé : Dieu était à ses côtés. Il était son armure.

La première fois qu'il avait parcouru à cheval les villages de Tabusintac et Néguac, il avait vu des commissaires des pauvres qui déposaient de la nourriture et du bois à quelques pieds des huttes des lépreux. Ils criaient « Nous sommes passés » et s'éloignaient aussitôt. Le père François, lui, ne craignait pas de s'approcher des malades. Dès qu'il pénétrait dans les huttes, une forte odeur le prenait à la gorge. Une odeur qui lui donnait la nausée. Il savait qu'il ne pouvait pas seulement en imputer la cause à la saleté des lieux : la lèpre, comme bien d'autres maladies, a une odeur. Mais celle de la lèpre est indescriptible : rance et répugnante, comparable à aucune autre. Une odeur qui s'incruste. Une odeur indélogeable.

Le père François savait mieux que quiconque faire des pansements avec délicatesse, mais il ne trouvait pas toujours les mots qui auraient pu un tant soit peu consoler ces personnes si durement frappées par le destin. Il pansait en silence leurs plaies ouvertes où grouillaient parfois des vers. Il priait Dieu afin que rien ne transparaisse dans son visage des émotions qui l'assaillaient : il ne pouvait s'empêcher d'éprouver une certaine répulsion devant ces êtres défigurés ou mutilés par la maladie.

***

— Je vais à Pokemouche. Je me suis arrêté en passant. J'ai toute une nouvelle à t'apprendre ! dit-il à Charlotte qu'il venait de trouver à la cuisine.

— Bonjour François, répondit-elle en refermant vite sa blouse. Elle la déboutonnait parce qu'il faisait chaud auprès du poêle, mais aussi, et peut-être même surtout, parce qu'elle titillait les sens de son mari quand il la trouvait ainsi, la poitrine à moitié dénudée. Adéline, la servante, entra sur ces entrefaites et salua cérémonieusement le père François en faisant une petite révérence.

— Assieds-toi, dit Charlotte.

Leur amitié était telle qu'elle avait cessé de l'appeler « Monsieur le curé » et de le vouvoyer. Bien sûr, cela choquait quelques esprits chagrins, mais Charlotte n'accordait guère d'importance aux commérages et aux convenances.

— Merci bien, répondit le prêtre en déposant ses effets sur la table.

— Un bon thé chaud te fera du bien, indiqua Charlotte en regardant sa servante.

— Je le sers tu'suite, badame.

Charlotte ne put réprimer un sourire. Elle avait si souvent repris Adéline :

— Madame, Adéline. Pas Badame.

Rien n'y faisait.

— Oui, c'est frisquet ce matin, dit François en ébouriffant les cheveux de Juliette.

La fillette interrompit sa lecture et lui sourit. Habituellement, le père François ne s'intéressait guère aux enfants, mais avec Juliette, c'était différent. Elle avait réussi à l'impressionner dès l'âge de quatre ans parce qu'elle savait déjà lire, écrire et compter. Le fait qu'elle ressemble comme deux gouttes d'eau à Charlotte n'était sans doute pas étranger à l'intérêt qu'il lui portait.

Le père François s'assit à la table auprès de Juliette pendant qu'Adéline et Charlotte y déposaient de quoi le sustenter. Il regarda avec appétit l'assiette remplie de biscuits à l'avoine, ses préférés. Adéline versa le thé fumant dans les tasses de porcelaine et Charlotte vint s'asseoir auprès de son ami. Elle se doutait bien qu'il allait lui parler de la lèpre. Depuis deux mois, un comité, composé du père François ainsi que des docteurs Key, Tolverdy, Skene et Gordon, enquêtait sur cette terrible maladie qui frappait le nord du Nouveau-Brunswick depuis cinquante ans.

Mais François ne semblait pas pressé de parler. En engouffrant plusieurs biscuits, il feuilleta un moment le livre de Juliette. Charlotte savait qu'il évaluait s'il s'agissait d'un « bon livre » : de ceux qui n'offensent pas la morale.

— Comme tu le sais, dit-il enfin en remettant l'ouvrage à Juliette, le docteur Alexander Key est allé en Europe afin d'étudier les symptômes de la lèpre qu'il appelle « la lèpre noire » ou « l'éléphantiasis des Grecs ». Il a trouvé en Norvège des cas identiques à ceux qu'on trouve ici. Il nous a convaincus de la nécessité d'ouvrir une léproserie afin d'éviter que cette maladie ne se propage. Hier, l'Assemblée législative a voté une loi. Celle-ci autorise que soit versée la somme de mille livres sterling et qu'une commission de santé soit créée afin d'administrer la léproserie. Je ferai partie de cette Commission, ou de ce Bureau de santé, comme on l'appelle aussi.

— Enfin, on va s'occuper de ces pauvres lépreux laissés à eux-mêmes ! s'exclama Charlotte. Mais je ne peux m'empêcher de penser que l'Assemblée législative a enfin bougé parce qu'un riche commerçant de Tracadie a fait des pressions pour qu'on s'occupe d'eux.

— Je sais de qui tu parles. Inutile de le nommer, répondit François. C'est vrai qu'il a usé de son pouvoir. Avant que son neveu n'attrape la lèpre, il n'a pas levé le petit doigt.

— Je ne peux pas croire qu'il t'ait laissé te démener aussi longtemps sans rien faire.

Charlotte savait bien que le père François était le seul qui osait se dévouer auprès des lépreux. Touchée elle aussi par leur sort et sincèrement désireuse de leur apporter de l'aide, elle avait d'abord tenté de le convaincre de la laisser l'accompagner :

— Je pourrais nettoyer leur hutte, laver leurs vêtements, avait-elle dit.

— Tu n'y penses pas, tu pourrais l'attraper et contaminer ta famille, avait-il répondu, subitement en colère.

Sa vive réaction avait surpris Charlotte. Certes, elle n'ignorait pas que son ami avait parfois si méchant caractère que personne n'aurait osé lui reprocher quoi que ce soit, mais la violence de sa réaction l'avait déconcertée. Lui-même en avait paru gêné. Il devait bien s'avouer qu'il ne pouvait supporter l'idée qu'un si beau visage que celui de Charlotte subisse les ravages de la lèpre. Il avait chassé cette pensée et lui avait dit qu'il ne serait vraiment pas convenable qu'une femme parte seule pendant des jours avec son curé. Même si, au fond de lui-même, il rêvait d'une telle intimité… Charlotte, qui se moquait des convenances et qui ignorait la nature des sentiments du prêtre, avait encore argumenté :

— Le docteur Key a dit que cette maladie est sans doute contagieuse, mais que seuls les plus vulnérables l'attrapent, et moi, je suis en très bonne santé, je n'ai même jamais eu un rhume.

Le père François n'avait rien voulu entendre. Il n'osait nommer ce qu'il éprouvait pour elle, mais il savait une chose : il voulait la protéger. Il n'était pas question qu'elle prenne le risque, si minime soit-il, d'être contaminée. Il avait trouvé un argument de poids :

— Tu dois protéger tes filles.

Charlotte s'était laissé convaincre : pourquoi risquer de gâcher son bonheur ? Elle s'estimait chanceuse d'avoir trois belles filles en santé : Fanny, quinze ans ; Isabelle, treize, et Juliette, onze.

Elle s'était donc contentée de donner nourriture et vêtements aux lépreux. Elle était finalement heureuse que le curé lui ait interdit de l'accompagner. Elle était de plus en plus effrayée par les ravages que cette maladie causait. Rien que durant le mois de mars, sept personnes y avaient succombé. Charlotte les connaissait toutes.

Le plat de biscuits était déjà vide. Le père François passa les mains sur sa soutane afin de la débarrasser des miettes qui s'y étaient accumulées et prit une gorgée de thé. Charlotte se leva et se dirigea vers le salon. Elle revint avec le *New Brunswick Courier* :

— On parle de toi et du Comité dans ce journal, lui dit-elle en le lui tendant.

Impatient de savoir si le journaliste avait bien rapporté les propos des membres du comité, François s'en saisit aussitôt. Devinant l'intérêt d'Adéline qui s'était approchée et la sachant illettrée, il lut à voix haute :

Les docteurs Key, Skene, Tolverdy et Gordon, ainsi que le Révérend Père François Lagardière ont quitté Chatham au matin, jeudi dernier, afin de mener une enquête sur la nature, l'origine et l'étendue de la maladie effrayante qui sévit actuellement à Néguac, Tracadie et Tabusintac. À la suite de leur enquête, ils ont rapporté qu'à leur avis, elle n'avait aucune affinité avec la scrofule…

— C'est quoi la scrofule ? l'interrompit Adéline en rougissant, soudain consciente de son impolitesse.

— C'est une inflammation des ganglions lymphatiques ou des os. Anciennement, on l'appelait aussi la maladie des écrouelles, répondit Juliette qui, comme sa mère, se passionnait pour la médecine.

François lui sourit. Cette enfant ne cessait de l'étonner et suscitait son admiration. Elle était certainement d'une intelligence très au-dessus de la moyenne. Et sa mémoire était phénoménale. Il continua sa lecture, non sans avoir d'abord lancé un regard irrité à la servante :

... et que l'idée commune qui veut que le pauvre régime alimentaire des colons français et leurs habitudes répugnantes en fussent la cause est inexacte puisqu'ils ont trouvé cette maladie dans les résidences les plus propres et chez les familles les plus respectables[1]

— Bon, je suis bien content, dit le père François en déposant le journal. Les Anglais vont arrêter de dire que les Français sont tous des malpropres et des vicieux.

— Oui, avec des commentaires comme ça, pas étonnant que les lépreux se cachent quand ils sont malades, commenta Charlotte. Personne n'aime être traité en ces termes.

François jeta un regard à l'horloge et dit :

— Je dois te quitter, j'ai un malade à visiter. Il veut les secours de la religion avant de rencontrer Dieu qu'il a trop souvent oublié au cours de sa vie. Mais mieux vaut tard que jamais.

Il sourit de nouveau à Juliette et la dévisagea un moment : « Je n'ai jamais vu une si belle enfant », se dit-il pour la énième fois.

Charlotte se leva et le reconduisit jusqu'à la galerie. Elle le regarda s'éloigner d'un pas allègre.

---

1. *New Brunswick Courier,* 13 avril 1844. Sauf le nom du père Lagardière (en réalité le père François Lafrance), la citation est identique.

On devinait, à sa démarche, que tout se déroulait comme il le voulait. Quand quelque chose contrecarrait ses plans, ses pieds martelaient violemment le sol. Ces jours-là, il ne saluait personne. Ou s'il avait le malheur de leur parler, c'était pour leur reprocher quelque chose qu'il avait sur le cœur. Ou bien pour les rabrouer. Les Tracadiens racontaient que leur curé était « colérique et prompt comme de la poudre ». Charlotte sourit en pensant à la façon dont il avait répliqué à un fermier qui, par un glacial matin de janvier, lui avait demandé tout bonnement où il allait. « Je vais aux fraises et à la chasse aux papillons », avait brusquement répondu le père François en mettant ses raquettes.

Je veux garder le souvenir de ma mère quand le soir elle venait se coucher auprès de moi et me racontait des histoires ou quand nous jouions du piano à quatre mains. Je veux garder le souvenir de ma mère quand elle rayonnait de bonheur parce que ceux qu'elle aimait étaient heureux. Isa à Gus

Tracadie, 16 avril 1844.

Près d'une fenêtre entrouverte, Charlotte, la joue appuyée sur la tête de Juliette, la berçait doucement en écoutant le ressac des vagues qui se brisaient sur les rochers. La fillette dormait depuis au moins une dizaine de minutes, mais Charlotte aimait prolonger ces moments durant lesquels elle sentait le corps de sa benjamine qui s'abandonnait avec confiance contre le sien. Le temps de l'enfance passe si vite. Bientôt, ces moments-là lui manqueraient. Juliette était d'ailleurs la seule de ses filles à se laisser bercer aussi longtemps. Fanny et Isabelle se moquaient d'elle : « bébé la la ! » Charlotte huma le parfum des cheveux de sa fille et admira la forme parfaite de ses oreilles, , ses longs cils recourbés. Comme pour ses deux autres enfants, elle aurait voulu la protéger à jamais de toute peine et de tout malheur.

Elle regarda Isabelle et s'amusa de la voir si concentrée. La jeune fille, qui avait placé tout son matériel à dessin sur la petite table, essayait de reproduire la tête de Mage, son cheval. D'où elle était assise, elle pouvait le voir courir dans son enclos en hennissant. Une bouffée d'amour la traversa comme chaque fois qu'elle posait les yeux sur lui. Elle l'aimait tant. Quand elle le chevauchait, elle sentait monter en elle le sentiment exaltant d'être la sœur du vent, libre et indomptable.

— Je n'arrive pas à dessiner son nez dans le bon angle, dit-elle en soupirant d'exaspération. Fanny, elle, ferait ça les yeux fermés.

— Sois patiente, l'encouragea Charlotte. Tu te souviens à quel point tu trouvais difficile d'apprendre le piano et le violon. Maintenant, tu es si douée que j'en suis jalouse.

Charlotte ne mentait pas. Il suffisait qu'Isabelle entende une ou deux fois une musique pour être capable de la jouer. Mais le talent en dessin de son aînée était si exceptionnel qu'elle comprenait qu'il était décourageant pour Isabelle de se comparer à Fanny.

— Oui, mais j'aimerais bien être aussi bonne que Fanny, répondit Isabelle en effaçant une partie de son dessin.

Charlotte hocha la tête. Elle doutait qu'aucune autre de ses filles ne soit aussi douée que Fanny.

Le bruissement des feuilles que le vent anima soudain se mêla aux bruits des vagues. Gus, que ni Charlotte ni Isabelle n'avaient entendu arriver, resta un moment dans l'embrasure de la porte à les regarder. Il s'estimait heureux d'avoir une si belle famille. Charlotte, se sentant observée, tourna la tête vers lui :

— Gus, je ne t'attendais pas aujourd'hui, dit-elle en souriant.

Quelques semaines plus tôt, Gus, heureux que le printemps hâtif ait dégagé le golfe de ses glaces, avait pris la mer et mis le cap sur Québec afin de livrer les violons et violoncelles qu'il fabriquait. Chaque printemps et chaque automne, il était ravi de voguer, comme dans son jeune temps. Il était d'autant plus heureux qu'il rendait aussi service aux gens de son village qui lui confiaient leurs produits destinés à la vente : les robes de la couturière, les confitures des femmes de cultivateurs et les peintures d'un Tracadien qui, jadis, gagnait sa vie en étant professeur itinérant. C'est lui qui avait appris le dessin à Fanny.

Quand, à Québec, Gus débarquait de son navire, il avait l'air d'un marchand de bric-à-brac.

Gus se pencha pour embrasser sa femme et s'assit en face d'Isabelle. Charlotte l'observait du coin de l'œil. Habituellement d'humeur joyeuse, elle se demandait ce qui, ce jour-là, creusait une ride d'inquiétude sur le front de son mari. Elle le connaissait suffisamment pour savoir que quelque chose de grave se passait. Il n'était pas du genre à se tourmenter et à se plaindre pour rien. Sachant qu'il ne parlait jamais de ses problèmes devant ses enfants, elle profita du fait que Juliette venait de se réveiller pour trouver un moyen infaillible d'éloigner ses deux filles : « Le gâteau qu'Adéline a fait doit être cuit maintenant », dit-elle.

Isabelle et Juliette, de nature gourmande, se levèrent aussitôt pour se précipiter à la cuisine. Isabelle était contente d'avoir un prétexte pour abandonner son dessin qu'elle estimait raté. Charlotte se leva de la berceuse et invita Gus à venir s'asseoir avec elle sur le canapé.

— Que se passe-t-il mon beau loup de mer ? lui demanda-t-elle en glissant doucement sa main dans son cou.

Il frissonna et ferma les yeux un moment avant de placer son bras autour des épaules de sa femme.

— On ne m'a pas autorisé à descendre la marchandise de mon bateau. J'ai dû argumenter pour qu'on me permette de débarquer avec Fanny afin d'aller la conduire chez ma sœur.

Fanny, leur fille aînée, devait étudier chez les Ursulines de Québec dès l'automne suivant. Elle avait manifesté le désir de passer l'été avec sa tante Marjorie qui l'hébergerait durant l'année scolaire. Au début, Gus n'avait pas été enthousiaste à cette idée. Qualifiant souvent sa sœur d'excentrique, il croyait qu'elle pourrait avoir une mauvaise influence sur Fanny. Marjorie n'avait jamais voulu se marier et vivait dans une maison divisée en plusieurs logements avec d'autres femmes qui, comme elle, vantaient les joies du célibat. Gus avait alors décrété que sa fille serait mise en pension chez les Ursulines. Mais Fanny, qui était aussi indépendante d'esprit que sa tante, avait protesté violemment : « Pas question de vivre cloîtrée dans un couvent. »

Charlotte avait plaidé en sa faveur. Elle avait beaucoup d'admiration pour sa belle-sœur qui menait une vie libre et indépendante malgré toutes les pressions sociales exercées sur elle afin de la ramener à la place désignée aux bourgeoises : à la maison ou au couvent. Charlotte estimait que la grande détermination de Marjorie était un bel exemple pour sa fille. Désirant devenir peintre, Marjorie était restée sourde aux arguments de tous ceux qui avaient cherché à la décourager de s'engager dans cette voie.

N'écoutant que son désir, elle était allée, seule, à Paris, afin d'étudier cet art. Quand elle était revenue au Canada, elle avait décidé de vivre à Québec où elle réussissait à gagner sa vie. Ce qui était exceptionnel. Surtout pour une femme. Charlotte avait argumenté en disant à Gus que le tempérament de Fanny s'accordait mal avec la vie de pensionnaire. Fanny était exubérante. Pétillante. Elle trouvait du bonheur là où les autres ne voient que routine et ne cessait de s'exclamer à tout propos devant la beauté du monde. Véritable moulin à paroles, elle ne supporterait pas les longues heures de silence imposées au couvent.

Mais ce n'étaient ni sa sœur, ni sa fille, qui inquiétaient Gus ce jour-là :

— Je suis revenu avec tout ce que j'avais emmené ! répéta-t-il en regardant Charlotte d'un air las. Le maire de Québec recommande une prudence extrême. On a voulu m'imposer la quarantaine. C'est le cas de tous les navires provenant des provinces maritimes. Les gens de Québec croient que tous les hôpitaux du Nouveau-Brunswick sont remplis de lépreux.

— Les lépreux et les épileptiques ne sont pas admis dans les hôpitaux. Ils ne savent pas ça ?

— Ça m'a tout l'air que non. Tu sais comment la rumeur peut amplifier les faits. Ils croient aussi que des dizaines de lépreux meurent chaque jour au Nouveau-Brunswick. De toute façon, même si j'avais pu décharger mon bateau, plus personne ne veut des produits qui viennent d'ici. Ils ont ben trop peur de la contagion.

Charlotte pensa que le « secret honteux » des Tracadiens était devenu un secret de Polichinelle. Plus encore, la rumeur rendait la situation pire qu'elle ne l'était.

— Tu n'as vraiment rien pu vendre ? demanda-t-elle.

— Non, rien. Je suis revenu avec mes violons, mes violoncelles et tous les produits qu'on m'a confiés. Quand je pense que je devrai les rapporter aux pauvres qui comptaient sur leur vente pour se procurer le nécessaire, ça me rend malade.

Charlotte voulut l'encourager :

— Ne t'en fais pas trop. Le père François m'a appris qu'on ouvrirait bientôt une léproserie. Quand les malades y seront soignés, tout rentrera dans l'ordre. Et puis, notre élevage de chevaux et la vente des instruments de musique nous ont jusqu'ici rapportés pas mal d'argent. On peut tenir le coup un bout de temps.

— Oui, tu as raison, répondit-il en s'efforçant de lui sourire.

Sa femme avait le don de le calmer. Il l'embrassa doucement d'abord et avec plus de passion ensuite. Il mit sa main sur l'un de ses seins et le pétrit doucement. Elle frissonna.

Ils étaient amoureux depuis presque seize ans et le désir qu'ils éprouvaient l'un pour l'autre était encore vif. Charlotte le trouvait aussi beau que le jour où elle l'avait rencontré : très grand, le nez droit, le menton fier, des yeux d'un noir profond pareils aux siens, il avait un charme irrésistible quand il souriait et que deux fossettes creusaient ses joues. « Vous ferez de beaux enfants, vous êtes tous les deux d'une beauté remarquable », avait dit Marjorie quand Charlotte lui avait annoncé qu'elle était enceinte. Serviable, taquin, Gus était à la fois un époux tendre et passionné. Comme tous les hommes qui croisaient Charlotte, il était toujours ébloui par sa beauté et sa grâce.

Même si ce jour-là, il se faisait du mauvais sang, il l'embrassa passionnément. Elle répondait à ses baisers avec la même ardeur et l'entraîna dans leur chambre. Là, elle verrouilla la porte d'une main en le caressant de l'autre. Ils se déshabillèrent avec des gestes impatients. Quand ils furent nus, il la prit et la déposa sur le lit, un peu brusquement, à cause de l'envie pressante qu'il avait d'elle. Avant que les lèvres de Charlotte ne se posent sur son membre durci, ses longs cheveux le caressèrent au passage. Il gémit de plaisir. Elle le rendait fou de désir.

Tout le monde croyait que l'ouverture d'une léproserie était une bonne chose. Si nous avions su !
Mais qui aurait pu imaginer ce qui arriverait ?
Ce fut si inattendu, que je ne trouve pas les mots pour décrire l'ambiance de discorde qui régna alors à Tracadie. Isa à Gus

Tracadie, juin 1844.

Attablé avec les autres membres du Bureau de santé, le père François était rouge de colère. Depuis qu'ils avaient commencé à discuter de l'endroit où établir une léproserie, il avait la nette impression que son opinion ne pesait pas lourd dans la balance. Middle Island, dans la Miramichi, ainsi que Chatham et Néguac avaient été successivement rejetés. Les deux premiers parce qu'ils étaient situés trop près des régions habitées et le dernier parce qu'aucun bâtiment ne convenait pour y établir une léproserie.

Pour ce qui lui sembla être la centième fois, le curé dit, d'une voix qui masquait mal son exaspération :

— Je le répète, c'est à Tracadie qu'il faut construire une léproserie. C'est là qu'il y a le plus de lépreux. Il sera facile de les y conduire.

— *No way !* répondirent en chœur Josephat Lunard, Charles Perry et George Kenneth.

Le père François soupira. Il n'était pas habitué à ce que son autorité soit contestée. Pour se faire obéir au doigt et à l'œil, il n'hésitait pas à utiliser les grands moyens. Il avait même parfois honte de la façon dont, sous le coup de l'impulsivité, il s'était comporté.

Récemment, il avait intimidé une femme afin qu'elle cède une partie de ses terres à l'un de ses protégés. Il était entré chez elle sans même prendre le temps de frapper à la porte et avait dit : « Bonsoir la mère ! Ce soir, j'ai apporté mon fouet, car il me faut vos petites parts de la terre. Comprenez bien ceci, je ne sortirai pas de votre maison avant que vous les ayez vendues, et s'il faut me servir du fouet, je m'en servirai.[1]

Elle avait cédé. Il avait eu honte. Il ne comprenait pas lui-même ces moments où il n'arrivait pas à contrôler cet aspect détestable de sa personnalité. C'était comme s'il était si profondément inscrit en lui qu'il en était indélogeable. Déjà, quand il était enfant, on le qualifiait de petit tyran. Pourtant, il priait souvent Dieu de l'aider à changer. Il priait aussi pour que Charlotte n'apprenne jamais la façon dont il traitait parfois les gens. Il chassa ses pensées et regarda les hommes assis autour de la table, cherchant par quels moyens les faire changer d'avis.

Excepté le médecin et lui-même, les trois autres membres du Bureau de santé étaient des hommes d'affaires anglophones de la Miramichi. Il les connaissait suffisamment pour deviner les motivations de chacun. François se doutait bien qu'avant le bien-être des malades et de leurs familles, Josephat Lunard pensait d'abord à la nuisance que pourrait apporter

---

1. Fait et dialogue réels. Source : *Vie de l'abbé François-Xavier Lafrance*, p. 104

une léproserie située trop près de ses activités commerciales. Les motivations de Perry étaient semblables mais trahissaient aussi un problème plus profond : alors que Lunard aimait l'argent pour tout ce qu'il pouvait lui procurer, autant le pouvoir que les biens matériels, Perry chérissait l'or autant qu'une amante.

Le père François n'avait jamais rencontré homme plus avaricieux. Une grande partie de la population lui devait de l'argent et il pouvait enlever la nourriture de la bouche des pauvres si ceux-ci ne lui remboursaient pas leurs dettes à temps.

Ce matin-là, pendant qu'ils attendaient le docteur Key, qui avait été en retard d'une bonne demiheure, Perry n'avait cessé d'admirer les pièces de monnaie qu'il venait de retirer de ses poches. Ses yeux étaient troubles comme ceux d'un homme torturé par un désir sexuel inassouvi.

Quant à George Kenneth, tout le monde savait qu'il voulait éloigner les lépreux parce qu'il était hypocondriaque. Depuis l'enfance, il avait une peur terrible d'attraper toutes sortes de maladies, la lèpre étant celle qui le terrorisait le plus. Depuis qu'elle avait fait son nid dans sa région, dix fois par jour, il scrutait son corps, anxieux à l'idée d'y découvrir une tache, l'un des signes les plus fréquents à apparaître au début de cette maladie. Quand il croyait en voir une, il tressaillait et, se sentant incapable de regarder lui-même de nouveau, abandonnait son ouvrage et courait demander à sa femme de l'examiner.

— Je crois que le meilleur endroit serait l'île Sheldrake, dit Josephat Lunard.

Cet homme à la stature imposante — il mesurait plus de six pieds et pesait près de trois cents livres — n'avait pas l'habitude d'être contredit. Les Néo-Brunswickois ne sous-estimaient pas le pouvoir de ce politicien qui était aussi l'un des marchands les plus influents et les plus riches de la province. Il avait aussi un côté excentrique qui ne passait pas inaperçu : sa somptueuse résidence était non seulement décorée avec beaucoup de clinquant, mais les paons qui se pavanaient dans son immense jardin attiraient aussi tous les regards. Lui aussi aimait se montrer : telle une princesse de contes pour enfants, il se rendait à l'église en carrosse doré. Il était de surcroît accompagné d'un laquais habillé comme un prince. Ses manières ne l'empêchaient cependant pas de mettre des pistolets dans ses bottes !

Il possédait une scierie, des moulins à vapeur, une briqueterie, plusieurs magasins et dirigeait un chantier de construction.

Il n'était pas question que la lèpre nuise à ses affaires : il fallait isoler les malades au plus vite. Bien qu'il eût souvent maille à partir avec Charles Perry, un de ses principaux concurrents, il tenait à ce que tous les membres du Bureau de santé fassent front commun afin d'isoler le plus loin possible les malades. Manipulateur, il avait su comment jouer sur la peur de la lèpre de l'un et sur l'avarice de l'autre pour les convaincre. Perry s'était chargé de mettre le médecin de leur côté : celui-ci lui devant de l'argent, il lui avait été difficile de s'objecter.

— L'île Sheldrake, c'est où ça ? demanda le père François.

— Vous la connaissez, dit le docteur Key. Les francophones l'appellent joliment l'Île-aux-Becs-Scies.

François acquiesça. Il avait déjà vu cette île en face des villages d'Oak Point et de Bartibog Bridge.

— Regardez, j'ai ici la carte représentant cette île, dit Lunard en la plaçant sur la table de manière à ce que tous la voient.

— Elle a la forme d'une grosse baleine ! s'exclama Kenneth.

Lunard, que ce genre de considérations n'intéressait pas, ajouta :

— C'est une petite île d'environ trente-deux acres. Il y a quelques années, elle a été désignée comme poste de quarantaine. Des victimes du choléra y ont été isolées dans une maison de planches de quarante pieds sur vingt. C'est l'endroit parfait !

— Vous n'y pensez pas ? Envoyer nos malades sur cette île ! Durant les tempêtes, ils y seront complètement isolés. Et puis, elle est située près des régions anglophones. Nos lépreux, qui sont en grande majorité francophones, n'auront pas les services d'un prêtre qui parle leur langue. C'est le salut de leur âme que vous mettez en péril en les envoyant là, tonna le père Lagardière.

— C'est le meilleur endroit. Nous sommes tous d'accord messieurs, n'est-ce pas ? dit Josephat Lunard.

Les autres approuvèrent. Le docteur Key évitait de regarder le père François. Il savait qu'il le décevait en ne se rangeant pas de son côté. Le médecin croyait que la lèpre était contagieuse et qu'il fallait isoler les malades. Une île était l'endroit idéal.

Le curé frappa violemment la table avec son poing et cria, avant de se lever si brusquement qu'il renversa sa chaise :

— Ça ne se passera pas comme ça ! Je vais écrire au gouvernement pour lui faire part de toutes mes objections. Et il y en a beaucoup ! Je vais faire signer une pétition. Vous n'aurez pas gain de cause !

Il sortit de la salle précipitamment, mais pas assez vite cependant pour ne pas entendre, dans son dos, les ricanements des hommes d'affaires :

— La belle Charlotte saura bien lui faire passer sa colère, dit l'un d'eux avec un fort accent.

Excepté le docteur Key, tous s'esclaffèrent.

Ainsi, se dit François, le méchant bruit qui court entourant ma relation avec Charlotte a dépassé les frontières de Tracadie. Il marmonna entre ses dents : « Je ne renoncerai pas à cette amitié qui m'est si précieuse à cause de viles calomnies. Non, je n'y renoncerai pas. » Il savait qu'il aurait dû être plus prudent. Respecter les convenances. Ne pas s'attarder chez Charlotte quand Gus était absent, surtout le soir. Mais il venait souvent chez elle quand le soleil était couché et le ciel sans nuages. Charlotte, qui le considérait comme un frère, étendait des couvertures sur l'herbe et s'y allongeait avec lui et ses filles afin de regarder le ciel. Il leur avait appris le nom de toutes les étoiles.

Passionné d'astronomie, il avait même rédigé un manuscrit de trois cents pages sur le sujet. Isabelle était celle qui aimait le plus guetter le passage des étoiles filantes. Quand elle en voyait une, elle serrait très fort la main de sa mère et faisait un vœu.

La jeune fille en voyait si souvent que Charlotte lui disait, convaincue, qu'elle aurait une belle vie : *Elle me l'a souvent répété. C'est peut-être pour cela que, malgré tout ce que j'ai vécu, je n'ai jamais véritablement perdu espoir,* écrivit-elle des années plus tard.

Le père François avait des qualités que bien des hommes ne possédaient pas. Néanmoins il ressemblait à beaucoup d'entre eux : il disait à ma mère qu'elle ne devrait pas lire autant parce que les livres, même les bons, finissent par donner le goût de lire les mauvais. Il estimait que les femmes ne devaient pas se mêler de politique et de choses publiques. Ma mère enrageait. Isa à Gus

Charlotte aurait aimé être la première des trois cents personnes à signer la pétition orchestrée par le père François, mais celui-ci estimait que seules les signatures des hommes avaient véritablement du poids. Quand il le lui annonça, elle se mordit les lèvres de dépit mais ne dit rien. François alla voir le juge de paix qui cosigna la lettre qu'ils joignirent à la pétition. Dans cette lettre, ils réclamaient la construction d'une léproserie à Tracadie ainsi que de l'argent pour acheter des médicaments. Ils demandaient aussi un salaire pour le surintendant médical qu'ils espéraient engager. Ils expliquaient qu'avec un comité composé de personnes respectables, ce surintendant pourrait décider des admissions. Ces mêmes personnes pourraient évaluer aussi qui, parmi les malades, pourrait être ensuite libéré. Car le père François, contrairement à d'autres, ne croyait pas que la lèpre était une maladie incurable.

Quand ils apprirent que les lépreux pourraient être envoyés sur l'île Sheldrake, des centaines de citoyens protestèrent bruyamment dans les rues.

Durant l'une de leurs assemblées publiques, ils tentèrent de faire comprendre aux autorités que plusieurs lépreux se cacheraient plutôt que d'être isolés sur une île.

— Comprenez-nous. Nous ne voulons pas être séparés de ceux que nous aimons. Et les malades sont terrorisés à l'idée de se retrouver avec plus atteints qu'eux, expliqua une femme dont l'époux en présentait depuis peu les signes.

— En se cachant un peu partout pour éviter d'aller sur l'île, ils propageront la maladie. Vous serez responsables d'une épidémie que vous ne pourrez plus contrôler, ajouta son voisin qui, comme le docteur Key, croyait que la lèpre était contagieuse.

— Ben voyons, y'a pas de danger, rétorquèrent ceux qui n'y croyaient pas.

Tous se mirent soudain à parler en même temps. Un membre du gouvernement frappa sur la table avec son maillet et hurla : « Silence ! »

Quand le tumulte se calma, il écouta les craintes et les objections des Tracadiens. Il les rapporta aux autorités provinciales qui, cependant, ne changèrent rien à leurs plans. Pendant que les personnes les plus concernées par ce mal continuaient de protester à grands bruits, les membres influents du gouvernement, insensibles à leurs arguments, ordonnaient que des ouvriers creusent un puits sur l'île Sheldrake et remettent en état quelques bâtiments délabrés.

C'était le temps de la grande exclusion. On ne voulait plus voir les lépreux. On ne voulait plus entendre les mots maladie, lèpre, maladrerie, léproserie, ladre.
Il fallait assainir les villages. Les purifier des impurs.
Les débarrasser de ces vicieux. De ceux que Dieu a punis.

Isa à Gus

Bien avant qu'on entende la cloche du beffroi, le père François était venu prier Dieu dans la petite chapelle de bois qui, dans la baie de Tracadie, avait résisté à la fureur des vents : « Mon Dieu, aidez-moi à pardonner aux autorités qui n'ont pas écouté un seul de mes arguments. Faites en sorte que mon cœur ne soit pas rempli d'amertume. J'ai tout essayé, mais j'ai échoué. Donnez-moi la force d'accepter avec humilité cette défaite. Calmez ma colère. »

Les membres du Bureau de santé et les hommes politiques les plus influents avaient été sourds à ses requêtes. Il ne pouvait pas les soumettre avec le fouet, eux ! C'est lui qui, pour une rare fois, devait plier l'échine devant l'autorité : les lépreux iraient sur l'île Sheldrake, un point, c'est tout !

Tâchant d'oublier son ressentiment, il pensa à ses ouailles à qui il devait s'adresser quelques minutes plus tard. « Mon Dieu, donnez-moi la force de les convaincre. Donnez-moi la force de prononcer ces mots auxquels je ne crois pas. Je vous en supplie mon Dieu, venez à mon secours. »

Même s'il était opposé à la décision prise par le gouvernement, c'était lui qui avait la tâche ingrate de convaincre les familles tracadiennes de laisser les autorités emmener sur l'île Sheldrake ceux qui étaient atteints de « la maladie ». Il savait que ce ne serait pas facile et qu'il devrait être à la fois éloquent, persuasif et autoritaire pour faire accepter cela. La veille, il avait longuement discuté avec le docteur Key et il avait mémorisé quelques-uns des arguments de ce médecin afin, le cas échéant, de répondre aux questions qu'on lui poserait.

Il continua de prier jusqu'à ce qu'il sente, derrière lui, la présence de ses fidèles. L'église, ce matin-là, fut plus remplie qu'à l'accoutumée. Tous les bancs étaient pleins à craquer. Plusieurs personnes s'entassèrent, debout, dans les moindres espaces libres qu'elles purent trouver. D'autres durent se résoudre à demeurer sur le parvis devant la porte ouverte. Ils se consolaient en se disant qu'ils entendraient leur curé dont la force et la portée de la voix les avaient tous surpris la première fois qu'il avait dit la messe. Plusieurs avaient eu la sagesse d'apporter un parapluie ou une ombrelle afin de se protéger des rayons du soleil. Exceptionnellement à cette époque de l'année, le thermomètre indiquait quatre-vingt-dix degrés Fahrenheit à l'ombre. La majorité d'entre eux n'avait d'ailleurs pas fermé l'œil de la nuit à cause de la chaleur accablante.

— Mes chers amis, commença le père François, cette maladie qui nous frappe depuis plus de cinquante ans et qui semble vouloir s'étendre…

Il regarda Charlotte avant de continuer, car il savait qu'elle n'approuverait pas ce qu'il allait ajouter :

— Cette maladie est… une grâce. C'est une façon de faire pénitence que Dieu envoie à ceux qu'Il juge capables d'endurer des souffrances qui, non seulement sauveront leur âme, mais contribueront à sauver le monde. Cette épreuve envoyée par Dieu est aussi une façon d'éprouver votre foi en Lui.

De-ci de-là, des murmures s'élevèrent. Le père François vit que Charlotte chuchotait quelques mots à l'oreille de son mari. Celui-ci haussa les épaules en signe d'impuissance avant que Charlotte demande d'une voix forte :

— Que sera-t-il fait sur cette île pour sauver leurs corps ?

Prompt à se mettre en colère, le père François sentit la moutarde lui monter au nez. La veille, il avait déjà discuté de cela avec elle. Comment osait-elle le mettre dans l'embarras publiquement ? Susceptible, il ne supportait pas que quiconque conteste son autorité en osant le questionner, même innocemment. Surtout pas Charlotte. Il tenait à son estime.

— Dans cette colonie de lépreux que sera l'île Sheldrake, le maximum sera fait pour les soigner. Ce sera mieux que d'être contraint à se cacher dans les bois, conclut-il en la regardant dans les yeux.

« Je t'ai déjà souvent parlé des effets terribles de leur isolement. L'as-tu déjà oublié ? » se retint-il de lui demander afin d'éviter de nouveaux ragots. Il valait mieux éviter d'en rajouter en discutant avec elle dans l'église.

La rumeur avait grossi en entendant le prêtre prononcer le nom de *Sheldrake.* De banc en banc, on en discutait rondement. Le père François leva la main afin de calmer ses fidèles et d'obtenir leur attention :

— Attendez, laissez-moi vous expliquer, dit-il en s'épongeant le front. Non seulement les malades auront la visite d'un prêtre, mais j'ai souvent discuté, ces derniers temps, avec le docteur Key, un expert en la matière, et il m'a convaincu d'une réelle qualité du soin pour tous. Ils auront du repos, des remèdes et seront correctement nourris. Nous avons de bonnes raisons de croire qu'à un stade pas trop avancé, plusieurs pourront guérir.

— Pourquoi ne vient-il pas les soigner chez nous et pourquoi ne nous a-t-on jamais parlé de tout cela ? demanda le quincailler du village.

— Parce qu'en gardant chez vous vos malades, ils contamineront toute votre famille, a dit le docteur Key. Quant aux solutions proposées, ce médecin a appris cette façon de soigner à la léproserie de Norvège qu'il a visitée récemment.

— Est-ce qu'on pourra aller les voir ? demanda une femme dont les sanglots étranglaient la voix car deux de ses jeunes enfants étaient atteints.

— Oui, oui, bien sûr. Vous pourrez traverser sur l'île, répondit le père François d'une voix qu'il voulait rassurante, même s'il n'y croyait qu'à moitié.

Il savait qu'il faudrait à chacun une permission signée par l'un des membres du Bureau de santé pour mettre le pied sur l'île Sheldrake. Mais cela, il espérait ne pas avoir à leur dire ce jour-là.

Une jeune femme lui posa une autre question embarrassante :

— Qu'est-ce qui arrivera si on refuse d'y envoyer nos malades ?

Le père François regarda encore Charlotte. Il regrettait désormais de lui avoir parlé de la loi que le gouvernement venait de promulguer. Cela aussi, il aurait préféré l'apprendre plus tard aux familles éplorées :

— Une nouvelle loi interdit de cacher des lépreux. Si quelqu'un contrevient à cette loi, il est passible d'une amende.

— S'il n'a pas d'argent ? demanda Charlotte.

— On lui confisquera ses biens.

— Et s'il n'en a pas ? insista Charlotte.

Elle voyait qu'elle l'exaspérait avec ses questions, mais sa compassion pour les malades et leurs proches prévalait sur l'amitié qu'elle éprouvait pour le prêtre.

— On l'enverra en prison, répondit-il d'une voix si sourde que beaucoup ne l'entendirent pas et demandèrent à leurs voisins ce qu'il avait dit.

Ils se questionnaient d'autant plus qu'ils virent plusieurs hommes et femmes se lever et sortir précipitamment de l'église, l'air furieux, jurant de ne plus jamais y remettre les pieds. Pourtant, pendant des années, plusieurs d'entre eux n'avaient pas hésité à marcher pendant des heures chaque semaine afin de venir entendre la messe.

Après ce dimanche-là, plus rien ne fut pareil à Tracadie. La peur, pour ne pas dire la terreur, d'attraper la lèpre suscita les comportements les plus irrationnels. Guérisseurs et charlatans firent des affaires en or. Ils affluèrent au village, affirmant avoir en leur possession des objets censés prémunir contre ce fléau. Même les plus invraisemblables de ces objets trouvèrent preneurs : certains vendeurs ambulants n'eurent aucune difficulté à vendre ce qu'ils disaient être un morceau d'os du Christ !

L'un d'eux réussit à faire croire qu'en Terre sainte, on projetait de faire ciseler une châsse destinée à recevoir un morceau de chair enlevé à l'Enfant-Jésus lors de sa circoncision : « Tous les catholiques qui contribueront à la construction de cette châsse obtiendront les faveurs voulues », affirmait-il avec une feinte conviction. Un autre vendait, au prix fort, une plume dont il assurait avec le plus grand sérieux qu'elle provenait de l'ange Gabriel. En réalité, ces plumes provenaient de pauvres canards qu'il avait déplumés de ses propres mains.

Les charlatans rivalisaient d'imagination. L'un d'eux avait une besace remplie de bouteilles dans lesquelles, disait-il, on avait réussi à enfermer le « Hon » que faisait saint Joseph lorsqu'il fendait du bois. Un « Hon » qui, lorsqu'on l'entendait clairement, avait le pouvoir de guérir. Il réussit à en vendre des dizaines !

Désespéré de voir que ces charlatans détroussaient les familles les plus pauvres, le père François rappela à maintes reprises que le Diable se cachait partout et exhorta ses ouailles à ne se fier qu'aux hommes d'Église et aux médecins. Il recommanda qu'on fasse plutôt des processions religieuses.

Dès lors, on vit souvent dans les rues la statue de Sainte-Anne à qui les Acadiens vouaient une grande dévotion, la qualifiant de grand-mère protectrice. La statue fit plusieurs fois le tour des villages dans une charrette, maintenue debout dans un équilibre précaire, pendant que derrière elle s'agglutinait une foule qui priait et chantait dans une cacophonie innommable. Quand elle passait devant la maison de Gus, Isabelle, qui avait l'oreille musicale, se bouchait les oreilles en prenant un air exaspéré qui faisait rire ses parents. Charlotte, elle, disait que la dévotion à Sainte-Anne était l'une des rares choses que partageaient les Acadiens et les Micmacs.

Le père François avait beau répéter que cette maladie était une grâce, plusieurs n'y croyaient pas ou ne voulaient pas de cette faveur divine. Les moins croyants avaient le sentiment que leur curé n'avait rien d'autre à leur offrir que des platitudes.

Charlotte avait de plus en plus peur pour sa famille. Elle se disait qu'au moins une de ses filles ne risquait pas d'attraper la lèpre. Elle se réjouissait d'avoir tenu tête à Gus en permettant à Fanny d'aller passer l'été chez sa belle-sœur à Québec.

Québec, rue Saint-Louis.

L'une des toiles que Marjorie avait peinte couvrait entièrement l'un des murs de la vaste salle à manger. Fanny ne se lassait pas de la regarder, y trouvant chaque fois de nouveaux détails. La toile semblait si vivante qu'elle donnait l'impression que les chevaux fougueux qui y étaient représentés allaient se mettre à courir dans la pièce. Fanny savait que dessiner un cheval et le peindre est l'une des choses les plus malaisées qui soient.

Non seulement sa tante Marjorie arrivait à le faire avec un grand réalisme, mais surtout, elle avait reproduit la tendresse et la douceur présentes dans l'œil de la plupart des chevaux. Voilà pourquoi la toile était si touchante. Fanny s'estimait chanceuse de vivre avec une artiste. Si cultivée et raffinée ! Certes au début, la façon dont Marjorie s'exprimait, un peu à la française, l'avait déconcertée. Mais elle avait vite compris qu'elle apprendrait beaucoup à son contact.

— Tu l'aimes ? demanda Marjorie qui était entrée dans la pièce sans que Fanny s'en aperçoive.

— Elle est extraordinaire ! Magnifique ! Grandiose ! Il y a du mouvement, de la puissance, une vivacité exceptionnelle, mais surtout, on ressent une émotion en la regardant. Comment as-tu fait ça ?

Fanny tutoyait sa tante. C'est Marjorie qui le lui avait demandé. Être vouvoyée alors qu'elle était à peine plus âgée que sa nièce lui semblait ridicule. Huit ans seulement les séparaient. Deux sœurs, voilà de quoi elles avaient l'air. Leur ressemblance était d'autant plus frappante que leur abondante chevelure rousse était presque identique.

Marjorie sourit. Sa nièce était une personne très entière. Quand elle aimait, elle n'aimait pas à moitié et ne le cachait pas.

— Malheureusement, ce n'est pas véritablement ma création, répondit-elle.

— Ha ! Comme elle n'était pas signée, je croyais que c'était toi qui l'avais peinte.

— Tu ne te trompais pas. Je l'ai peinte, mais je ne l'ai pas véritablement créée. La création, c'est ce qu'il y a de plus difficile. Cette peinture est une copie. J'ai reproduit *Le Marché aux chevaux*[1] de Rosa Bonheur.

— Rosa Bonheur, quel beau nom de famille elle a, cette femme.

— Oui. Un nom prédestiné. Rosa est une grande peintre. C'est elle qui m'a enseigné. Elle m'a donné

1. Je fais volontairement un anachronisme. Cette peinture date de 1853. Rosa Bonheur est un personnage réel.

la permission de copier ses toiles à la condition de ne jamais les vendre, ni de ne jamais les signer.

— Tu l'as rencontrée à Paris ?

— Oui, au Louvre. Quand je suis arrivée à Paris, j'étais bien naïve. Je croyais que j'allais étudier à l'École des Beaux-Arts. Tu comprends, cette ville est souvent décrite comme l'endroit rêvé pour les artistes. Une ville où on a les idées larges. J'en avais déduit que les femmes étaient plus émancipées qu'ici. Je me suis trompée. Les portes de bien des écoles leur sont encore fermées. Impossible pour une femme d'étudier aux Beaux-Arts. Je suis donc allée au Louvre pour copier les œuvres qui s'y trouvent, espérant ainsi percer les secrets des plus grands maîtres. C'était ma façon d'apprendre. Un jour, Rosa y est venue. En passant près de moi, elle a vu mes croquis. Elle m'a abordée. Je lui ai raconté d'où je venais et pourquoi j'étais à Paris. Nous avons déjeuné ensemble et nous nous sommes découvert beaucoup d'affinités, dont l'amour de la nature et des animaux. Nous avons aussi ri en découvrant que nous sommes nées à la même date, le 16 mars. Rosa m'a confié qu'elle envisageait plus tard d'ouvrir une école de peinture pour les filles. « Vous pourriez être mon cobaye d'ici à ce que je mette ce projet à exécution », m'a-t-elle dit. J'étais si heureuse. En fait, ce fut une bonne chose pour moi de n'avoir pas fait les Beaux-Arts. Je sais maintenant qu'à cette école, je n'aurais jamais étudié auprès d'une si grande peintre. Rosa a un talent hors du commun.

— Mais toi aussi, dit Fanny. Ce n'est pas de la flagornerie, je le pense vraiment.

Marjorie éclata de rire :

— Je sais que tu n'es pas du genre à flatter les gens. Ta franchise est proverbiale.

— Brutale, tu veux dire, précisa Fanny en riant à son tour.

Puis, elle ajouta :

— J'ai toujours pensé que les peintres vivaient dans la pauvreté. Mais ton appartement est si beau et si richement meublé…

— Oui, mais j'ai eu un petit héritage de mon père. Il aurait pu me déshériter car je lui ai tenu tête. Il m'avait défendu de partir seule à Paris. Mais, loin de me déshériter, il m'a laissé la même part qu'à mes frères. Ton père et moi avons reçu exactement le même montant.

— Ça, c'est rare ! s'exclama Fanny.

— Oui, j'ai eu de la chance. Mais je ne peux compter seulement sur cet héritage. Je travaille comme une damnée ! Le matin, je donne des cours de peinture. L'après-midi, je fais les portraits de bourgeois, surtout de bourgeoises, avec leurs animaux de compagnie. Le soir, je dois rester à mon atelier au cas où un acheteur se présenterait. J'en profite pour peindre et, la plupart du temps, je me lève à l'aube pour terminer mon œuvre. Mais je ne me plains pas. J'aime ce que je fais. C'est ma vie. Ma passion. Et j'ai de la chance. Je commence à me faire une réputation. Je ne veux pas me vanter, mais un Américain m'a acheté trois grandes toiles la semaine dernière. À un très bon prix, en plus.

Sur ces entrefaites, l'énorme chien de Marjorie entra dans la pièce en courant et se précipita sur sa maîtresse. Ne semblant pas importunée par le fait qu'il avait mis ses grosses pattes sur ses vêtements neufs, Marjorie le flatta en lui parlant comme à un gros bébé : « T'as aimé ta promenade, mon beau Mercure ! »

— Ce qu'il peut avoir comme énergie ! Il faudra lui apprendre à marcher au pas parce que là, j'ai l'air d'une vraie folle à courir derrière lui. Il me traîne littéralement, dit une femme blonde, un peu grassouillette qui venait d'entrer dans la pièce.

Elle s'assit nonchalamment sur une chaise en soufflant bruyamment.

Mercure quêtait dorénavant les caresses de Fanny. Elle aussi adorait les animaux. Il l'avait senti et l'avait immédiatement adoptée.

— Fanny, je te présente Gaby. Elle habite l'appartement juste au-dessus.

— Ha ! C'est toi la nièce dont Marjorie nous parle depuis des semaines. Elle avait tellement hâte que tu arrives, dit Gaby en prenant une des pommes déposées dans un plat au centre de la table. Beau brin de fille, ajouta-t-elle en faisant un clin d'œil à Marjorie.

Le regard que lui lança Marjorie était clair : « Tu n'y touches pas. » Gaby était invertie[1] et Marjorie croyait que Fanny était trop naïve pour s'en méfier.

— Oui, les trois filles de mon frère sont toutes des beautés, répondit-elle simplement.

Fanny sentit le rouge lui monter aux joues. La façon dont Gaby la regardait la mettait mal à l'aise. Elle fut heureuse de pouvoir cacher son visage

1. Homosexuelle

derrière la grosse tête de Mercure qui tentait de lui lécher le nez.

— Tu viens à notre séance ce soir ? demanda Gaby.

— Heu… je ne crois pas, nous avons d'autres projets, répondit Marjorie en faisant un clin d'œil à Fanny.

Celle-ci acquiesça aussitôt, même si sa tante et elle n'avaient en réalité encore rien de prévu ce soir-là.

— Dommage, déclara Gaby. Marianne m'a dit qu'elle était particulièrement entourée ces temps-ci.

— De quoi parlez-vous ? s'enquit Fanny.

— Tu ne lui as pas parlé de Marianne ? demanda Gaby à Marjorie.

— De quoi s'agit-il ? interrogea encore Fanny.

Avant que Marjorie ne réponde, Gaby se leva, se dirigea vers la porte et dit :

— Je vous laisse, je vais me changer. Ton chien m'a mise en nage.

Quand elle fut partie, Marjorie expliqua à Fanny que Marianne, l'une des locataires de la maison, se disait voyante et faisait régulièrement des séances de spiritisme.

Fanny frissonna :

— Elle communique avec les esprits ? questionna-t-elle, anxieuse.

— Oui, enfin, c'est ce qu'elle dit, répondit Marjorie qui semblait n'y croire qu'à moitié. L'important c'est que nous allions une fois de temps en temps à ces séances pour ne pas la froisser. Marianne est très susceptible. Elle serait offusquée que nous boudions toujours ces soirées. Si tu veux éviter qu'elle ne te prenne en grippe, il faudra que tu viennes avec moi au moins une fois. Mais pas ce soir. Il fait trop beau. Nous allons rester tranquilles dans le jardin à observer les étoiles. Je sais que tu adores cela, et moi, je ne le fais pas assez souvent. Nous nous placerons dans un coin de la cour, pour ne pas être vues des fenêtres des autres locataires. Mais avant, allons aux oiseaux.

Marjorie éclata de rire de voir l'air interrogateur de Fanny.

— Je veux dire que nous passerons le reste de la journée à la campagne. Loin des bruits de la ville. Je vais en profiter pour peindre. Avec ce soleil, la lumière dans les champs doit être magnifique. Pourquoi ne pas faire un pique-nique ?

Fanny n'eut pas le temps de répondre. Déjà, sa tante était sortie de la pièce.

— Ta maîtresse est une vraie tornade, dit-elle en caressant Mercure derrière les oreilles.

***

— Qu'est-ce que vous faites dans mon champ ? cria le fermier.

Un fusil à la main, l'homme à la mine patibulaire courait vers Marjorie et Fanny.

— Nous ne faisons rien de mal, répondit aussitôt Marjorie en levant les mains afin de le calmer.

Fanny eut le réflexe de se coller contre elle. Elle détestait les armes à feu. Deux ans plus tôt, ses sœurs et elle avaient été témoins d'un terrible accident de chasse qui avait tué leur voisin. Sa petite sœur Juliette avait fait des cauchemars pendant des semaines.

En entendant sa voix, le fermier demeura figé d'étonnement. De loin, il avait pris Marjorie pour un homme. Il la dévisagea de la tête aux pieds. Qui était donc cette hurluberlue habillée en pantalon et qui avait installé son chevalet au milieu de son champ ?

— Je peins l'une de vos vaches, répondit Marjorie en lui souriant. J'adore le calme bucolique de la campagne, les grillons qui stridulent…

L'homme était stupéfait : il n'avait jamais entendu personne parler ainsi. Mais il ne fut pas long à se ressaisir :

— Et qu'est-ce que vous allez faire si mon bœuf vous attaque ? dit-il en le pointant.

Marjorie, le pinceau en l'air, se tourna vers l'animal galeux et répliqua :

— Il n'a pas l'air bien méchant. Sinon, vous lui auriez mis une chaîne au bout du nez.

— C'est votre nez à vous qui est fourré là où il n'a pas d'affaire. J'aime pas les intrus. Déguerpissez.

— S'il vous plaît, monsieur, j'achève ma peinture, j'en ai à peine pour quelques…

— Déguerpissez, j'ai dit, coupa le fermier en levant son arme vers elle.

Fanny, tremblant de tous ses membres, supplia sa tante de lui obéir. Marjorie soupira. Si elle avait été seule, elle ne se serait pas laissé évincer si facilement.

Elle ramassa son matériel et demanda à Fanny de prendre la toile en faisant bien attention car la peinture n'était pas sèche.

— Non, non, dit le fermier, ça, vous laissez ça ici. C'est ma vache qui est dessus, c'est à moi.

— Vous plaisantez ! s'exclama Marjorie.

— Est-ce que j'ai l'air de m'amuser ? répondit l'homme, l'arme toujours pointée vers elle.

Marjorie se demanda s'il était réellement dangereux ou s'il bluffait. Ne voulant pas mettre la vie de sa nièce en danger, elle abandonna sa toile, ravala sa colère et se dirigea vers sa calèche de l'autre côté de la clôture. Fanny, infiniment soulagée de partir, accrochait ses pas à ceux de sa tante. Elle sentit son sang se glacer quand elles entendirent le fermier qui criait : « Attendez ! »

Les deux jeunes femmes se retournèrent.

— C'est quoi votre nom ? demanda-t-il.

— Pourquoi voulez-vous savoir ça ?

— Pour dire qui a fait cette toile.

Fanny n'aurait su dire pourquoi, mais il lui sembla que l'argument du fermier sonnait faux. Marjorie pensait la même chose. Mais elle ne laissait jamais passer une occasion de faire connaître son travail. Pas de reconnaissance publique, pas de beurre sur son pain, répétait-elle souvent.

— Si vous m'aviez laissé le temps de terminer, vous auriez vu ma signature : Marjorie. Mon atelier est sur la rue Saint-Louis à Québec, ne put-elle s'empêcher d'ajouter.

— Parfait, marmonna le fermier en se grattant le menton où poussait une barbe de quelques jours.

***

— Quand j'y pense. J'aurais pu vendre cette toile à bon prix. Elle était plutôt réussie, non ? demanda Marjorie à sa nièce lorsqu'elles furent assises dans la calèche.

— Je n'aurais jamais cru qu'on puisse peindre une si belle toile en ayant pour seul modèle une vache, répondit Fanny.

Marjorie lui sourit et dit :

— N'y pensons plus. Regarde comme la nature est belle.

Fanny acquiesça. La journée était magnifique. Le soleil jetait sur les vastes champs de blé une si belle lumière qu'aucun peintre n'aurait pu y être insensible. Une légère brise balançait doucement les herbes hautes. On aurait dit qu'elles saluaient les jeunes femmes sur leur passage. Fanny pensa aux longues chevauchées qu'elle faisait avec sa sœur Isabelle. Elle aurait aimé être auprès d'elle et lui raconter sa vie à Québec.

Ayant toujours protégé sa cadette, elle s'inquiéta un peu pour elle. Isabelle n'était guère prudente à cheval et c'est elle, Fanny, qui la ramenait à l'ordre. « Si tu ne fais pas plus attention, tu vas finir par te casser le cou en sautant des clôtures comme tu le fais », lui disait-elle. Isabelle riait. Fanny avait beau se fâcher, elle savait que sa sœur lui pardonnait tout. Elles s'aimaient beaucoup toutes les deux.

Quand elles furent arrivées rue Saint-Louis, Fanny proposa à sa tante de dételer le cheval et de lui donner à manger et à boire.

L'amour des chevaux de toute la famille de Fanny étant proverbiale, celle-ci accepta sans hésiter :

— Tu me gâtes trop. Je ne pourrai plus me passer de toi, dit-elle. Je vais me changer et on mangera dans la cour. Le soleil se couche déjà. Je meurs de faim.

Fanny la regarda s'éloigner, mince et longue silhouette que rien, de dos, ne distinguait de celle d'un homme. Elle avait été un peu surprise la première fois qu'elle l'avait vue ainsi accoutrée. Marjorie lui avait expliqué que Rosa Bonheur s'habillait souvent en homme et que c'est grâce à elle qu'elle avait pu constater à quel point les habits masculins étaient confortables.

Marjorie ne tarda pas à revenir, portant un plateau sur lequel elle avait mis des assiettes de fromages et de viandes froides, ainsi qu'une bouteille de vin et une corbeille de pain.

— Je vais chercher les couvertures, dit Fanny.

— Emporte aussi nos vestes. C'est un peu frisquet depuis que le soleil est couché, lança Marjorie.

Elles mouraient de faim. Fanny s'empiffrait sous l'œil jaloux de Mercure. Le gros chien savait ce qu'il devait faire s'il voulait avoir des restes : se coucher et attendre bien sagement. Fanny riait de le voir fixer sans relâche la nourriture comme si rien d'autre au monde n'existait. Il ne broncha même pas quand il entendit un homme qui chantait dans la rue et qui n'interrompit son chant que pour crier l'heure.

— C'est Théo, l'homme de guet, dit Marjorie d'un air taquin.

Les joues de Fanny rosirent. La veille, sa tante et elle revenaient à la maison à la tombée de la nuit quand elles avaient rencontré Théo. Marjorie avait parlé au jeune homme un bref instant, suffisamment long cependant pour que Fanny se dise qu'aucun homme jusqu'à présent ne lui avait fait cet effet : était-ce cela le coup de foudre ?

— N'aimerais-tu pas en savoir plus sur ce jeune homme ? demanda Marjorie en riant sous cape.

Marjorie n'avait jamais connu l'amour, ni même été attirée par aucun homme ni aucune femme. Elle n'y songeait même pas. La peinture prenait toute la place dans sa vie. Cependant, l'attirance qu'éprouvaient Théo et Fanny l'un pour l'autre était si évidente que même elle la devina.

Se donnant un air indifférent, Fanny répondit :

— Si tu veux.

Tout en donnant les restes de leur repas à Mercure, Marjorie raconta :

— Théo est le fils de l'apothicaire qui tient commerce à quelques pas d'ici, sur la rue Saint-Jean. Il a fait de bonnes études chez les frères, ce qui ne l'a pas empêché de travailler avec son père, David Livernois. Quand je suis passée à la pharmacie au printemps, je me suis informée de Théo parce que j'étais surprise de ne pas le trouver là. Son père m'a alors confié qu'il aimait préparer les médicaments et voir des gens, mais qu'il appréciait moins d'être confiné dans la boutique à longueur de journée. Son père lui a suggéré de passer un été à exercer un autre métier et à méditer sur son avenir. « Comme ça, lui a-t-il dit, tu verras plus clairement ce que tu veux vraiment faire de ta vie. »

— C'est pour ça que tu as demandé hier à Théo s'il aimait son travail ?

— Oui, mais je l'ai trouvé un peu trop empressé de m'énumérer tout ce qu'il faisait. Comme s'il voulait se convaincre lui-même.

D'un souffle, Théo avait dit que l'homme de guet devait non seulement maintenir l'ordre et veiller à la sécurité des citoyens, mais qu'il devait aussi annoncer l'heure, fixer des flambeaux et des lampes à l'huile sur les principales rues et places publiques de la ville et, dans l'éventualité où un incendie éclatait, aider les pompiers dans le maniement des pompes. « Heureusement qu'il y a la police riveraine », avait-il ajouté. Marjorie avait acquiescé. Des matelots venant de partout dans le monde envahissaient les rues et faisaient souvent du grabuge la nuit.

Fanny ne les avait écoutés que d'une oreille. Elle était trop troublée par la présence de Théo pour prendre part à la conversation. Elle s'était contentée de hocher la tête en se maudissant de n'avoir rien d'intelligent à dire.

Il ne restait plus rien dans leurs assiettes : Mercure avait tout avalé. Il dormait tranquillement aux pieds de Fanny. Pluton, le gros chat noir de la maison, vint se coucher près de lui. Le chien ne broncha pas. Ils s'entendaient à merveille.

— Je crois que nous devrions rentrer, dit Marjorie. Regarde, le ciel s'est couvert. Nous ne verrons pas une seule étoile ce soir.

Les deux femmes se levèrent, ramassèrent leurs affaires et rentrèrent, Pluton et Mercure sur leurs talons.

— Demain, je vais à une foire aux bestiaux. Je veux faire des croquis des animaux qu'on y vend. Est-ce que tu veux venir avec moi ?

— Oui bien sûr, dit Fanny.

— Vas-tu t'habiller comme moi ? demanda Marjorie en montrant son pantalon.

— Hum, je ne sais pas.

— Je comprends ton hésitation. On n'est pas en France. Là-bas, quelques femmes émancipées portent la culotte. Suis-moi, je vais te montrer quelque chose.

Une fois dans son atelier, Marjorie se dirigea vers son secrétaire, ouvrit le petit tiroir et tendit à sa nièce un papier portant l'en-tête de la Préfecture de police de Paris. Fanny le prit et lut :

« Permission de travestissement
accordée à Rosa Bonheur.

Nous, Préfet de Police, autorisons la demoiselle Rosa Bonheur demeurant à Paris à s'habiller en homme ; pour raison de santé sans qu'elle puisse, sous ce travestissement, paraître aux spectacles, bals et autres lieux de réunion ouverts au public. La présente autorisation n'est valable que pour six mois, à compter de ce jour. »

Marjorie expliqua qu'afin de perfectionner son art, Rosa se livrait à toutes sortes d'études : elle disséquait les carcasses que son boucher lui vendait à bas prix ; assistait aux foires aux bestiaux et visitaient les abattoirs. Estimant à juste titre que les robes à crinolines étaient trop encombrantes, elle s'était rendue au poste de police afin que le préfet lui signe une permission de travestissement. La loi interdisant aux femmes de porter la culotte, elle devait régulièrement renouveler ces permissions. Marjorie en avait gardé une en souvenir de son amie.

— Est-ce qu'une telle loi existe ici ? demanda Fanny.

— Je l'ignore, mais ce n'est pas moi qui vais aller le demander aux policiers. Tant qu'on me laissera en paix, je ferai à ma guise. Mes crinolines, je ne les porte qu'en de rares occasions. Elles m'étouffent. Sans compter tout l'espace qu'elles prennent. Veux-tu bien me dire à quoi ça sert ?

Fanny était bien d'accord. Elle sourit en pensant à la tête des religieuses si elles apprenaient qu'elle s'habillait en homme comme sa tante. Que penserait Théo ? Concernant l'émancipation des femmes, avait-il des idées larges ? Elle souhaitait que oui.

La terreur peut faire d'une personne honnête et bonne une traîtresse. C'était le temps des trahisons.
On dénonçait son voisin, son ami, son parent. De gré ou de force, des policiers entraient dans les maisons, emportaient les malades, les ligotaient comme des criminels.
Les lépreux partaient ensuite, laissant tout derrière eux.
On leur a tout enlevé. Tout. Vraiment tout. Jusqu'à leur dignité. Isa à Gus

Tracadie, juillet 1844.

La lèpre était devenue l'obsession des Tracadiens. Presque chaque soir, on se réunissait entre voisins pour essayer de deviner les causes de cette terrible maladie, espérant ainsi pouvoir l'enrayer une fois pour toutes.

Les riches se rassuraient en répétant que c'était une maladie de pauvres. Les prudes affirmaient qu'elle était la conséquence d'une vie de débauche. Le fait que plusieurs symptômes de la lèpre ressemblent à ceux de la syphilis, à tel point d'ailleurs que plusieurs médecins confondaient les deux maladies, les confortait dans cette opinion.

De ne pouvoir mettre le doigt sur une cause qu'ils auraient pu combattre fit monter la tension. Plusieurs Tracadiens n'arrivaient plus à dormir ou en étaient venus à craindre la nuit à cause des cauchemars qui meublaient leur sommeil. Comme chaque fois que survient une calamité, on chercha des coupables. C'eût été si rassurant d'en trouver un. Il aurait alors suffi de l'éliminer pour que la vie reprenne son cours normal. Différentes familles furent pointées du doigt. Un dimanche, après avoir suivi les leçons de catéchisme du père François, ils étaient nombreux sur le parvis de l'église à en discuter.

— Cette maladie ne vient pas d'ici, dit un vieil homme. Le Nouveau-Brunswick est une région saine. Ce n'est pas comme à Montréal, cette ville qui pue sans bon sens. Ici, on est forts. En santé. La preuve : on est l'endroit au Canada où il y a le plus de centenaires. La lèpre, elle vient d'ailleurs, c'est certain.

Les propos du vieil homme furent d'autant mieux accueillis que plusieurs refusaient de croire que cela puisse être un « produit local ». Le mal, c'est connu, vient toujours d'ailleurs. Ils en profitèrent pour parler d'Adèle, cette femme qui avait eu la bonté d'accueillir chez elle des étrangers qui, arrivés par bateau dans la Miramichi, s'étaient, croyait-on, échappés de la léproserie de Norvège. Ils expliquaient alors, avec force détails, ce qui avait pu se passer, comme si cela était un fait avéré.

Adèle, disaient-ils, avait manqué de prudence. Pauvre, elle gagnait un peu d'argent en lavant les vêtements des marins. Elle avait bien vu que leurs torses étaient couverts d'ulcères, mais elle ne connaissait pas cette maladie et ne brûla pas leurs vêtements comme elle l'aurait fait si elle avait su. Inconsciente du danger, elle les avait accueillis chez elle et les avait même laissé dormir dans la chambre des maîtres, comme le voulait la coutume.

Les ulcères que les Norvégiens avaient partout sur leur corps avaient contaminé les draps. Adèle avait attrapé la lèpre.

Ceux qui croyaient que cette maladie était contagieuse acceptèrent cette hypothèse. Ils jugeaient sévèrement cette Tracadienne : elle était responsable d'avoir transmis cette maladie, non seulement aux membres de sa famille, mais aussi à tous les autres marins dont elle lava ensuite les vêtements.

— Adèle a peut-être transmis la maladie seulement après sa mort, dit Théodora, une des vieilles femmes du village.

Elle fumait sa pipe et jetait un regard malicieux sur l'assemblée. Elle aimait trouver des coupables pour tout, fussent-ils morts depuis belle lurette.

— Ben voyons, Théodora. Perds-tu la boule ? Ça n'a pas de sens, ce que tu dis, rétorqua l'un des hommes qui se tenait debout près d'elle.

— Comment une morte peut-elle transmettre sa maladie ? T'es folle de croire aux mauvais sorts des morts, renchérit un autre en s'esclaffant.

Plusieurs rirent à leur tour. La vieille femme, offusquée d'être ridiculisée, se défendit :

— Le docteur Key m'a pourtant confirmé que ça se pouvait. C'est l'un des quatre hommes qui portaient son cercueil qui a attrapé sa maladie. Il y avait du pus qui s'écoulait du cercueil dans lequel on avait mis la dépouille d'Adèle. Pis le pus est rentré dans la plaie vive que ce porteur-là avait à l'épaule et l'a infecté.

Adèle avait été l'amie de Théodora. Sa meilleure amie. Mais la maladie les avait séparées. Théodora avait eu si peur d'être contaminée qu'elle n'avait pas rendu visite à Adèle une seule fois dans la cabane où elle s'était volontairement isolée de peur des regards. Elle portait d'ailleurs un voile dès qu'elle sortait prendre l'air.

Dans son jeune temps, Adèle avait été l'une, sinon la plus belle fille du village. À la fin de sa vie, un trou béant remplaçait son nez. Quant à ses joues, ses lèvres et ses oreilles, elles étaient devenues effroyablement boursouflées. La dernière fois qu'elle s'était vue dans un miroir, elle s'était mise à hurler, l'avait jeté par terre et l'avait piétiné. Une dizaine de morceaux de la glace, gisant sur le plancher, avait multiplié sa laideur. Elle avait cru devenir folle.

— Moi, je ne crois pas ça. Je crois que c'est pas si fou que ça les mauvais sorts. Il paraît qu'Adèle nous a jeté un sort parce que aucun d'entre nous n'est allé la voir quand elle était malade, dit Delphine, la belle-fille de Théodora.

Ceux qui étaient liés de près ou de loin à Adèle avaient le sentiment qu'on souillait sa mémoire en la rendant responsable, même involontairement, de la contagion. Ils prirent sa défense et affirmèrent que c'étaient des fanfarons qui avaient propagé la maladie en s'amusant bêtement à la défier : persuadés que la lèpre était héréditaire, des bûcherons se croyaient à l'abri parce que personne, même chez leurs ancêtres lointains, ne l'avait jamais eue.

Lorsqu'ils apprirent que leur contremaître avait cette maladie, ils empruntèrent sa couverture, mangèrent dans son assiette et burent dans sa tasse. Se sentant invincibles, ils voulaient prouver qu'ils ne pouvaient attraper cette maladie. Hélas, les signes de la lèpre ne tardèrent pas à apparaître sur les jambes d'un des hommes. Retourné chez lui, il contamina sa femme et ses enfants qui, à leur tour, contaminèrent d'autres personnes.

Les esprits s'échauffèrent alors parmi les amis et parents de ces bûcherons. Sans l'intervention du père François qui sortait à cet instant de l'église, ils en seraient venus aux poings. Ils se turent, mais dès que leur curé eut le dos tourné, ils recommencèrent de plus belle leurs commérages.

Même si ce prêtre était celui qui avait eu le plus de contacts avec les lépreux, personne n'osa mentionner qu'il puisse être en partie responsable de la propagation de la maladie. On avait trop souvent besoin, en ces temps troubles, des secours de la religion. Parce qu'il était aussi médecin, il pouvait venir les rassurer s'ils soupçonnaient être atteints de « la maladie ». Et puis, on vénérait trop les hommes d'Église pour l'incriminer : accuser un prêtre, c'était comme accuser Dieu lui-même. Sans compter que cette terrible maladie, ânonnaient les grenouilles de bénitier, ne s'attaque qu'aux pécheurs, certainement pas aux personnes qui consacrent leur vie à Dieu.

Il fallait trouver un autre bouc émissaire. Au lieu d'incriminer leur curé, ils s'en prirent à Charlotte que certains accusaient de vouloir « faire tomber » cet homme d'Église. « Sa grande beauté est une tentation, elle devrait éviter d'être aussi souvent avec lui. Un prêtre a beau être un prêtre, c'est un homme aussi », martela un vieil homme que la seule vue de Charlotte faisait saliver de désir.

Tout le monde acquiesça. Charlotte tutoyait le curé, ce qui offensait les esprits chagrins : ça ne se faisait pas ! Elle ne l'appelait pas *Monsieur* non plus, comme le faisaient les autres Tracadiens. Les commères ne se privaient pas pour dire qu'il y avait peut-être plus que de l'amitié entre eux. Et puis, quand il entrait dans de violentes colères, elle prenait toujours sa défense en rappelant qu'il était épuisé parce qu'il n'était pas rare qu'il travaille trente heures d'affilée.

On dénigrait d'autant plus aisément Charlotte qu'on ne la considérait pas vraiment comme une des leurs. Nul n'avait pardonné au père de Charlotte de n'être revenu à Tracadie qu'au moment de sa retraite alors qu'on avait espéré qu'il vienne, à la fin de ses études, exercer sa profession dans la région qui l'avait vu naître : les Tracadiens auraient bien souvent eu besoin d'un avocat pour les défendre. Qu'un des leurs ait pu le faire, mais s'en soit exempté, était à leurs yeux une trahison impardonnable.

À la mort de son père, Charlotte, enfant unique, avait hérité de tout. Eux qui, pour la majorité, vivaient dans la pauvreté, enviaient non seulement son confort, mais aussi le fait qu'elle n'avait pas à s'échiner pour gagner sa vie. À leurs yeux, le temps qu'elle passait à lire et à faire de la musique était une pure perte de temps. On trouvait ridicule qu'elle ne sorte jamais sans un carnet de notes et une plume attachés à sa ceinture. « Elle se prend pour un journaliste », ricanait-on dans son dos. Les prudes allaient jusqu'à dire que ces loisirs-là mettaient le salut de son âme en péril ainsi que celui de sa famille. Et puis, sa mère était une Micmaque.

Or, plusieurs Acadiens méprisaient les Micmacs. Comme tous les membres de la grande famille algonquine dont les Micmacs faisaient partie, ils étaient soupçonnés de pactiser avec le Diable : ils n'étaient que des jeteurs de sorts dont les pouvoirs magiques les rendaient capables d'ensorceler humains et animaux. On se méfiait non seulement d'eux, mais aussi de tous leurs descendants, dont Charlotte. En somme, on trouvait bien des raisons de l'ostraciser.

Au fil des jours, le père François eut beau rappeler qu'en ces temps difficiles, ils feraient mieux de s'unir et de s'entraider au lieu de chercher des coupables, quelques Tracadiens, sourds à cette sage recommandation, observèrent leurs voisins à la loupe. On se surveillait mutuellement et plusieurs n'hésitèrent pas à donner aux autorités les noms des familles où l'on croyait que la lèpre avait fait son nid. Terrorisés à l'idée qu'ils puissent l'attraper, ils en vinrent à ne plus se fier qu'à la rumeur pour se dénoncer les uns les autres. La terreur brisa plusieurs liens de fraternité et de solidarité qui, auparavant, semblaient indestructibles. La convivialité d'antan cédait de plus en plus souvent la place à la méfiance. Trouver des coupables aurait eu un effet trop rassurant pour qu'on cesse de les chercher : cela équivalait à pouvoir les empêcher de semer la mort.

Plus le jour du premier départ pour l'île Sheldrake approchait, plus les dénonciations se firent nombreuses. Théodora était non seulement la plus vieille femme du village, elle était aussi la pire commère. Elle semblait prendre un malin plaisir à annoncer les pires nouvelles. Aussi se précipita-t-elle chez le curé afin de lui dire qu'Isabelle, la fille de Gus, avait « la maladie ».

— La journée où il a fait très chaud, elle se baignait dans la rivière avec d'autres enfants et j'ai vu que ses bras étaient couverts de lèpre, dit-elle en tirant sur sa pipe.

Le père François la regarda, incrédule.

— C'est impossible !

— Vous feriez bien d'aller vérifier, sinon de méchantes langues pourraient bien vous accuser de favoritisme, répondit-elle, perfide.

Le père François, d'une nature impulsive, fit de gros efforts pour contenir sa colère.

— J'irai dès ce soir. Pour l'instant, j'ai beaucoup à faire, répondit-il froidement en se levant.

La commère reçut ces paroles comme une gifle. Les lèvres pincées, elle sortit sans le saluer. Songeur, il la regarda se dandiner d'un pas lent. Il pensait à Charlotte. Lui avait-elle caché, à lui qu'elle qualifiait de meilleur ami, que l'une de ses filles avait la lèpre ? Il en doutait. Mais il savait qu'elle aimait ses enfants d'un amour fou. Il l'avait d'ailleurs mise en garde contre l'ampleur de ce sentiment. « Il n'est pas bon que les parents aiment trop leurs enfants », lui avait-il dit.

— Je n'y peux rien, avait-elle répondu. C'est comme ça, c'est tout. C'est plus fort que moi. Tu sais à quel point j'aurais aimé être médecin. Il m'arrive de le regretter. Qui n'a pas le sentiment parfois qu'il serait plus heureux s'il avait une autre vie ? Mais ça m'arrive si rarement depuis que j'ai des enfants. Je ne suis plus du tout malheureuse de n'avoir pu réaliser ce rêve. Si tu savais la force de l'attachement que j'ai pour mes filles, je n'ai pas de mots pour expliquer cela. Mes enfants et mon mari me comblent.

S'il fallait qu'Isabelle ait la lèpre, Charlotte ne s'en remettrait pas, se dit François avant de se diriger vers la maison de Gus.

Quand, en 1887, j'ai lu « Mémoires sur la lèpre » écrit par le docteur Démétrus Zambaco, j'ai compris que plusieurs personnes ont été victimes d'un mauvais diagnostic. Il a écrit : L'étude rigoureusement scientifique des maladies cutanées ne date pas de très loin. Et, malgré les progrès effectués dans cette branche importante de la médecine, j'oserais dire qu'encore aujourd'hui, la plupart des médecins ne sont pas en état de poser un diagnostic exact dans les diverses affections de la peau. La scrofule, les maladies de la peau vulgaires, le lupus dans certaines de ses formes, la syphilis, voire la gale dans quelques circonstances, peuvent être confondus ensemble. Isa à Gus

Quand le père François lui parla des rumeurs qui circulaient sur la contamination d'Isabelle, Charlotte ne s'inquiéta pas outre mesure. Si cela avait été le cas, elle l'aurait vu. Depuis des années, craignant qu'elles n'attrapent un jour ou l'autre cette terrible maladie, elle examinait chaque soir ses filles. Elle n'avait rien vu d'alarmant jusqu'à présent, mais le silence de François, pendant qu'il scrutait le dos et les bras d'Isabelle, commença à l'angoisser.

— Tu vois bien que ce ne sont que des dartres. Elle en a depuis qu'elle est née. Ce n'est pas nouveau, dit Charlotte.

Elle ne mentait pas. Isabelle n'était encore qu'un bébé quand son corps avait commencé à se couvrir de lésions. Elles formaient d'abord des croûtes d'un gris verdâtre entouré d'une auréole rouge. Ensuite, quand la croûte tombait, la peau enflammée prenait l'apparence d'un bourgeon charnu, proéminent, granulé. Tout finissait par rentrer dans l'ordre, mais ce qu'Isabelle appelait « ses petits désagréments de santé » revenait épisodiquement.

Si le père François avait lu le *Traité théorique et pratique des maladies de la peau fondée sur de nouvelles recherches d'anatomie et de physiologie pathologiques,* écrit par le docteur Rayer et publié en 1825, il aurait vu que ce médecin décrivait ces pustules qui, même si elles pouvaient ressembler à l'un des signes précurseurs de la lèpre, n'étaient nullement la conséquence de cette maladie.

Mais le père François n'avait pas une très grande connaissance livresque. Comme bien des médecins de campagne de ce temps, il apprenait sur le tas, comme il disait. D'ailleurs, depuis qu'il avait commencé à lire sur la lèpre, il avait moins confiance en sa capacité de poser un diagnostic. Les premiers signes pouvaient être si dissemblables qu'il en perdait son latin. Outre diverses affections, allant de la paralysie faciale à des douleurs multiples ou à de l'insensibilité, les plaques qui apparaissaient sur la peau pouvaient être différentes tant par leur forme que par leur couleur.

— Je vais demander au docteur Key de venir l'examiner, dit-il. Il a vu plusieurs lépreux en Norvège. Il est plus compétent que moi. Je ne peux faire autrement, tu comprends.

Non, elle ne comprenait pas, ne voulait pas comprendre, était incapable d'envisager cette réalité-là.

— Ben voyons, ça n'a pas de sens ! s'exclama-t-elle, affolée. Puisque je te dis qu'elle a souvent ces symptômes et que tout rentre dans l'ordre en quelques semaines.

Plus l'idée faisait son chemin dans l'esprit de Charlotte, plus elle était terrifiée. La perspective qu'Isabelle soit séquestrée sur l'île Sheldrake était le pire des cauchemars. Charlotte avait toujours été d'une nature inquiète. Mais c'était pire depuis la naissance de ses enfants. Mille fois pire. Elle craignait toujours qu'il ne leur arrive quelque chose de dramatique. Et voilà que le pire la menaçait réellement.

— Mais alors tu n'as pas à t'inquiéter, dit laconiquement François en se dirigeant vers la sortie.

Il préférait partir au plus vite, car il ne voulait pas que Charlotte finisse par deviner ses véritables craintes : que les Tracadiens l'accusent de lui accorder des faveurs.

Il lui semblait que son prestige et son autorité avaient pâli depuis quelque temps. Être membre du Bureau de santé lui attirait des inimitiés. Les jours précédents, il avait offusqué plusieurs personnes en frappant à leur porte pour leur demander d'examiner tous les membres de la famille. « C'est propre dans ma maison. C'est pas parce qu'on est pauvres qu'on est des malpropres », ou « Nous ne sommes pas des dévergondés ou des vicieux », ou encore « Nous n'avons rien fait de mal, personne ici n'a la maladie », disaient-ils, insultés, au père François.

Après avoir quitté Charlotte, François retourna à son presbytère. En chemin, il croisa son frère qui enseignait à l'école. Celui-ci l'invita à partager son repas. François refusa, prétextant qu'il avait beaucoup à faire. Il prit néanmoins le temps d'entrer chez lui et de monter à sa chambre. Là, il s'agenouilla et pria afin que Dieu l'éclaire sur la meilleure conduite à suivre. Quand il se sentit plus calme, il fit le signe de la croix et se leva, le cœur confiant. Dieu, il en était convaincu, mettrait sur son chemin les bonnes personnes qui pourraient aider son amie et sa fille.

Il parcourut ensuite les rues de Tracadie à la recherche du docteur Key. Il vit deux membres du Bureau de santé, Perry et Lunard, qui parlaient en s'esclaffant devant le bureau de poste. Quand le père François leur demanda ce qu'il y avait de si drôle, il leur fallut un certain temps avant qu'ils puissent reprendre leur sérieux et lui répondre. Parvenant à réprimer un fou rire, l'avaricieux Charles Perry lui raconta qu'un autre membre du Bureau de santé, George Kenneth, était de plus en plus hypocondriaque depuis qu'il avait vu les ravages de la lèpre.

Croyant que le vent pouvait charrier les miasmes de cette maladie, il ne sortait de sa maison que s'il ne sentait pas la moindre petite brise, ce qui, en ce village de bord de mer, était assez rare. Quand il s'aventurait dehors, il ne le faisait qu'avec d'infinies précautions : il portait des gants et un large chapeau. Comme si ce n'était pas suffisant, un foulard troué au niveau des yeux couvrait son visage et son cou. Le bas de ses pantalons ainsi que l'extrémité de ses manches étaient fermés avec de la corde. Non seulement il faisait peur aux enfants — ceux-ci se mettaient à hurler en le voyant —, mais beaucoup d'adultes, le voyant ainsi accoutré, croyaient qu'il cachait les signes de la lèpre. Résultat : on le fuyait. Il aurait été le dernier à s'en plaindre ! Limiter le plus possible les contacts humains afin de diminuer les risques d'attraper la maladie était précisément ce qu'il voulait.

Le père François coupa la parole à Charles Perry et lui dit brusquement que ce n'était guère chrétien de rire de son prochain. Il l'admonesta d'autant plus durement qu'il n'avait pas le cœur à rire. Il lui demanda ensuite s'il savait où il pouvait trouver le docteur Key.

— Il est déjà sur l'île Sheldrake, répondit froidement Perry.

Il ajouta, d'un ton condescendant :

— Comme vous le savez, l'envoi du premier contingent de lépreux doit se faire dès demain. Le docteur doit vérifier si tout est prêt à les recevoir. Il doit aussi faire un rapport au gouvernement. Il doit évaluer si la somme versée pour faire quelques aménagements a été bien utilisée. Bref, il a pas mal à faire. Que lui voulez-vous ?

— Je voulais qu'il aille examiner une enfant. Quelqu'un suspecte qu'elle a la lèpre. Je l'ai examinée, mais je ne suis pas sûr de mon diagnostic.

— Qui est-ce ?

Le prêtre hésita. Le sort d'Isabelle était entre ses mains.

— Qui est-ce ? répéta l'homme d'affaires.

— Je… Je vais retourner la voir moi-même, dit le curé.

— Protégeriez-vous quelqu'un ? questionna Perry, soupçonneux. Dites-moi de qui il s'agit. J'ai le droit de savoir.

Le père François n'avait plus le choix. Il était trop tard pour reculer :

— Isabelle, la fille de Gus. Je crois qu'elle pourrait effectivement avoir la lèpre, mais je veux absolument avoir un autre avis, s'empressa-t-il d'ajouter d'une voix ferme. C'est très important, parce que je n'en suis pas certain. Vraiment pas certain !

— Je comprends pourquoi vous voulez la protéger.

La moutarde montait au nez du prêtre. Perry eut l'audace de ricaner. Lunard lui fit un clin d'œil. Les deux hommes pensaient à Charlotte. Lunard prit la parole :

— Ne vous inquiétez pas, nous nous occuperons d'envoyer un agent de la paix chez Gus. Le docteur Key leur a montré comment reconnaître la lèpre. Ce n'est pas si difficile que ça de reconnaître un lépreux.

François eut beau lui expliquer que c'était loin d'être aussi simple, Lunard ne voulut rien entendre. Découragé, impuissant, regrettant d'être venu demander un second avis, le prêtre retourna à son presbytère et pria encore. Il implora de nouveau Dieu de venir en aide à Charlotte et à sa famille.

Rien ne se passa comme il l'avait espéré : quand les policiers apprirent que le curé avait examiné Isabelle, ils ne se donnèrent pas la peine d'aller la voir, d'autant plus qu'ils préféraient limiter le nombre de contacts avec des lépreux. « Le curé est médecin, il en sait bien plus que nous. S'il croit qu'elle a la lèpre, c'est qu'elle l'a », se dirent-ils. Ils mirent le nom d'Isabelle sur la liste des personnes qui, le lendemain, devaient débarquer sur l'île Sheldrake.

Moins d'une heure plus tard, un des policiers s'arrêta devant la maison de Gus. Assis sur son cheval à une distance prudente de la maison, il utilisa un porte-voix : « Dès demain matin, au point du jour, vous devez vous présenter sur le quai avec votre fille Isabelle. Votre enfant doit partir, avec d'autres lépreux, sur l'île Sheldrake. »

Il répéta son message jusqu'à ce que Gus et Charlotte ouvrent la porte et sortent sur la galerie. Gus eut à peine le temps de retenir Charlotte qui, sous le choc, s'évanouit. Le vent, qui soufflait fort ce jour-là, souleva son châle en fine dentelle et le lui déroba. Tel un gigantesque oiseau, il déploya ses ailes et s'envola. Juliette, les yeux écarquillés, le regarda virevolter dans les airs avant de disparaître. Comme un oiseau de malheur, il survola le village.

Quand on est heureux, on ne se méfie pas assez.
On pense que les grands malheurs, c'est pour les autres.
C'est à peine si on se rend compte de notre bonheur. Isa à Gus

Charlotte reprit connaissance et ouvrit les yeux. Peu à peu, le visage de Gus, penché sur elle, devint un peu moins flou.

— Ce n'est pas vrai, n'est-ce pas ? J'ai fait un cauchemar, demanda-t-elle tout en sachant au fond d'elle-même qu'elle n'avait pas rêvé.

Le visage défait de Gus valait mille mots. Charlotte se leva brusquement et, se sentant étourdie, dut s'appuyer sur Gus.

— Recouche-toi ! ordonna-t-il doucement mais fermement.

— Non, il faut que j'aille voir le père François. Lui seul peut m'aider. Il est membre du Bureau de santé, il doit bien avoir quelque pouvoir !

— Je vais y aller moi. Tu n'es pas en état de sortir. Tu es toute pâle.

— Non, j'y vais. S'il y en a une qui peut le convaincre de faire quelque chose, c'est moi.

Gus n'insista pas. Charlotte n'avait jamais été du genre soumise. Il savait qu'elle n'en ferait qu'à sa tête. Il savait aussi qu'elle avait raison. Si quelqu'un pouvait convaincre François, c'était bien elle. Sa femme et François étaient comme des âmes sœurs. Des âmes sœurs d'amitié. Certes, il doutait qu'elle ne soit que cela aux yeux du curé. Cela avait peu d'importance. Ce qui comptait, c'étaient les sentiments de Charlotte. Or, il savait qu'elle n'éprouvait rien d'autre que de l'amitié pour le curé. Il avait confiance en elle. Il avait la certitude qu'il était le seul homme dans son cœur. Il l'aida à se lever et sella sa jument.

En la regardant partir au galop, il pria. Cela ne lui arrivait pas souvent, mais ce jour-là, il supplia Dieu de les aider. Juliette s'approcha de lui et lui prit la main. Les yeux de la fillette étaient embués. Elle avait eu si peur quand elle avait vu sa mère s'évanouir et tomber aussi mollement qu'une poupée de chiffon. Gus la serra dans ses bras. La chemise de son père sentait la gomme de sapin. Elle adorait cette odeur.

Gus regarda Isabelle qui était assise sur l'une des balançoires, des « galances » disaient les Acadiens, qu'il avait accrochées entre deux arbres au milieu de son champ. Elle se balançait à peine, son pied labourant nerveusement le sol. Il devina, au mouvement régulier de sa main sur son visage, qu'elle essuyait des larmes. Son cœur se serra. Penser qu'elle puisse vivre parmi des lépreux le terrassait. Un cauchemar ! Il repoussa doucement Juliette, alla rejoindre Isa et la prit dans ses bras. Il maudit les larmes qui lui brouillaient la vue.

Il devait être fort. Protéger ses filles et sa femme. Elles étaient sa raison de vivre. Il s'était toujours moqué de ce qu'on disait : « Quand on n'a que des filles, la maison n'est pas bénie. » Il s'en trouvait aussi pour ânonner qu'un garçon fait honneur au nom, qu'il est garant de l'immortalité du patronyme. Ce qu'il s'en moquait de la pérennité de son nom ! On appelait ses filles « les filles de Gus ». Cela lui suffisait amplement. Elles et sa femme étaient les amours de sa vie. Perdre l'une d'elles le briserait.

***

Charlotte descendit si vite de son cheval que son pied droit resta prisonnier de l'étrier. Heureusement, la bête ne bougea pas et elle put se libérer sans difficulté. Elle noua la bride sur le poteau de la galerie du presbytère et monta les marches en courant. Elle frappa à la porte et entendit un bruit provenant de l'intérieur. Personne cependant ne vint ouvrir.

— François, es-tu là ? demanda-t-elle en appuyant son oreille sur la porte.

Silence.

Elle frappa de nouveau.

Rien.

Elle frappa encore plusieurs coups, jusqu'à marteler la porte avec violence.

Elle se doutait bien que François était là. Il y était effectivement, retenant son souffle, priant pour qu'elle s'en aille au plus vite.

Dans un dernier effort, où il devina l'étendue de sa détresse, Charlotte donna un brusque coup d'épaule dans la porte. Elle ne céda pas.

— François, je t'en prie, ouvre-moi, dit-elle en pleurant, ne cessant de marteler la porte avec son poing.

Le sanglot qu'elle laissa échapper l'atteignit en plein cœur, mais le prêtre était résolu à ne pas lui ouvrir. Il ne pouvait rien pour elle.

Il l'entendit renifler et puis, plus rien. N'osant s'approcher de la fenêtre, il attendit sans bouger en retenant son souffle. Son cœur cognait fort dans sa poitrine.

Puis, le silence. Ensuite, le hennissement d'un cheval.

Charlotte reprit la route à vive allure, si vite que les pattes de sa jument ne semblaient pas toucher terre. Presque couchée sur sa monture, Charlotte faisait si bien corps avec elle que personne ne put s'empêcher de suspendre un instant ses activités pour la regarder, galopant sans peur, ses longs cheveux dénoués tels des flammes animées par le vent, défiant les règlements qui interdisaient de circuler dans les rues à une telle vitesse. Des nuages de poussière s'élevaient de la route assoiffée de pluie. Ils ne virent pas que son visage était inondé de larmes.

Charlotte arrêta brusquement sa jument à une certaine distance de sa demeure. Il fallait qu'elle se ressaisisse avant d'entrer chez elle. Pour ses filles, il fallait qu'elle soit forte.

Devant Isabelle, elle devait même se montrer optimiste. C'était déjà bien assez effrayant pour elle de penser que le lendemain, elle quitterait sa famille, son cheval, sa musique, ses amies, sa maison, tout ce qu'était sa vie, pour s'en aller vivre avec des étrangers. Des lépreux !

Quelques instants plus tard, Charlotte promettait à Isabelle qu'elle pourrait apporter son violon, son cahier à dessin ainsi que des livres. La jeune fille demanda à être bercée. Sa mère ne la berçait plus depuis longtemps, mais ce soir-là, elle avait besoin de la chaleur de ses bras. Les étoiles étaient apparues dans le ciel depuis longtemps quand elle s'assoupit enfin, les cheveux mouillés des larmes versées par Charlotte.

Il nous restait un espoir : le père François.
« Il ne laissera personne t'emmener sur l'île »,
m'avait répété maman en me berçant. Isa à Gus

Il était deux heures du matin, mais le presbytère n'était pas encore totalement plongé dans l'obscurité. Des chandelles se consumaient lentement, éclairant la dizaine de livres étalés sur la table de la cuisine. Le père François Lagardière les consultait fébrilement depuis des heures, espérant y trouver des réponses à ses questions. Il avait d'abord cherché dans la bible et dans d'autres livres saints quelle prière il pourrait dire le lendemain lorsqu'il bénirait les malades avant leur départ pour l'île Sheldrake. Il mit un signet dans l'évangile selon saint Luc : « Heureux vous qui pleurez maintenant, car vous serez dans la joie ! Heureux si on vous frappe d'exclusion ! »

Sa bible glissa sur ses genoux. Il pleurait. Il savait, au fond de lui-même, que ces mots-là étaient de peu de poids devant l'ampleur de la tragédie des lépreux. À mesure que les heures passaient, il se sentait de plus en plus accablé par un immense sentiment d'impuissance. Il prit un de ses livres d'histoire, tourna les pages. Le mot *lèpre* valsait souvent devant ses yeux.

Il apprit que, dans les temps anciens, on obligeait les prêtres à reconnaître les signes de la lèpre et que, jusqu'en 1580, une cérémonie macabre avait signé la mise à mort symbolique des contaminés. Avant leur départ vers les léproseries qui essaimaient partout en Europe, une cérémonie religieuse scellait leur exclusion de la communauté. La célébration avait lieu en plein air, les portes des églises étant fermées à ces malades comme elles l'étaient aux manchots, aux sourds et aux muets. Pendant qu'un enfant de chœur tenait la croix du bénitier, un prêtre, vêtu d'un surplis et d'une étole, se rendait jusqu'à la porte de l'église où l'attendait un *mésel*[1] portant une longue robe noire dissimulant toutes les parties de son corps. Le prêtre l'aspergeait d'eau bénite et célébrait en plein air la messe du Saint-Esprit avec l'oraison *pro infirmis*.

Une grande procession conduisait ensuite le lépreux au cimetière où avait lieu un simulacre d'inhumation. Là, un prêtre lui demandait de s'étendre sur le sol. Des voix entonnaient, comme pour un mort, le *Libera*. L'officiant jetait sur lui une poignée de terre en disant : « Ceci est le signe que tu es mort au monde. » Le malade était terrassé, dans tous les sens du mot : c'était comme s'il assistait à ses véritables obsèques.

Le prêtre lisait ensuite les « défenses », une série de règles auxquelles le lépreux devait se soumettre. Les plus importantes étaient la défense de se mêler à la population dans les lieux publics, de toucher à des aliments et à des objets destinés à d'autres, de sortir déchaussé et sans son habit de ladre, de parler à quiconque sans « se mettre sous le vent ». Il devait

1. Lépreux

surtout prendre l'habitude de se tenir à bonne distance de quiconque n'avait pas la lèpre.

Avant de le laisser partir vers les maladreries, comme on disait à l'époque, le célébrant lui remettait quatre objets : des gants qu'il devait désormais porter lorsqu'il sortirait parmi le monde ; une clochette ou une crécelle annonçant sa condition ; un barillet dans lequel il pourrait mettre la nourriture qu'on lui donnerait par charité chrétienne ; un grand chapeau afin qu'il dissimule la difformité de son visage. François se souvenait que le docteur Key lui avait parlé de cette cérémonie et lui avait dit : « Dès ce moment, le lépreux était considéré comme un mort parmi les vivants et légalement enseveli, bien que respirant et vivant encore.[1]

François se frotta les yeux et soupira. Il se disait que, bien qu'il soit horrible, le sort des lépreux morts socialement était moins pire que celui des lépreux véritablement enterrés vivants. Car cela aussi, il l'avait lu dans des livres écrits par des auteurs dont il ne pouvait mettre en doute la rigueur : on avait mis en terre des malades alors qu'ils respiraient encore.

Il savait aussi que plusieurs églises françaises avaient un « guichet du lépreux ». Cette ouverture pratiquée dans le mur des lieux saints leur permettait d'entendre la messe de l'extérieur. François se dit qu'en ce temps-là, ils avaient au moins le réconfort de la religion. Il rêva du jour où il pourrait fonder une véritable léproserie à Tracadie. Les malades pourraient alors assister aux offices en se plaçant

---

1. Dialogue réel, extrait de *Les enfants de Lazare. Histoire du lazaret de Tracadie,* Mary Jane Losier et Céline Pinet, p. 48.

devant la trouée que des ouvriers auraient faite dans l'un des murs de sa petite église. Il avait encore la naïveté de croire que cela pouvait les consoler. Il sortit de sa rêverie et continua de lire. Il apprit que les lépreux ne circulaient pas beaucoup dans les villages même si on leur en donnait la possibilité. S'exposer en public était risqué.

Que survînt une épidémie ou un cataclysme naturel, il n'était pas rare que l'évêque ordonnât leur arrestation avec celle des mendiants. Ils étaient, croyait-on, la cause de toutes les calamités. François lut aussi qu'en 1321, des centaines de lépreux avaient été conduits au bûcher à la suite d'une rumeur insensée colportant qu'ils complotaient contre l'Église. Dans les périodes de grandes calamités, les villageois en colère envahissaient les léproseries pour massacrer les malades.

Plus il lisait, plus le prêtre était consterné par tout ce qu'il apprenait. Il découvrit que la chasse aux lépreux avait existé de tout temps. N'importe qui pouvait dénoncer une personne qu'il suspectait être atteinte. Afin d'éviter qu'elle ne soit l'objet de calomnies, un juge et un médecin évaluaient chaque cas. François pensa à tous ceux, dont Isabelle, qui avaient été examinés à la sauvette et il se sentit soudain écrasé par le poids de cette énorme et terrifiante responsabilité.

Il aurait voulu pouvoir retourner en arrière et ne jamais avoir parlé d'Isabelle aux autres membres du Bureau de santé. Après tout, rien ne pressait. Si c'eut été vraiment nécessaire, il aurait été bien assez tôt pour l'envoyer sur l'île. Mais peut-être qu'ainsi elle aurait eu le temps de contaminer Juliette ou d'autres enfants avec qui elle jouait sur la plage. Les jeunes enfants, il le savait, sont terriblement vulnérables. Beaucoup d'entre eux mouraient en bas âge. Un sur trois. C'était effrayant. Combien de parents avaient-ils vus, perclus de douleur, pleurer sur les petites tombes blanches ? Il n'osait imaginer la réaction de Charlotte en de telles circonstances. Charlotte ! En sondant son âme, il comprit qu'il avait sacrifié Isabelle pour protéger Charlotte. Cette pensée lui fit horreur. Il la chassa.

Il se leva et marcha lentement jusqu'à sa fenêtre. Dans le ciel, des étoiles scintillaient. Pendant un moment, il se sentit réconforté. Le ciel étoilé lui faisait toujours cet effet : quand il le regardait, il était comme en état de grâce. Mais ce soir-là, son angoisse était trop forte pour qu'il s'abandonne bien longtemps à ce spectacle. Il marcha de long en large dans son bureau. Les mêmes questions, inlassablement, le taraudaient : est-ce que regrouper les lépreux dans un bâtiment vétuste, comme ce serait le cas sur l'île Sheldrake, ne leur ferait pas plus de mal que de bien ? Puisqu'il y avait toutes sortes de lèpres, les plus malades ne risquaient-ils pas alors de contaminer ceux qui avaient la forme la plus bénigne ? En vivant dans une grande promiscuité, faibles et vulnérables comme ils l'étaient, ne risquaient-ils pas aussi d'attraper toutes sortes de maladies ?

En rangeant ses livres dans sa petite bibliothèque, François regretta de n'avoir pas fait toutes ces lectures plus tôt. Il aurait pu donner aux membres du Bureau de santé des exemples de ce qui se faisait en d'autres temps et d'autres lieux. Il aurait pu leur dire qu'autrefois, de véritables hameaux étaient réservés aux lépreux et qu'ils y pratiquaient différents métiers. Leurs petites maisons étaient peintes en rouge afin qu'on devine qu'un d'entre eux y habitait. Tant qu'ils n'étaient pas trop affaiblis par la maladie, des professions dites infamantes leur étaient réservées : vidangeurs, fossoyeurs, équarrisseurs. Ils étaient aussi chargés de fabriquer les cercueils des condamnés à mort. Mais ils exerçaient surtout le métier de tonnelier ou, plus souvent encore, de cordier à la condition toutefois que les cordes servent aux pendaisons.

Il y en avait d'ailleurs tellement qui exerçaient ce métier que cordier devint rapidement synonyme de lépreux et que leurs descendants ne voulurent plus fabriquer ou vendre des cordes à cause de l'infamie que cette maladie avait attachée à cette profession.

L'horloge sonna trois coups. Le père François souffla les chandelles et monta à sa chambre. Il s'assit sur le bord de son lit. Des larmes coulèrent sur ses joues. Il les essuya furtivement comme si quelqu'un eut pu être témoin de ce qu'il estimait être un moment de faiblesse, le signe que sa foi n'était pas assez grande : Dieu savait ce qu'Il faisait.

Tout cela n'arrivait pas pour rien. Il prit son autre bible, celle qui avait appartenu à sa mère et qui était toujours ouverte sur sa petite table de chevet. Il la feuilletait la nuit lorsqu'il ne trouvait pas le sommeil. Il tourna machinalement les pages, espérant encore confusément trouver un sens à cette épreuve. Il chercha jusqu'à ce que le mot *lépreux* danse de nouveau devant ses yeux fatigués. Ce qu'il lut, loin de le réconforter, ajouta à son angoisse : « les pustules des lépreux sont les marques extérieures d'une impureté intérieure ».

Il se rappela soudain de Myriam, la sœur rebelle de Moïse, qui avait été frappée par la lèpre à cause, croyait-on, de sa vie peu conforme à ce qu'on attendait des femmes. La lèpre était la punition de ses péchés. Elle ne frappait que ceux qui menaient une vie dissolue. D'ailleurs, dans les Évangiles, les lépreux demandaient à Jésus non pas d'être guéris, mais d'être purifiés. Cette maladie était donc le signe de la faute, du péché.

François ne trouva pas le sommeil cette nuit-là, tourmenté par l'idée que Dieu allait peut-être le punir lui aussi des pensées lubriques qui le torturaient quand il pensait à Charlotte.

Il ressentit une peine immense en songeant qu'il avait peut-être définitivement perdu son amitié. Il aurait dû mieux la soutenir. Au lieu de cela, quelques heures plus tôt, il lui avait refusé son appui. Il avait été lâche. Il ne lui avait même pas ouvert sa porte pour la consoler. Il ne se trouvait pas seulement lâche, mais orgueilleux aussi. Il aurait fallu qu'il admette qu'il ne pouvait pas changer le cours des événements. Peut-être que s'il fouillait au fond de son cœur, il y trouverait une motivation inavouable dans sa décision de devenir prêtre : la volonté de puissance.

Québec, rue Saint-Louis.

Toutes les locataires de la maison étaient sorties sur leur balcon et écoutaient religieusement Fanny qui, dans la cour, jouait du violoncelle. Concentrée sur la musique, la jeune femme n'avait pas vu que des dizaines d'yeux étaient posés sur elle. Marjorie se dit que c'était très bien ainsi car elle savait que Fanny aurait été très gênée d'être l'objet d'une telle attention, surtout de Gaby qui la dévorait des yeux, même si Marjorie lui défendait de faire des avances à sa nièce. Il avait d'ailleurs fallu qu'elle insiste pour que sa nièce accepte de lui donner ce petit concert intime. Une fausse note, soudain, brisa le charme. Le coupable se tenait là, devant Fanny dont la main avait tremblé dès qu'elle l'avait vu entrer dans la cour.

— Excusez-moi d'arriver comme ça à l'improviste, dit Théo, mais la musique que j'entendais était si belle que je n'ai pu résister à l'envie de pousser la porte du jardin pour voir qui jouait aussi bien.

Fanny bénit la pénombre qui dérobait aux regards le rouge qui lui montait aux joues.

— Joignez-vous à nous, dit aussitôt Marjorie. Je vais chercher un verre de vin, ajouta-t-elle sans attendre.

Fanny et Théo restèrent un moment silencieux, heureux d'être ensemble, mais ne sachant pas trop quoi se dire. Ils se mirent soudain à parler en même temps :

— Quelle magnifique soirée.

Ils riaient quand Marjorie revint. Celle-ci ramassa ses affaires et dit :

— Je suis éreintée. Je vais me coucher.

Fanny n'en crut rien. Sa tante était insomniaque. Elle devinait qu'elle avait trouvé ce prétexte pour les laisser seuls. Elle lui en fut reconnaissante et mesurait sa chance. Les autres filles qu'elle connaissait avaient toujours un chaperon sur les talons. Marjorie avait l'esprit bien trop libre pour lui en imposer un. L'air étant devenu un peu plus frais, les balcons s'étaient vidés. Fanny et Théo étaient seuls avec Mercure qui ne cherchait nullement à être discret. Il quêtait les caresses de Théo qui, visiblement, aimait les animaux, ce qui plut à Fanny. Elle se méfiait des gens qui ne supportent pas leur présence.

Il lui posa mille questions sur elle. Il voulait tout savoir : d'où elle venait, ce que faisaient ses parents. Il en vint rapidement à la question qui lui brûlait les lèvres : comptait-elle rester longtemps à Québec ? Quand il apprit qu'elle étudierait chez les Ursulines au moins deux ans, son sourire fut si franc que Fanny en fut toute remuée. À son tour, elle voulut qu'il se raconte. Elle lui fit remarquer qu'il parlait bien plus souvent de son métier d'apothicaire que de celui d'homme de guet.

— Oui, c'est vrai. Je vais retourner travailler avec mon père dès que l'homme que je remplace reprendra son travail de nuit dans les rues. Je ne déteste pas cela, mais je crois bien que je suis fait pour être apothicaire comme l'ont été mes ancêtres depuis plusieurs générations.

— Vous en avez de la chance de pouvoir choisir ce que vous voulez faire dans la vie.

Théo la regarda sans rien dire. Il n'avait jamais réfléchi au fait que les professions étaient fermées aux femmes. Certes, elles pouvaient être institutrices ou garde-malades, mais elles devaient abandonner leur travail dès qu'elles se mariaient. Ne travaillaient hors de leur foyer que celles que la pauvreté poussait à s'échiner dans des métiers difficiles ou peu valorisants, tels que le travail en usines. Les autres étaient des mères de familles ou des religieuses. Pas de femmes médecins, policières, avocates, notaires ou huissières. La liste aurait pu s'allonger encore longtemps pour détailler tous les lieux où leur présence aurait suscité moqueries et vives protestations.

L'homme de guet qui travaillait ce soir-là cria : « Il est onze heures. Onze heures », répéta-t-il avant de chanter *À la claire fontaine.*

— Au début, je me réveillais plusieurs fois par nuit en vous entendant, votre collègue et vous, mais maintenant, je dors comme un loir. Rien ne me dérange, indiqua Fanny.

— On s'habitue à tout, dit-il en souriant avant d'ajouter :

— Il est tard, je dois partir. Demain, je suis encore en congé. Puis-je revenir vous voir ?

— Hélas non, répondit Fanny. Ma tante et moi avons autre chose de prévu.

Elle semblait sincèrement déçue. Ce qui encouragea Théo à solliciter une rencontre un autre soir.

Ils se quittèrent en se promettant de se revoir bientôt. Fanny eut du mal à dormir. Elle ne cessait de se remémorer tout ce que Théo lui avait dit. En revoyant en pensée tous ses gestes et toutes ses paroles, elle les analysait en essayant de deviner s'il était aussi attiré par elle qu'elle-même l'était par lui. Elle était amoureuse, il n'y avait pas de doute. Elle aurait tant aimé le revoir dès le lendemain. D'autant plus que ce que lui avait proposé sa tante ne l'enthousiasmait pas du tout.

La fameuse rencontre avec Marianne, la voyante qui habitait au troisième étage, ne pouvait plus être repoussée. Marjorie et Fanny devaient, le lendemain, assister à sa séance de spiritisme. Devant le peu d'entrain de Fanny, Marjorie avait dit :

— Les autres fois, je te le promets, on trouvera des excuses pour s'absenter. En somme, je n'assiste à ces séances qu'une ou deux fois par année.

— Mais ça me fait vraiment peur. Si j'y vais, je suis quitte pour ne pas dormir de la nuit. Peut-être même de toute la semaine, argumenta Fanny.

— Mais non, mais non. Ça n'a rien d'effrayant. C'est même plutôt drôle. Il ne faut pas prendre cela au sérieux, c'est tout.

Fanny pensa au père François. Dans ses sermons, il avait souvent fait des mises en garde contre les séances de spiritisme qui étaient, partout dans le monde, de plus en plus à la mode : « Ce ne sont que des interventions diaboliques. » Quand il avait dit cela, les regards s'étaient tournés vers Cornélia, la diseuse de bonne aventure, que pratiquement tout le monde au village avait consultée au moins une fois.

Fanny s'estimait plutôt courageuse, mais elle avait peur des phénomènes inexpliqués sur lesquels elle n'avait aucun contrôle. Plus elle y pensait, plus l'idée de participer à une séance de spiritisme lui déplaisait.

Incapable de dormir, elle alluma une chandelle, prit du papier et un crayon et écrivit à Isabelle. Elle voulait lui parler de Théo. Sa sœur lui manquait. Elle aimerait tant qu'elle vienne elle aussi étudier chez les Ursulines. Elle allait écrire à sa mère et le lui suggérer.

***

Fanny et Marjorie entrèrent dans le salon où étaient déjà réunies les autres locataires de la maison. La pièce était sombre. Les rideaux de velours doré des quatre fenêtres étaient fermés. Les chandelles du candélabre posé sur l'une des petites tables n'éclairaient qu'un coin du salon. Les flammes qui brûlaient dans le foyer afin de chasser l'humidité de cette froide journée d'été jetaient sur les murs des lueurs furtives. Un groupe de femmes étaient assises sur des chaises disposées en rond. Missie, une petite chienne, était sagement couchée au pied de Marianne, la voyante.

Celle-ci posa ses yeux d'un noir profond sur Fanny. Sans sourire, elle l'invita à s'asseoir en face d'elle. Gênée par ce regard inquisiteur, Fanny regrettait de plus en plus d'être venue. Elle cherchait un prétexte pour partir quand Marianne décréta qu'elle sentait la présence d'un esprit. Un frisson parcourut l'échine de Fanny. Un gros chat gris sortit de la pièce en miaulant et en courant. Gaby jeta un regard entendu aux autres femmes : le comportement de l'animal était à ses yeux la preuve qu'un esprit se trouvait bel et bien parmi elles. Presque aussitôt, Marianne tourna la tête vers Fanny. D'une voix caverneuse, elle dit :

— Des êtres monstrueux sont auprès d'une fille aux cheveux blonds. Tu la connais. Tu l'as toujours protégée. Elle aura besoin d'aide. Plusieurs seront comme elle. Elle est entourée de monstres.

Fanny, pétrifiée, émit un petit rire nerveux. Marjorie lui prit la main.

Marianne ferma les yeux et baissa la tête. Toutes attendirent en silence, retenant leur souffle. Personne n'osa bouger jusqu'à ce qu'elle dise, d'une voix redevenue normale :

— Je suis épuisée. Ce que j'ai vu est affreux. Je ne me sens pas la force de le raconter.

Toutes comprirent que la séance était terminée. Excepté Marjorie et Fanny, les autres furent très déçues. Habituellement, la séance durait au moins une heure, et plusieurs d'entre elles avaient espéré avoir des contacts avec l'une ou l'autre de leurs connaissances parties pour l'au-delà. N'osant cependant protester, de crainte de froisser la susceptible Marianne, elles se levèrent et sortirent en silence.

Pâle, comme pétrifiée, Fanny restait figée sur sa chaise. Que Marianne se soit directement adressée à elle d'une voix si caverneuse l'avait drôlement secouée. Doucement, Marjorie l'incita à se lever et l'entraîna jusqu'à son appartement. Elle regrettait d'avoir imposé cela à sa nièce. Elle se promit de mettre les choses au clair avec Marianne. « Je n'assisterai plus jamais à ses séances. Je lui dirai qu'elle doit respecter le fait que je ne crois pas à toutes ses balivernes. Si je me brouille avec elle, ce sera tant pis », pensa-t-elle.

Fanny, qui venait de s'asseoir à la petite table de la cuisine de sa tante, tressaillit et lâcha un cri quand Pluton, le chat, sauta sur ses genoux. Marjorie et elle éclatèrent de rire. Du coup, elles se détendirent. Marjorie servit à sa nièce un grand verre de lait chaud sucré au miel avec des biscuits à l'avoine.

— Ça te réconfortera et t'aidera à dormir.

— Merci.

— Cet été, nous irons souvent à la campagne. Nous ferons des pique-niques. Je te montrerai comment dessiner des vaches et des chevaux. Nous ne rencontrerons pas toujours des fermiers aussi déplaisants que la dernière fois.

Fanny lui sourit. L'idée lui plaisait. Elle ne dit pas à sa tante qu'elle avait souvent dessiné des animaux et que plusieurs de ses dessins étaient affichés sur les murs de son école. Ses parents en avaient même encadré quelques-uns tant ils les trouvaient réussis.

Les propos de Marianne s'imposèrent de nouveau à son esprit. La peur la tourmenta de nouveau.

— Est-ce que je peux dormir avec toi ? demanda la jeune fille.

Marjorie aurait aimé peindre avant d'aller se coucher mais, se sentant un brin responsable de la peur qu'éprouvait sa nièce, elle accepta sans se faire prier.

***

Fanny ne réussit pas à dormir. Le moindre craquement la figeait d'effroi. Certes, la présence de Marjorie auprès d'elle la rassurait, mais elle ronflait ! À quatre heures, quand les premières lueurs de l'aube éclairèrent la chambre, jugeant inutile d'essayer de s'endormir, elle se leva et sortit de la chambre à pas de loup, suivie de Mercure. L'énorme chien se planta devant la porte donnant sur le jardin et la regarda avec insistance.

— J'ai compris, mon gros, ce ne sera pas long, je prends mon gilet et je te suis, dit-elle d'une voix joyeuse.

L'air frais du point du jour la ragaillardit. Pendant que Mercure faisait ses besoins, elle admira les fleurs, dont plusieurs étaient exotiques, qui poussaient aux quatre coins de la cour. Une voix derrière elle la fit sursauter :

— Vous êtes aussi matinale que moi, jeune fille.

Fanny reconnut aussitôt la voix de la voyante. Contrairement à ce qu'elle avait anticipé, la proximité de cette femme ne suscita chez elle aucune crainte, comme si la lumière du jour dissipait l'aura de mystère effrayant qui, la veille, entourait Marianne. Elle se retourna, lui offrit son plus beau sourire et dit :

— Bonjour Marianne. Ce sera une belle journée, n'est-ce pas ?

— Cela dépend de ce que tu entends par *belle journée*. Il n'y a pas que la température qui compte. On peut mourir subitement en plein soleil.

Le sourire de Fanny se figea : « Quelle rabat-joie ! » se dit-elle. Elle reporta son attention sur Missie, la chienne de Marianne. Le comportement de Missie était déconcertant. Mercure tournait autour, essayant par tous les moyens d'attirer son attention, mais la chienne faisait comme s'il n'existait pas. Devinant les questions que Fanny se posait au sujet de sa chienne, Marianne expliqua :

— Missie ne croit pas qu'elle soit un animal. Elle se prend pour un être humain. Un être humain qui, de surcroît, n'aime pas les chiens.

Voilà que ça recommençait ! Cette femme tenait encore un discours étrange. Fanny chercha un prétexte pour rentrer, mais Marianne n'avait pas fini de raconter :

— Missie était très petite quand elle est née. Ses maîtres, des amis à moi, étaient persuadés qu'elle ne survivrait pas. Ils avaient décidé de l'éliminer pour abréger ses souffrances. Un matin, j'ai senti le besoin d'aller chez eux. C'était plus fort que moi.

Marianne s'interrompit, scruta le visage de Fanny comme si elle cherchait à deviner ce qu'elle en pensait avant d'ajouter :

— Je ne crois pas au hasard, ma fille.

Fanny demeurait silencieuse, attendant la suite. Cette femme l'effrayait, mais elle avait aussi le don de piquer sa curiosité.

— Qu'est-il arrivé ensuite ? demanda-t-elle simplement.

— Quand je suis arrivée chez eux, ils étaient sur le point de la tuer. Dès que je l'ai vue, j'ai su qu'elle m'était destinée. Même s'ils ne croyaient pas que je puisse la sauver, ils m'ont laissé partir avec elle. Comme tu vois, j'ai réussi. Mais ça ne s'est pas fait tout seul. « Aide-toi et le Ciel t'aidera. » Je m'en suis occupée nuit et jour. Je l'ai enroulée dans une couverture chaude et, comme les sauvagesses avec leur bébé, je la portais constamment sur moi afin qu'elle n'ait pas froid. Je dormais avec elle toujours blottie contre mon corps. Je crois que c'est pour cela qu'elle ne s'est jamais intéressée aux autres animaux. Elle ne croit pas être un chien. D'ailleurs, tu as vu, elle n'a pas fait ses besoins dans le jardin comme Mercure. Elle fait ça dans le pot de chambre que j'ai acheté exprès pour elle et dont les rebords sont suffisamment larges pour qu'elle puisse se tenir en équilibre.

Fanny se serait passée de ce genre de détails, juste avant le déjeuner. Elle regarda Missie qui, continuant d'ignorer Mercure, sentait les fleurs du jardin comme elle-même l'avait fait un peu plus tôt.

— Elle m'était destinée parce qu'elle est comme moi, ajouta Marianne.

— Que voulez-vous dire ? demanda Fanny qui regretta aussitôt d'avoir posé cette question, n'étant pas certaine de vouloir entendre la réponse.

— Elle a des dons. Elle voit l'avenir. Elle peut prédire la date de la mort de quelqu'un.

Fanny était désormais certaine que cette femme était complètement folle.

— Je ne suis pas folle, dit Marianne comme si elle devinait ses pensées. Un homme qui se savait condamné est venu chez moi pour me demander combien de temps il lui restait à vivre. Missie s'est mise à aboyer deux fois. Ce qui signifiait deux ans. Il voulait en savoir plus. Connaître le jour et l'heure. Elle a aboyé quatre fois pour indiquer le mois d'avril et...

— Ha ! Tu es là Fanny ! Je te cherchais partout, lança Marjorie qui venait d'ouvrir la porte. Je suis désolée de vous avoir interrompues, mais je voulais juste savoir où tu étais. Tu viens déjeuner avec moi ?

— Oui, j'ai terriblement faim ! s'exclama Fanny, heureuse d'avoir un prétexte de quitter Marianne qui lui semblait de plus en plus étrange. J'ai quelque chose à te demander, mentit-elle encore.

Mercure la suivit et se précipita sur Marjorie qui l'accueillit en riant et en le caressant. Marianne haussa les épaules. Elle était habituée à ce qu'on la fuie.

— Il ne faut pas lui en vouloir, dit-elle à Missie. Elle aura bientôt bien de la peine cette jeune fille.

Peut-on s'imaginer ce que c'est pour une enfant d'être séparée de ses parents et envoyée sur une île avec des inconnus ? Peut-on s'imaginer ce que c'est que de ne plus être appelée par son prénom, mais par le nom d'une maladie ? La petite lépreuse, voilà ce que j'étais devenue. Comme si je n'étais plus rien d'autre qu'une maladie. Certains le disaient avec tant de hargne que ce mot sonnait comme une insulte. « Cette maudite lépreuse », a dit un homme qui se tenait sur le quai le jour de mon départ pour l'île Sheldrake. Quand je l'ai entendu, j'ai senti s'ouvrir en moi comme une grande cicatrice. Trente ans plus tard, elle n'est toujours pas guérie. Les mots sont des tueurs silencieux. Jamais le nom d'une maladie ne devrait être une insulte. « Maudit lépreux », « Maudit cancéreux », « Maudit fou », je ne suis pas capable d'entendre ça sans sentir en moi s'élever une grande douleur qui excite ma colère. Isa à Gus

Tracadie, 8 juillet 1844.

La corne de brume résonna dans l'air frisquet de ce matin d'été. Plus d'une centaine de personnes étaient assemblées sur le quai de Tracadie. Une trentaine d'entre elles allaient être envoyées sur l'île Sheldrake. Les autres, c'étaient leurs parents et amis venus faire leurs derniers adieux, les plus déchirants de toute leur vie. Parmi eux, s'étaient glissés quelques curieux aimant se repaître du malheur des autres. À tel point qu'ils bousculaient tout le monde pour ne rien perdre de ce qui, pour eux, était un spectacle divertissant.

Des gardiens armés jusqu'aux dents tentaient de les éloigner : « Tenez-vous loin des lépreux », hurlaient-ils en brandissant leurs armes vers ceux que l'ordre ne faisait pas bouger d'un pouce.

Charlotte et Isabelle s'approchèrent du quai que la brume, telle une muraille, encerclait de plus en plus. C'était comme si la nature répondait à leur désir : qu'un imprévu empêche les bateaux de prendre le large. Elles lançaient des prières muettes afin que ce miracle se produise. Était-ce d'ailleurs si insensé de croire aux miracles ? Des guérisons miraculeuses, la bible en était pleine. Dans l'Évangile selon saint Luc, il était même question d'un lépreux venu trouver Jésus : « Pris de pitié devant cet homme, Jésus étendit la main, le toucha. À l'instant même, sa lèpre le quitta. »

De loin, Charlotte salua quelques personnes, mais peu d'entre elles lui répondirent. Elle crut d'abord qu'elles ne l'avaient pas vue, mais elle dut se rendre à l'évidence : on l'ignorait. Même celles qu'elle considérait comme des amies. Charlotte n'allait pas tarder à comprendre qu'avoir un lépreux dans la famille écarte les amis, les employeurs, les connaissances et même la parenté. Le mot *lépreux* isole aussi sûrement qu'une prison. Ce mot est une prison.

Charlotte serra Isabelle contre elle. Elle aurait souhaité que Gus soit là pour la soutenir, mais il était resté à la maison avec Juliette. Ils avaient convenu qu'il valait mieux protéger leur benjamine de la contagion. Ils voulaient élever un mur pour elle contre cette réalité si horrible qu'ils avaient du mal à la supporter, eux que les années avaient pourtant bien armés. Si elle demandait à Charlotte à quoi ressemblaient les lépreux, elle le lui dirait. Entendre la description d'un lépreux est moins dure que de le voir. Au fil du temps, la dure réalité, elle la lui révélerait doucement, au compte-gouttes, en choisissant bien ses mots. Elle le ferait quand elle aurait trouvé la force d'en parler sans hurler de douleur.

Quand Charlotte entra dans l'espace réservé aux malades et à leurs proches, elle devina la terreur qui gagnait Isabelle. Blottie contre elle, elle sentait le cœur de son enfant palpiter comme celui de l'oiseau blessé qu'elle avait jadis tenu dans ses mains. Le spectacle qui s'offrait à leurs yeux avait de quoi effrayer une enfant : un homme n'avait plus à la place du nez qu'une cavité purulente. Un autre avait les oreilles boursouflées et ses mains n'étaient plus que des moignons. Une femme tenait par le bras un aveugle dont les yeux étaient comme saupoudrés d'une mince farine.

Charlotte pensa à leur voisin qui, sachant qu'il allait devenir aveugle, n'avait confié son désarroi qu'à Gus et à elle. Puisqu'il ne savait pas quand cela se produirait, il ne l'avait dit à aucun de ses proches. Mais il s'en était confié à Gus et Charlotte avec qui il n'avait jamais entretenu rien d'autre que des relations de bon voisinage. Le dire à ceux qui lui étaient attachés, c'était les condamner à la souffrance.

Charlotte le rencontrait au village avec sa femme, toujours souriant, prêt à rendre service. À Gus et à elle, il parlait de son malheur en pleurant. Cela lui faisait du bien et il pouvait laisser libre cours à ses larmes sans que le poids de ses paroles les écrase. Il était un modèle pour Charlotte : il lui avait appris toute la bonté et la noblesse qu'il y a à protéger ceux qu'on aime. Ce jour-là, elle aurait aimé pouvoir être aussi forte que lui et cacher sa détresse à Isabelle.

Son attention fut attirée par un jeune garçon qui cherchait fébrilement son gant en marmonnant. Tant bien que mal, il essayait de dérober aux regards sa main dénudée : n'importe qui désormais, même la personne la plus dépourvue du sens de l'observation, pouvait voir que ses doigts ressemblaient de plus en plus à des griffes. « Mais où est donc ce satané gant ? Comment je vais faire pour cacher ma main si je ne le trouve pas ? » se demandait-il, affolé. Les muscles de son visage étaient si atrophiés qu'il en était devenu méconnaissable. Charlotte reconnut l'homme qui se tenait auprès de lui. C'était Agénard.

Au village, tout le monde disait qu'il n'était qu'un vaurien. Agénard avait les joues et le nez violacés. Il portait sans cesse sa gourde d'eau à sa bouche. La lèpre donnait soif. Une soif inextinguible. Autour de lui, des lépreux, prostrés, repliés sur eux-mêmes, gardaient la tête baissée et rabaissaient leur capuchon sur leurs yeux, cherchant à dissimuler non seulement leurs marques horribles, mais aussi leur honte. C'était insensé de ressentir cela. Mais la honte, inexplicablement, s'attachait à la maladie autant qu'à la pauvreté et la laideur, comme si les personnes se sentaient responsables de leur état. Quelques-uns cependant ne présentaient aucun signe de la maladie. Charlotte et Isabelle se placèrent auprès d'eux. Au loin, elles virent la moitié d'un arc-en-ciel.

— L'étendard du bon Dieu est brisé, dit un homme en le regardant. C'est un mauvais signe. Hier soir, j'ai vu des lances. Quand j'étais jeune, j'avais ben peur de cela.

Charlotte hocha la tête. Pour elle, les aurores boréales, que l'homme appelait des lances, étaient toujours imprégnées de magie et de beauté. Elle ne comprenait pas qu'elles suscitent la peur.

Derrière eux, des éclats de rire explosèrent. Charlotte se retourna, étonnée que l'on puisse éprouver de la joie par un matin pareil. Elle vit un petit attroupement de personnes de tous les âges qui se moquaient des malades ou chuchotaient sur leur passage. Cette insensibilité à la souffrance la consterna. Elle comprit qu'au lieu d'attirer la compassion, les lépreux faisaient l'objet à la fois de moqueries, de haine, de dégoût et d'horreur. Même ceux qui, parmi les curieux, restaient silencieux ne pouvaient cacher leurs sentiments. Leur corps parlait pour eux : les coins de leur bouche et leur nez pincé trahissaient leur dégoût. L'indifférence et l'insensibilité sont des armes terrifiantes. La barrière invisible que les gardiens avaient érigée en espérant éviter la propagation de la maladie ne protégeait cependant pas les lépreux de ceux qui les regardaient comme des monstres de foire. Il fallait avoir le cœur bien endurci pour ne pas pleurer en voyant tous ces pauvres malades. Si Charlotte n'avait craint d'ajouter à leur humiliation, elle aurait interpellé les badauds : « Les vrais monstres ne sont pas ces malades, mais vous qui n'avez pas de cœur », leur aurait-elle dit. Mais auraient-ils compris que leurs regards et leurs commentaires infligeaient des blessures indélébiles ?

Isabelle n'arrivait plus à contrôler ses larmes. En sanglotant, elle supplia sa mère de la ramener à la maison. Ses pleurs étaient désespérés et déchirants. C'était une supplique implacable. Ne pouvoir y répondre torturait Charlotte. Comment résister à une telle demande ? Comment pouvait-elle laisser sa fille partir seule sur une île avec des inconnus ? D'autant plus que, plus elle regardait les malades, plus elle avait la certitude, bien qu'elle n'en eût jamais vraiment douté, qu'Isabelle n'avait pas la lèpre. Aucune des marques que les véritables malades avaient sur la peau n'était identique à celles qui marquaient sa fille.

— Tu as ton sachet de camphre ? demanda Charlotte.

Isabelle porta la main à son cou. Le sachet, censé la prémunir de la contagion, était bien là. La veille, Charlotte l'avait attaché à un scapulaire qui, espérait-elle, amplifierait l'effet protecteur. Elle avait aussi lu le cahier de médecine que sa mère micmaque lui avait légué avant sa mort. Elle n'avait trouvé aucune mention de la lèpre. Elle avait alors pris le bracelet avec une pierre verte sur laquelle était dessiné un aigle : « C'est le bracelet de ta grand-mère, il te protégera », avait-elle dit à Isabelle en le lui nouant autour du poignet.

Charlotte avait aussi mis dans les bagages de sa fille une bonne quantité de vinaigre : « Je veux que tu en mettes sur tout ton corps après t'être lavée. » Isabelle avait acquiescé, même si l'idée de sentir le vinaigre et le camphre ne lui plaisait pas trop. Elle aimait tant le parfum que lui avait donné sa mère à son treizième anniversaire. Elle avait aussi promis à Charlotte de s'oindre le derrière des oreilles avec l'huile de Sainte-Anne.

Elle s'était dit qu'elle ne tiendrait pas cette promesse. Elle ne voulait pas s'attirer les moqueries des autres jeunes filles qui vivraient avec elle sur l'île. Mais ayant désormais sous les yeux les effets horribles de la lèpre, elle comptait utiliser tous les moyens à sa disposition pour s'en prémunir. Y compris tous les saints du ciel. Huile de Sainte-Anne, camphre, vinaigre, scapulaire, bracelet de sa grand-mère amérindienne : elle porterait tout cela comme on porte une armure.

Charlotte vit le père François qui approchait du quai. Tout son corps se raidit. Elle estimait qu'il n'avait pas fait preuve de loyauté en permettant qu'on envoie Isabelle sur cette île maudite. Il lui fit un signe amical de la main qu'elle ne vit pas, car au même moment, Léo Lamy, le plus prospère cultivateur du Nouveau-Brunswick, entra dans le cercle des lépreux et la salua. Il était accompagné de ses quatre enfants, tous âgés de moins de dix ans. Chacun d'eux tenait un petit sac contenant les effets dont ils n'avaient pas voulu se séparer : une image, une flûte, une poupée, un petit camion de bois et la petite couverture sans laquelle ils ne trouvaient pas le sommeil.

Leur père ne semblait nullement affecté par ce qui leur arrivait. Charlotte l'entendit dire à sa femme qu'ils reviendraient tous bientôt, guéris, et qu'il pourrait vaquer à ses occupations comme avant. « La lèpre ne sera plus qu'un mauvais souvenir, ne t'en fais pas », avait-il conclu.

Mais il ne s'en trouvait guère pour partager son optimisme.

Presque tous apparaissaient comme des êtres brisés, hébétés, meurtris dans leur chair et dans leur âme. Charlotte sentait leur effroyable détresse. Pour la dixième fois, elle rassura Isabelle :

— Tu n'as pas cette maladie, ne t'inquiète pas. Tu reviendras vite chez nous.

— Je ne veux pas y aller, répéta Isabelle en pleurant de plus belle.

La brume encore une fois se fit complice. Elle s'épaissit tant et si bien qu'elle isola, mieux que l'enceinte invisible créée par les gardiens, malades et bien-portants. L'heure du départ fut retardée.

— Peut-être ne partiras-tu pas aujourd'hui, dit Charlotte à Isabelle.

Sur la mer, des barques se balancent, attendant leur triste cargaison : nous. On embarque au milieu des sanglots, des cris, des suppliques. Notre vie bascule. Isa à Gus

Charlotte était trop submergée par la peine pour sentir qu'à quelques pas d'elle, un homme la dévisageait depuis un bon moment. Ébloui par sa beauté, il n'avait cependant jamais vu un visage inondé à ce point par la tristesse. Pourtant, de la souffrance, il en voyait chaque jour puisqu'il était médecin. Le docteur Adam Labergne était né à Joigny, en France, et avait étudié à Paris. Grand voyageur, il était venu au Canada et avait eu le coup de foudre pour la Gaspésie. Il s'était établi à Miguasha et y avait rencontré celle qu'il n'avait pas tardé à épouser.

Bien qu'ils eussent onze enfants, le médecin avait aussi une « épouse » amérindienne et ne se privait pas d'autres aventures. Quand il avait bu, ce qui arrivait assez souvent, il confiait à des amis toutes ses prouesses. Ceux-ci riaient et lui tapaient sur l'épaule en disant qu'il était un « homme à femmes ».

Le docteur Labergne était non seulement bel homme, mais le prestige qui entourait sa profession ajoutait à son charme. Il avait aussi cette confiance en lui qu'ont la plupart des gens issus de milieux aisés. Au fil des générations, la confiance en soi des Labergne s'était affermie au point d'apparaître comme la cause, plutôt que la conséquence, de leurs succès. Bien qu'il fût dans la cinquantaine, il n'avait aucune difficulté à séduire de jeunes femmes, parmi les plus jolies. Quand il vit Charlotte, il ressentit un tel trouble qu'il décida sur-le-champ qu'elle serait sa prochaine conquête.

Comme beaucoup d'autres médecins, le docteur Labergne étudiait la lèpre. C'est ce qui l'avait d'ailleurs amené à Tracadie ce matin-là. Depuis plusieurs années, il rêvait secrètement de découvrir un remède à une maladie incurable. Son plus grand désir, qui surpassait celui qu'il éprouvait devant une jolie femme, était que son nom passe à l'Histoire.

Quand il était en France, le docteur Labergne avait travaillé à l'Hospice Saint-Méen. Il interprétait certains signes du destin qui lui permettaient de croire qu'il serait le premier à trouver un remède à cette maladie : Saint-Méen était le patron des lépreux et il vivait près des régions qui, au Canada français, étaient les plus frappées par la lèpre. Il était d'autant plus confiant qu'il se sentait supérieur à bon nombre de médecins de campagne qui non seulement n'avaient aucun diplôme, mais avaient ouvert leur clinique après avoir simplement fait leur apprentissage auprès d'un confrère.

Contrairement à Adam, ils n'avaient suivi ni cours d'hygiène, ni de pathologie, ni de toxicologie. Certains avaient comblé leurs lacunes en s'instruisant par eux-mêmes, mais beaucoup s'en remettaient au pouvoir divin. Ils se contentaient donc souvent de conseiller à leurs malades d'avoir un bon régime de vie, « d'être patients et de prier ».

Adam sortit son calepin et commença à noter les différents signes de la maladie qu'il avait sous les yeux. Mais il avait de la difficulté à se concentrer. Son regard revenait sans cesse vers Charlotte. Plus il l'observait, plus elle le fascinait. Ce qu'il éprouvait en sa présence avait quelque chose de nouveau. Il s'était souvent moqué de son épouse et de ses belles-sœurs quand elles racontaient qu'un tel avait eu un coup de foudre, ou un « coup de soleil amoureux », comme elles disaient aussi, mais ce jour-là, il comprit que cela existait véritablement. Quand il avait vu Charlotte, il s'était senti frappé par la foudre.

À cet instant, Charlotte leva les yeux vers lui. Elle fut troublée par le bleu de glace de son regard. Lui, par la détresse qu'il lisait dans le sien. Leurs yeux ne se croisèrent que l'espace d'une seconde car Isabelle réclamait l'attention de sa mère :

— Regarde. C'est Olivia. Elle a mon âge. Crois-tu qu'elle ira sur l'île elle aussi ?

Il y avait beaucoup d'espoir dans cette question. Bien qu'elle sache que cela était cruel pour Olivia de souhaiter qu'elle aille sur l'île, Charlotte espéra elle aussi que sa fille puisse y trouver le réconfort d'une amie. Lorsqu'elle s'approcha de la femme qui tenait Olivia par la main, celle-ci leva des yeux embués de larmes.

— Votre fille est malade ? demanda doucement Charlotte.

— On ne le sait pas encore. Elle a eu de la fièvre, pis des douleurs un peu partout. De toute façon, je n'ai pas le choix de l'emmener, personne ne veut en prendre soin. Moi, comme vous voyez, je suis bien mal en point, répondit la femme qui était encore sous le choc terrible de se savoir atteinte de « la maladie ».

Olivia sourit à Isabelle. Deux de ses dents étaient espacées : « Les dents du bonheur. Tu auras une vie heureuse », disait-on. Le père d'Olivia s'approcha, salua Charlotte en touchant sa casquette du bout des doigts et dit à sa femme :

— Imagine-toi donc que je viens d'apprendre que Cyprien, notre voisin, s'est suicidé durant la nuit. Il avait la maladie, lui itou. Il a laissé un mot : *Vous ne m'enfermerez pas. Je sais que cette île sera une prison.*

— Mais non voyons, déclara aussitôt Charlotte qui avait vu la terreur dans les yeux d'Isabelle lorsqu'elle avait entendu le mot *prison.*

— Le père François a dit que nous serions bien soignés, dit la mère d'Olivia qui, elle aussi, voulait rassurer son enfant.

Son mari ne répondit pas, mais il ne pouvait s'empêcher de se demander si Cyprien n'avait pas été le plus lucide de tous.

Le père François quitta le groupe de malades qu'il avait tenté de réconforter et se rendit au bout du quai. Là, il monta sur une roche plate afin que tous puissent le voir. La brume encerclait le bas de sa robe. Une femme qui, ce jour-là, avait terriblement besoin de croire aux miracles, crut naïvement qu'il flottait sur l'eau. Elle se signa et tomba à genoux en psalmodiant. Le curé demanda aux lépreux et à leurs familles de s'approcher afin qu'il les bénisse.

D'une voix moins assurée qu'à l'accoutumée, il prit sa bible et lut :

— Heureux êtes-vous quand les hommes vous haïront, quand ils vous frapperont d'exclusion et qu'ils vous insulteront et proscriront votre nom comme infâme. Réjouissez-vous et tressaillez d'allégresse, car voici que votre récompense sera grande dans le ciel.

Il leva la tête et dit :

— Croyez-moi, la lèpre n'est pas un châtiment infligé par Dieu. Elle est une grâce.

Lui-même n'y croyait plus. Il craignait plutôt la colère de Dieu. Il croyait qu'Il les punissait de leurs péchés, comme lui-même serait un jour puni. Mais il n'avait rien trouvé de mieux qui puisse les consoler.

— Prenez patience, c'est ce que je vous conseille. Vous serez soignés et vous guérirez, ajouta-t-il avant de les bénir. Sinon, Dieu vous ouvrira toutes grandes les portes du ciel.

Quand il dit *Amen*, des sanglots s'élevèrent de part en part et la main de Charlotte serra plus fort celle de sa fille. Le moment de la séparation approchait. Charlotte sentit sa gorge se nouer. Elle manquait d'air et son cœur galopait dans sa poitrine. Elle s'était promis d'être forte et essaya de se maîtriser. Isabelle leva la tête et la regarda intensément comme si elle cherchait à savoir si sa mère était inquiète ou confiante que tout se passerait bien.

Charlotte tenta de lui sourire, mais n'y parvint pas. Tout ce qu'elle put faire fut de la serrer dans ses bras et de pleurer.

Pendant ce temps, les autres commençaient à embarquer dans les petites chaloupes. Le père François, qui avait fini de distribuer ses médailles, s'approcha d'elles et dut enlever les bras de Charlotte autour du corps de sa fille. Elle résistait. Elle leva les yeux vers lui, voulut parler, mais ne parvint pas à lui expliquer la souffrance qui lui coupait le souffle.

— Je t'en prie Charlotte. Tu rends la situation plus difficile pour ta fille. Je te jure qu'Isabelle sera bien traitée et te reviendra bientôt, dit doucement le prêtre.

Cette promesse, à laquelle elle avait tant besoin de croire, brisa sa résistance. Elle ouvrit les bras. Isabelle, lentement, se détacha d'elle.

Une femme, qui l'observait depuis quelques minutes, s'approcha. Son gros ventre indiquait qu'elle allait bientôt accoucher.

— Madame, dit-elle à Charlotte. Moi aussi je vais sur l'île, je vais m'occuper de votre fille.

En disant cela, elle avait tendu la main et Charlotte vit qu'elle portait des gants. Elle remarqua aussi qu'elle avait sur sa joue une petite décoloration blanche, de la grosseur d'un pois. L'un des signes de la lèpre.

— Je viens de Rivière-des-Caches, je m'appelle Monette. Je veillerai sur elle, ne vous inquiétez pas.

Les mots de cette femme rassurèrent bien plus Charlotte que ceux qu'avait prononcés le prêtre. Elle embrassa Isabelle et promit que Gus et elle iraient la voir dès qu'ils auraient l'autorisation de le faire. Isabelle s'éloigna. À mi-chemin, elle se retourna et Charlotte lui envoya un baiser. Elle constata soudain qu'elle avait oublié de lui laisser la couverture qu'elle avait apportée. Elle courut jusqu'à sa fille, l'abria tendrement, l'embrassa de nouveau et lui prit la main.

Elle ne se résignait pas à la laisser partir. Elle souhaita que la brume s'épaississe de nouveau, que le vent se lève et qu'il soulève des vagues si hautes que le départ devrait être retardé. N'importe quoi, la fin du monde s'il fallait ! Elle retenait son souffle en priant pour que quelque chose arrive. Mais le soleil perça le brouillard et ne tarda pas à le dissiper totalement. Ce fut encore le père François qui, doucement, vint la séparer de son enfant.

Le bateau allait quitter le port quand un rayon de soleil éclaira le visage d'Isabelle, remarquablement triste et apeuré. Il était évident que le courage dont elle aurait voulu faire preuve lui manquait de plus en plus. Elle regarda sa mère. Leurs cœurs, à l'unisson, hurlaient des cris muets. Isabelle pleurait tout ce qu'elle abandonnait : ses parents, ses sœurs, sa maison, le piano, son cheval, la liberté de galoper à travers champ ou dans la forêt et de goûter avec lui la beauté de la nature. La liste aurait pu s'allonger encore sur toutes ces pertes.

Isabelle voulut se lever et rejoindre sa mère, mais un homme la rattrapa et la força à se rasseoir. Le geste avait été brusque et Charlotte aurait voulu s'approcher et lui crier de faire plus attention. Mais elle était figée sur place, muette, paralysée par la détresse. Elle resta sur le quai, fixant l'embarcation jusqu'à ce qu'elle ne soit plus qu'un point noir à l'horizon. Écrasée de douleur, Charlotte tomba à genoux et pleura. C'était l'heure la plus sombre de sa vie. Autour d'elle, la foule se dissipa. Même le père François s'éloigna. Il sanglotait lui aussi et croyait ne pouvoir être d'aucun réconfort pour son amie. Il croyait surtout que Dieu souhaitait qu'il s'éloigne d'elle.

Le docteur Labergne, lui, n'avait pas quitté Charlotte des yeux. Il allait s'avancer pour tenter de la consoler lorsqu'un homme le devança. C'était

Gus, tenant Juliette par la main. Avec une infinie tendresse, il aida Charlotte à se relever. Ils prirent le chemin de leur maison en marchant, soudés l'un à l'autre. Les larmes de Charlotte inondèrent l'épaule de son mari.

Pour la première fois depuis qu'elle le connaissait, les larmes de son époux se mêlèrent aux siennes. Juliette pleurait elle aussi de les voir aussi tristes et d'être séparée de sa grande sœur. Quelques mois plus tôt, elles étaient trois filles à vivre sous le même toit, à se chamailler, se taquiner, s'amuser, chanter, danser, et voilà qu'elle se retrouvait seule avec des parents dévastés.

En suivant des yeux ce couple manifestement uni, Adam se dit que cette femme serait sans doute difficile à séduire, mais qu'il y arriverait.

Anciennement, ailleurs dans le monde, quand un lépreux signait un document, il devait écrire « Le lépreux » à la suite de son prénom. Il laissait derrière lui tout ce qui, avant, forgeait son identité. Désormais, il n'était plus rien d'autre qu'une maladie. Je me suis battue pour que quelque chose de moi subsiste. On m'a enlevé ma liberté, mon nom, ma famille, ma jeunesse, mais j'ai refusé de ne plus être qu'Isabelle la lépreuse. J'étais plus que cela. C'est ce qui m'a permis de ne pas sombrer et de garder ma dignité. Du moins m'y efforçai-je. Il est facile de perdre sa dignité et de se perdre soi-même quand on a tout perdu.

Isa à Gus

Isabelle ne pouvait détacher son regard de la femme qui était assise devant elle dans la petite embarcation. Les lignes de sa main gauche, qu'elle tenait ouverte sur sa cuisse, étaient lacées d'argent. Tous les pores de sa peau semblaient remplis de fil d'argent. Sous le soleil qui perçait les nuages, ils brillaient comme si elle avait des étoiles sur les paupières.

— Ma belle-sœur m'avait dit que ces lignes d'argent étaient le signe que j'allais devenir riche, dit la femme qui avait capté le regard d'Isabelle.

Comme elle se trompait ! La lèpre peut aussi faire apparaître ces signes-là. C'est une maladie bien sournoise…

Isabelle détourna le regard. Assise auprès d'elle, Monette se mit à chantonner une berceuse en caressant son gros ventre. Son chant était une prière qu'elle lançait à l'univers : elle voulait que son bébé naisse ailleurs que sur l'île Sheldrake. Elle était la seule, sur le bateau, à rompre le silence.

Les autres adultes, rongés par l'inquiétude, restaient muets. Ils ne cessaient de se questionner intérieurement sur ce qui les attendait sur l'île ou s'inquiétaient pour ceux qu'ils avaient laissés derrière eux. Les hommes se demandaient comment leur femme allait pouvoir subvenir aux besoins de leur famille. Les femmes s'inquiétaient pour leurs enfants, désormais seuls avec leur père qui devait s'absenter souvent pour travailler.

Quant aux couples qui se rendaient ensemble sur l'île, ils avaient dû abandonner leurs enfants à une étrangère. Il n'y avait pas d'orphelinat à Tracadie. Le Bureau de santé avait donc nommé deux femmes pour héberger les enfants des lépreux qui se retrouvaient dans la même situation que des orphelins.

Isabelle regarda le cultivateur Léo Lamy. Il semblait avoir perdu le bel optimisme qu'il affichait si ostensiblement un peu plus tôt sur le quai afin de rassurer sa femme et ses enfants.

Agénard qui, plus tôt, ne cessait de porter la gourde à sa bouche, regardait Isa des pieds à la tête.

— Beau brin de fille, dit-il en s'esclaffant et en donnant un coup de coude à Jean, assis auprès de lui.

Isabelle rougit. Elle n'aimait pas la façon dont cet homme la regardait. Sensible à son malaise, Jean prit sa défense :

— Tiens-toi tranquille Agénard, c'est ni le moment, ni la place. Retiens-toi un peu pour une fois. Oublie pas que t'as une femme à la maison, pis des enfants.

— Ouais, on peut dire. Mais comme je ne les reverrai plus..., dit-il en faisant un clin d'œil à Isa.

— Je t'ai dit d'arrêter. C'est presque une enfant, c'te fille-là, répéta Jean d'un ton qui n'admettait aucune réplique.

Agénard murmura entre ses dents, mais personne n'y prêtait plus attention. On approchait de l'île.

Soudain, ce fut le silence. Un silence de plomb, brisé seulement par le claquement des vaguelettes sur la chaloupe. Ils fixaient tous l'île. Ils ne virent d'abord qu'une rangée d'arbres s'étendant sur treize hectares, mais bientôt s'offrit à leurs yeux une belle plage de sable doux entourée de blé et d'herbes des marais qui se balançaient sous la brise. Un peu plus loin, le clocher d'une petite chapelle blanche brillait sous le soleil.

Le docteur Key les attendait près du petit quai. Il affichait un air serein, mais en son âme la colère grondait. La veille, il avait été consterné de découvrir à quel point le vieux bâtiment à moitié pourri où seraient logés les lépreux ne répondait pas aux besoins les plus élémentaires. Non seulement ils seraient obligés de dormir sur des couchettes de bois construites à même les murs, mais les toiles de paille qui les recouvraient n'offraient pas le moindre confort. Comme si ce n'était pas suffisant, seule une mince couverture de laine rugueuse était destinée à chacun des malades. On avait même oublié de prévoir des oreillers.

Le docteur Key était horrifié à la pensée que tous ces gens, quel que soit le stade de leur maladie, dormiraient dans la même pièce et se côtoieraient à longueur de journée. Contrairement à plusieurs de ses confrères, il était persuadé que la lèpre était contagieuse. Ne pas séparer les malades était à ses yeux la pire chose à faire. Dans ces conditions, il se sentait impuissant à les aider. D'autant plus qu'il avait demandé qu'on lui fournisse des remèdes et n'avait rien reçu. Rien d'autre que de vagues promesses. Tout ce qu'il avait dans sa trousse de médecin était du mercure. L'angoisse l'étreignit. Qu'allait-il pouvoir faire pour aider ces malheureux ?

Il était seul, sans médicaments, sans argent non plus. Depuis qu'on savait qu'il était le médecin attitré des lépreux, sa clientèle l'avait déserté. Il craignait la faillite. Il envia les médecins norvégiens qu'il avait rencontrés lors de son récent voyage. Ces médecins travaillaient dans de vrais hôpitaux. Pour soigner les lépreux, ils utilisaient de l'ergotine, de la quinquina, de l'iodoforme, de l'arsenic concentré dans leur liqueur de Fowler. Ils nettoyaient les ulcères et pansaient les plaies avec du carbonate de fer. Les malades étaient bien nourris et buvaient chaque jour du vin ferrugineux.

Key devait se l'avouer : il craignait de contracter la lèpre. Il avait partagé ses inquiétudes avec les médecins norvégiens. Ceux-ci l'avaient rassuré. « Si vous êtes en bonne santé et si vous lavez soigneusement vos mains, vous ne courrez aucun risque », avaient-ils dit.

Ils avaient ajouté qu'il devait cependant examiner soigneusement son corps afin de voir s'il avait une égratignure, ou pire encore une plaie, véritables portes d'entrée aux « vermisseaux » pouvant se trouver dans le sang ou le pus des pestiférés. Car ces « vermisseaux », personne encore ne les avait identifiés. C'était bien ce que Key trouvait atroce : ne pas connaître l'ennemi. La nouvelle science de la bactériologie, dont les héros furent Koch et Pasteur, n'était pas encore née.

Les lépreux, tous regroupés devant le médecin, le fixaient en attendant ses directives. Le gardien toussota. Le docteur Key se ressaisit et s'efforça de sourire :

— Je vous présente Stanislas Comeau, le gardien, et Silva, son épouse, dit-il en pointant le couple qui se tenait un peu à l'écart.

Stanislas et Silva offrirent aux lépreux de larges sourires, mais les malades, consternés, ne virent que l'arme qu'ils portaient. « Pourquoi sont-ils armés ? se demandaient-ils. Nous ne sommes tout de même pas des criminels ! »

— Stanislas et Silva se partagent les quarts de travail durant lesquels ils parcourent l'île et s'assurent que personne n'y vienne ou n'en sorte sans permission écrite, expliqua le médecin. Ils peuvent aussi chercher du secours si l'un d'entre vous en a besoin. Ils vivent dans une petite maisonnette à l'écart de la léproserie. Je vous la montrerai tout à l'heure. La même règle s'applique avec eux comme avec toute personne saine : vous ne devez pas trop vous en approcher. Si vous avez besoin de quelque chose, vous restez à une distance d'au moins cinq pieds de leur maison et vous les appelez. Stanislas ou Silva sortiront sur le perron pour entendre votre demande.

Stanislas s'avança de quelques pas et, d'une voix forte, dit :

— Je vais vous nommer à tour de rôle. Quand vous entendrez votre nom, placez-vous en rang.

Isabelle nota qu'il souriait à chaque personne qu'il nommait. Elle lui trouva un air gentil. Quand il eut prononcé le sien, une lépreuse fut soudain prise d'un rire nerveux incontrôlable. Entre deux hoquets, elle dit, les larmes aux yeux tant elle riait :

— Isabelle ! C'est trop drôle. T'auras l'air fin quand tu me ressembleras. Isabelle, la pas belle, voilà comment on t'appellera.

Pendant qu'autour d'elle on s'esclaffait, Isabelle ne pouvait détacher son regard du visage de cette femme aux oreilles déformées par plusieurs gros nodules. Son nez, ses lèvres et ses joues étaient si horriblement boursouflés qu'elle avait l'allure d'un carnassier. Les plis qui s'étaient formés autour de ses sourcils étaient proéminents, comme ceux d'un lion. En la regardant, on ne pouvait s'empêcher de penser à cet animal. Les médecins qui avaient identifié cette forme de lèpre parlaient d'ailleurs de « profil léonin ».

Isabelle était terrifiée à l'idée qu'elle pourrait un jour lui ressembler. Même si elle n'avait que treize ans, elle savait que c'est l'apparence qui détermine souvent la réaction des autres quand il nous rencontre la première fois. Elle savait aussi que plusieurs ne vont jamais au-delà des apparences.

— Du calme, du calme ! cria le médecin. Vous devrez vous entendre et prendre soin les uns des autres si vous voulez guérir. C'est la règle numéro un !

— Isabelle, répéta doucement le gardien en lui faisant signe de se placer dans le rang.

— Isa, je m'appelle Isa. Je m'appellerai désormais Isa, répondit-elle avec fermeté en se baissant pour ramasser ses affaires.

Les larmes lui brouillaient la vue. Ne voyant pas que son sac était entrouvert, elle laissa échapper une partie de son contenu en le soulevant.

Elle ne voulait plus d'un prénom qui pourrait l'exposer au ridicule. Pourtant, elle l'aimait ce prénom. L'année de sa naissance, son père avait acheté plusieurs chevaux à la belle robe dite isabelle. Gus lui avait expliqué pourquoi cette robe portait le nom d'une femme : lors du siège de Grenade, en 1491, la reine Isabelle avait fait le vœu de ne pas changer de chemise avant la prise de la ville. Au fil du temps, sa chemise jaunit et ses manchettes devinrent noires de saleté.

Ainsi, les chevaux à la belle robe jaune sable, ou noisette comme celle de Mage, et dont les crins et les extrémités des membres étaient d'un beau noir brillant, comme s'ils avaient été trempés dans l'encrier, héritèrent de ce beau prénom. Charlotte, éblouie par la beauté de ces chevaux, donna à sa fille le prénom d'Isabelle. « Nous n'aurions jamais cru que tu le porterais si bien », lui dit-elle quand elle constata que, dès son plus jeune âge, sa fille était « amoureuse folle » des chevaux. Sur l'île Sheldrake, Mage, son isabelle, lui manquait déjà presque autant que ses parents et ses sœurs.

— Isa, va te placer avec les autres, répéta gentiment Stanislas quand, aidée d'Olivia, elle eut fini de ramasser ses affaires.

Isa essuya furtivement ses larmes et se plaça derrière un lépreux qui lui chuchota :

— Ça ne donne rien de changer de nom. De toute façon, il faut que tu fasses une croix sur tout ce que t'étais avant. Il faut que tu t'habitues à ce qu'on t'appelle « la lépreuse ». On nous appellera tous « les lépreux ». On est tous pareils désormais.

— Je n'ai pas la lèpre, rétorqua brusquement Isa.

Le lépreux la trouva bien méprisante.

— Tu feras pas ta finaude bien longtemps, tu vas voir, lui lança-t-il méchamment.

Isa, retenant ses larmes, s'éloigna de lui.

Quand le gardien eut fini de nommer tous les malades, le médecin les invita à le suivre jusqu'à la léproserie.

— Dès aujourd'hui, je commencerai mes traitements. Vous ne resterez pas longtemps ici, dit-il, s'efforçant de paraître optimiste.

Les lépreux le suivirent en silence, découvrant l'île à mesure qu'ils avançaient. Ils furent consternés quand ils virent que l'hôpital dont on leur avait parlé n'était en réalité qu'une vieille bâtisse. Plusieurs restèrent figés, incrédules : ce ne pouvait être cela, l'endroit où on les envoyait pour se faire soigner. Cela ne pouvait être un hôpital. Cela ressemblait à un hangar ! À la queue leu leu, ils y pénétrèrent en silence, trop ébranlés pour se révolter.

Le médecin les laissa libres de choisir leur couchette, mais quand il vit que personne ne voulait se placer auprès des cas les plus avancés, il menaça de ne pas les soigner s'ils ne se soumettaient pas à ses directives et distribua lui-même les places restées vacantes. Isa fut soulagée de voir qu'Agénard dormirait à l'autre bout de la pièce. Hélas, Monette et la mère d'Olivia firent partie des personnes qui durent s'installer auprès des lépreux les plus atteints.

Il restait une couchette libre. Elle était étroite, mais elle avait l'avantage de se trouver auprès de la seule fenêtre éclairant la longue pièce sombre. Isa et Olivia demandèrent à la partager. Le médecin examina d'abord Olivia et lui demanda d'énumérer ses symptômes. Isa fut impressionnée par la vitesse avec laquelle il écrivait tout ce que son amie disait. Olivia n'avait aucune marque tangible de la lèpre. Le médecin alla demander à sa mère pourquoi elle était venue avec sa fille. Elle lui expliqua qu'Olivia et elle avaient eu, au même moment, de la fièvre et des douleurs dans les membres. Il nota cela et revint auprès d'Isa.

C'était à son tour d'être examinée. Il observa longuement ses bras, la questionna, parut extrêmement perplexe, hésita et mit un gros point d'interrogation sur sa feuille. Il se demandait si elle n'avait pas plutôt un *pityriasis versicole achromiant.* Il aurait aimé avoir l'avis d'un collègue. Les médecins norvégiens avaient eu raison de lui dire que l'évolution de la lèpre était insidieuse, progressive, et difficile à diagnostiquer en grande partie parce que les signes qu'elle présentait étaient multiples et variés.

L'un de ces médecins, Démétrus Zambaco, lui avait même dit qu'on observait parfois une lèpre très discrète, pas très visible : « À peine voit-on des minuscules tubercules miliaires près des sourcils et sur le menton, ça peut durer des années comme ça. Il faut être prudent. » Le docteur Key avait d'autant plus de difficulté à poser un diagnostic qu'il devait aussi composer avec la barrière de la langue. Même s'il s'efforçait de parler français avec ses patients francophones, il n'en maîtrisait pas toutes les subtilités.

Le médecin s'attardait auprès d'Isa. Il avait l'intuition qu'elle n'avait pas la lèpre. Il la regarda et dit :

— Ma chère enfant, je crois...

Il laissa sa phrase en suspens. Il songea soudain que s'il la renvoyait, plusieurs malades, désormais conscients du lieu pitoyable où ils allaient désormais vivre, voudraient la suivre. Il serait alors responsable de la propagation de la maladie. Il se rappela aussi que les médecins norvégiens lui avaient dit qu'ils avaient souvent vu des lépreux dont la maladie s'était manifestée d'abord par une simple affection de la peau comme, par exemple, un eczéma ou un psoriasis. Ces personnes avaient souffert de ces affections plus de dix ans avant que la lèpre n'apparaisse. « Peut-être ai-je sous les yeux un cas semblable », se dit-il.

Estimant que les deux jeunes filles pouvaient partager l'espace réduit de la couchette, il accepta qu'elles s'y installent. Il nota dans son cahier qu'Isa, la fille de Gus et Olivia celle de Gaston partageaient la couchette numéro quatorze.

Il examina ensuite une femme dont les mains étaient devenues plates. Les mains de singe étaient l'un des signes de la lèpre, se rappela-t-il. Isa écoutait tout ce que les malades lui disaient. Elle voulait être certaine de reconnaître les signes de la maladie, si jamais, « Ô mon Dieu faites que cela n'arrive pas », priait-elle, ils apparaissaient sur son corps.

— La seule chose qui me soit arrivée de bon depuis que j'ai attrapé cette saleté, dit une lépreuse, c'est que mes cheveux poussent et s'épaississent.

Le docteur Key ne fut pas étonné. Les lépreux présentaient souvent une belle et abondante chevelure, mais perdaient leurs sourcils et leurs cils.

Il ausculta l'époux de cette femme dont les doigts enflés ressemblaient à de grosses saucisses.

— Tout a commencé par des taches décolorées sur mes bras, une forte fièvre, un gros mal de tête, et des douleurs dans les membres, dit celui-ci. Des fois, c'est bizarre, c'est comme si on faisait couler de l'eau sur mes jambes. Est-ce que ça se pourrait que ce soit de l'arthrite ? demanda-t-il la voix remplie d'espoir.

— Il n'a plus le même caractère aussi, ajouta sa femme. Sa nervosité s'est déclarée en même temps que d'autres symptômes. J'ai remarqué aussi qu'au début, il ne clignait plus des yeux.

— Ouais, c'est vrai, dit son mari. J'ai les yeux qui me chauffent aussi. Je ne vais pas devenir aveugle, comme lui, hein docteur ? demanda-t-il en pointant du doigt le lépreux qui était couché sur la paillasse en face de lui.

Le docteur Key ne répondit pas et commença à l'examiner. Il était convaincu que cet homme avait la lèpre. À la léproserie de Norvège, il avait vu souvent des nodules rouges, pareils à ceux qui s'étaient multipliés sur les oreilles de ce patient. Il les palpa et ne fut pas surpris de constater qu'ils étaient chauds. Il savait qu'ils étaient très douloureux et admira le courage de ce malade qui, malgré sa nervosité, ne s'était pas plaint durant l'examen.

Monette s'approcha d'Isa et tenta de l'éloigner du médecin :

— Viens, petite. Parfois l'ignorance nous protège.

Isa refusa. Elle préférait savoir. Elle tenait à noter mentalement tout ce qu'elle apprenait sur cette maladie qui la menaçait. Monette s'éloigna en soupirant. Isa écouta l'autre malade qui, à présent, parlait au médecin.

— Moi aussi je croyais que c'était l'arthrite. Mais j'ai aussi une grande douleur aux testicules, ajouta-t-il plus bas.

— Oui, ça fait partie de la maladie, répondit le médecin.

L'homme avait d'autres signes de la lèpre. Ses doigts et ses orteils avaient considérablement raccourci. Le docteur Key nota que les os de ses pieds commençaient à se désintégrer. « Lui aussi doit souffrir beaucoup », pensa-t-il.

Le médecin passa ainsi de grabat en grabat pour examiner les malades. Isa essayait de mémoriser tout ce qu'elle entendait. Elle apprit que les signes précoces de la maladie se manifestaient surtout par des plaques cutanées pâles, parfois rosées, parfois rougeâtres, accompagnées d'une perte de sensation : « On a beau se pincer, on ne sent rien. »

Mais d'autres symptômes pouvaient aussi apparaître : paralysie des mains ; fourmillements ; sensation de chaleur brûlante dans les membres ; arrêt de la transpiration ; voix rauque ; perte des sourcils et des cils ; décoloration des poils ou de la peau ; peau couverte de pustules ; plaques arrondies, élevées sur les bords, déprimées au centre, recouvertes de squames minces, d'un blanc argentin ; marques roses ou rouges sur la peau ; nez rouge et violacé ; démangeaisons ; douleurs accompagnées de nodules ; lésions cutanées de la peau ou des muqueuses ; atrophie des mains… La liste, longue, multipliait les possibilités de faire des erreurs de diagnostic.

Le médecin ausculta ensuite la femme à la face de lion qui s'était moquée d'Isabelle. Il lui expliqua qu'il y avait plusieurs formes de lèpre et que les déformations de son visage révélaient qu'elle était atteinte de la forme lépromateuse.

— Mes joues sont si enflées qu'on dirait un ballon. Est-ce que j'aurais été moins défigurée si j'avais eu une autre forme de lèpre ? demanda-t-elle.

— Il ne sert à rien de penser que ça aurait pu être mieux, répondit le docteur. Vous devez accepter ce que vous avez.

— Je veux savoir, dit la malade en haussant le ton.

Le médecin regarda autour de lui. Il ne voulait pas effrayer les autres malades en leur apprenant ce qu'ils pourraient devenir. Il se demandait d'ailleurs si la croyance populaire voulant que la lèpre survienne après de grandes frayeurs ne comportait pas une part de vérité. Il s'approcha de la malade et lui dit tout bas :

— Ce serait pire si vous aviez la forme mutilante : vous auriez perdu votre nez, vos oreilles, ainsi que les extrémités de vos doigts et de vos pieds.

La femme sourit et le remercia. Isabelle se rappela d'une conversation entre ses parents. Charlotte avait dit que la nature humaine est ainsi faite, que peu importe ce qui nous arrive, on croit toujours avoir échappé au pire. Qu'on soit atteint d'une maladie, qu'on ait un accident, qu'on perde sa maison, on se dit toujours qu'on a eu de la chance dans notre malheur. Imaginer que ça aurait pu être pire est sans doute une consolation que l'on se donne à soi-même.

Le docteur Key choisit deux femmes parmi celles qui étaient les moins atteintes et leur montra comment faire des pansements. Consternés, les lépreux comprirent du même coup que le médecin ne resterait pas sur l'île avec eux. Ils essayèrent de le retenir, mais celui-ci s'en retournera le jour même à Chatham. Il y avait sa clinique depuis des années. Il espérait qu'il lui reste encore quelques patients : les médecins qui soignent les lépreux font fuir la clientèle. Il promit de revenir sur l'île aussi souvent qu'il pourrait. Il leur assura que les pansements de bichlorure de mercure et d'iode les guériraient. Il n'y croyait guère. Mais il se sentait terriblement impuissant. De l'espoir, c'est tout ce qu'il pouvait leur offrir.

En sortant de la léproserie, il poussa un soupir de soulagement. Devoir soigner, seul, les lépreux lui semblait de plus en plus au-dessus de ses forces. Il se dirigea vers le bac d'eau et se savonna longuement les mains. Elles tremblaient encore quand il les essuya. Les lépreux qui l'avaient reconduit à l'extérieur le fixaient. Il se ressaisit et s'efforça de leur sourire.

Ceux qui en trouvèrent la force l'accompagnèrent jusqu'à la plage et le regardèrent s'éloigner. Quand son embarcation ne fut plus qu'un point noir, ils retournèrent à la léproserie en silence.

Québec, rue Saint-Louis.

Fanny se réveilla en sueur. Depuis plusieurs nuits, elle faisait toujours le même cauchemar : Isabelle se débattait dans la mer et lui criait de l'aider. Fanny lui lançait une bouée, mais quand sa sœur l'attrapait, elle disparaissait de ses mains. Alors elle lui en lançait une autre. Pour le même résultat. Dans un autre rêve, Isabelle était plus vieille. Elle était assise sur un rocher et regardait la mer. Son visage était inondé de larmes.

Fanny se leva et, en passant devant l'atelier de sa tante, vit que celle-ci peignait déjà.

— Tu es bien matinale, lui dit-elle.

— Je ne me suis pas couchée, répondit Marjorie en souriant. Je me sentais inspirée.

— Il n'y a pas de doute, tu l'étais, répondit Fanny en s'approchant du tableau.

Elle eut un choc. La peinture représentait une jeune fille assise sur un rocher devant la mer. Elle avait le dos courbé d'une femme que le destin accable. Ce tableau était presque identique à ce qu'elle avait vu dans son cauchemar. Les filles de Charlotte attachaient toutes une grande importance à leurs rêves. Leur grand-mère micmaque avait la certitude que toutes les femmes de leur lignée avaient un don : elles faisaient des rêves prémonitoires.

— Je te trouve bien pâle, es-tu malade ? demanda Marjorie.

— Non, non, je dors mal ces temps-ci.

— Je trouve aussi que tu n'as plus d'entrain. Tu t'ennuies de Tracadie ? L'idée d'étudier chez les Ursulines dans une semaine te rend nerveuse ? Tu t'es querellée avec Théo ?

— Non, rien de tout cela. Je ne sais pas ce que j'ai. Je serais bien ingrate de me plaindre. Tu me traites comme une princesse depuis que je suis arrivée ici. Mise à part la séance chez Marianne, bien entendu, conclut-elle en s'efforçant de rire.

Marjorie rit à son tour. Elle devait avouer qu'au début, vivre avec sa nièce l'avait souvent dérangée. Elle ne se sentait plus aussi libre de son temps. Quand elle vivait seule, elle mangeait à toute heure du jour et pouvait partir sur un coup de tête pour rendre visite à ses amies de Montréal. Désormais, c'était différent, mais pas mauvais pour autant. Non seulement elle s'était habituée à la présence de Fanny, mais il lui arrivait souvent d'avoir hâte qu'elle rentre.

— Je sais ce que tu as. Tu fais semblant d'être malade rien que pour aller chez l'apothicaire.

Fanny éclata de rire. Marjorie ne manquait pas une occasion de la taquiner.

— On déjeune et on y va. L'apothicaire, ou son fils, trouveront certainement une tisane qui te calmera et te fera dormir, dit Marjorie en nettoyant son pinceau.

La boutique de David Livernois, le père de Théo, était située non loin, sur la rue Saint-Jean. Les deux jeunes femmes mirent moins d'une dizaine de minutes à s'y rendre à pied. Plus elles s'en approchaient, plus le cœur de Fanny battait vite. Il s'affola quand elle vit l'enseigne qu'un vent léger balançait doucement. On y voyait deux serpents qui, enroulés de chaque côté d'un bâton, penchaient leur tête au-dessus d'une coupe.

— C'est vraiment une belle enseigne, dit Marjorie. On n'en trouve de semblables qu'en France. Et elles sont rares. Un apothicaire de Paris m'a expliqué que les serpents symbolisent l'harmonie et l'art de guérir. La baguette symbolise quant à elle l'arbre de vie. Ce caducée est aussi l'emblème de Mercure, dieu grec qui guide les humains dans leurs changements. C'est d'ailleurs ce qui m'a incitée à baptiser mon chien ainsi Ce caducée sculpté sur un jeton est l'emblème de la Société de pharmacie de Paris, conclut Marjorie en posant la main sur la poignée de la porte de l'apothicaire.

Fanny avait les jambes comme du coton. Elle prit une grande inspiration. La perspective de rencontrer David Livernois l'intimidait et l'angoissait. Bien que son prétendant ait souvent insisté pour lui présenter ses parents, Fanny avait toujours trouvé un prétexte pour retarder ce moment. La façon dont Théo avait décrit son père ne l'avait guère poussée à faire sa connaissance : c'était un homme sévère que rien d'autre n'intéressait que son travail.

Ne voulant pas donner une image trop négative de son père, Théo s'était empressé d'ajouter qu'il était très estimé de la population. « Tu comprends, la compétition est forte. Les religieuses et les frères vendent aussi des remèdes. Sans compter les chirurgiens et les charlatans. »

— Malheureuse ! Attention à mon herbier ! C'est très fragile ! hurla David en enlevant des mains de sa servante les grandes feuilles de papier sur lesquelles il avait fixé des plantes séchées appartenant à sa collection de plantes médicinales.

La servante, rendue nerveuse par l'attitude de son patron, laissa tomber une des fioles qu'elle transportait dans une autre pièce.

— Je vous ai demandé de les nettoyer, pas de les détruire, dit David Livernois sur le même ton hargneux.

Fanny constata vite, déçue, qu'il était seul avec la pauvre fille qu'il admonestait si sévèrement.

Exaspéré par la maladresse de cette dernière, il n'avait pas entendu la clochette annonçant leur entrée. Gêné d'avoir été surpris en flagrant délit d'impatience, il les salua poliment, mais sans sourire.

— Que puis-je faire pour vous ? demanda-t-il en détaillant Fanny des pieds à la tête.

La jeune femme comprit que Théo avait parlé d'elle à son père. Il ne lui en avait pas soufflé mot. Et pour cause. David s'était alors exclamé :

— J'espère qu'elle n'est pas aussi excentrique que sa tante, ou devrais-je dire son oncle, puisqu'elle s'habille et se conduit comme un homme. Une artiste, avait-il sifflé d'un ton méprisant.

— Ma nièce Fanny se sent nerveuse depuis quelque temps. Elle a de la difficulté à dormir, répondit Marjorie à la place de Fanny.

Celle-ci, agacée, se dit que sa tante la traitait parfois comme une enfant.

« Nerveuse. J'espère qu'elle ne fait pas partie de ces femmes neurasthéniques qui passent leur journée étendue sur un divan », pensa David. Il n'avait jamais vu son fils si amouraché d'une femme. Ça sentait les noces.

— A-t-elle une ordonnance d'un médecin ? demanda-t-il à Marjorie.

Fanny, exaspérée qu'on l'ignore ainsi, s'empressa de répondre :

— Non, en faut-il une pour cela ?

— Pas toujours. Je peux moi-même vous suggérer quelques plantes.

Du coup, son attitude changea. Il se mit à la questionner sur tous les symptômes qu'elle présentait. Il réfléchit un court instant et se dirigea vers le grand meuble de cerisier dont les étagères étaient remplies de pots. Il monta sur un petit escabeau et en prit un, non sans avoir d'abord passé son doigt dessus pour vérifier s'il était poussiéreux. Ses exigences, en matière de propreté, étaient élevées.

Il prit ensuite un mortier et broya des herbes en silence. Pendant ce temps, Fanny regardait autour d'elle. Sur le mur près du comptoir, une affiche disait que

Toute personne ayant un Certificat prouvant qu'elle est indigente sera traitée gratis. Aussi, tous les remèdes dont elle aura besoin lui seront donnés.

Elle sourit : cet homme à l'allure sévère ne manquait pas de cœur.

Fanny vit le nom de son amoureux sur deux licences qui étaient encadrées et mises bien en vue derrière le comptoir. La licence démontrait que ses qualifications professionnelles avaient été évaluées. Elle sentit une bouffée de joie et de fierté l'envahir. Son regard balaya les différents instruments dont se servait son amoureux : les balances, les cornues et dames-jeannes rangées sur la belle table de merisier rouge.

Sur le comptoir, une dizaine d'exemplaires d'un livre était à vendre. *Propriétés médicinales des plantes du Canada*, lut-elle mentalement. Elle fut surprise de voir que l'auteur de cet ouvrage était David Livernois. Théo ne lui avait jamais dit que son père avait publié un ouvrage.

— Ce sont des feuilles de tilleul, dit l'apothicaire en lui tendant un sac. Vous en prenez quatre tasses par jour. Ça calmera votre nervosité et vous aidera à dormir.

— Combien vous dois-je ?

— Ce n'est rien, répondit-il en faisant un signe de la main comme s'il chassait un moustique.

— Je vous remercie infiniment, répondit Fanny en lui offrant son plus beau sourire.

— Hum, hum, grommela David en répétant le même geste.

— Il a été à peine poli, dit Marjorie lorsqu'elles furent sorties de la boutique.

— Bah, je m'en fiche. Ce n'est pas lui que j'épouserai, dit-elle, surprise elle-même d'avoir dit cela.

Théo ne l'avait jamais demandée en mariage.

Marjorie arrêta net de marcher :

— Tu vas te marier ?

— Je... je ne sais pas pourquoi j'ai dit ça. Théo ne m'en a jamais parlé mais....

— Mais tu espères qu'il le fera bientôt... devina Marjorie. Y as-tu pensé ? Tu n'as que quinze ans ! Et puis le mariage, ma fille, t'enfermera dans une prison.

Fanny n'aimait pas du tout le ton condescendant que venait de prendre Marjorie. Elle regrettait de n'avoir pas su tenir sa langue. Elles étaient arrivées depuis longtemps rue Saint-Louis et Marjorie n'avait pas encore fini de déblatérer contre le mariage et de lui vanter, en contrepartie, la vie de célibataire.

— Viens, j'ai quelque chose à te montrer, dit-elle avec ce ton autoritaire qui déplaisait tant à Fanny.

Cette dernière la suivit dans le petit salon. Là, Marjorie se dirigea vers son coffre à trésors où elle conservait les objets lui rappelant les moments déterminants de sa vie. Elle en tira une annonce, jaunie par le temps.

— Regarde, dit-elle en la tendant à sa nièce, cette annonce a changé ma vie.

Fanny la prit et lut :

— Cherchons femmes indépendantes financièrement et à l'esprit libre, déterminées à rester célibataires, pour créer une communauté spirituelle.

— C'est en répondant à cette annonce que j'ai rencontré Marianne. Oui, je sais, elle est un peu bizarre, mais quand elle m'a parlé de son idéal, j'ai immédiatement été séduite. Elle me racontait la vie de ces femmes qui, ailleurs dans le monde, vivent ensemble, libres et indépendantes, s'entraident et s'encouragent mutuellement.

— Oui, mais l'amour ? dit Fanny.

— Ha ça, il faut y renoncer, je l'avoue. Quand nous intégrons ce genre de communautés, nous faisons le serment de ne pas connaître d'hommes et de ne pas avoir d'enfants. C'est en quelque sorte une façon de protester contre les inégalités entre les sexes. Imagine, si toutes les femmes faisaient cela, les hommes seraient bien obligés de nous donner ce que nous demandons : étudier dans les universités, exercer les mêmes professions qu'eux, porter le pantalon. Et puis, il y a toutes sortes d'amour. J'aime mes amis. Mes animaux. Je t'aime.

Fanny sourit en entendant cette déclaration. Ce que Marjorie racontait était sensé, mais elle ne voulait pas renoncer à vivre avec Théo et à fonder une famille.

— Bah, tu fais ce que tu veux. Mais attends au moins quelque temps. Tu es trop jeune pour songer au mariage.

— Ma mère s'est mariée à seize ans, répliqua Fanny. Et mes parents forment un couple heureux.

Marjorie ne répondit pas. Elle devait bien admettre que Gus et Charlotte semblaient très unis. Elle rangea son annonce et se prépara pour donner sa première leçon de peinture de la journée.

Fanny, elle, irait fouiner du côté du port. Elle espérait y voir son soupirant. Théo y allait parfois pour chercher les produits que son père avait commandés de France. Et, la veille, un bateau venant de Dieppe était arrivé à Québec.

La jeune fille aimait marcher le long du fleuve. Elle aurait aimé le faire plus longtemps, mais les marins qui la sifflaient sur son passage la rendaient mal à l'aise. Elle accéléra le pas et remonta dans la Haute-Ville. Elle marcha sur la rue Saint-Jean, s'attardant devant les vitrines. Dans l'une d'elles, elle vit trois crochets de fer forgé surmontés de trois têtes de chevaux. Elle pensa aussitôt à Isabelle. Bientôt, ce serait son anniversaire. Fanny était heureuse d'avoir trouvé un objet qui, non seulement lui ferait certainement plaisir, mais lui serait utile. Elle pourrait y accrocher son pyjama que Charlotte lui reprochait si souvent de laisser traîner. La cloche de la boutique tinta quand Fanny poussa la porte.

Il me semble que tout n'était que puanteur, promiscuité, plaintes, gémissements, terreur, oui, terreur surtout. Celle indicible de devenir comme son voisin que la lèpre a défiguré. Je m'endormais auprès d'Olivia, affolée, perdue, le regard tourné vers les étoiles. Je m'accrochais à leur lumière. Isa à Gus

Île Sheldrake, automne 1844.

Depuis qu'elle était sur l'île, Isa respirait différemment. Auparavant, son souffle ressemblait au mouvement des vagues, ample, calme, profond, rythmé. Désormais, il était comme celui d'un animal pris au piège : rapide, saccadé, nerveux. Parfois, l'angoisse la faisait littéralement suffoquer. Elle avait le sentiment d'étouffer et prenait de grandes inspirations comme une personne qui, sur le point de se noyer, remonte à la surface. Elle sentait alors plus violemment les relents de « la maladie » qui empestaient l'air. Personne ne s'habituait à l'odeur de la lèpre, d'autant plus mauvaise qu'elle se mêlait à celle des chairs en décomposition, des plaies purulentes, de l'urine et même des excréments qui restaient collés sur le corps des malades atteints de diarrhées.

Non seulement ceux qu'elle aimait lui manquait terriblement, mais, habituée au confort, Isa souffrait d'avoir à vivre dans un endroit aussi sordide, entourée de malades et n'ayant pas un seul instant d'intimité. Pour réussir à s'endormir, elle se blottissait contre Olivia et s'imaginait être auprès de sa mère. Pour mieux y arriver, elle se concentrait sur le murmure frémissant du ressac, le même qu'elle entendait de sa chambre à Tracadie. Souvent, elle accrochait son regard aux étoiles qui scintillaient dans le ciel. Elle pensait à toutes les étoiles filantes qu'elle avait vues en observant le ciel avec Charlotte et le père François. Elle se répétait surtout ce que sa mère lui disait alors : « Tu auras une belle vie. » Elle y puisait la force d'espérer.

Chaque nuit, invariablement, ses rêves la ramenaient chez elle. Elle était là, parmi les siens, dans sa belle maison. Elle revoyait dans les moindres détails les choses auxquelles, jusque-là, elle n'avait guère accordé d'importance, inconsciente du fait que les objets peuvent donner aussi des parcelles de bonheur ; les tapisseries fleuries recouvrant les murs, les épais tapis qui donnaient l'impression de marcher sur un nuage, les fauteuils placés devant la cheminée, si moelleux, si délicieusement confortables qu'elle n'avait qu'une envie : s'y lover et rester des heures à rêvasser, à lire ou à écouter la musique que jouait sa mère ou Fanny.

Mais dans le rêve d'Isa, soudain, quelqu'un entrait et lui ordonnait de partir. Elle se réveillait alors en sanglotant. Quand elle réussissait à se rendormir, son sommeil était troublé par les plaintes des lépreux, leurs toux continuelles, leur respiration difficile. Il était presque impossible de se reposer avec toutes ces personnes qui, dans la léproserie, sanglotaient dans le noir. Certains lançaient des cris déchirants qui la glaçaient d'effroi. Le docteur Key avait expliqué que la lèpre causait parfois des épisodes de folie temporaire :

— Ils crient pour calmer leur angoisse.

Parfois, le matin, les malades se racontaient leurs rêves. Ils étaient consternés de constater à quel point ils se ressemblaient. Il était très fréquent que leurs songes les ramènent chez eux, dans leur maison. Souvent, le rêve se transformait en véritable cauchemar. C'était comme si les membres de leurs familles ne les voyaient pas. Ils avaient beau être assis à la même table, leurs proches agissaient comme s'ils étaient invisibles et ne leur donnaient pas à manger.

Pour se distraire autant que pour être utiles, Isa et Olivia s'occupaient des plus jeunes. Avec ceux que la maladie n'avait pas trop affaiblis, elles couraient sur les plages inépuisablement arpentées par la mer. Ils avaient l'âge de courir après les papillons, de se saouler d'air pur et de soleil, l'âge de galoper à cheval. Pour ceux qui, quelques heures, arrivaient à oublier leur triste sort, l'île devenait un immense terrain de jeux. De simples bouts de bois se transformaient en armes contre les ennemis imaginaires qu'ils réussissaient toujours à vaincre. Les adultes s'étonnaient de constater que peu de drames empêchent les enfants de jouer. Quant à eux, trop accablés par le choc d'être lépreux, ils étaient aveugles à la beauté de cette île.

Gary, un garçon de neuf ans, aimait bien faire le fanfaron. Il s'amusait à marcher sur des bûches et des braises brûlantes. Isa le fixait sans rien dire. Elle avait entendu ce que le docteur Key avait dit : la lèpre insensibilise certaines parties du corps. Il était exceptionnel que la plante des pieds et les paumes de la main perdent leur sensibilité, mais cela arrivait. Elle en avait la preuve devant les yeux.

Après avoir traversé le brasier sous les applaudissements, Gary, voulant encore plus épater la galerie, sortit de ses poches un clou et, avec des gestes théâtraux, commença à se percer la peau des jambes et des avant-bras. Les enfants autour de lui, parmi les plus sensibles, se cachaient les yeux avec leurs mains. Isa s'approcha de Gary et lui ordonna de la suivre. Quand ils furent à l'écart, elle lui dit :

— Je sais que c'est la maladie, et non ta bravoure, qui fait que tu ne sens aucune douleur. Mais tu devrais arrêter ça. L'un de nos serviteurs a perdu un pied parce qu'il a marché sur un clou rouillé. Cesse de te mettre en danger et de mettre en danger les autres. As-tu pensé que d'autres enfants voudront t'imiter ?

— Laisse-moi tranquille, siffla Gary. Je fais ce que je veux.

Un cri attira leur attention. C'était Olivia qui leur demandait de venir.

— Regardez, dit-elle, en pointant du doigt un canard qui, n'arrivant plus à rejoindre les siens, marchait sur la plage.

Les enfants l'encerclèrent et n'eurent aucune peine à l'attraper. Isa le baptisa aussitôt du nom français de l'île : Becs-Scies. Persuadées qu'il ne survivrait pas sans leur aide, Olivia et elle l'installèrent dans une vieille cuve que les vagues avaient poussée sur la plage. Elles y mirent de l'eau. Elles prirent ensuite une pelle rouillée trouvée au pied d'un arbre afin de trouver de quoi le nourrir. Quelques minutes plus tard, agenouillées auprès de la cuve, elles regardaient, consternées, le canard avaler à une vitesse impressionnante les vers qu'elles avaient déterrés.

Becs-Scies reprit tant et si bien des forces et avait si bon appétit que prendre soin de lui devint vite très harassant : lui trouver de la nourriture occupait une grande partie de leur journée. Une lépreuse, qui voyait les enfants se démener pour lui, leur fit remarquer qu'ils devraient, comme les autres, se rendre plus utiles à la léproserie.

— De toute façon, ce canard est voué à une mort certaine. Il ne pourra passer l'hiver avec nous, dit-elle laconiquement, insensible à la peine qu'elle causait.

Les jeunes s'étaient d'autant plus attachés à leur canard qu'ils s'identifiaient à ce qui lui arrivait : il était, comme eux, séparé des siens. L'abandonner ravivait la douleur de cette séparation. Puisqu'elles ne pouvaient se résoudre à priver Becs-Scies de leurs soins, Isa et Olivia se levèrent encore plus tôt. Dès l'aube, on pouvait les entendre ramasser du bois sec pendant que les plus vieux sciaient de gros arbres.

Non seulement les lépreux devaient faire eux-mêmes des provisions de bois de chauffage pour l'hiver, mais ils en avaient aussi besoin durant l'été afin de cuire leurs aliments. Ils devaient d'ailleurs se débrouiller seuls pour tout : nettoyer la bâtisse, faire les repas et le lavage. Plusieurs lépreux étant trop faibles, ou trop déprimés, pour faire quoi que ce soit, les plus forts d'entre eux, qui s'échinaient du matin au soir, s'épuisèrent vite.

Un matin, Isa et Olivia ne trouvèrent plus leur canard, ni sur l'île, ni sur la mer qu'elles fouillèrent du regard un long moment, espérant le voir se balancer sur les vagues. Elles se réjouissaient à l'idée que Becs-Scies avait peut-être rejoint le reste de sa famille, mais son absence les rendait tristes. Le canard les avait souvent distraites de l'ambiance qui régnait à la léproserie.

La colère n'avait pas tardé à gronder parmi les lépreux depuis que plusieurs d'entre eux avaient compris qu'ils étaient laissés à eux-mêmes, la peur de la contagion ayant étouffé même l'amour de leurs proches. Non seulement étaient-ils proscrits, mais ils avaient tout perdu, leur maison, leur famille, leurs amis, leur travail. Abandonnés à eux-mêmes, ils avaient à peine de quoi boire et manger. Ils étaient terrifiés quand ils songeaient qu'ils étaient condamnés à une lente et douloureuse agonie.

À leur arrivée sur l'île, les moins atteints avaient essayé de consoler les autres. Mais ils avaient vite compris qu'il ne peut y avoir de véritable consolation à une détresse aussi grande. On pleurait beaucoup au lazaret. Les premiers jours, les hommes, par orgueil, refoulaient leurs larmes en se raclant la gorge. Ensuite, ils les laissèrent couler. Cela les soulageait et, de toute façon, paraître fort n'avait plus aucune importance.

Tout le monde s'effondrait à un moment ou à un autre. Même ceux qui n'étaient pas encore très affectés par la maladie. Il n'y avait qu'Agénard qui semblait indifférent à ce qui lui arrivait. Il agaçait tout le monde avec ses taquineries et ses commentaires grivois. Quand il voyait Isa, il commentait ses seins et ses fesses et riait grassement. Elle le détestait.

C'est bien connu, à la longue, la souffrance engendre souvent la rage. Et l'injustice, la révolte. Contraints de vivre jour et nuit dans un espace réduit avec des personnes que la maladie leur imposait, ils se querellaient souvent. Isa apprit ainsi très jeune ce que beaucoup ignorent toute leur vie : il est faux de prétendre qu'un malheur vécu collectivement unit et solidarise. Cela se produit bien sûr, mais il arrive aussi qu'une grande souffrance vécue dans la promiscuité engendre l'effet contraire. C'est alors la loi du plus fort qui prime. Dans le malheur, la haine et la rivalité divisent avec autant de vigueur que la bonté et l'entraide peuvent unir.

Heureusement, il y avait des jours d'accalmie : preuve que malgré tout ce qu'ils enduraient, ils n'avaient pas perdu leur humanité. Des jours d'entraide. Des jours où le sourire des uns donnait aux autres la force de se battre pour survivre. Des jours où les gestes de tendresse étaient plus précieux que tout : des mains se posaient sur d'autres mains et les lépreux, surtout les plus malades d'entre eux, recevaient ces gestes-là avec une infinie gratitude. Depuis qu'ils étaient atteints de la maladie, ils mesuraient à quel point il était difficile de ne plus sentir une main se poser sur la leur.

Malgré la mise en garde d'Isa, Gary avait continué de faire le fanfaron. Comme elle l'avait prévu, les pieds du jeune garçon s'infectèrent. Isa savait qu'il valait mieux ne pas attendre le médecin. Contrairement à la promesse qu'il leur avait faite, il ne venait pas les voir souvent. Prise de pitié, elle fouilla dans la petite pharmacie de la léproserie afin de trouver de quoi panser ses plaies. Elle ne trouva rien d'autre que de l'huile de ricin. Ils n'étaient pas sur l'île depuis longtemps et ils manquaient déjà du nécessaire pour changer les pansements. Ils n'avaient même plus de charpie ni d'onguent.

Isa pensa à tout ce que contenait la pharmacie de Charlotte : toutes sortes de pommades, des graines de lin pour faire des cataplasmes sur les abcès, différentes herbes dont le plantain, la tanaisie, l'herbe à dinde, l'absinthe, ainsi que des remèdes faits à base de pruche du Canada, de mélèze, de sapin. La mère de Charlotte, une Micmaque, avait transmis à sa fille tout ce qu'elle savait sur l'art de soigner avec des plantes du pays.

Sa famille lui manquait à tel point que chaque fois que sa pensée s'envolait vers Tracadie, les yeux d'Isa se remplissaient de larmes. Le père François lui avait apporté une lettre dans laquelle ses parents lui expliquaient que le docteur Key, voulant éviter la contagion, ne permettait pas aux parents de visiter souvent les malades. *Mais nous espérons pouvoir le faire bientôt,* avait écrit sa mère.

Quand enfin, Charlotte et Gus eurent la permission de venir voir leur fille, ils eurent un choc : Isa avait beaucoup maigri et son visage hâve avait considérablement vieilli. Ils l'avaient d'abord vue de loin, marchant de long en large sur la plage, manifestement impatiente de les voir débarquer sur l'île. Dès qu'ils y avaient mis les pieds, faisant fi de la règle voulant qu'elle se tienne à au moins cinq pieds des personnes « saines », elle avait couru vers eux et s'était jetée dans leurs bras en sanglotant.

Charlotte avait été frappée par le regard de sa fille : les yeux d'Isa avaient perdu leur candeur d'enfant. Des yeux qui ont vu ce que personne ne devrait avoir vu avant d'être un adulte aguerri. Elle aussi avait éclaté en sanglots. Mère et fille étaient restées longtemps enlacées, pleurant dans les bras l'une de l'autre, incapables de parler. Au bout d'un moment, Charlotte s'était un peu détachée et, prenant le visage d'Isabelle entre ses mains, lui avait promis de la sortir de là. Les larmes d'Isa avaient tracé de grandes traces brunâtres sur ses joues sales. Quand l'eau de la mer était, comme ce matin-là, trop glacée, elle ne se lavait pas avant la fin de l'après-midi. L'eau que les lépreux allaient chercher au puits suffisait à peine à leur consommation et à la préparation des repas.

— Est-ce que tu as lu les livres que tu avais apportés ? demanda Charlotte en se dirigeant vers la léproserie, suivie de Gus et du cultivateur Léo Lamy qui, venu attendre sa femme sur la plage, leur confiait sa déception : elle n'avait manifestement pas encore obtenu l'autorisation de venir sur l'île.

— Oui, répondit Isa.

Elle mentait. Elle n'en avait plus le temps, ni le goût.

— Tu dessines encore des portraits ? demanda Gus.

— Oui, mentit encore Isa.

Elle n'avait pas du tout envie de dessiner les visages des lépreux. Un jour, elle avait commencé à dessiner la tête de Mage. Les larmes avaient brouillé sa vue. Il lui manquait tellement.

— Je suis passée voir l'instituteur. Je t'ai apporté des livres d'école et du travail. Je veux que tu continues de t'instruire, dit Charlotte.

Isa acquiesça mollement. Charlotte allait insister, mais elle s'arrêta soudain de marcher, pétrifiée : ils étaient arrivés devant la léproserie. C'était pire que tout ce qu'elle avait imaginé. Les odeurs d'urine, d'excréments, de sueur rance, de pourriture et celle, indéfinissable, de la lèpre rendaient l'air irrespirable. Les effluves salins que le vent charriait et qui pénétraient par la porte ouverte presque en permanence n'arrivaient pas à chasser ces odeurs pestilentielles. Le bourdonnement des mouches qui virevoltaient par dizaines ne couvrait pas les lamentations des malades.

Charlotte crut qu'elle allait défaillir quand elle vit que des rats couraient sur le corps d'un homme qui, de toute évidence, avait rendu l'âme. La léproserie était le royaume des rats, des souris, des tiques, des cafards, des cancrelats et des poux. On se serait cru en enfer. Isa, qui n'avait cessé d'observer sa mère, se dit qu'il valait mieux lui cacher une partie de la vérité. La veille, elle avait été réveillée par un rat qui, sous sa couverture, grimpait sur sa jambe. Après l'avoir repoussé, elle était restée un bon moment assise dans son lit, totalement hébétée, écoutant le couinement des rongeurs qui, sortis de leur cachette à la nuit tombée, rôdaient dans le lazaret. Olivia s'était réveillée à son tour et les avait vus elle aussi. Elles avaient longtemps pleuré dans les bras l'une de l'autre.

Une heure plus tard, Gus et Charlotte quittèrent l'île, anéantis. Même s'ils s'en doutaient avant, c'était un choc de voir à quel point la vie de leur fille, rude et sans joie, ne ressemblait en rien à la vie douce et douillette à laquelle elle avait été habituée depuis sa naissance. Ils constataient que Sheldrake n'était pas un endroit où soigner les lépreux.

L'île était une prison où l'on se débarrassait d'eux.

Une prison aux murs de vagues, de brume, de coquillages et de vent, mais une prison tout de même.

Une prison dont les barreaux étaient faits de peur et de dégoût. Intangibles, mais aussi, sinon plus efficaces que de vrais barreaux de fer.

Sheldrake était l'antichambre de la mort.

Nous n'avons pas de contrôle sur les événements mais nous avons un certain contrôle sur la façon dont nous réagissons aux événements. Isa à Gus

Tracadie, automne 1844.

Charlotte marchait dans la forêt avec Isa. Elles se tenaient par la main et riaient aux éclats. Isa se dégagea et se mit à courir. Charlotte la rattrapa. Isa se retourna, elle n'avait plus qu'un trou à la place du nez.

Charlotte sursauta, ouvrit les yeux et sortit de son cauchemar, en sueur, le cœur battant la chamade. Des larmes roulèrent sur ses joues. Elle se réveillait souvent en pleurant, sauf les fois où, dans ses rêves, Isa était revenue à la maison, en parfaite santé. Charlotte se levait alors aussitôt et courait vérifier si, par miracle, sa fille chérie dormait dans sa chambre. La cruelle réalité la ramenait dans son lit où, allongée près de Gus, elle n'arrivait plus à se rendormir, taraudée par l'inquiétude : comment allait-elle ? La réclamait-elle parfois ? Était-elle malade ? Désespérée ?

Elle était morte d'inquiétude. La lèpre pouvait causer de tels ravages. Elle avait appris récemment, mais aurait préféré ne jamais le savoir, dans quelles conditions horribles était mort Jean Robichaud, un lépreux. Le père François l'avait trouvé dans l'enclos de fortune qu'il s'était construit près de la rivière. Horrifié, il avait vu que les yeux de ce lépreux étaient tombés de leurs orbites avant qu'il n'agonise.

On ne savait pas si ce que certains nommaient sa folie était l'un des symptômes de sa maladie, ou si elle était plutôt imputable à l'isolement ou à la souffrance, mais lorsque le père François avait découvert son cadavre, il avait vu que les mains du pauvre homme étaient ensanglantées. L'une d'elles était encore fermée sur une poignée d'herbe. Il avait constaté aussi que le gazon avait été arraché à différents endroits. Il n'y avait pas de doute : un désespoir atroce l'étouffait quand la mort était venue le chercher alors qu'il était seul, sans personne pour le réconforter. Charlotte avait demandé au père François si la lèpre pouvait causer de tels ravages aux yeux.

— J'ai lu dans l'un de mes ouvrages de médecine que la perte des yeux chez les lépreux résultait de la kératite interstitielle, avait-il répondu.

Qu'une chose pareille puisse arriver à Isa la rendait folle. Elle aurait tout donné pour avoir chaque jour de ses nouvelles. Depuis que sa fille était sur l'île, elle ne l'avait vue qu'une seule fois.

Le cœur soudain agité de fureur, Charlotte se leva, s'habilla et, même si le soleil se levait à peine, décida d'aller au presbytère. Après avoir vérifié si Juliette dormait encore, elle laissa un mot à Gus et sortit.

Charlotte se mit à courir. Il fallait qu'elle parle à François et craignait qu'il ne soit déjà parti. Il se levait tôt. En chemin, elle pensa à tout ce qu'elle voulait lui dire. Elle n'avait pas l'intention de mâcher ses mots. Après toutes les belles promesses qu'il avait faites, comment pouvait-il laisser les autorités enlever une enfant à ses parents, la priver de la vie à laquelle elle était habituée, tout ça pour la garder prisonnière dans un endroit des plus insalubres avec des malades qui pouvaient lui transmettre la pire des maladies et en faire, comme eux, une paria ? Voilà ce qu'elle avait l'intention de lui demander.

D'un souffle et avec des manières qu'il ne lui connaissait pas, elle lui lança tout cela dès qu'il lui eut ouvert sa porte.

— Calme-toi Charlotte, dit-il. Isa n'est pas maltraitée sur cette île.

— Ça, c'est toi qui le dis ! Tu as vu les conditions dans lesquelles ils vivent ! Mais surtout, elle risque fort d'attraper la lèpre !

— Elle l'a déjà.

— Non ! hurla-t-elle, en tapant avec sa main sur la table où le père François venait de s'asseoir.

Charlotte, elle, avait préféré rester debout. Son visage était si près de celui du prêtre que des postillons atterrirent sur son nez lorsqu'elle hurla : « Ce n'est pas la lèpre ! Je te le demande depuis des semaines et tu ne fais rien. Je te le répète : je veux que tu fasses tout en ton pouvoir pour la sortir de là. »

— Calme-toi, répéta-t-il. Il faut toujours se dire qu'il y en a des bien plus mal pris que nous. D'ailleurs, pour bien des lépreux, ce fut bien pire avant. Savais-tu qu'au Moyen Âge, ils étaient brûlés sur des bûchers ? Savais-tu aussi qu'un échafaud était dressé devant les léproseries ? Si un lépreux s'échappait ou tentait de s'échapper, il était pendu sur-le-champ. Si…

— J'en ai assez de t'entendre parler du Moyen Âge, l'interrompit Charlotte. Nous n'y sommes plus. D'ailleurs, ne sommes-nous pas censés avoir évolué depuis ce temps ?

— Sois patiente ! dit doucement François.

— La patience ! C'est tout ce que tu leur demandes aux malades les rares fois où tu vas les voir. N'es-tu pas médecin ? Ne peux-tu rien faire pour eux ?

Jamais personne n'avait osé parler à François sur ce ton. Contrairement à ce qu'il aurait fait avec d'autres, il ne la rabroua pas. Ni ne songea à sortir son fouet : il ne pourrait plus la regarder en face s'il agissait ainsi avec elle. Et puis, il devinait à quel point elle était accablée par le chagrin. Il comprenait sa rage d'être frappée si durement et si injustement par le destin. Charlotte avait raison, il le savait. Comme elle — il le voyait à ses yeux cernés et à son visage émacié — il avait perdu le sommeil et l'appétit. Il avait beau dire que c'était pire au Moyen Âge, il savait que c'était à moitié vrai : au moins, dans les maladreries de ce temps-là, on portait assistance aux lépreux.

Avant qu'on isole les malades sur l'île Sheldrake, il se sentait utile et croyait être fidèle au plan de Dieu. Lorsqu'il visitait les lépreux dans les huttes construites en dehors du village, il se disait que Dieu savait ce qu'Il faisait quand Il lui avait donné l'inspiration d'étudier la médecine. Il savait aussi ce qu'Il faisait quand Il avait fait en sorte qu'on lui donne une cure au Nouveau-Brunswick, le plus grand, peut-être même le seul foyer d'éclosion de la lèpre au Canada. Sa formation médicale lui était bien utile alors. Le père François ne pouvait à présent se résoudre à admettre que Dieu ait permis que sa dernière intervention auprès des lépreux engendre plus de mal que de bien.

Pourtant, quand il allait à Sheldrake, il ne pouvait s'empêcher de le penser. Les autres membres du Bureau de santé ne lui laissaient aucun pouvoir. Le docteur Key craignait trop la contagion pour permettre les visites ou ramener les malades dans leurs familles. Quant aux commerçants, ils avaient chacun leurs raisons de les laisser là et usaient de leur pouvoir pour qu'il en soit ainsi.

Il aurait aimé trouver les mots qui auraient calmé Charlotte, mais il n'avait jamais su comment pacifier les esprits colériques. Il se laissait lui-même trop souvent emporter par la colère.

— Et puis, je veux que Gus et moi puissions aller voir Isa aussi souvent que nous le voulons. C'est trop long d'attendre des permissions. Je veux y aller ce dimanche.

— Non, il y a déjà une autre famille qui y va. Je ne peux faire de passe-droit pour Gus et toi. Chaque famille doit pouvoir y aller à tour de rôle. Sinon, les malades ne pourront se reposer.

— Se reposer ! hurla Charlotte, hors d'elle-même. Ils travaillent sans relâche du matin au soir. Ma fille ne s'est jamais autant démenée que depuis qu'elle est sur cette île maudite.

Sa voix s'étrangla. Les larmes affluèrent. Refusant de se montrer si vulnérable à cet homme qu'elle ne considérait plus comme un ami, elle sortit précipitamment du presbytère et se dirigea vers la grève.

Chaque matin, depuis le départ d'Isa, qu'il vente, qu'il gèle, qu'il pleuve ou neige, elle s'y rendait. Face à la mer, elle trouvait un endroit tranquille où elle envoyait mentalement de l'amour à sa fille. Elle espérait que cet amour, porté par la brise marine, la protège. Elle avait eu un matin le sentiment que ce rituel serait encore plus efficace si Gus et Juliette l'accompagnaient au sommet d'une petite colline qu'elle avait un jour repérée entre les villages d'Oak Point et de Bartibog Bridge, en face de l'île Sheldrake.

Là, ils se tiendraient par la main et enverraient des pensées remplies d'amour à Isa : cet amour chasserait l'ange de la mort qui étendait ses ailes au-dessus de l'île. Même s'il n'y croyait guère, estimant que ce n'était que superstition, Gus avait accepté d'accompagner sa femme. Parce qu'il l'aimait. Parce qu'il voulait partager sa détresse. Ils étaient devenus trop souvent silencieux quand ils étaient ensemble, chacun s'enfermant dans sa douleur et dans de muettes appréhensions.

Parfois, il lui disait aussi que cela pourrait être pire. Que bien des familles étaient en deuil de leur enfant. Mais Charlotte se surprenait parfois à penser qu'il y avait des choses pires que la mort d'un enfant. Comme le voir souffrir horriblement, sans pouvoir le soulager. S'il s'avérait qu'Isa ait la pire forme de la lèpre, Charlotte implorerait la grande Faucheuse de venir la chercher, aussi effroyable, aussi douloureux que puisse être cet appel. Charlotte aurait pu énumérer bien d'autres situations qui pouvaient être pires que la mort. Elle connaissait une famille tracadienne dont la fille était portée disparue depuis cinq ans. Ses parents vivaient en enfer depuis ce temps-là, imaginant toutes sortes de scénarios plus horribles les uns que les autres.

Charlotte avait désespérément besoin de tendresse, de quelqu'un qui entende sa détresse. Quelqu'un qui trouve véritablement les mots pour la consoler et lui donner espoir. Mais jusqu'à présent, elle n'avait jamais senti le besoin de se faire de véritables amies, celles à qui l'on confie presque tout, celles sur qui on peut compter, celles qui nous comprennent vraiment. Sa famille, le père François, les livres et la musique suffisaient à la rendre heureuse. Mais la solitude lui pesait de plus en plus.

La plupart du temps, Gus demeurait silencieux et distant ou bien travaillait sans relâche pour oublier sa peine. Il accomplissait gratuitement plusieurs tâches pour des familles où l'homme de la maison était séquestré à l'île Sheldrake. Celles du cultivateur Léo, entre autres. Gus avait aussi confectionné plusieurs tonneaux que les Tracadiens avaient ensuite déposés devant les maisons où personne ne voulait pénétrer parce que la lèpre y avait fait des ravages effrayants. Par esprit de solidarité, par compassion ou par amitié, ceux qui le pouvaient mettaient dans ces tonneaux les victuailles qui permettaient aux familles éplorées de survivre.

***

Espérant que quelqu'un comprenne enfin qu'Isa avait été admise dans une colonie de lépreux alors qu'elle n'avait pas la lèpre, Charlotte et Gus écrivirent des lettres à tous les membres du Bureau de santé ainsi qu'à d'autres personnes influentes : politiciens, évêque et archevêque. Charlotte fit de son mieux pour trouver les mots qui, à la fois, toucheraient leur cœur et feraient appel à leur raison. En exergue de chacune des lettres, elle copia les sages paroles de Molière : « Nous ne sommes pas seulement responsables de ce que nous faisons, mais également de ce que nous ne faisons pas. »

Chaque jour, Charlotte allait au bureau de poste, l'espoir chevillé à l'âme. Toujours, elle en revenait bredouille. Parfois, elle avait au moins la joie de recevoir des nouvelles de Fanny. Pour tromper l'anxiété causée par l'attente, elle essaya aussi de se rendre utile. Elle retourna voir le père François. Même s'il y avait quelque chose de brisé dans leur amitié, Charlotte fit comme si de rien n'était et discuta avec lui de différents moyens d'éviter la propagation de la lèpre.

Certes, elle ne pouvait expliquer exactement comment la lèpre se propageait, mais elle était de plus en plus convaincue qu'elle pouvait se transmettre comme la grippe. Après en avoir discuté avec le curé, elle retourna chez elle et peignit en noir un écriteau sur lequel elle écrivit avec de la peinture rouge : *Défense de cracher dans l'église.* Pour ceux qui ne savaient pas lire, elle fit un dessin des plus explicites. Lorsqu'elle apporta l'écriteau à l'église, elle trouva François en train de laver le plancher avec de l'eau chaude vinaigrée.

— J'ai suivi ton conseil, lui dit-il en lui faisant signe de regarder vers l'entrée.

Charlotte constata aussi qu'il avait enlevé le bénitier : « Qui sait si la lèpre ne s'y cache pas, n'attendant que les jours de célébration de la messe pour passer de main en main », lui avait-elle dit la veille.

François n'y croyait guère : comment une eau bénite pouvait-elle transmettre une maladie ? Mais il désirait que son amitié avec Charlotte reprenne comme avant. Il avait donc suivi ses conseils, lui qui pourtant n'avait jamais écouté personne et avait plutôt l'esprit de contradiction.

— À la messe de dimanche prochain, je dirai aussi de cesser de baiser les pieds des statues et des reliques.

Charlotte le gratifia d'un sourire et retourna chez elle. Elle était de plus en plus souvent seule avec Juliette. Le jour du départ d'Isa, Adéline, leur bonne, et Pierrot, leur homme à tout faire, s'étaient enfuis de nuit sans même demander leurs gages, tant ils avaient honte d'abandonner ainsi cette famille où ils avaient été bien traités. Charlotte s'ennuyait parfois des « Badame » qu'Adéline faisait résonner dix fois par jour dans la maison et qui lui arrachaient un sourire, mais elle ne souffrait pas trop de son absence. Les tâches ménagères ne la répugnaient pas. Travailler l'aidait un peu à vaincre l'angoisse. C'était la solitude qui l'accablait. Elle aurait tant souhaité que Gus et elle se confient l'un à l'autre comme ils le faisaient auparavant.

Son chagrin était vaste comme l'océan et elle en voulait souvent à son mari de ne pas l'aider à l'affronter. Lui qui avait dominé les mers les plus furieuses, pourquoi ne savait-il pas comment l'aider à traverser cette tempête-là ? Elle se morigénait parfois : « Je suis injuste. Gus est aussi affecté que moi par le départ d'Isa. »

Il n'en demeurait pas moins que cette épreuve minait leur relation à tel point qu'elle se demandait si elle ne détruirait pas définitivement leur amour.

En arrivant chez elle, elle trouva Gus à la cuisine, l'air abattu.

— Isa ? s'inquiéta-t-elle aussitôt.

— Non, mais je n'ai pas attendu que t'ailles au bureau de poste. J'y suis passé. Nous avons reçu les réponses à nos lettres. À croire qu'ils se sont donné le mot pour nous écrire tous en même temps, dit-il en lui tendant le courrier.

Charlotte détacha son manteau et s'assit auprès de Gus. Les larmes affluaient, plus nombreuses, à mesure qu'elle lisait. C'étaient des réponses convenues, polies, mais si dénuées de compassion que c'en était insultant.

— Ils n'ont pas de cœur. Ils se fichent de la souffrance de notre fille. Ils se fichent de l'injustice dont elle est victime. Ils se fichent de sa vie brisée.

Elle se leva et marcha de long en large. Gus se leva à son tour et la prit dans ses bras.

— Qu'allons-nous faire ? demanda Charlotte.

Gus haussa les épaules en signe d'impuissance. Comme elle, il ne savait plus vers qui se tourner, qui supplier, qui convaincre. Ils se sentaient seuls dans leur malheur. L'indifférence des gens de pouvoir ajoutait à leur détresse.

Miguasha, maison du docteur Labergne.

L'épouse du docteur Labergne laissa tomber son tricot et s'exclama :

— Deviens-tu fou Adam ? Tu vas perdre toute ta clientèle si tu t'occupes d'eux !

Ludivine était consternée : son mari venait de lui annoncer qu'il allait désormais consacrer une grande partie de ses journées à faire des recherches sur la lèpre.

Ludivine en avait plus qu'assez de l'excentricité de son mari. Qu'il passe une grande partie de son temps auprès des Sauvages et s'habille souvent comme eux lui avait d'ailleurs valu l'étiquette d'excentrique.

Ludivine avait accepté sans broncher les railleries que cela suscitait et savait même plutôt bien le défendre : « C'est souvent avec les herbes des Sauvages qu'il vous soigne » ; « Vous devriez lui être reconnaissant » ; « Croyez-vous que c'est agréable pour lui de se faire manger par les mouches, de dormir dans des tentes, d'avaler leur nourriture, tout ça parce qu'il a à cœur de trouver les meilleurs remèdes ? »

C'était loin d'être un argument de poids aux yeux de tout le monde. Plusieurs Acadiens croyaient plutôt que les Micmacs avaient le pouvoir d'ensorceler les humains et les animaux et de les rendre malades en leur jetant de mauvais sorts.

Ludivine se trompait aussi sur d'autres points : contrairement à ce qu'elle croyait, son époux n'avait pas assez d'humilité pour reconnaître que les Micmacs puissent lui apprendre quoi que ce soit avec leur médecine. Elle n'imaginait pas non plus que le temps qu'il passait auprès des Micmacs n'était pas aussi pénible qu'il voulait lui laisser croire. Son « épouse » amérindienne savait lui faire apprécier la vie en pleine nature. Elle lui avait donné deux beaux enfants qu'il chérissait autant que les onze que Ludivine avait mis au monde. Mais l'attirance qu'il éprouvait pour sa belle Micmaque était beaucoup moins vive depuis qu'il avait vu Charlotte.

Charlotte occupait ses pensées jour et nuit. Il cherchait le moyen de la conquérir. S'il trouvait une façon de guérir les lépreux, il gagnerait à coup sûr l'estime de Charlotte. Il avait le sentiment que son destin avait pris un tournant depuis qu'il s'était retrouvé sur le quai en ce matin brumeux où les lépreux étaient partis pour l'île Sheldrake.

Depuis, il passait le plus clair de son temps à lire sur la lèpre et à correspondre avec des médecins partout dans le monde. Il était de plus en plus convaincu que cette maladie était en partie héréditaire, ce qui ne signifiait pas qu'elle soit incurable. Si l'hérédité pouvait rendre vulnérable, la personne atteinte pouvait tout de même être guérie. Espérant être publié dans une revue médicale prestigieuse, il décida de se documenter sur le sujet.

Dans tout le Canada, le Nouveau-Brunswick était l'endroit où la lèpre faisait le plus de ravages. Il s'estimait chanceux d'y habiter et de pouvoir mener son enquête à sa guise. Il avait lu que cette maladie pouvait sauter plusieurs générations avant de réapparaître. Il décida qu'il visiterait toutes les familles touchées et qu'il noterait si un ou plusieurs de leurs ancêtres en avaient été atteints. Il ferait des arbres généalogiques de la lèpre.

Personne avant lui n'avait fait cela. Du moins, pas à sa connaissance. Il était persuadé que les résultats de ses recherches intéresseraient les chercheurs et les médecins les plus réputés au monde. Bien sûr, il commencerait son enquête chez Charlotte. Il était impatient de la revoir. Après s'être apprêté, il se rendit à Tracadie.

Hélas, quand, nerveux, le cœur battant la chamade, il frappa à sa porte, personne ne vint lui ouvrir. Il décida donc de visiter d'autres familles pour commencer son enquête. Il ne tarda pas à constater que plus rien n'était pareil pour personne à Tracadie. Beaucoup de liens, pourtant tissés serrés, s'étaient défaits. Des femmes, dont un membre de la famille était lépreux, ou soupçonné de l'être, lui confièrent qu'elles avaient dû accoucher seules parce que personne ne voulait leur porter assistance.

Il rencontrait souvent sur son chemin des agents de la paix qui patrouillaient et fouillaient les maisons et les forêts environnantes où des lépreux se terraient. On se serait cru en temps de guerre.

Tracadie était devenu un lieu maudit qu'on évitait : voyageurs et gens d'affaires le contournaient systématiquement. Même les mendiants ne s'y arrêtaient plus. Les familles de pauvres qui quêtaient de village en village se signaient et passaient leur chemin. Avant que Tracadie ne devienne synonyme de la lèpre, plusieurs, pourtant, y séjournaient afin de prendre le temps de jouir de sa beauté. Les imposantes falaises où nichaient des oiseaux ; les dunes de sable encerclant la baie ; les centaines d'oiseaux volant au-dessus de la mer d'un bleu éblouissant où des voiliers semblaient danser avec le vent : tout cela, en des jours plus heureux, avait eu de quoi enchanter les plus blasés. Mais « la maladie » avait plongé Tracadie dans la désolation. Les rues étaient presque désertes et silencieuses, de même que les cours où, jadis, régnait un esprit de bon voisinage, on s'arrêtait le temps de fumer ou de goûter à quelques mets dont les arômes étaient comme une invite. Le curé ayant interdit les danses ou toutes autres rencontres qui, selon lui, étaient une offense à la pudeur et une provocation à Dieu, les accordéons restaient muets. Confiance, insouciance, convivialité, tout cela s'était volatilisé à mesure que grossissait la peur de la contagion.

Des rumeurs prétendaient que des enfants étaient enlevés puis égorgés par des hommes convaincus qu'en se baignant dans leur sang, ils se prémunissaient contre la lèpre. Un village fantôme, voilà à quoi Tracadie ressemblait désormais. Pire encore, la peur de la contagion, insidieusement, transformait les rapports entre les membres d'une même famille. On se méfiait les uns des autres. On ne le disait pas ouvertement mais on s'embrassait et on se touchait moins.

Les Tracadiens avaient espéré que la lèpre demeure leur « secret honteux ». Hélas, il était vite devenu un secret de Polichinelle. Ils avaient alors bien des difficultés à écouler leurs produits. Les vendeurs de bleuets avaient cessé de mentionner le mot *Tracadie* sur leurs emballages et les autres commerçants les avaient imités, car plus personne ne voulait manger quoi que ce soit venant de ce village.

Cela n'avait rien changé. On se méfiait trop pour que les tentatives d'anonymat fonctionnent. Les acheteurs aux aguets ne se laissèrent pas berner si facilement. À mesure que le temps passait, l'extérieur de plusieurs maisons révélait crûment la pauvreté de ceux qui étaient désormais privés de revenus. Plusieurs Tracadiens vivaient dans un tel dénuement que chaque sou était compté.

Il s'en trouvait cependant pour profiter du malheur des lépreux et les exploiter. L'un d'eux, Vanier Beauchamp, était un spéculateur vorace et sans scrupules. Même s'il habitait le village depuis l'enfance, il oublia les liens d'amitié et de fraternité qui le liaient aux Tracadiens et ne pensa plus qu'à ses propres intérêts. Ainsi, il imagina un plan machiavélique qui lui permettrait de se servir d'une personne chez qui la lèpre avait fait le plus de ravages. Il savait que des lépreux se cachaient afin d'éviter d'aller à Sheldrake. Il en chercha partout, trouvant différents prétextes pour s'introduire dans les maisons ou dans les granges. Il parcourut la forêt environnante pendant des semaines avant d'en trouver un dont l'allure était particulièrement repoussante. Il le trouva dans un abri de fortune, seul et déprimé.

Josua, c'était son nom, avait non seulement perdu son nez, ses sourcils, ses cils, mais ses oreilles étaient devenues énormes et ses mains n'étaient plus que de pauvres moignons. Moyennant une somme d'argent que Josua ne pouvait se permettre de refuser parce qu'elle délivrerait sa famille de la faim, Vanier arriva à le convaincre de « participer » aux ventes aux enchères des terres de la couronne. Là, il lui ordonnait de se mêler à la foule. Un complice de Vanier criait aussitôt en pointant Josua du doigt :

— Regardez, c'est un lépreux. Attention, il a la lèpre. C'est contagieux !

Comme Vanier l'espérait, la foule se dispersait aussitôt. Il avait ainsi tout le loisir d'acheter à un prix ridicule des terres qu'il revendait à prix fort. Quand, le soir, auprès d'un feu, il comptait son argent, Josua ne le quittait pas des yeux. Il le méprisait : comment un homme pouvait-il être aussi sans cœur ? Ne comprenait-il pas à quel point c'était humiliant pour lui de faire ce qu'il lui demandait ? Ne voyait-il pas qu'il était déjà accablé par la maladie, le désespoir et la honte ?

Josua se surprenait parfois à souhaiter lui transmettre sa maladie. Il n'aurait qu'à boire dans le même verre que Vanier, lécher son assiette avant qu'il n'y dépose sa nourriture, bref, trouver toutes sortes de moyens de lui refiler cette saleté de lèpre qui lui rongeait le corps. Ce serait d'autant plus facile que Vanier ne se méfiait pas : il ne croyait pas que cette maladie était vraiment contagieuse. Il comprendrait alors ce que c'est que d'être lépreux.

Ce serait bien fait pour lui, se disait Josua en lui jetant des regards haineux.

Mais lui qui n'était ni vraiment méchant, ni revanchard, regrettait aussitôt de nourrir de telles pensées. Il n'était pas de ce côté-là des choses. Homme des bois autant que de la mer, il aimait tirer des enseignements de la nature. Récemment, des dizaines d'oiseaux de mer au vol erratique étaient passés à toute vitesse devant lui et avaient ensuite changé brusquement de direction sans se heurter, comme s'ils ne faisaient qu'un seul corps. Il s'était dit alors que tous les humains étaient peut-être liés par un fil invisible, comme semblaient l'être ces oiseaux, et que la coopération, l'entraide, étaient les seuls moyens de ne pas se blesser mutuellement, voire de survivre.

Vanier savait qu'il ne pourrait jouer à ce jeu-là bien longtemps. Un jour ou l'autre, quelqu'un irait voir les policiers pour les avertir qu'un lépreux se mêlait aux gens durant les ventes aux enchères. Josua n'hésiterait pas alors à le dénoncer. Prudent, Vanier se contenta de répéter l'expérience à deux ou trois reprises à des endroits et des moments différents. Quand il annonça à Josua qu'il n'avait plus besoin de lui, il avait déjà gagné une rondelette somme d'argent.

Le lépreux, affaibli par la maladie, la malnutrition et les humiliations qu'il venait de vivre, mourut avant de regagner sa cachette. Sa dépouille fut retrouvée par le chien d'un chasseur qui, le connaissant bien, s'agenouilla, se signa et dit une prière. Quand il rouvrit les yeux, il vit une enveloppe auprès du mort. Il l'ouvrit. Sa surprise fut grande : elle était pleine d'argent. Il n'y comprenait rien. De son vivant, cet homme avait toujours été pauvre et c'était bien pire depuis qu'il était malade. Comment pouvait-il posséder autant ?

Autant par honnêteté que pour avoir des réponses à cette question, il alla voir la femme de Josua. Quand elle vit l'argent, elle se mit à pleurer : « Si vous saviez à quel point mon mari s'est humilié pour gagner ça », dit-elle. À travers ses larmes, attablée avec lui devant une tasse d'eau — elle n'avait rien d'autre à lui offrir —, elle lui confia tout.

Quand Gus avait raconté à Charlotte la nature des spéculations dégradantes de Vanier, elle avait simplement haussé les épaules. Les aspects sombres de la nature humaine ne la surprenaient plus. D'ailleurs, elle parlait de moins en moins. Seule Juliette arrivait à lui arracher des mots tendres et un sourire de temps en temps. Personne d'ailleurs ne résistait au charme de cette fillette aux yeux aussi noirs que ses longs cheveux brillants et soyeux.

Quand Juliette plaçait ses bras autour des épaules de sa mère et l'embrassait sur les joues, le cœur de Charlotte débordait de tendresse. Mais Charlotte, la plupart du temps, demeurait silencieuse et triste. Cela ne lui ressemblait pas. Elle n'était plus que l'ombre de la femme rieuse qui, naguère, chantait souvent en jouant des airs joyeux au piano.

Gus lui rappelait qu'elle devait se secouer, que sa mélancolie était mauvaise pour Juliette. Charlotte essayait, mais n'y arrivait guère souvent. Isa occupait la majeure partie de ses pensées. L'inquiétude la rongeait. L'absente prenait toute la place. Quant à Fanny, elle la savait entre de bonnes mains avec Marjorie.

Charlotte n'avait pas voulu raconter à Gus ce qui s'était passé la dernière fois qu'elle était allée voir le père François pour le supplier encore de faire libérer Isa, mais il voyait bien qu'elle était plus triste et nerveuse depuis ce jour-là. Charlotte était entrée au presbytère et l'avait trouvé vide. Les illustrations d'un livre ouvert laissé sur la table avaient happé son regard.

Troublée par ce qu'elle voyait, elle l'avait aussitôt refermé d'un bruit sec, le cœur battant. Mais son cerveau avait eu le temps d'enregistrer ces visages ravagés, déchiquetés, ces sourires transformés en rictus hideux, les nez rongés, les corps-troncs, les mains réduites en moignons. C'étaient des lépreux. Dans ses cauchemars, le beau visage d'Isa se transformait de plus en plus souvent sous les assauts répétés de la lèpre pour ressembler à ce qu'elle avait vu dans ce livre. C'était insoutenable.

Elle en voulait à la vie et à Dieu. Ne voyait-Il pas que certaines souffrances sont trop violentes pour les humains ? Se sentant impuissante à changer le cours des choses, n'ayant, semblait-il, d'autre recours que la prière, elle continuait cependant de L'implorer. Mais ses prières étaient empreintes de colère et de rage.

Un jour où il la cherchait, Gus l'avait aperçue marchant au bord de l'océan en hurlant. Elle avait laissé Juliette seule à la maison, ce qui ne lui ressemblait pas du tout. C'était plutôt le contraire : il avait souvent reproché à Charlotte de trop couver ses filles. En la voyant dans cet état, il avait compris qu'il fallait faire quelque chose. Et vite. Sinon, il en était convaincu, sa femme sombrerait dans la folie.

Une seule solution se présenta à son esprit. Mais elle comportait beaucoup de risques. Il fallait qu'il évalue toutes les chances de réussites avant d'en parler à sa femme.

Un jour une lépreuse, étonnamment sereine malgré tous les maux qui l'affectaient, m'a dit que chaque épreuve est aussi un cadeau. Je n'ai compris que bien plus tard ce qu'elle voulait dire : chaque épreuve nous donne l'occasion de devenir une meilleure personne. Isa à Gus

Tracadie, 30 septembre 1844.

Juliette vint se blottir contre sa mère qui, ayant peu dormi, restait au lit, déprimée. Charlotte ouvrit les yeux et trouva la force de sourire à sa fille. Une bouffée de tendresse l'envahit. Elles restèrent un moment collées l'une contre l'autre, parlant de tout et de rien. C'étaient des moments de pur bonheur, des instants volés au malheur.

En préparant le déjeuner, les pensées de Charlotte s'envolèrent vers Gus qui, dès l'aube, était parti en forêt. Elle regrettait de ne pas l'avoir accompagné. C'était si beau l'automne, en forêt. Elle y allait souvent, avant. Ensemble, ils cherchaient les meilleurs érables qui lui permettraient de faire d'autres violons. Même s'il n'avait pas réussi à vendre ceux qu'il avait déjà, il espérait toujours trouver preneur. Non seulement il sentait le besoin de s'occuper l'esprit et le corps, mais il n'était pas question d'abandonner cet art qu'il avait mis beaucoup de temps à perfectionner.

Charlotte en connaissait toutes les étapes. Il fallait d'abord trouver les arbres dignes des meilleurs violons et violoncelles. Ces arbres-là, il les reconnaissait d'abord par leur forme, droite, solide et longue, comme s'ils touchaient les nuages. Quand il en repérait un qui ne présentait aucune courbure, il s'en approchait et posait son oreille sur lui. Lorsqu'on le voyait à l'œuvre, on disait de Gus qu'il était l'homme qui, non seulement parlait aux chevaux, mais savait écouter les arbres. Il frappait ensuite avec son marteau de bois pour voir comment l'arbre résonnait. Si ce qu'il entendait était agréable à son oreille, il s'assurait que le tronc n'était pas noué à sa base. Il mesurait ensuite son diamètre, une vingtaine de pouces étant une mesure presque parfaite.

Ce n'est qu'après avoir procédé à toutes ces étapes qu'il observait avec attention la structure de l'arbre. Il n'était véritablement satisfait que si les cernes de croissance sur le bois qu'il venait de prélever étaient bien réguliers. Gus ne coupait jamais un arbre pour rien. Il avait trop de respect et aimait trop la nature pour cela. Quand il avait décidé lequel il couperait, il l'enlaçait et lui racontait que sa mort n'était pas vaine : « Grâce à toi, bien des foyers résonneront de musique et égayeront les cœurs. »

Depuis l'enfermement d'Isa, sa voix se brisait souvent en disant cela. Il pensait à elle et à Charlotte qui avaient si souvent joué du piano à quatre mains en chantant à tue-tête. Leur vie était si joyeuse en ce temps-là. Il tomba à genoux près de l'arbre et pleura longtemps. Quand il put enfin se ressaisir, il coupa l'arbre avec des gestes qu'il n'avait pas avant. Des gestes pleins de douleur et de colère. Il se calma en pensant à Juliette et à Charlotte. Il avait hâte d'être près d'elles et de leur montrer les arbres qu'il avait coupés. Charlotte et lui faisaient équipe. C'est elle qui traçait les ouïes du violon et les connaisseurs n'hésitaient pas à dire que ses S avaient la tournure la plus élégante qui soit.

Excellente musicienne, c'était habituellement Isa qui jaugeait chaque instrument qu'il venait de terminer. Elle adorait ça et lui, la regardait, fier d'avoir une fille si talentueuse. Les jugements d'Isa étaient généralement très positifs. Il faut dire que Gus avait eu la chance d'être instruit par un vieux luthier qui lui avait confié deux secrets permettant de tirer de ses instruments la meilleure sonorité : il fallait incliner la table d'harmonie d'un certain degré sur la direction des fibres et utiliser les meilleurs vernis. « Ne ménage pas là-dessus, lui avait-il enseigné, les vernis utilisés par les grands maîtres coûtent cher, mais ça vaut amplement le coût. »

Les violons qui sortaient de l'atelier de Gus étaient signés des initiales entrelacées des prénoms de Charlotte et Gus : un G était joliment accroché à un C. Gus souhaitait qu'ils restent comme ça dans la vie, liés l'un à l'autre. Complices. Amoureux. Il savait que de dures épreuves viennent à bout de bien des couples pourtant très unis. Il pria pour que cela ne leur arrive pas. Il priait avec d'autant plus de ferveur qu'il devait bien s'avouer que déjà, entre Charlotte et lui, ce n'était plus comme avant.

Pendant ce temps, Charlotte et sa fille se dirigeaient, bras dessus, bras dessous, vers le bureau de poste. L'air était frais et vif et Charlotte se sentit ragaillardie. Des coups de feu retentirent. Ils provenaient de la plage.

Charlotte vit des hommes qui tuaient des goélands. Le monde était devenu fou. Depuis quelques mois, la rumeur courait que les animaux pouvaient transmettre la lèpre. Chiens, chats, oiseaux étaient fusillés à bout portant.

Charlotte avait lu que durant l'épidémie de peste qui avait sévi à Londres en 1665, quarante mille chiens et cinq fois plus de chats avaient été sacrifiés parce qu'on les croyait responsables de la propagation de la maladie. Il y avait aussi, dans cette tuerie, comme un désir insensé d'offrir à Dieu des victimes expiatoires, comme si toutes ces morts pouvaient fléchir sa colère. Juliette détourna le regard. Elle ne pouvait supporter qu'on tue des animaux. Ses parents avaient toutes les misères du monde à la convaincre de manger un repas de viande de temps en temps. Charlotte lui serra la main et accéléra le pas.

Une clochette tinta quand elles entrèrent au bureau de poste. Ovide, le maître de poste, était occupé à classer des lettres. Il se retourna et son sourire se figea quand il la vit. Cet homme, que Gus et Charlotte considéraient jadis comme un ami, lui dit d'une voix glaciale :

— Gardez vos distances.

C'était la même règle pour toutes les personnes qui avaient un lépreux dans la famille. Mais Charlotte ne s'habituait pas d'essuyer ce genre d'humiliations plusieurs fois par semaine.

Ovide mit ses gants et chercha dans la pile de lettres si l'une d'elles lui était adressée. Il en trouva une. Charlotte vit que l'enveloppe était un peu calcinée. Elle savait pourquoi : depuis quelques jours,

Ovide passait chaque lettre au-dessus de la flamme d'une chandelle. Il croyait pouvoir ainsi la purifier d'éventuels miasmes de la lèpre. On racontait au village que des lettres n'avaient jamais pu être remises à leurs destinataires parce qu'elles avaient malencontreusement pris feu.

En le regardant poser ce geste qu'elle associait à un excès de prudence, Charlotte priait pour qu'il lui remette son enveloppe au plus vite. Non seulement il la lui donna sans aménité, mais il fit un petit geste de la main comme on fait quand on veut éloigner une mouche. Charlotte reconnut l'écriture : cette lettre venait de Rosalie Jetté, une petite-cousine de Gus. Charlotte sortit et prit le chemin de sa maison avec sa fille, déçue que la promenade ne soit pas plus longue.

Gus et elle avaient une profonde affection pour Rosalie. Tous les deux orphelins, ils la considéraient comme leur seconde mère. Ils l'avaient rencontrée quelques jours après leur mariage. Leur voyage de noces avait coïncidé avec une grande réunion familiale réunissant les descendants de Marie Major et Antoine Roy dit Desjardins. Rosalie Roy, la mère de Rosalie, était une descendante directe d'Antoine, comme l'était aussi Gus. Plusieurs de ses cousins, pour différentes raisons, avaient changé leurs patronymes, de sorte que s'y trouvaient aussi réunis des Voisine, des Lauzier, des Losier, des Lauzon et bien d'autres dont Charlotte avait oublié les noms.

Jean-Marie Jetté, l'époux de Rosalie, vivait encore à cette époque et le couple était visiblement très amoureux même s'ils avaient dû surmonter de terribles épreuves qui auraient pu les éloigner : quatre de leurs enfants étaient morts en bas âge. Comme si ce n'était pas suffisant, Jean-Marie avait été victime d'une fraude et avait perdu tous ses biens. Non seulement le couple n'avait pas poursuivi en justice l'homme qui les avait dépouillés, mais Rosalie en parlait sans amertume ni esprit revanchard. Elle n'était pas de celles qui alimentent les désirs de vengeance. « Il faut pardonner si l'on veut être pardonné à notre tour », répétait-elle à ses enfants.

Rosalie ne parlait jamais du mal qu'on lui avait fait, ni ne condamnait personne. Le couple était parti vivre à Montréal où le destin les avait encore durement frappés. En 1832, l'épidémie de choléra tua des milliers de personnes. Jean-Marie fut atteint. Ni les saignées par sangsues administrées par les médecins, ni les doses d'opium qu'ils lui donnèrent ne réussirent à le sauver.

Comme les autres cholériques, il fut jeté au plus vite, de nuit, dans une fosse commune pendant que dans la ville on purifiait l'air en tirant du canon et en brûlant de la résine. Rosalie se retrouva sans le sou avec à sa charge quatre enfants et sa mère paralysée. Son fils Pierre, cordonnier, lui apprit les rudiments du métier. Elle réussit à en tirer un revenu suffisant pour survivre et prendre soin des siens. Mais dans la solitude de sa chambre, elle pleurait souvent l'époux qu'elle avait aimé d'un amour fou.

Une fois arrivée chez elle, Charlotte ouvrit l'enveloppe. Elle reconnut l'écriture carrée de madame Lapointe. Bien qu'elle sache lire, Rosalie n'avait jamais appris à écrire. Elle avait très tôt quitté l'école pour exercer, comme sa mère, le métier de sage-femme. Elle devait donc demander à une amie de rédiger ses lettres.

Très chers Charlotte et Gus,

Ce fut une très grande joie pour moi d'apprendre que tout va bien pour vous. Votre bonheur doit être parfait.

Charlotte songea qu'effectivement leur bonheur était parfait avant qu'Isabelle ne soit emmenée sur l'île. Elle s'en voulut de n'avoir pas encore mis Rosalie au courant de la situation.

De mon côté, je m'estime comblée même si mon époux me manque plus que je ne saurais l'exprimer. Aider les autres m'aide à ne pas sombrer dans la mélancolie. Mon fils Pierre ayant la bonté de m'héberger, je peux me permettre de ne pas trop m'échiner à l'ouvrage et de prendre du temps pour aider les nécessiteux. Il y en a tellement. Des gens d'ici, mais beaucoup d'immigrants aussi, qui arrivent en ville sans le sou, sans rien d'autre que l'espoir d'une vie meilleure. Avec madame Lapointe, celle-là même qui a la bonté de rédiger cette lettre, je soigne du mieux que je peux les malades, surtout ceux qui, comme l'amour de ma vie l'a été, sont atteints du choléra. Enfin… soigner est un bien grand mot. Je fais ce que je peux.

Madame Lapointe avait ajouté son grain de sel et écrit en exergue :

Elle est encore trop modeste. La mère de Rosalie, comme vous le savez, était sage-femme. Elle a appris à Rosalie le secret de bien des remèdes en plus de l'art d'accoucher.

Charlotte sourit. Elle se disait que cette madame Lapointe était bien roublarde pour se permettre d'ajouter des commentaires dans la lettre de Rosalie. Elle continua sa lecture :

Mais au moins j'essaie de briser quelques préjugés. Le savez-vous ? On raconte que ceux qui attrapent le choléra sont soit des peureux, soit des gourmands. Quelles idées bizarres peuvent être ainsi colportées qui ne font de bien à personne ! Une famille du d'en-bas-de-Québec est arrivée la semaine dernière à Montréal, malade. Ils étaient tous atteints de la picotte. Pierre a accepté que je les garde dans sa maison, avec nous, le temps qu'ils se rétablissent et qu'ils se trouvent un logement. Nous avons peu de moyens mais nous partageons ce que nous pouvons partager.

Charlotte rit cette fois de bon cœur en voyant une autre flèche qui courait jusqu'au verso. Au bout de cette flèche, madame Lapointe avait écrit :

Rosalie est vraiment trop modeste. Non seulement elle visite des malades dès l'aube avant de commencer à travailler avec son fils cordonnier, mais elle se lève même parfois la nuit pour accueillir une fille compromise, réduite à gagner sa vie en exerçant le plus vieux métier du monde. Rosalie ne juge jamais personne et les traite tous de façon aussi respectueuse qu'elle traite l'évêque.

Charlotte retourna la feuille et lut :

J'accorde une aide spéciale à celles dont personne ne s'occupe. Celles qu'on appelle avec mépris les filles-mères. Elles n'ont nulle place où aller. Elles sont réduites à commettre des petits larcins afin d'être jetées en prison et d'avoir ainsi un toit sur leur tête quand viendra le moment de mettre leur enfant au monde. D'autres accouchent dans des ruelles et y abandonnent leur bébé ou les laissent sur un banc d'église. D'autres, poussées par le désespoir, les tuent et abandonnent les petites dépouilles aux chiens errants. C'est effrayant. Les orphelinats sont bondés. Même la Société Saint-Vincent-de-Paul refuse les filles-mères. L'évêque de Montréal a été mis au courant de ce que je faisais. Il m'a fait venir à l'évêché afin de me proposer de mettre sur pied un hospice pour les filles enceintes. Je me souviendrai toujours de ses paroles : « Comme il a plu à Dieu de se servir de vous pour faire beaucoup de bien aux filles infortunées, n'aimeriez-vous pas fonder une communauté où Dieu serait glorifié et ces pauvres âmes reconnues ? » Je ne m'attendais jamais à entendre un évêque s'adresser à moi en ces termes. Je lui ai dit que je n'étais pas suffisamment bonne pour cela. Mais il a tant insisté que j'ai accepté. Notre maternité sera baptisée du nom d'une actrice que l'évêque a qualifiée de pécheresse repentie : Sainte-Pélagie. Comme si Dieu veillait sur cette œuvre, mon fils Pierre vient justement de louer une maison. Il m'a généreusement offert de m'installer au grenier sans rien demander en retour. C'est là que j'y installerai ma maternité, ou mon hospice comme l'appelle Monseigneur. J'espère de tout cœur que nous aurons l'occasion de nous rencontrer bientôt. Viendrez-vous à Montréal cette année ?

Montréal ! Partir en bateau avec Gus comme ils le faisaient chaque année. S'arrêter à Kamouraska où vivaient les frères et les sœurs de son mari. Plusieurs d'entre eux étaient marins et Gus les écoutait pendant des heures raconter leurs aventures en mer. Filer ensuite à Québec, cette ville où elle avait passé son enfance et qu'elle aimait tant, aller embrasser Marjorie, avant de terminer leur périple à Montréal.

Ils faisaient ça chaque année depuis qu'ils étaient mariés.

Cette année, elle aurait d'autant plus envie de le faire que Fanny lui manquait. « Mais il n'en est pas question », pensa Charlotte. Elle ne voulait pas rater une seule occasion de rendre visite à Isabelle. De toute façon, Gus et elle n'avaient pas le cœur à rire et à s'amuser. Le voyage risquait d'être trop triste. D'ailleurs, Charlotte s'interdisait de plus en plus de profiter de la vie, de toutes les joies dont Isabelle était privée.

La nuit était déjà tombée quand Gus rentra chez lui. Il trouva sa femme endormie dans son fauteuil, un livre sur ses genoux, *Les rêveries du promeneur solitaire* de Jean-Jacques Rousseau. Il le prit doucement et lut le passage qu'elle avait souligné :

Que cette vie n'étant qu'un état d'épreuves, il importait peu que ces épreuves fussent de telle ou telle sorte pourvu qu'il en résultât l'effet auquel elles étaient destinées, et que par conséquent plus les épreuves étaient grandes, fortes, multipliées, plus il était avantageux de les savoir soutenir. Toutes les plus vives peines perdent leur force pour quiconque en voit le dédommagement grand et sûr…

Charlotte ouvrit les yeux et sursauta avant de s'exclamer en riant nerveusement :

— Tu m'as fait peur !

— Tu devrais barrer la porte le soir.

— Tu as raison, dit Charlotte, déçue qu'il ne l'ait pas embrassée.

Pendant qu'il se déchaussait, elle lui demanda comment s'était passée sa journée puis l'informa de l'arrivée du courrier de Rosalie.

— Elle va bien ? J'aimerais le lire, ajouta-t-il aussitôt.

Charlotte prit la lettre qui était sur la petite table près de son fauteuil et la lui tendit. Après l'avoir lue, Gus dit :

— Pourquoi n'irions-nous pas à Montréal ? Je trouverais peut-être un endroit où vendre mes violons.

— Non, pas question ! dit Charlotte, brusquement.

Elle ne comprenait pas qu'il puisse songer à abandonner Isa.

Gus, surpris par le ton un brin agressif qu'il ne lui connaissait pas, resta muet.

— Excuse-moi, dit Charlotte. Vas-y toi. Je ne veux pas m'éloigner d'Isabelle.

— Et moi, je ne veux pas te laisser seule. En plus de t'occuper de Juliette et de la maison, tu devras t'occuper des chevaux. Je reste.

Elle voyait bien que cela lui coûtait de rester.

— Ça me fera du bien d'avoir beaucoup de travail, dit-elle. Ça m'empêchera de trop penser. Et puis François n'est pas loin. Si j'ai besoin de quelque chose, je le lui demanderai. Je sais qu'il m'aidera même si nous ne sommes plus aussi amis qu'avant.

Elle comptait d'ailleurs aller le voir et prendre le temps d'avoir une bonne discussion avec lui. Peut-être pourrait-il lui donner des réponses aux questions qui la taraudaient : quel était le sens de la vie ? C'était insensé que Dieu permette qu'une telle tragédie arrive et qu'elle touche même les enfants. Seul un homme de Dieu pouvait trouver des réponses à cela.

— Je vais y penser, dit Gus. La nuit porte conseil. Si nous allions dormir ? Je suis vanné.

Au bout de cinq minutes, il ronflait. Il ne l'avait pas embrassée. Elle lui tourna le dos et attendit longtemps avant que le sommeil vienne enfin.

L'envie de prendre la mer sur *La belle Charlotte* tentait Gus beaucoup plus qu'il ne l'aurait avoué. Mais il avait honte d'éprouver du plaisir rien qu'à l'idée de voguer alors qu'il laissait sa femme seule avec sa peine. Il le fit pourtant : le lendemain, au déjeuner, c'est Charlotte qui, devinant son désir de partir, réussit à le convaincre de le faire sans remords.

Le soir du départ de son mari, Charlotte invita le père François à partager son repas. Elle ne tourna pas longtemps autour du pot :

— Tu ne trouves pas que les personnes qui sont les plus éprouvées ne sont pas toujours les plus méchantes ? On dirait même que c'est le contraire. Pourquoi Dieu éprouve-t-il ceux qui le méritent le moins ?

François détestait ne pas avoir de réponses à ces questions qui lui étaient posées de plus en plus souvent.

— Les voies de Dieu sont insondables. Mais Il sait ce qu'Il fait, tu peux en être certaine, répondit-il en lui tapotant la main. Ne nous torturons pas et acceptons les épreuves qu'Il nous envoie.

Elle eut beau lui répéter la même question de différentes façons, il ne lui apporta que des réponses convenues.

Montréal, octobre 1844.

Gus regarda de nouveau l'adresse que Charlotte avait notée sur un bout de papier. Il n'y avait pas d'erreur. Il était bel et bien sur la rue Saint-Simon[1] dans le faubourg Saint-Laurent, devant la maison où habitaient Rosalie et son fils. Il savait que Rosalie n'était pas riche, mais puisque son fils était maître cordonnier de la Cité, il s'était attendu à ce que leur maison, même modeste, soit en meilleur état que celle-là. Or, ce qu'il avait devant les yeux était l'image même de la pauvreté.

Sans plancher, la maison donnait l'impression d'être enlisée dans plusieurs pieds de terre, comme si elle s'était effondrée sous le poids des années. Car c'était bel et bien une très vieille maison, datant peut-être même du début de la colonie. Les sinistres grincements de l'enseigne en forme de bottes que le vent faisait tournoyer ajoutaient à l'aspect misérable

1. Aujourd'hui la rue Saint-Georges.

des lieux. Gus ouvrit la porte et entra dans une pièce sombre et poussiéreuse d'où émanait une forte odeur de cuir. Un beau grand jeune homme vint à sa rencontre et dit en souriant :

— Désolé monsieur, la cordonnerie est fermée. C'est dimanche.

— Tu ne me reconnais pas ? demanda Gus en mettant son bras sur celui du jeune homme qui s'exclama aussitôt :

— Gus de Tracadie ! Ha ben, ça par exemple ! C'est ma mère qui va être contente de vous voir. Je ne vous ai pas reconnu tout de suite, il fait un peu sombre.

Gus acquiesça. Lui-même en entrant avait eu du mal à s'habituer à l'obscurité. D'autant plus qu'elle contrastait avec le soleil qui brillait ce jour-là de tous ses feux.

Au fond de la pièce cependant, des rais de lumière se faufilaient parmi les nombreux interstices. Il était évident que la maison était fort mal isolée. « Le vent d'hiver aura beau jeu de passer à travers ces pièces de bois mal jointes. La cordonnerie sera glaciale si Pierre n'y voit pas, déjà que c'est pas chaud, pis on est rien que l'automne », se dit Gus en souhaitant intérieurement que le reste de la maison soit plus confortable. Comme s'il devinait ses pensées, Pierre lui dit :

— C'est pas chaud aujourd'hui. Il vente à écorner les bœufs.

— Oui, l'hiver tardera pas, je crois bien. Faudra pas que je reste longtemps à Montréal, parce que si l'hiver est hâtif, mon bateau risque de rester pris dans les glaces.

Pierre acquiesça et dit :

— Ma mère examine une fille, je l'avertirai de votre visite dès que celle-ci sera partie.

Il y avait quelque chose dans la voix du jeune homme qui avait soudain changé et qui laissa Gus songeur. Il n'aurait pu dire s'il y avait décelé du mépris ou un simple agacement. Il mit cela sur le compte de la fatigue. Depuis son départ de Tracadie, il ne s'était guère reposé. Les vents contraires l'avaient retardé et lui avaient donné bien du fil à retordre.

Gus accepta le thé que Pierre lui offrit en l'entraînant dans la petite cuisine adjacente à la cordonnerie. Des bruits de voix semblaient sortir du plafond. Gus comprit qu'elles venaient du grenier. Il repéra aussitôt l'échelle étroite qui y menait. Au même moment, il vit un pied qui se posait prudemment sur la première marche. Quand il constata que la femme qui descendait accoucherait sous peu, il se précipita pour prévenir sa chute. Il lui semblait risqué de laisser une femme dans cet état descendre une échelle dont l'équilibre lui semblait de surcroît fort précaire.

— Vous auriez dû m'attendre. Il aurait été plus prudent que je descende avant vous, dit une femme.

Gus avait reconnu la voix de Rosalie.

La jeune femme enceinte la rassura :

— Quelqu'un vient de m'aider, dit-elle en remerciant Gus d'un sourire.

Cette jeune femme, qui semblait n'avoir pas plus de quatorze ans, passa devant Pierre, le salua en rougissant et sortit.

— Gus ! s'écria Rosalie en s'avançant vers lui.

Il la prit tendrement dans ses bras et ils restèrent enlacés un bon moment, heureux de se revoir.

— Viens, dit-elle en lui faisant signe de s'asseoir. Donne-moi des nouvelles de toi et de ta famille, ajouta-t-elle aussitôt pendant que Pierre versait du thé dans des tasses ébréchées.

Un chat vint se frotter contre les jambes de Gus qui le flatta distraitement d'une main. Ce geste le calma. C'était toujours très difficile pour lui de raconter ce qui leur était arrivé. Quand il parlait d'Isabelle, il contenait difficilement ses larmes et quand il réussissait, un poids sur la poitrine l'empêchait de bien respirer. Il lui semblait que sa voix devenait alors nasillarde. Comme pour se donner du courage, il prit une gorgée de thé et commença à raconter.

Pierre et Rosalie l'écoutaient, consternés. Ils n'avaient jamais entendu parler de la lèpre qui sévissait à Tracadie. À mesure que Gus avançait dans son récit, des larmes coulaient sur les joues de Rosalie. Elle était d'autant plus empathique que le récit de son cousin touchait une corde sensible : la souffrance de Gus et Charlotte s'apparentait à celle qu'elle avait ressentie à la mort de chacun de ses enfants. Elle sortit un mouchoir et s'épongea les yeux.

Quand Gus n'eut plus rien à dire, ils demeurèrent tous les trois silencieux un moment. Rosalie savait qu'il n'existait pas vraiment de mots qui auraient pu consoler Gus de sa peine. Elle mit sa main sur la sienne. Il posa ses yeux dans les siens. Rosalie était loin d'être une jolie femme, mais sa bonté mettait tant de douceur sur son visage et donnait un éclat si exceptionnel à ses yeux qu'on ne pouvait s'empêcher de la trouver belle.

Un homme de taille moyenne entra soudain dans la pièce les bras chargés.

— Je t'ai apporté plusieurs livres de viande, dit-il d'un ton si joyeux qu'on devinait le plaisir qu'il avait à donner.

Du coup, l'atmosphère fut détendue. Rosalie accueillit l'homme avec un large sourire et fit les présentations.

— Je te présente Pierre Beaudry. Pierre, voici Gus de Tracadie, un petit-cousin que je considère comme un fils.

— Enchanté, dit Pierre en se levant pour lui tendre la main.

— Monsieur Beaudry est notre bienfaiteur. Sans lui, les filles qui ont besoin de mes secours crèveraient de faim, précisa Rosalie pendant que l'homme, gêné d'être ainsi complimenté, se dirigeait en rougissant vers la glacière pour y mettre la viande.

Pierre Beaudry connaissait les airs de la maison. Il ne se passait pas une journée sans qu'il vienne dire bonjour à Rosalie ou lui apporter toutes sortes d'effets qu'il quêtait de-ci de-là pour elle. Tantôt, il arrivait avec une table, tantôt avec des chaises ou des draps. Il lui avait même déniché un poêle qu'il avait déjà installé au grenier. « Comme ça, vous n'aurez pas besoin d'en louer un cet hiver », avait-il dit, heureux de lui éviter cette dépense.

Rosalie ne voulut pas le laisser partir sans qu'il ait pris une tasse de thé.

— Pierre connaît tout le monde à Montréal. Si j'ai besoin de quelque chose, il sait où le trouver, dit Rosalie en mettant affectueusement son bras sur celui de son ami.

— Alors vous pourriez peut-être m'aider, déclara Gus. Je cherche à vendre des violons que j'ai moi-même confectionnés.

— Des violons, répéta Pierre, songeur. Oui, je pourrais peut-être vous présenter quelqu'un. Si vous voulez, on pourrait aller le voir de ce pas.

— Ils sont dans mon bateau qui est accosté au port. Avez-vous le temps de me suivre jusque-là ? demanda Gus, heureux que le destin ait mis cet homme sur son chemin.

— Oui, je ne ménagerai pas mon temps pour quelqu'un que Rosalie aime, répondit l'homme.

Gus jeta un coup d'œil à sa cousine : se pouvait-il que ces deux-là soient amoureux ? Il serait bien content pour elle.

Avant qu'ils ne s'en aillent, Rosalie arracha à Gus la promesse qu'il revienne pour souper. Gus promit, même s'il éprouvait un peu de scrupule de partager la nourriture d'une femme qui en avait manifestement bien peu.

***

La calèche de Pierre Beaudry s'arrêta devant le 14, rue Côté où habitait Joseph-Édouard Guilbault. Durant le trajet, Pierre avait confié à Gus que cet homme, qui était à la fois jardinier, fleuriste, botaniste et marchand, avait créé, devant sa demeure, un magnifique jardin botanique que l'on pouvait visiter moyennant une modique somme.

— En quoi mes violons et violoncelles pourraient l'intéresser ? demanda Gus.

— Joseph-Édouard est un homme très entreprenant. Il organise des soirées à la mode européenne.

Ces soirées sont très courues. J'y suis allé plusieurs fois. La dernière fois, j'ai assisté à un concert. Je n'avais jamais rien vu d'aussi beau. Son magnifique jardin était illuminé avec des torches allemandes et des lampions colorés avaient été accrochés aux branches des arbres. Juste avant que la bande militaire qui faisait de la musique ce soir-là n'entre en scène, des salves de canon furent tirées pendant que des hommes en livrées nous servaient des rafraîchissements. Il faut dire que Joseph-Édouard a les moyens. La spéculation foncière lui rapporte beaucoup d'argent. Mais pour répondre à ta question, il m'a dit pas plus tard qu'hier qu'il voulait former un véritable orchestre. Il veut instruire le public à la belle musique, a-t-il précisé. Il sera peut-être intéressé par l'achat de tes violons.

La chance était là. À l'instant même où les deux hommes descendirent de la calèche, Joseph-Édouard et sa fille Mathilde ouvraient la barrière afin d'accueillir les musiciens qui venaient discuter avec lui de la composition de leur orchestre. Dès lors, tout se passa très vite. À peine eurent-ils été présentés que Jacques, le chef d'orchestre, se montra intéressé par les instruments de Gus. Nerveux, aidé de Pierre, il descendit les caisses dans lesquelles il les avait mis et les transporta au centre du jardin.

Un à un, avec d'infinies précautions, Gus libéra ses violons et violoncelles des couvertures épaisses avec lesquelles Charlotte et lui les avaient protégés.

Sans accorder d'attention à Gus, les musiciens s'approchèrent et examinèrent les instruments. Le cœur de Gus battait la chamade. Leur silence l'intimidait. Il tenta d'engager la conversation :

— Je laisse le bois de mes violons s'oxyder pendant plusieurs années. Ma femme, qui est une excellente musicienne, m'a confirmé que j'améliore ainsi de manière stupéfiante la sonorité de mes instruments.

Le chef d'orchestre le regarda d'un air à la fois condescendant et inquisiteur. Gus était fort mal à l'aise. Il ne s'était pas changé depuis qu'il avait débarqué de son bateau et ses vêtements ne payaient pas de mine. « J'aurais dû prendre le temps de me laver et de me changer », se morigéna-t-il.

— Monsieur ne verra certainement pas d'inconvénients à ce que les musiciens évaluent leur sonorité ? dit Joseph-Édouard en s'adressant au chef.

Gus s'empressa de confirmer :

— Non, bien sûr.

— Puisque nous devons jouer à l'extérieur, c'est ici que nous les évaluerons, lui expliqua Jacques. Allez, messieurs, dit-il en s'adressant à ses musiciens, nous allons jouer les *Suites pour violoncelles* de Bach.

Les musiciens prirent les instruments et s'installèrent. Gus était de plus en plus nerveux. *Les Suites* de Bach, il le savait, permettaient d'explorer en profondeur les capacités polyphoniques du violoncelle.

Il ferma les yeux et goûta à la beauté de ce qu'il entendait. Il était rassuré.

Quand la musique se tut, le chef d'orchestre se tourna vers Gus.

— Vos violons ne sont pas neufs, n'est-ce pas ?

Gus crut qu'il avait perdu son temps. « Il me semblait aussi que c'était trop beau de me trouver ici en même temps que les musiciens. Les miracles, ça n'existe pas », se dit-il. N'ayant pas l'habitude de mentir, il commença :

— Ma femme et mes filles…

Sa voix se cassa en pensant à Isabelle, et il dut faire une pause.

Ne comprenant pas son désarroi, et étant d'une nature impulsive autant qu'impatiente, le chef d'orchestre lui dit sèchement :

— Quoi, votre femme et vos filles ?

— Elles ont joué souvent avec ces instruments. Elles disent que ça les bonifie.

— Elles ont parfaitement raison ! s'exclama le chef d'orchestre. Ce qui donne de la magie à un violon, c'est de vivre avec lui, le caresser, en prendre soin comme un enfant, en jouer. Tel un alchimiste, on lui insuffle un peu de vie quand on l'aime à ce point…

Les musiciens, habitués aux envolées lyriques de leur chef d'orchestre, l'écoutaient religieusement. D'autant plus que le talent de cet homme les intimidait et forçait leur respect. Gus, lui, se disait que ce chef d'orchestre parlait comme Charlotte. Il aurait tant aimé qu'elle soit là, auprès de lui. Ils auraient partagé la fierté d'avoir fabriqué de tels instruments.

— Où avez-vous appris votre art ? demanda le chef d'orchestre.

En s'adressant à Gus, son ton avait changé. De hautain, il était devenu respectueux. Dans ses yeux noirs brillait maintenant une certaine estime.

— Mon père m'a appris très tôt à en fabriquer. Mais j'ai eu la chance de rencontrer un chef de musique qui, il y a quelques années, était à Québec avec le régiment du Cameron Highlanders.

— Quel est son nom ? demanda le chef.

— Adam Schott.

— Mais je le connais ! s'exclamèrent en même temps le chef d'orchestre et Joseph Édouard.

— Il est venu à Montréal. Il a joué dans un concert avec son beau-père et son beau-frère, précisa Joseph-Édouard.

— Vous avez eu un bon maître pour vous initier à l'art de la lutherie, dit le chef d'orchestre. Mais, lui, a eu le privilège de vous avoir comme élève. Votre violoncelle et vos violons, monsieur, sont magiques. Je les veux tous.

Les musiciens applaudirent. Gus était si heureux qu'oubliant sa réserve naturelle, il se dirigea vers le chef et lui fit l'accolade. Celui-ci, peu habitué à être l'objet de telles démonstrations d'affection, se dégagea rapidement et même un peu brusquement. Gus obtint de ses instruments un prix inespéré.

Quand les musiciens furent partis, Joseph-Édouard lui offrit une chope de bière et après avoir trinqué, il lui fit visiter son magnifique jardin. Les deux hommes sympathisèrent. Gus ne pouvait imaginer que, plusieurs années plus tard, Joseph-Édouard jouerait un rôle important dans la vie d'Isabelle.

***

Même si elle savait qu'elle épuiserait en partie ses provisions de nourriture, Rosalie avait tenu à ce que ses enfants et les femmes qui l'aidaient dans son travail auprès des filles-mères viennent souper avec Gus et elle. Son fils Pierre s'était chargé d'aller les chercher chez eux. Quand Gus et Pierre Beaudry y entrèrent, la modeste maison de Rosalie était déjà pleine. Celle-ci fit les présentations.

— Sans ces deux femmes que tu as devant toi, je n'arriverais à rien, dit Rosalie qui ne cherchait jamais à se mettre en valeur.

Adélaïde Lauzon, une autre de leurs petites-cousines, s'avança vers lui en souriant. Ils se firent l'accolade, heureux de se revoir. Gus et madame Lapointe, celle qui rédigeait les lettres de Rosalie, échangèrent un sourire de connivence.

N'ayant pas de chaises pour tout le monde, ils restèrent debout autour de la grande table que Rosalie avait improvisée en utilisant deux vieilles portes trouvées dans leur hangar brinquebalant. Ils prirent chacun une assiette et se servirent. L'espace manquait, les assiettes étaient ébréchées, la pièce était humide, mais ce n'était pas tant la pauvreté que Rosalie affichait involontairement qui rendait Gus mal à l'aise. Il y avait un je-ne-sais-quoi dans l'attitude des enfants de sa cousine qui rendait l'atmosphère presque irrespirable. Son regard croisa celui de Rosalie. Il y lut un grand malaise et une tout aussi grande tristesse.

Il se promit de lui parler quand ils seraient seuls. Mais il n'eut pas l'occasion de le faire. Une fois les invités partis, Pierre resta avec eux jusqu'à ce que Rosalie monte se coucher. Ensuite, Gus fut réveillé au milieu de la nuit par sa cousine qui, passant près du banc de quêteux[1] où il dormait, s'excusa d'avoir dérangé son sommeil. Elle lui expliqua en chuchotant

---

1. Au Québec, meuble dont le siège peut se rabattre par terre afin d'y étendre une paillasse, qui sert de lit d'appoint. (NdE)

qu'on venait la chercher pour porter secours à une fille en détresse. Gus vit une ombre près de la porte. C'était Pierre Beaudry qui était venu l'avertir qu'on avait besoin d'elle.

Quand Rosalie revint avec une jeune femme, Gus comprit qu'il ne pourrait pas lui parler seul à seule avant qu'il ne s'en retourne à Tracadie. Non seulement cette jeune femme avait perdu ses eaux, mais une autre, arrivée à l'aube, était couchée au grenier, gémissante. Pour elle aussi, l'heure de la délivrance approchait. Gus eut à peine le temps d'embrasser sa cousine et de la remercier pour son hospitalité. Il s'arrêta chez Adélaïde qui habitait tout près. Il lui fit promettre de l'avertir si Rosalie éprouvait des difficultés. Adélaïde ouvrit la bouche et la referma aussitôt. Gus comprit qu'il venait de passer à un cheveu d'apprendre ce qui rendait Rosalie si triste.

Il embarqua tout de même sur son bateau le cœur léger. Il avait hâte de revoir Charlotte et de lui montrer tout l'argent qu'il avait obtenu pour la vente des violons. Mais il fallait d'abord qu'il s'arrête à Québec. Il ne pouvait cacher plus longtemps à Fanny ce qui était arrivé à sa sœur. Le lui dire l'angoissait d'autant plus qu'il savait qu'elle en serait très affectée.

Québec, rue Saint-Jean.

Théo sortit de la pharmacie et poussa un soupir de soulagement. Quelques instants plus tôt, il avait confié à son père qu'il comptait épouser Fanny et leur entretien avait mal débuté. En apprenant la nouvelle, David s'était montré d'emblée ironique :

— J'espère que les autres membres de sa famille sont plus normaux que ne l'est sa tante Marjorie.

— Voyons papa, ce n'est pas parce qu'une femme s'habille en homme qu'elle n'est pas normale.

— Ça, c'est toi qui le dis. Le reste de la famille, il est comment ?

Théo s'empressa de dire que le grand-père maternel de Fanny avait été un avocat réputé de Québec et que du sang noble coulait dans les veines de sa fiancée. Cela plut à David. Ce genre de choses l'impressionnait. Il s'empressa donc de questionner son fils à ce sujet. Théo raconta que l'arrière-grand-père paternel de Fanny avait été seigneur de Kamouraska et avait épousé une femme dont la famille avait été anoblie par Louis XIV. Théo omit de rappeler que Marjorie avait le tempérament rebelle de cette épouse d'origine noble et qu'il était fort possible que Fanny en ait hérité aussi.

David affichait un sourire béat. Avoir une belle-fille issue de la noblesse lui plaisait vraiment beaucoup. Théo, qui ne cessait de l'observer, avait de bonnes raisons de penser que le souper auquel Angélique, sa mère, avait convié Fanny se déroulerait bien.

Angélique était une femme exquise. Fanny se disait qu'elle portait magnifiquement bien son prénom. Son beau visage auréolé de doux cheveux blancs lui donnait l'air d'un ange. En desservant la table, les deux femmes papotaient joyeusement comme si elles se connaissaient depuis toujours. Contrairement à ce que Fanny avait appréhendé, le souper s'était déroulé dans la bonne humeur. En grande partie grâce à Angélique qui aimait plaisanter et taquiner, mais aussi parce que le père de Théo était arrivé en retard.

La grippe qui sévissait lui apportait une surcharge de travail. Il était épuisé quand il rentra chez lui. Il se versa aussitôt une bonne rasade de vin. La fatigue et l'alcool le rendirent volubile et plutôt charmant.

— Il est souvent bougon et distant mais il peut parfois être drôle et de compagnie agréable, dit Théo lorsque, en reconduisant Fanny à la fin de la soirée, celle-ci lui confia qu'elle commençait à apprécier son père.

— Parle-moi du tien, comment est-il ?

— Mon père. Il est l'homme le plus adorable que je connaisse.

— Hum, il faudra que je sois un époux exemplaire pour être à la hauteur, dit Théo en surveillant du coin de l'œil la réaction de Fanny.

Celle-ci s'arrêta net de marcher.

— Que dis-tu ?

— Que je veux t'épouser.

Fanny rêvait qu'il fasse cette demande, mais elle ne s'attendait pas à ce que son souhait se réalise aussi vite. Elle cessa de marcher et resta plantée devant lui, bouche bée.

— Je vois que c'est le grand enthousiasme, plaisanta Théo.

Il se maudissait intérieurement d'avoir été si maladroit. Il allait trop vite en affaire, c'était évident.

— Je suis trop vieux pour toi, c'est ça ?

— Non, non, dix ans de plus, ce n'est rien. Mes grands-parents avaient vingt ans de différence. C'est la surprise, dit Fanny en se collant contre lui. Je serais la plus heureuse des femmes si je t'épousais.

Théo fit le geste qu'elle aimait tant. Il lui effleura doucement le cou avec ses lèvres avant de l'embrasser plus passionnément. Comme il embrassait bien ! Elle n'avait pas une grande expérience dans ce domaine, mais les deux garçons qu'elle avait embrassés avant lui ne lui avaient jamais fait cet effet-là.

— Alors marions-nous à Noël, proposa Théo qui, à partir du moment où il avait pris une décision, aimait la concrétiser au plus tôt.

Surtout cette décision-là. Chaque soir, avant de s'endormir, il imaginait que Fanny était étendue auprès de lui. Ça le rendait fou de désir.

— À Noël, répéta Fanny en riant. Mais nous y sommes presque.

La jeune fille songea que non seulement l'idée de se marier avec Théo était formidable, mais qu'elle n'aurait pas à continuer d'étudier chez les Ursulines. Elle n'aimait pas l'ambiance du couvent. Pas ce couvent-là plus qu'un autre car les religieuses étaient pour la plupart aimables, dévouées et compétentes. Non, ce qu'elle n'aimait pas, c'était d'être enfermée et de devoir apprendre au même rythme que les autres.

Les journées semblaient s'écouler à une lenteur épouvantable. Il n'y avait que les cours de dessin et de musique qu'elle aimait. Elle aurait souhaité passer ses journées à toucher l'orgue, le violon, la harpe ou la guitare. Ou, mieux encore, dessiner du matin au soir. Mais les autres cours accaparaient la majorité du temps des couventines. Ceux qui la faisaient mourir d'ennui étaient la couture, la broderie et les prières.

— Je vais écrire à mes parents, dès ce soir. Ma mère était très jeune quand elle a épousé mon père. Elle devrait me comprendre. Je pourrai compter sur elle pour convaincre papa. Elle le mène par le bout du nez. Ils sont très amoureux l'un de l'autre.

— Comme nous le serons toujours nous aussi, dit Théo en l'embrassant encore, sous l'œil scandalisé de grenouilles de bénitiers qui passaient auprès d'eux.

— Si c'est pas malheureux. On devrait nettoyer la ville de ces filles-là, s'exclama l'une d'elles assez fort pour être entendue.

Fanny cacha son visage sur l'épaule de son amoureux.

— Elle m'a prise pour une fille de marins, s'esclaffa-t-elle.

Les deux tourtereaux marchèrent un moment en silence. Fanny réfléchissait à la façon dont elle allait annoncer la nouvelle à ses parents et à sa sœur Isabelle. À celle-ci, elle écrirait une lettre dans laquelle elle confierait tout. Enfin presque tout. Elle ne lui raconterait pas les sensations que lui procuraient les baisers de son prétendant. Qui sait dans quelles mains indiscrètes pouvait tomber sa lettre ? D'ailleurs, les femmes ne parlent pas de ces choses-là. Mais si seulement Isabelle était là, elles oseraient quelques confidences et, comme à leur habitude, les ponctueraient de fous rires. Et puis, il faudrait qu'elle la réprimande : elle ne répondait pas à ses lettres.

Mercure accourut vers elle quand elle entra chez sa tante. Elle le flatta un moment. Des voix provenaient du salon. Reconnaissant celle de son père, elle s'y rendit aussitôt, le gros chien accroché à ses pas.

— Papa ! s'exclama-t-elle en se précipitant dans ses bras, heureuse de le voir.

Le sourire forcé qu'il lui rendit l'alarma.

— Quelque chose de grave est arrivé chez nous ? Isabelle ? demanda-t-elle aussitôt.

— Viens t'asseoir auprès de moi, dit Gus en l'attirant sur le canapé.

Il lui prit la main et chercha la façon d'annoncer à Fanny que sa sœur était séquestrée avec des lépreux. Il avait la gorge nouée et ne trouvait pas les mots.

— Parlez, vous m'inquiétez, l'exhorta Fanny.

Voyant qu'elle perdait son calme, il finit par lui annoncer plutôt maladroitement la nouvelle.

Il se maudit même un peu plus tard en prenant conscience qu'il en avait dit plus qu'il n'aurait été nécessaire : l'état lamentable et effrayant des lépreux ainsi que le bâtiment insalubre où était enfermée Isabelle.

Fanny se mit à pleurer. Gus avait prévu cette réaction. Les deux sœurs étaient aussi proches l'une de l'autre que des jumelles. Marjorie et lui essayèrent de la consoler du mieux qu'ils purent.

Deux heures plus tard, après que Fanny eut posé mille questions à son père, celui-ci lui demanda comment allaient ses études.

Fanny n'eut pas le cœur de lui dire qu'elle allait les abandonner bientôt pour se marier. Il lui semblait indécent d'afficher son bonheur alors que sa sœur était l'être le plus malheureux qu'elle connaisse. Il valait mieux attendre qu'Isabelle soit libérée de l'île. D'ailleurs, son père lui avait promis que Charlotte et lui trouveraient le moyen de la faire sortir de là.

Au même moment, Théo trinquait avec son père. Il s'était attendu à ce que celui-ci émette quelques objections auxquelles il aurait songé depuis qu'il lui avait parlé de son projet de mariage, ne serait-ce que pour la forme, tant il était habitué à bougonner, mais non. Il ne disait rien. Théo le connaissait suffisamment pour savoir que l'absence de commentaires négatifs équivalait à de chaleureuses félicitations.

J'ai trouvé dans cette cabane de l'île Saint-Barnabé, en face de Rimouski, un livre dont le récit m'a profondément touchée : « La lettre écarlate ». L'auteur décrit la vie d'une femme qui porte la lettre A cousue sur son vêtement. La lettre de l'infamie : A pour adultère. C'était pire encore pour Rébecca, l'esclave noire réfugiée chez nous quand j'étais séquestrée sur l'île Sheldrake. Son corps était tatoué. Après des années de liberté, elle disait que ces flétrissures symbolisaient les chemins sinueux, mais ô combien riches en enseignements, de sa vie. Aussi puissamment qu'un fer rouge, la lèpre marquait elle aussi notre exclusion. Isa à Gus

Tracadie, octobre 1844.

Charlotte tendit l'oreille. Elle avait cru entendre une femme chanter. Silence. Soudain, la voix s'éleva de nouveau dans la nuit, triste, et dont le chant allait droit au cœur. Elle avait sans doute rêvé, ou elle devenait folle : qui chanterait dans les rues à une heure du matin ? « Peut-être une pauvre femme comme moi dont l'enfant est séquestré et qui craint de perdre la raison », se dit-elle. Elle lui envoya mentalement des pensées d'amour.

Charlotte était de plus en plus convaincue que les humains forment une grande chaîne et que l'amour ou la haine qu'ils s'envoient mutuellement en pensée finissent par les atteindre. Elle reprit sa lecture.

Quand elle réussissait à se concentrer sur autre chose que la lèpre, elle gagnait quelques heures où elle ne sentait plus l'angoisse qui lui étreignait la poitrine.

Mais ce soir-là, les mots de l'écrivaine George Sand l'attristaient au lieu de l'apaiser. Dans *Pauline,* l'auteure avait décrit une vie semblable à celle que connaissait leur famille avant qu'Isa ne soit séquestrée : « elle fut frappée du bonheur et de l'harmonie parfaits qui régnaient dans cette famille… leur intimité, leur enjouement à toutes. Là, étaient réunis l'enthousiasme d'artiste, la bonté, la poésie, l'affection… » Ces mots évoquaient ce temps béni où aucun d'entre eux n'avait mesuré pleinement leur chance.

Des coups discrets à la porte d'entrée interrompirent sa lecture. Charlotte s'avança à pas de loup. Seule avec Juliette, elle craignait d'ouvrir sa porte en pleine nuit.

Elle entendit des reniflements. Comme si quelqu'un pleurait. Un espoir fou lui parcourut l'échine : et si c'était Isabelle qui, par quelque miracle, avait été libérée de l'île ? Son esprit lui disait que cela était bien improbable. On ne l'aurait pas renvoyée en pleine nuit. Mais son cœur de mère étouffait la voix de sa raison.

— Qui va là ? demanda Charlotte en tendant l'oreille.

— Un conducteur m'a dit qu'ici était une bonne station.

C'était un langage codé. Un langage que connaissait bien Charlotte. Elle ouvrit aussitôt. Une jeune femme à la peau noire, visiblement épuisée, demanda :

— Êtes-vous l'ange de Tracadie ?

— Oui, je suis l'ange de Tracadie. Entrez, répondit simplement Charlotte.

Personne ne le savait au village, mais la maison de Gus faisait partie d'un des trajets du chemin de fer clandestin. Ce n'était pas un véritable chemin de fer, mais un nom de code pour désigner un réseau secret d'itinéraires permettant aux esclaves de fuir les États-Unis.

Charlotte alla à la fenêtre et s'inquiéta de voir que personne n'accompagnait la fugitive : habituellement, les esclaves arrivaient avec le chef de train, ainsi appelait-on ceux qui aidaient les fuyards à se déplacer d'un endroit à l'autre. Ces chefs savaient que la maison de Gus était une gare, c'est-à-dire un lieu sûr, une halte, où les esclaves seraient protégés, nourris et logés, le temps qu'il leur faudrait avant de continuer leur route.

Charlotte et Gus partageaient les idées des abolitionnistes. C'était une façon concrète pour eux de le leur manifester. C'était le cousin de Charlotte, le Micmac Awti'j Mekwe'k, qui les avait persuadés de coopérer aux évasions des esclaves en faisant de leur domicile une maison de passeur. Ce cousin était un chef de train. Son nom semblait prédestiné : il signifiait « sentier rouge ». Awti'j avait aidé un nombre impressionnant d'esclaves à s'enfuir.

Véritable géant — il mesurait presque sept pieds — habitué à se déplacer rapidement et en silence, connaissant la forêt comme le fond de sa poche, pouvant imiter les grognements des animaux sauvages et le cri de tous les oiseaux, il savait apeurer ou déjouer les chasseurs d'esclaves mieux que quiconque. D'autant plus qu'il prenait les chemins les plus improbables. Des chemins qu'aucun chasseur ne songeait à prendre. Le détour qu'il faisait par Tracadie pour aller à Halifax, où des fugitifs noirs étaient accueillis chez l'un des leurs, permettait à bon nombre d'esclaves de s'y rendre sans entraves. Aucun chasseur d'esclaves, jamais, n'était encore venu à Tracadie. Il était encore plus improbable qu'ils y viennent depuis que la rumeur concernant la lèpre avait tracé une forteresse invisible autour du village.

Charlotte ne cessait de dévisager l'esclave, se demandant si elle pouvait vraiment lui faire confiance. Elle trouvait étrange qu'elle parle français.

— Ne craignez rien, madame, dit la jeune fille noire qui devinait l'inquiétude de son hôtesse. C'est le conducteur de train qui m'a dit de venir ici. Awti'j Mekwe'k s'est blessé à une jambe.

En entendant le nom de son cousin, Charlotte se détendit et invita la jeune femme à la suivre dans la salle de musique attenante au salon. Charlotte lui demanda comment elle s'appelait : « Rébecca », dit la jeune femme, visiblement éblouie par la beauté des lieux. Les autres « stations » où elle avait été hébergée depuis qu'elle s'était enfuie des États-Unis appartenaient à des gens pauvres.

Rébecca n'avait jamais vu non plus de cachette comme celle que Charlotte lui faisait découvrir : une porte secrète était dissimulée derrière une immense toile représentant un ciel étoilé. Charlotte prit un quinquet fumant et éclaira la pièce, étonnamment grande, où avaient été disposés deux lits, une table et quatre chaises. Rébecca admira les livres qui recouvraient un mur. Charlotte avait eu l'idée de les disposer ainsi afin qu'ils étouffent les bruits de la pièce. La jeune fille ne savait pas lire, mais à ses yeux les livres étaient magiques.

Il suffisait de savoir les déchiffrer pour entrer dans la tête d'une personne absente : celle qui les avait écrits. Lecteur et écrivain communiquaient à distance. N'était-ce pas là une forme de magie ? Dans les mois qui suivirent, Rébecca constata, en observant Charlotte, que les livres avaient un réel pouvoir. Ils avaient le pouvoir de dissiper, du moins pour un temps, l'angoisse sur le visage de Charlotte. Ils étaient un tremplin contre la dure réalité. Ils avaient le pouvoir soit de faire oublier la dégradation de l'être humain et les souffrances que les hommes s'infligent les uns aux autres, soit de mieux les comprendre.

— Attends-moi ici. Je vais te chercher des vêtements propres, lui dit Charlotte.

Rébecca avait quatre ans de plus qu'Isabelle. Mais, ayant subi de multiples privations depuis l'enfance, elle avait sensiblement la même taille. Charlotte se rendit donc dans la chambre de sa fille pour y trouver des vêtements. Une grande tristesse l'envahit quand elle prit une des robes d'Isabelle. Serrant le vêtement sur son cœur, elle prit de grandes inspirations afin de refouler ses larmes. Elle savait que si elle les laissait couler, elle ne pourrait s'arrêter de pleurer. Elle se concentra sur l'aide qu'elle devait apporter à Rébecca. Elle rassembla d'autres vêtements et sortit de la chambre.

— Pendant que tu t'habilles, je vais te chercher à boire et à manger, dit-elle à l'esclave en lui tendant les vêtements.

Charlotte n'avait jamais besoin de demander aux fugitifs s'ils avaient faim ou soif. Ils arrivaient toujours épuisés, assoiffés et affamés. Mais inquiets surtout. Aucun d'entre eux ne pouvait imaginer ce que leur réservait l'avenir, ni même s'ils en auraient un.

Quand Charlotte revint dans la cachette avec ce qui apparut à Rébecca comme étant un véritable festin, celle-ci avait commencé à se déshabiller. La fleur de lys et les initiales tatouées sur son bras étaient bien visibles.

Rébecca, voyant que Charlotte ne pouvait détacher ses yeux des tatouages, lui expliqua :

— A.B. sont les initiales de mon maître. Il peut ainsi prouver que c'est à lui que j'appartiens. La fleur de lys est la marque des esclaves fugitifs. On me l'a faite après m'avoir arrêtée la première fois où je me suis enfuie, dit Rébecca avant d'ajouter : on m'a raconté que les filles de mauvaise vie ont la même marque.

Charlotte comprit que ces tatouages de servitude désignaient les individus déchus de leurs droits, abjects par leurs situations, au ban de la société. Comme sa fille, séquestrée sur l'île des exclus. Un élan d'affection envers cette jeune esclave la poussa à la prendre dans ses bras. Quand elle desserra son étreinte, elle vit que les yeux de Rébecca étaient embués de larmes.

Elle l'invita à s'asseoir à la petite table placée sous l'œil de bœuf. Rébecca mangea en silence, en s'efforçant de ne pas avaler aussi vite que sa faim le lui commandait. Quand elle fut rassasiée, elle sentit le besoin de se confier à Charlotte. Elle lui raconta que ses parents avaient été esclaves dans une plantation de tabac située en bordure du Mississippi. Le propriétaire de cette plantation était un homme aussi riche que brutal envers les dizaines d'esclaves qui, comme le père et la mère de Rébecca, travaillaient sans relâche de l'aube jusqu'à la nuit tombée.

— Ma mère m'a donné naissance dans le champ de tabac. Lorsque les douleurs de l'accouchement ont commencé, elle a arrêté de travailler et le maître qui passait par là n'a rien trouvé de mieux à faire que de lui donner des coups de pied afin qu'elle se relève et s'attèle de nouveau à la tâche. Elle a eu beau lui dire qu'elle allait accoucher, il l'a laissée là, étendue par terre, comme un chien, la menaçant de revenir avec un fouet si elle ne se relevait pas au plus vite. Dès qu'il s'est éloigné, une autre esclave est venue porter secours à maman. Elle lui a enlevé son large chapeau en feuilles de palmes, a épongé son front couvert de sueurs et l'a aidée à accoucher. Sans cette femme, il n'est pas certain que je serais venue au monde vivante : j'avais le cordon enroulé autour du cou.

Rébecca prit une gorgée d'eau et continua son récit :

— Elle m'a en quelque sorte donné naissance une seconde fois : sans cette femme, je ne serais pas libre aujourd'hui. C'est elle qui nous a parlé du chemin de fer clandestin. Ma mère n'a jamais voulu s'enfuir avec papa et moi. Je crois qu'elle gardait l'espoir de retrouver mon frère et mes deux sœurs dont nous avons été séparés la première fois que nous avons été repris après notre première tentative de fuite. Je me souviens que ma mère hurlait quand on les a emmenés.

Les larmes de Charlotte affluèrent de nouveau : ce que racontait Rébecca lui rappelait ce qu'elle avait éprouvé le matin du départ d'Isa.

— Où est ton père ? parvint-elle à demander.

Fuyant le regard de Charlotte, Rébecca, comme perdue dans ses pensées, répondit d'une voix sourde :

— Mon père s'était éloigné pour pisser lorsqu'il a vu les chasseurs d'esclaves. Il a attiré leur attention afin de me sauver. Il a réussi à courir presque un mille, échappant par miracle aux balles qui sifflaient autour de lui. Mais l'une d'elles a fini par l'atteindre. Les chasseurs n'ont même pas attendu qu'il soit mort avant de lui couper les mains. Ses mains, dit Rébecca en soulevant les siennes, qu'ils ont certainement rapportées aux États-Unis à l'heure qu'il est afin d'obtenir leur prime.

Par pudeur, Rébecca ne dit pas qu'elle avait hurlé de douleur lorsqu'elle avait trouvé le corps de son père mutilé. Afin de la forcer à s'éloigner du cadavre, son passeur, Awti'j Mekwe'k, l'avait prise dans ses bras et avait couru jusqu'à la rivière où était caché son canot.

— Il faudra que tu me promettes de rester enfermée ici jusqu'à ce que mon cousin vienne te chercher. A-t-il dit quand ? demanda Charlotte.

— Dans environ trois semaines, un mois au plus tard, répondit la jeune femme.

Elle ajouta aussitôt, inquiète :

— Pouvez-vous me garder jusque-là ? Je pourrai vous aider dans la maison.

— Je vais te garder, mais je préfère que tu restes dans cette pièce.

Rébecca en fit la promesse. La prudence de Charlotte la rassurait. Elle savait que si elle était reprise par les chasseurs d'esclaves, ils lui crèveraient les yeux, ce qui ne les empêcherait pas de la revendre. Beaucoup d'esclaves aveugles travaillaient dans des mines jusqu'à leur mort. Même des femmes et des enfants.

Charlotte craignait que Gus, à son retour, ne soit pas content d'apprendre qu'elle cachait une esclave. Il n'aurait pas tort.

C'était encore plus risqué qu'avant de donner refuge à des esclaves. Depuis que la loi interdisait de cacher des lépreux, des gendarmes entraient dans les maisons à tout moment et, avec une violence parfois extrême, emmenaient toute personne suspectée être d'atteinte de « la maladie ».

On se dénonçait entre voisins, entre amis, entre membres d'une même famille. Presque tout le monde se méfiait de tout le monde. Certes, il y avait aussi des liens de solidarité qui ne s'étaient pas défaits, mais ils étaient de plus en plus rares, tant la peur de la contagion était grande. Si seulement on pouvait savoir comment se transmettait cette maladie, on pourrait mieux la combattre et s'en prémunir.

***

Les craintes de Charlotte étaient fondées :

— À quoi as-tu pensé ? s'écria Gus, excédé. Déjà que ce sera risqué de garder Isabelle dans notre maison, voilà qu'en plus, on a une fugitive sur les bras. Deux personnes font plus de bruit qu'une seule.

— Garder Isabelle dans notre maison ! Mais de quoi tu parles ? l'interrompit Charlotte.

Craignant qu'elle ne s'y oppose à cause des risques que cela comportait, Gus aurait voulu lui annoncer sa décision moins brusquement, mais la fatigue et la tristesse le rendaient de plus en plus prompt :

— J'ai eu amplement le temps de réfléchir quand j'étais seul sur mon bateau. Il faut aider Isabelle à s'enfuir de Sheldrake. La fuite est la seule solution. J'ai pensé que je pourrais aussi aider à s'enfuir les lépreux qui ne sont pas trop malades.

— Non, non, c'est trop risqué, répondit aussitôt Charlotte. J'ai trop peur de ça. Stanislas et Silva, les gardiens de l'île, sont armés. Je suis convaincue qu'ils obéiront à l'ordre qu'on leur a donné : « Si un lépreux tente de s'enfuir, n'hésitez pas et tirez. » C'est ça qu'on leur a dit, tu le sais !

— Le risque est bien plus grand si elle reste sur l'île.

Charlotte ne répondit pas : ça, elle le savait aussi bien que lui.

— As-tu d'autres solutions ? insista Gus.

Charlotte fit signe que non.

— Laisse-moi réfléchir, lui dit-elle, je vais me coucher. Je suis fatiguée.

— Oui, la nuit porte conseil. Il faut aussi penser à un endroit pour les lépreux fugitifs. Parce que Isabelle, c'est certain qu'on la garde avec nous, dans la pièce aux esclaves. C'est pour ça que j'ai réagi si brusquement tantôt, tu comprends ? dit-il en la serrant dans ses bras.

Sa femme fit signe que oui et monta à sa chambre sans l'embrasser.

Gus, pour une rare fois, se servit un verre d'alcool.

Charlotte n'avait pas fermé l'œil de la nuit, mais sa décision était prise. Pour ne pas réveiller Gus qui dormait encore, elle se leva doucement et sortit de la chambre à pas de loup. Sachant que Rébecca se réveillait tôt, elle alla auprès d'elle et lui annonça que, bientôt, elle aurait une compagne :

— Ma fille Isabelle devra se cacher ici.

Charlotte avait un peu hésité avant de lui faire une telle confidence, mais elle se fiait à son instinct. Elle était d'ailleurs douée pour jauger la valeur des gens. Une petite voix intérieure lui disait que Rébecca ne lui ferait aucun tort. Aussi ajouta-t-elle :

— Elle s'enfuira de l'île où sont séquestrés les lépreux.

Rébecca tressaillit en entendant le mot *lépreux*. Mais elle éprouvait tant de gratitude envers Charlotte. Elle était la meilleure femme blanche qu'elle eût rencontrée jusqu'à ce jour. Sans hésiter, faisant fi des risques pour sa santé, elle lui dit :

— Je m'occuperai d'elle. Je la soignerai.

Charlotte, touchée par cette généreuse intention, s'empressa de la rassurer :

— Ne t'inquiète surtout pas. Isabelle n'a pas vraiment la lèpre. Ceux qui le croient sont dans l'erreur. Depuis l'enfance, elle a une maladie de peau qui n'a rien à voir avec cette maladie, même si les marques qui apparaissent sur son corps peuvent ressembler à l'une des formes de la lèpre.

Rébecca se mit à espérer que la fille de Charlotte arrive au plus tôt. Elle se sentait seule la nuit quand la maison était silencieuse. Les moindres craquements faisaient tressaillir son cœur. Elle savait qu'il faudrait plus de temps que prévu avant qu'elle ne s'en aille à Halifax. La jambe de Awti'j Mekwe'k, loin de guérir, s'était infectée. La veille, sa femme était venue l'en informer.

Charlotte finissait de préparer le déjeuner quand Gus entra dans la cuisine. Avant même de l'embrasser, il s'informa de sa décision.

— On va penser ensemble aux endroits où on pourrait cacher les lépreux. Pour Isabelle, c'est réglé, mais les autres, c'est pas simple, dit-elle.

Gus l'embrassa, tout souriant.

— Pas question de les cacher dans les bois, en tout cas, dit-il en s'asseyant à table.

Charlotte lui servit ses œufs, s'attabla avec lui et dit :

— Oui, t'as ben raison.

Ils savaient que plusieurs lépreux, refusant d'aller sur l'île, y étaient déjà cachés. Les chasseurs de lépreux, ainsi qu'on appelait ceux qui avaient légalement le droit de les arrêter et de les amener sur l'île Sheldrake, parcouraient les forêts environnantes en tous sens. Les lépreux débusqués, traînés au bout d'une corde comme des criminels de grands chemins, lançaient parfois des cris si poignants qu'on avait le sentiment que, de leur bouche, sortait toute la douleur du monde.

Charlotte pensa alors aménager la maison abandonnée située en dehors du village et où personne n'osait mettre les pieds. On racontait que cette maison était hantée par le fantôme d'Éphiginie, une jeune fille heureuse qui, alors qu'elle cousait sa robe de mariée, fut frappée par la petite vérole. Elle en réchappa, contrairement aux autres membres de sa famille, mais resta horriblement défigurée.

Son fiancé, qui semblait ne l'avoir aimée que pour sa beauté, l'avait abandonnée. Esprit volage, il s'était remarié à peine quelques semaines plus tard. Le jour de ce mariage, les cloches sonnaient à toute volée quand Éphiginie se pendit. Sur la table de la cuisine, elle avait laissé ce mot : *Je maudis les hommes, leur inconstance, leur infidélité, leur esprit superficiel.* On racontait que tous les hommes qui mirent les pieds dans la « maison de la pendue » étaient frappés par le mauvais sort. Soit ils mouraient dans des circonstances étranges, soit leur vie était jalonnée de drames aussi multiples qu'inexplicables. Les femmes, elles, étaient condamnées à ne jamais se marier. Celles qui l'étaient déjà perdaient leur époux dans l'année.

Depuis que la lèpre avait atteint l'homme qui avait abandonné Éphiginie, plusieurs croyaient qu'elle se vengeait de tous les Tracadiens en répandant l'épidémie : « Elle nous en veut de ne pas lui avoir fait une place dans le cimetière. Elle se vengera tant qu'elle sera dans la terre avec les suicidés et tous les autres que l'Église interdit d'enterrer dans la terre sainte », racontaient les vieux du village. Craindre les esprits vengeurs n'était pas nouveau. Depuis des siècles, on affirmait avoir vu des fantômes répandant la maladie dans leur sillage.

— Ben oui, la maison hantée, c'est une sacrée bonne idée ! s'exclama Gus. Personne ne va jamais là !

— Bon, alors, mangeons et allons la nettoyer.

« C'est bien elle, ça. Elle se lance dans l'action aussitôt sa décision prise. Pourvu qu'elle ne change pas d'idée », se dit-il.

Même si c'est elle qui avait eu l'idée d'y cacher des lépreux, Charlotte était terrorisée à l'idée d'entrer dans la maison d'Éphiginie. Elle se sentait la force et le courage de combattre les ennemis visibles, mais les ennemis invisibles la terrorisaient. Mais, pour Isa et ses compagnons d'infortune, elle se dit qu'elle devait avoir le courage de le faire. Elle se souvint aussi que le père François avait fait une séance d'exorcisme dans cette maison. Cela la rassura un peu.

La maison, comme toutes les maisons abandonnées, était dans un piètre état. Plusieurs planches de la galerie étaient pourries. Lorsque Gus tourna la poignée de la porte, elle lui resta dans les mains. Une odeur de moisi les saisit à la gorge. Des crottes de souris couvraient le plancher par endroits. Il faisait froid. L'endroit était sinistre. Charlotte se félicita de n'avoir pas emmené Juliette. Heureusement que Rébecca était là et pouvait la distraire. Charlotte lui avait fait promettre de verrouiller les portes après leur départ et de laisser les rideaux fermés.

Le cœur de Charlotte cognait fort dans sa poitrine lorsqu'elle monta l'escalier menant aux chambres de la maison hantée. À peine quelques minutes plus tard, elle le descendit à toute vitesse, au risque de se casser le cou.

— J'ai senti un grand courant d'air froid quand je suis entrée dans l'une des chambres, dit-elle à Gus qui vérifiait si le poêle était en bon état.

Gus s'approcha d'elle et l'enlaça.

— C'est ton imagination qui te joue des tours. N'aie pas peur. Il n'y a pas de fantômes ici.

Charlotte se sentit à moitié rassurée. Elle songea que, durant les absences de Gus, ce serait elle qui devrait revenir dans cette maison afin de ravitailler les lépreux en fuite. En plus, elle devrait le faire la nuit.

Lorsque Gus desserra son étreinte, ils entendirent un bruit sourd venant de l'étage, comme si quelqu'un venait de laisser tomber une pile de livres.

— C'est comme ça les vieilles maisons. Le bois travaille et ça fait du bruit, dit-il à Charlotte, blanche comme une morte.

Lui-même n'y croyait qu'à moitié. Il prit sa femme dans ses bras et l'embrassa tendrement.

— Je connais un bon moyen de désensorceler cette maison, dit-il en l'embrassant langoureusement.

— Non, voyons, mon beau loup de mer, dit Charlotte. Pas ici, j'ai bien trop peur.

— Je vais te faire oublier ta peur, répondit Gus en la soulevant dans ses bras.

Charlotte se mit à rire.

Une bouffée de tendresse et d'amour envahit Gus. Il y avait si longtemps qu'il ne l'avait pas entendu rire.

— Mais qu'est-ce que tu fais ? Lâche-moi voyons, dit joyeusement Charlotte.

Gus se dirigea vers la chambre et la déposa sur le lit.

Ils n'avaient pas fait l'amour une seule fois depuis que leur fille était sur l'île. Il n'y avait pas de mots pour dire à quel point ça leur manquait !

— Profitons-en pendant que nous sommes seuls, dit Gus en déboutonnant sa robe.

Il fut si habile dans ses caresses que Charlotte oublia bien vite où elle était. Ils se donnèrent l'un à l'autre avec passion. Comblés, ils s'endormirent dans les bras l'un de l'autre.

Il faisait noir quand Charlotte ouvrit les yeux. Son cœur battait à tout rompre. Elle avait été réveillée par des bruits bizarres qui provenaient de la garde-robe.

— Gus, réveille-toi, chuchota-t-elle en lui donnant une petite tape sur le bras.

— Qu'y a-t-il ?

— Tu entends ?

Gus tendit l'oreille.

— Ce sont sans doute des souris.

Charlotte sentit tout à coup comme un frémissement juste devant son visage.

— Tu l'as senti ? demanda-t-elle, de plus en plus affolée.

— Oui, dit Gus.

Il ne croyait pas aux fantômes, mais il devait avouer que son cœur s'affolait dans sa poitrine. Pas de lampe à portée de main, il resta figé, collé sur Charlotte qui s'agrippait à lui. Les deux retenaient leur souffle. Le nuage qui cachait la lune se dissipa. Par la fenêtre, une lueur éclaira la chambre. Charlotte et Gus virent virevolter une chauve-souris. Ils éclatèrent de rire.

Avant d'aller sur l'île Sheldrake, je croyais naïvement que l'amour était quelque chose de romantique, de tendre et beau comme celui que vivaient mes parents. J'étais si naïve ! Je n'avais pas imaginé qu'il puisse avoir les couleurs de la violence. Isa à Gus

Île Sheldrake, novembre 1844.

Le gardien, fusil en bandoulière, faisait son tour de l'île. Il releva le col de sa veste. Le vent soufflait à écorner les bœufs et agitait la mer dont les vagues écumantes fouettaient la plage. Par un temps pareil, les lépreux restaient confinés à l'intérieur, malgré l'odeur, les poux, les pleurs et les querelles. Stanislas marchait d'un pas rapide, perdu dans ses pensées, quand il vit soudain un lépreux accroupi dans la neige derrière un arbre.

Il crut d'abord qu'il avait eu un malaise et s'avança pour demander s'il avait besoin d'aide. Il n'était plus qu'à quelques pas de lui, mais l'homme n'avait pas perçu sa présence. Stanislas allait l'interpeller quand le lépreux se leva et courut, le corps plié en deux, jusqu'à un autre arbre, comme s'il ne voulait pas être vu. Mais de qui ?

Stanislas parcourut la plage du regard et vit Isa qui marchait, seule, à quelques encablures de là. Le gardien ne fut pas surpris de la voir : le mauvais temps ne l'empêchait jamais de sortir celle-là. C'était clair : le lépreux la suivait. Le visage de Stanislas afficha sa colère. Il avait deviné les intentions du lépreux. Comment s'appelait-il déjà ? Agénard, c'est cela. Le docteur le lui avait dit : « La lèpre exacerbe la libido. Ne les jugez pas trop vite. Ils ne sont pas plus vicieux que d'autres. »

Le docteur Key ne l'avait dit à personne, surtout pas au père François, mais il avait donné aux lépreuses, non seulement des herbes qui empêchaient la famille, mais d'autres qui étaient abortives. C'était une Amérindienne qui lui avait appris les secrets de ces herbes. Le médecin n'avait aucun remords. Au contraire, il estimait qu'il faisait preuve de charité en empêchant des enfants de venir au monde en enfer. Il suffisait de ne pas en parler aux curés.

— Tu fais quoi là, toi ?

Agénard se retourna. Il resta figé par la surprise un court instant avant de déguerpir. Stanislas le regarda s'éloigner, songeur. Il n'arriverait pas toujours au bon moment comme ce matin-là. Il se retourna vers l'endroit où se trouvait Isa quelques minutes plus tôt. Elle avait disparu. Sans doute avait-elle pris un sentier boisé, inconsciente du risque qu'elle venait de courir.

Il marcha en pensant à la façon de la protéger. Inutile de lui demander de ne pas sortir seule. Il savait qu'elle avait besoin d'instants de solitude autant que d'autres ont besoin de boire ou de manger. Lui-même n'aimerait pas rester confiné dans le lazaret. Chaque fois qu'il s'en approchait, l'odeur nauséabonde le prenait à la gorge. Non, ce ne serait pas humain d'empêcher Isa de sortir seule.

La jeune fille avait déjà suffisamment perdu comme ça, sans qu'il lui enlève en plus le peu de liberté qu'elle avait. Il continua de marcher en réfléchissant, oubliant du coup le froid qui traversait ses vêtements. Au bout d'un moment, il rebroussa chemin et se rendit jusqu'au lazaret. Il s'arrêta à une distance de cinq pieds et cria :

— Léo Lamy, sors ! Faut que je te parle.

Léo ne tarda pas à se montrer. Il enfila sa veste trouée et se tint à la distance voulue. Stanislas lui raconta ce qu'il avait vu et lui fit part de ses soupçons. Léo le crut sur parole. Il connaissait Agénard, sa cruauté, son vice. Il avait vu la façon dont il regardait Isa et Olivia, et entendu ses remarques grivoises.

— Je vais trouver un moyen pour qu'il se tienne tranquille. Tu peux compter sur moi, promit-il à Stanislas.

Léo paraissait sûr de lui, mais au fond il doutait : comment pourrait-il se battre avec Agénard si cela s'avérait nécessaire ? Léo était de plus en plus faible et malade. Agénard, lui, était à un stade de la maladie où, sans être trop affaibli, il avait en plus un avantage de taille : la lèpre avait rendu insensibles plusieurs parties de son corps. Le rouer de coups équivalait à frapper un mur. La première chose à faire pour Léo : ne pas montrer sa faiblesse. Afficher, au contraire, la force et la confiance.

— Ha, ce que l'air est frais ce matin. Je suis tout ragaillardi. D'ailleurs, je vais de mieux en mieux, dit-il en entrant dans le lazaret.

Il avait parlé suffisamment fort pour être entendu d'Agénard. Celui-ci, assis sur sa paillasse, lui jeta un regard noir. Il se doutait bien que le gardien et Léo avaient parlé de lui. Fixant ce dernier, il cogna dans sa main droite avec son poing fermé.

Québec, boutique de l'apothicaire.

— Tu n'es pas à ton affaire, mon garçon, chuchota David afin de ne pas être entendu par la clientèle.

Théo s'aperçut soudain que les herbes débordaient du sac qu'il remplissait pour un client qui, heureusement, ne l'avait pas vu, occupé qu'il était à lire des extraits du livre de son père.

— Je vais faire plus attention, dit-il.

Il admit que, pour une fois, celui-ci avait raison de n'être pas content. Il était incapable de se concentrer sur son travail. Son regard allait toujours vers la fenêtre, espérant y apercevoir Fanny. Il n'arrivait pas à croire que l'ultimatum qu'il lui avait lancé reste sans effets. « Il n'est pas question de retarder notre mariage », lui avait-il dit à bout de patience. Pendant des semaines, il avait essayé de mille façons, cajoleuses et tendres, de la persuader. Il avait d'abord tenté de la raisonner :

— Crois-tu que ta sœur, si elle t'aime autant que tu le dis, serait heureuse de savoir que son malheur t'empêche de vivre ta vie ?

— Ce serait un mariage trop triste. Non seulement l'absence d'Isabelle me serait trop pénible à supporter, mais ma propre mère ne viendrait pas à mon mariage. Elle refuse de s'éloigner de Tracadie au cas où Isabelle aurait besoin d'elle.

— Alors, convaincs-la de nous laisser nous marier à Tracadie.

— Non, elle m'a interdit formellement d'y mettre les pieds. Elle a trop peur que j'attrape la lèpre. Imagine, Juliette, mon autre sœur, ne va même plus à l'école. Ma mère m'a écrit qu'il ne servait à rien de lui désobéir en venant à Tracadie. Elle a réussi à convaincre son ami, le père François, de refuser de célébrer notre mariage au cas où je le lui demanderais quand même.

— Je constate une chose : tu ne désires pas m'épouser autant que moi je le désire. Sinon, tu ne laisserais rien contrecarrer nos projets. Si tu changes d'idée, tu sais où me trouver, avait dit Théo avant de s'en aller.

Quelques minutes plus tard, il regrettait ses paroles : « S'il fallait qu'elle ne me revienne jamais, je ne m'en remettrais pas », s'était-il dit.

Théo n'avait pas dévoilé à son père les véritables raisons de sa rupture avec Fanny. Il craignait sa réaction s'il apprenait que la sœur de sa future belle-fille vivait dans une colonie de lépreux. Il voulait protéger celle qui, dans son cœur, était toujours sa fiancée. La femme de sa vie.

Son cœur s'affola soudain. C'était elle. Oui, c'était bien elle qui marchait dans la rue, éclaboussée de soleil, portant un panier rempli de victuailles. Si belle ! Elle était accompagnée de sa tante qui, toujours habillée en homme, avait ajouté un élément à sa tenue. Un chapeau haut-de-forme.

— Décidément ! Bientôt elle se laissera pousser la barbe celle-là, dit son père qui, s'étant demandé pourquoi son fils restait figé comme une statue, avait suivi son regard.

Théo ne songeait même pas à dissimuler l'intérêt que la vue de Fanny suscitait. Elle était maintenant tout près. Il retint son souffle et lança une prière muette, lui qui, pourtant, ne priait guère : « Mon Dieu, faites qu'elle entre dans la boutique. » Hélas, les deux femmes passèrent leur chemin sans cesser de papoter. Comme si elles étaient passées devant n'importe quelle boutique ! Pourtant, même si le geste avait été fort discret, Théo aurait juré que Fanny avait tourné les yeux en sa direction.

Il s'était retourné brusquement, accrochant au passage l'alligator empaillé qui, aux dires de son père, donnait une touche d'exotisme à sa boutique : « Ça prouve que je peux faire venir toutes sortes de choses de partout dans le monde, même les meilleurs remèdes. » En voulant le remettre à sa place, il heurta la patte de l'animal et renversa le sac de remède qu'il venait de peser.

— Ramasse cela, je vais servir monsieur, dit David d'une voix neutre.

Mais son regard noir révélait son exaspération.

— Toutes mes excuses, monsieur, dit Théo.

L'homme lui sourit et retourna à sa lecture. Du moins voulait-il donner l'impression de lire. Il tenait le livre de David entre ses mains pour se donner une contenance. Il était gêné d'avoir à acheter des herbes qui lui redonneraient, du moins l'espérait-il, sa vigueur de jeunesse. Il venait d'épouser une femme de trente ans sa cadette et il avait eu honte de constater le soir de ses noces qu'il n'était plus le fringant jeune homme qu'il avait été.

Heureusement, son épouse avait besoin d'herbes pour soigner un mauvais rhume. Il avait le sentiment que l'ordonnance de sa femme faisait en quelque sorte oublier la sienne. Il se trompait amèrement. Théo le jugeait. Il était si amoureux de Fanny qu'il était persuadé que, même âgé, il n'aurait pas besoin, pour remplir son devoir conjugal, d'un produit fabriqué avec de la vésicule d'ours noir.

Depuis qu'elle avait entrevu Théo, Fanny était bouleversée. Elle tenta de reprendre contenance et s'efforça de partager la joie de sa tante qui ne cessait de parler du Salon des artistes qui se tiendrait prochainement à Paris.

— Tu imagines. Rosa Bonheur m'a écrit que si j'acceptais d'y exposer, elle me faciliterait les choses. Moi ! Exposer au Salon de Paris ! Je crois rêver ! répétait Marjorie pour la énième fois.

— Oui, je suis vraiment contente pour toi, dit Fanny.

Marjorie s'arrêta net de marcher, prit la main de sa nièce et lui dit :

— Écoute, je vois bien que tu es toute chamboulée depuis que nous sommes passées devant la boutique de l'apothicaire. Mais aucun homme, aucun, tu m'entends, ne mérite qu'on se mette dans de pareils états et qu'on cesse de voir la beauté de la vie. Regarde, le soleil brille, tu es jeune, en santé.

Magnifiquement belle. Tu as un talent fou pour le dessin et la musique. Je ne te l'ai pas dit, mais je suis jalouse. Je crois que tu es meilleure peintre que moi. Tu sais transmettre toutes sortes d'émotions. Ça dépasse mille fois l'aspect technique du dessin. La perfection d'un dessin ou d'une phrase, c'est quelque chose de volatile et d'éphémère. On finit par l'oublier. Mais pas ce qu'on a ressenti en posant les yeux sur une œuvre d'art ou en lisant un livre. Pourquoi ne viendrais-tu pas avec moi à Paris ?

— Paris ! s'exclama Fanny. Mais, mais… balbutia-t-elle, tant l'idée lui paraissait invraisemblable.

Marjorie lui aurait suggéré de l'accompagner sur la lune qu'elle n'aurait pas trouvé l'idée plus saugrenue. Jamais personne, c'était évident, ne mettrait les pieds sur la lune !

— Tu pourrais suivre des cours à l'école de Rosa. C'est une occasion inespérée. Pourquoi gâcher un si beau talent en t'enfermant dans une maison avec un homme et des enfants ? Crois-moi, tu verras dans quelques années que ta rupture avec Théo est un cadeau du Ciel.

Fanny resta silencieuse. Elle estimait que sa tante ne comprenait rien à l'amour. Elle devait faire un choix entre les trois possibilités qui s'offraient à elle : être pensionnaire chez les Ursulines pendant toute l'année que Marjorie passerait à Paris et attendre que Théo se manifeste ; revenir sur sa décision et aller informer Théo qu'elle était prête à l'épouser ; aller à Paris.

Elle élimina d'emblée la deuxième possibilité. Jamais elle ne ferait le premier pas. Non seulement elle était trop orgueilleuse pour cela, mais il devait comprendre qu'elle ne serait jamais une femme soumise qui se plie à toutes ses volontés.

Elle espérait de tout cœur que Théo se manifeste au plus vite et comprenne ses réticences. Et puis, elle n'avait pas envie de partir. Elle avait le vague à l'âme depuis qu'elle savait ce qui arrivait à Isa. Seul Théo la tirait vraiment de sa mélancolie.

Je ne le dirai jamais assez : heureusement qu'Olivia était là. Nous nous étions fait une promesse : si un jour nos membres devenaient insensibles, comme cela arrive fréquemment quand on a la lèpre, nous devions veiller l'une sur l'autre afin d'éviter que les rats ne viennent nous mordre. Horrifiées, nous avions vu un malade qui continuait de dormir pendant qu'un rat lui rongeait un orteil. Cette vision cauchemardesque nous avait terrifiées, mais la promesse que nous nous étions faite de nous protéger mutuellement nous rassurait et scellait notre amitié. Isa à Gus

Île Sheldrake, hiver 1845.

Depuis qu'elle était sur l'île, Isa se réveillait presque à chaque heure de la nuit en pleurant. Impuissante à trouver le réconfort dans le sommeil, elle se levait à l'aurore. Elle examinait toutes les parties de son corps, anxieuse à l'idée d'y découvrir les premiers signes de la lèpre : des taches. Ensuite, elle se pinçait un peu partout, l'insensibilité étant un autre signe. Un signe sournois : quand on ne sent rien, on se croit sain et sauf alors que c'est le pire des leurres. Pour finir de se rassurer, elle se dirigeait vers le quai. Quand aucune vague ne flétrissait la surface de l'océan, elle se penchait au-dessus de l'eau et cherchait à voir si des traces de la lèpre étaient apparues sur son visage.

Mais la glace et la neige ayant depuis peu recouvert la mer, Isa et Olivia s'étaient promis de se le dire si cela devait arriver. Cela ne rassurait Isa qu'à moitié. Il n'y avait pas de miroir sur l'île – le seul miroir étant le regard des autres – et Isa craignait que son amie ne l'épargne si cela s'avérait. Elle se méfiait d'autant plus qu'elle savait qu'elle-même éviterait à Olivia un tel choc.

À quoi bon dire à quelqu'un qu'il avait la lèpre, puisque les remèdes du docteur Key, au lieu de guérir, rendaient encore plus malades ? Ils étaient d'ailleurs de plus en plus nombreux à se révolter contre ces traitements. Heureusement, le docteur Key n'avait pas insisté pour qu'elle en prenne. Il était à peu près convaincu qu'elle n'avait pas la lèpre, mais il n'avait pas le courage de la faire libérer. Il craignait de provoquer une mutinerie.

Plusieurs malades, véritablement atteints, affirmaient ne pas avoir contracté la lèpre et exigeaient, avec des manières de plus en plus agressives, de quitter l'île. La plupart des médecins, partout dans le monde, affirmaient que l'agressivité était l'un des symptômes de la lèpre, mais le docteur Key se demandait parfois si elle n'était pas plutôt l'une des conséquences. Il avait souvent été témoin des querelles qui explosaient au moment où l'on s'y attendait le moins et durant lesquelles les plus forts s'en prenaient aux plus faibles.

Il se demandait si, en frappant les plus malades, ce n'était pas l'image monstrueuse de ce qu'ils pouvaient devenir que les bien-portants tentaient ainsi de détruire : ils ne pouvaient supporter d'avoir sous les yeux les ravages effroyables que la lèpre causait. Les plus atteints, eux, crevaient de jalousie. C'était dur de voir défiler devant eux les corps intacts des moins malades, leurs visages encore lisses, alors qu'eux-mêmes étaient devenus semblables à des monstres. Ces images de la beauté attisaient leur amertume et leur colère ou le désir, comme dans le cas d'Agénard.

Les souffrances engendrées par la maladie et leurs pénibles conditions de vie contribuaient aussi à épuiser les réserves d'amabilité, de courage et de bonne humeur qu'ils tentaient pourtant de conserver malgré le choc, terrible, de se voir séquestrés et abandonnés sur une île. En quelques mois, le climat s'était considérablement détérioré. Les espoirs que tous nourrissaient au début s'étaient trop vite envolés. Devant la dégradation de leur état de santé, plus personne ne croyait en la guérison qu'on leur avait promise.

Au début, quelques femmes s'occupaient de nettoyer, mais elles étaient de plus en plus malades ou déprimées, de sorte que la bâtisse était devenue d'une saleté répugnante. On manquait souvent d'eau et Isa avait vu Monette qui, pour nettoyer ses propres plaies, avait dû se contenter d'utiliser sa salive. Isa avait même vu des vers qui s'agitaient dans les plaies de plusieurs lépreux. Personne n'osait les déloger et Isa qui, aux dires de tous ceux qui la connaissaient, « avait un cœur grand comme le monde », se disait qu'il lui faudrait bien trouver le courage de le faire. Mais cela n'était pas encore arrivé et elle se jugeait durement : « Je ne suis qu'une mauviette. Ce ne sont que d'inoffensives petites larves. »

La peur du Diable qui, avant l'apparition de la lèpre, surgissait assez fréquemment dans leur vie, aidée en cela par les sermons des curés, devint omniprésente et atteignit vite son apogée. Isolés dans cet environnement hostile qu'était devenue l'île Sheldrake, la croyance qu'ils étaient punis, voire abandonnés par Dieu, ne les quittait plus. Ils se sentaient à la merci du Diable. D'ailleurs, dans les moments de confusion engendrés par d'intenses douleurs physiques et morales, plusieurs d'entre eux croyaient être véritablement en enfer.

Quelques-uns, parmi les plus vieux, répétaient qu'il fallait prier sans cesse car, disaient-ils, le Nouveau-Brunswick était sous la gouverne d'interventions diaboliques. Ils en donnaient comme preuve les signes auxquels ils auraient dû être plus attentifs et qui avaient précédé l'apparition de la lèpre. Ils faisaient allusion au fait que, bien avant l'apparition de la maladie, des curés qui célébraient la messe dans les chapelles acadiennes de l'île Saint-Jean entendaient des voix tantôt gémissantes, tantôt chantantes, qui s'élevaient dans l'église et dont on ne pouvait déterminer la source. Les sanglots étaient si déchirants que plusieurs perdirent connaissance en les entendant. Les voix et les pleurs qui s'élevaient pendant que le prêtre chantait le *Pater* semblaient venir de sous le plancher.

Isabelle se souvenait que Gus avait bien ri quand le père François leur avait raconté cela. Gus était convaincu que c'était l'œuvre de joyeux plaisantins.

— Je ne crois pas, avait rétorqué le père François. Quand il est allé à l'île Saint-Jean, Mgr Plessis a d'abord bien ri de la crédulité des Acadiens. Ensuite, quand il a lui-même entendu les voix, il a cru lui aussi que c'était l'œuvre d'un plaisantin ou d'un habile ventriloque. Il a nommé des personnes fiables pour faire enquête. Celles-ci n'ont trouvé aucune explication logique pour éclaircir ce mystère.

Monette était sans doute la plus terrorisée par ces histoires. Elle se tordait les mains de nervosité en suppliant les hommes de se taire ou de parler d'autre chose. Au début de leur séquestration sur l'île, fidèle à la promesse faite à Charlotte, Monette avait veillé sur Isa du mieux qu'elle pouvait, mais elle s'était effondrée depuis qu'elle avait donné naissance, sans aide, à une petite fille rachitique et malade. Isa avait vite compris qu'elle ne pouvait compter sur elle pour la réconforter et lui donner un peu de tendresse. Isa l'évitait d'ailleurs. Voir Monette avec son bébé lui rappelait trop cet amour maternel qui lui manquait tant.

Un sentiment nouveau l'habitait : elle était devenue terriblement jalouse de sa sœur Juliette. Elle enviait sa sœur à qui, chaque soir, Gus ou Charlotte racontait un conte : « Il était une fois… » Mots magiques qui lui avaient ouvert toutes grandes les portes de l'imaginaire avant de la porter dans les bras de Morphée. Isa avait peur aussi que ses parents finissent par l'oublier. Comme si elle avait deviné ce sentiment, Charlotte, quand elle était venue sur l'île, lui avait dit qu'aucun enfant ne pouvait en remplacer un autre dans le cœur d'une mère. Elle lui avait cité Lamartine : « Un seul être vous manque et tout est dépeuplé. » Elle avait ajouté : « Dans notre cœur, tu seras toujours notre Isabelle. Rien ni personne ne peut te remplacer. »

Et il y avait Agénard ! Léo Lamy avait mis Isa en garde :

— Ne sors plus seule de la léproserie. Agénard pourrait te faire du mal.

Léo était affreusement gêné. Il ne voulait pas donner plus de précisions, mais puisque Isa rougissait, il se dit qu'elle avait compris à quoi il faisait allusion.

— J'aime me promener seule, argumenta Isa.

C'était la seule liberté qu'elle avait. Elle y tenait.

— Ici, à la léproserie, je l'ai à l'œil, mais dehors, je ne peux rien faire pour te protéger, insista Léo.

Isa fut d'autant moins difficile à convaincre qu'Agénard lui faisait vraiment peur.

— Bon, promis, dit-elle en soupirant. Je vais toujours sortir avec Olivia.

— Parfait, dit Léo. Tu es une bonne fille.

Isa le remercia. Elle perdait un peu de liberté, mais elle était rassurée de se savoir protégée. Elle eut envie de l'embrasser sur la joue, mais se retint. Ne pas toucher un lépreux. Il fallait qu'elle n'oublie jamais ça.

Isa et Olivia avaient la responsabilité d'aller chercher la nourriture qu'on leur laissait sur la plage tous les lundis. Afin d'éviter qu'une bête sauvage ne s'empare de leurs vivres ou que la pluie ne les abîme, les fillettes devaient faire le guet au moins une heure avant l'heure prévue de l'arrivée de celui qui les leur amenait. Il leur faisait signe de s'éloigner lorsqu'il débarquait les sacs de nourriture sur la plage. Ayant une peur bleue d'attraper cette « saleté de maladie », ainsi qu'il nommait la lèpre, il s'empressait de repartir aussitôt.

Parfois, il déposait aussi un cercueil et leur criait : « En avez-vous besoin ? » Lorsque ce n'était pas le cas, il ne pouvait cacher sa déception. Il n'était pas le seul à se réjouir lorsqu'on devait envoyer des cercueils sur l'île. Beaucoup espéraient que tous les lépreux meurent au plus vite et qu'avec eux, la lèpre disparaisse enfin à tout jamais. La vie pourrait enfin reprendre son cours normal.

Trois membres du Bureau de santé avaient tenu une réunion à huis clos en l'absence du docteur Key et du père Lagardière. Ils avaient décidé de laisser mourir les lépreux.

— Il faut garder cela secret, dit Perry, l'avaricieux.

— Nous ne pouvons faire ça, c'est horrible, dit Lunard.

Plus celui-ci vieillissait, moins l'argent qu'il avait accumulé comptait pour lui. Le destin tragique de ces gens le touchait de plus en plus.

— C'est ta famille qui va mourir de faim, si ça continue. Les affaires vont mal depuis que tout le monde, tant dans la province qu'au Canada entier, sait que la lèpre a fait son nid chez nous, répondit Perry.

— Et même ailleurs dans le monde, en Europe et en Grande-Bretagne. Les navires marchands qui viennent du Nouveau-Brunswick sont mis en quarantaine, ajouta Kenneth, l'hypocondriaque.

— Je ne veux pas avoir ça sur la conscience, dit Lunard, laconique.

— Préfères-tu avoir sur la conscience la mort de plus de gens encore parce que nous aurons laissé les malades contaminer les autres ? Même s'ils sont sur une île, le risque de contamination est là. Nous devons en prendre la responsabilité ensemble, et garder ce secret jusque dans la tombe, expliqua Kenneth.

Ils étaient passés au vote : deux contre un. La principale intervention du Bureau de santé, désormais, serait d'envoyer des cercueils.

L'île était un mouroir, l'antichambre de la mort. Bien des lépreux avaient aussi compris cela. Quand ils prenaient conscience qu'ils n'échapperaient jamais à cet enfer, qu'ils étaient impuissants à changer quoi que ce soit, qu'ils seraient des morts-vivants jusqu'à ce que la mort les délivre ; quand ils finissaient par ne plus nier cela, leur solitude et leur désespoir n'avaient pas de limites.

Parfois, Isa et Olivia allaient au cimetière et s'asseyaient à l'ombre des grands trembles. Elles aimaient cet endroit calme et imprégné de mystère. Ensemble, elles se sentaient en sécurité, peu importe l'endroit. Quand le père François venait et que la température le permettait, il célébrait la messe à l'entrée de ce petit cimetière. Ensuite, il bénissait chaque malade en lui disant de prier afin que Dieu lui donne la patience et la force d'accepter son sort.

Le dîner suivant la livraison des vivres était toujours un véritable festin. Le temps d'un repas, on oubliait que dès le samedi suivant on commencerait à manquer de nourriture. Chacun mangeait alors en silence, attentif à ses gestes. Ils avaient si faim qu'ils mettaient une main sous leur menton afin de ne pas perdre une seule goutte de soupe ou une seule miette de pain. Le repas se terminait invariablement par le bruit du raclement des cuillères ou par des querelles. La faim, la véritable faim, celle qui tenaille depuis des jours, créait une étrange illusion : chacun était certain que la portion du voisin était plus grosse. Il était alors difficile de résister à la tentation de se battre pour avoir ce qu'il possède.

Je suis sur une île lumineuse qui pourrait être paradisiaque. Pourtant, je suis dans un monde de ténèbres. Isa à Gus

Tracadie, hiver 1845.

Charlotte avançait péniblement en se battant contre la bourrasque. Ses pieds calaient dans la neige qui, depuis deux jours, ne cessait de tomber. Le vent soufflait si fort qu'il la faisait suffoquer. Elle avait froid et pensa à Isa qui devait geler dans sa baraque mal isolée. Elle se promit de lui apporter des peaux d'ours quand elle irait la voir. Elle apporterait toutes celles qu'elle possédait. Elle savait que ce serait tentant pour les autres lépreux de voler celles d'Isabelle.

Tout le monde souffrait du froid à la léproserie. La veille, Isa n'avait effectivement réussi à s'endormir qu'après avoir mis des feuilles de papier à dessin dans son dos et sur sa poitrine. Elle avait découvert par hasard qu'elles constituaient un bon isolant : un soir, elle s'était endormie sur ses papiers et ne s'était pas réveillée aussi grelottante qu'à l'accoutumée. Olivia et elle ne s'en couvraient qu'une fois la nuit tombée car les vols d'objets assurant la survie étaient nombreux. Mais la veille, le thermomètre était descendu si bas que les feuilles de papiers n'avaient pas suffi pour conserver la chaleur de leur corps. Loin de là. Les deux fillettes s'étaient blotties l'une contre l'autre.

Elles s'estimaient chanceuses : aucune des deux n'aurait supporté l'odeur émanant d'une autre personne que celle d'une amie. Elles ne sentaient pas la rose ! Elles ne se baignaient plus dans la mer depuis que la glace l'avait recouverte et l'eau valait de l'or. Mais qu'importe le froid, Isa avait hâte de se lever et de courir sur la grève. C'était vendredi : ses parents viendraient peut-être.

« Il n'est pas question qu'elle passe tout l'hiver là », se dit Charlotte en s'approchant de l'écurie. Elle avait le pouvoir de faire en sorte que cela n'arrive pas, mais elle n'avait pas encore trouvé le courage de le faire. Elle retardait continuellement le moment de mettre à exécution le plan d'évasion de Gus. Exaspéré, il revenait à la charge chaque jour. Elle, taraudée par l'angoisse, craignant qu'ils ne mettent la vie de leur fille en danger, n'en finissait plus d'exprimer des doutes, de revenir en arrière, disant tantôt oui, tantôt non à ce projet.

Mage, le cheval d'Isabelle, tourna la tête vers elle quand elle ouvrit la porte de l'écurie. Charlotte s'approcha de lui. Elle avait dit à Gus qu'elle voulait aller sur l'île avec Mage :

— Ça lui fera tellement plaisir de le voir.

Gus était sceptique. Personne, avant Isa, n'avait réussi à le monter. Son ancien maître, qui s'en était débarrassé pour une bouchée de pain parce qu'il le pensait stupide, ne s'était pas privé de le fouetter.

Le cheval portait des marques de fouet quand Gus l'avait ramené chez eux.

— C'est lui le stupide, avait dit Isabelle quelques semaines après l'arrivée de Mage. Ce cheval est très intelligent. Il est un peu rebelle, c'est tout.

Leur fille avait eu le coup de foudre pour cet animal et Gus lui avait promis de le lui donner si elle arrivait à l'amadouer, ce qu'elle n'avait pas tardé à faire. Avec douceur. Les rares fois où elle mettait ses bottes avec des éperons, ceux-ci caressaient Mage comme ses doigts sur son violoncelle. Elle l'avait dressé, avait eu raison de sa légitime rébellion, mais Mage n'écoutait personne d'autre qu'elle.

Après plusieurs tentatives, Charlotte réussit enfin à le monter. La partie n'était pas gagnée pour autant : Mage refusait d'avancer. Il n'était pas dans sa nature de se cambrer et de montrer son désaccord en élevant ses pattes vers le ciel. Il le montrait autrement : il restait aussi immobile qu'une statue. Rien alors n'aurait pu le faire bouger. Il était du genre coriace. Il avait souvent résisté au fouet de son ancien propriétaire. C'est bien connu, personne n'arrive à faire bouger un cheval qui en a décidé autrement. Aussi bien essayer de pousser une montagne avec ses mains.

Gus pressait Charlotte :

— C'est le moment de partir, dit-il en se retenant de rire de la voir assise sur un cheval dont les pattes semblaient vissées dans le sol.

Charlotte, dépitée, renonça à son projet et sauta par terre :

— Maudite tête de cochon, tu perds une occasion de revoir Isabelle et de lui faire plaisir, cria-t-elle à

Mage en le tirant par le licol pour le ramener dans son enclos. Compte-toi chanceux qu'on n'use jamais du fouet ici, car ce matin, la main me démange !

Elle pensa alors à ce qu'aurait dit Isabelle en la circonstance. Quand Gus disait que Mage était têtu, Isabelle prenait sa défense et répétait ce proverbe : « Qui veut un cheval sans défauts doit aller à pied. »

Charlotte attela son cheval pendant que Mage faisait les cent pas. Depuis le départ d'Isabelle, il était comme un ours en cage : il marchait de long en large en bougeant la tête, comme s'il suivait le rythme d'une triste musique. Il faisait pitié et Charlotte, lorsqu'elle fut calmée, se dit que la fidélité de ce cheval envers Isabelle était plutôt touchante.

Charlotte et Gus poussaient leurs montures à aller de plus en plus vite. Les bêtes glissaient parfois sur la glace qui recouvrait par endroits le pont de neige menant à l'île, mais jamais elles ne perdaient l'équilibre. Charlotte avait tellement hâte de serrer sa fille dans ses bras. « Ya, Ya », lança-t-elle à son cheval qui, en peu de temps, dépassa celui de Gus dont la tête était auréolée d'une buée formée par son souffle.

Charlotte plissa les yeux et vit au loin une silhouette sur la rive. C'était Isabelle. Des larmes de soulagement affluèrent. Chaque fois, c'était la même chose. Elle craignait qu'un jour sa fille ne soit pas là à les attendre parce qu'elle serait restée à la léproserie, malade. Lépreuse !

Chaque vendredi, Isa, accompagnée d'Olivia, venait sur le quai à la même heure, espérant que ses parents aient obtenu l'autorisation de venir lui rendre visite. Elle était souvent repartie bredouille.

Le père François ne signait d'autorisation qu'avec une extrême parcimonie. Quand elle vit que c'étaient eux qui approchaient, elle courut à leur rencontre. Olivia, elle, retourna à la léproserie. Elle n'attendait personne. Son père ne venait jamais les voir, sa mère et elle.

De loin, le gardien observait Isa. Il avait pitié de cette fillette qui, en quelques semaines, avait vieilli de plusieurs années. Charlotte sauta de son cheval et ouvrit les bras. Isa s'y précipita. Elles se couvrirent de baisers. Isa courut ensuite vers son père, se serra contre lui en flairant l'odeur de cheval dont sa veste était imprégnée, le regarda en souriant et revint se blottir un moment dans les bras de sa mère. C'était si bon de toucher et d'être touchée.

La mère et la fille marchèrent ensuite, enlacées, jusqu'au petit abri de fortune que le gardien avait construit pour les protéger, Olivia et elle, des intempéries lorsqu'elles attendaient la livraison de provisions.

Charlotte lui montra les peaux d'ours et toutes les gâteries qu'elle lui avait apportées, dont une grande quantité de sucre à la crème. Ils lui parlèrent de Rébecca pendant que leur fille engouffrait la nourriture avec une voracité qui faisait peine à voir.

— C'est une chance qu'elle soit là. Je serais bien inquiète de laisser Juliette seule, dit Charlotte.

Ils parlèrent de choses et d'autres, chacun s'efforçant d'être joyeux. Au bout d'un moment, Gus prit des nouvelles de Léo Lamy, le riche cultivateur venu sur l'île avec ses quatre enfants.

— Il ne va pas trop mal, dit Isa. Mais ses enfants sont plus malades qu'avant. C'est à cause des traitements du docteur Key. Plus personne ne veut en avoir.

Charlotte tressaillit en entendant cela.

— Est-ce qu'il t'en donne à toi aussi ?

— Non, moi, il ne me donne rien. Il a dit que pour l'instant je n'en ai pas besoin. Une chance, parce que plusieurs ont perdu leurs dents après en avoir pris, expliqua Isa en regrettant aussitôt d'avoir confié cela.

Elle s'était promis de ne rien dire qui pourrait ajouter à l'inquiétude de ses parents. Elle aurait d'ailleurs aimé confier à sa mère ses peines et son désarroi, mais elle la devinait plus fragile qu'elle-même. Quelques instants plus tôt, elle avait été frappée par sa maigreur et l'expression de tristesse qui marquait ses traits.

Même si Isa cherchait à lui cacher une partie de la vérité, Charlotte était de plus en plus convaincue qu'il était dangereux pour sa fille de rester sur cette île. Elle regarda Gus avec insistance : il lut dans ses yeux qu'elle était désormais totalement d'accord avec le plan d'évasion dont ils avaient parlé.

Gus voulait profiter de sa présence sur l'île pour parler de ce plan avec Léo Lamy. Charlotte et Gus l'estimaient digne de confiance. Charlotte se souvenait comment était ce riche cultivateur le jour du départ pour l'île Sheldrake. Il répétait à sa femme qu'ils reviendraient guéris, ses enfants et lui. Même si elle savait maintenant qu'il n'avait pas eu raison d'être aussi optimiste, elle croyait qu'il n'était pas homme à se laisser abattre au point de ne rien faire pour se sortir d'une situation difficile.

Elle espérait qu'il soit encore suffisamment fort pour s'enfuir.

— Je vais aller voir Léo, dit Gus à Charlotte en passant affectueusement sa main dans les cheveux de sa fille.

— Nous allons t'attendre ici, nous serons bien, dit Isa qui voulait éviter à sa mère d'aller à la léproserie. Il ne fait pas froid aujourd'hui, et nous allons nous protéger avec ces belles peaux d'ours, ajouta-t-elle en les étendant sur le banc.

Charlotte en prit deux autres afin de les mettre sur leurs genoux. Elles étaient bien, serrées l'une contre l'autre.

— Isa, j'ai quelque chose d'important à te dire. Tu sais que je n'ai jamais cru que tu avais la lèpre. Ton père a pensé à une façon de t'aider à t'enfuir. Il a pensé aussi que d'autres voudraient partir. Il a imaginé un plan. Il en parlera tantôt avec monsieur Lamy. Je ne veux pas que tu aies peur. Ton père est prudent et courageux, tu le sais. Avec lui, il n'y a pas de danger.

Isa acquiesça. Elle avait souvent entendu sa mère vanter le courage de Gus. Elle se sentit si heureuse tout à coup. Combien de fois avait-elle souhaité que ses parents l'aident à s'enfuir ? Au moins mille fois. Elle ne leur en avait jamais parlé. Elle avait bien trop peur qu'ils ne se retrouvent en prison à cause d'elle. Mais puisque c'étaient eux qui le suggéraient, c'était différent. Elle voulait tant quitter cette île maudite. Être de nouveau chaque jour entourée de l'amour de ses parents, ce serait magnifique. Elle goûterait chacun de leurs mots tendres, chacun de leurs bisous. Les voir amoureux, comme avant. Le bonheur !

— Raconte-moi comment vous vous êtes rencontrés papa et toi, demanda-t-elle à sa mère.

— Tu m'as souvent entendue raconter cela, répondit Charlotte en riant.

— Oui, mais je veux l'entendre encore, dit Isa.

Charlotte ne se fit pas prier. Elle aimait se remémorer ce beau dimanche où elle avait parlé pour la première fois à Gus. Elle était sur la plage et observait avec amusement les femmes qui, pudeur oblige, se baignaient en robe longue alors que leurs époux, endimanchés comme s'ils allaient à un bal, se promenaient en chaloupe. Elle s'était assise à l'ombre d'un rocher et avait fermé les yeux, goûtant la caresse des embruns salés sur sa peau.

Les cris des goélands firent écho au *bonjour* sonore de Gus qui venait de s'approcher d'elle. Elle lui avait souri en rougissant un peu. Depuis le temps qu'elle l'observait à la dérobée ce beau loup de mer. Il la troublait infiniment. Aucun autre homme, jamais, ne lui avait fait un tel effet. Ils ne résistèrent pas longtemps au désir intense qu'ils éprouvaient l'un pour l'autre.

Charlotte était tombée enceinte. Ils s'étaient mariés. Leur mariage avait fait des jalouses. La jeune mariée connaissait bien des filles qui se pâmaient devant ce beau capitaine qu'on disait si courageux. Celles qui accordaient de l'importance au rang social se pâmaient d'autant plus que les capitaines de bateau étaient, avec les curés et les médecins, les « gens importants » de chaque village.

À Kamouraska, dans la province de Québec où il était né, Gus avait navigué depuis qu'il avait quitté, très tôt, les bancs d'école, suivant en cela l'exemple de ses ancêtres paternels dont plusieurs étaient capitaines de bateau. Il avait d'abord vogué le long des côtes avec son grand-père qui transportait des vivres et des matériaux destinés aux marchés urbains. Avec son père, spécialisé dans l'exportation du bois, il avait ensuite parcouru le monde, se mesurant courageusement à la fureur des éléments.

Une fois, leur goélette chargée de bois avait affronté une violente tempête de grêle durant laquelle la chaloupe de sauvetage avait été emportée par les vagues. Pendant que leur bateau tanguait dangereusement, les voiles chargées d'eau, Gus, ainsi que tous les membres de l'équipage, avaient dû s'attacher aux bômes[1] afin de ne pas être précipités à la mer. Depuis, on vantait son courage.

Charlotte avait raconté cela d'une traite. Ce retour dans le passé l'avait émue. Avant l'épreuve qui les avait frappés, la vie avec Gus était belle et douce. Elle passa son bras autour des épaules de sa fille et dit :

— Je te le répète, ton père est un homme très courageux. Toi aussi, tu dois l'être et ne jamais perdre espoir. Ni avoir peur quand nous viendrons te chercher. Aie confiance.

— C'est vrai que personne n'a un père aussi brave que le mien, dit Isa. Je vais essayer de lui ressembler.

Charlotte sourit et se tut. Pas plus tard que la veille, Gus lui avait confié que la présence d'Isa dans une colonie de lépreux était mille fois plus difficile à affronter qu'une mer furieuse et déchaînée.

— J'ai toujours pardonné à la mer les moments difficiles qu'elle m'a fait vivre, mais la lèpre, je la hais. Je ne lui pardonnerais jamais de s'en prendre à ma fille, si cela devait arriver.

---

1. Pièce horizontale sur laquelle sont attachées les voiles d'un bateau.

Au Moyen Âge, l'un des remèdes contre la lèpre était fait avec des têtes de serpents. Ceux-ci étant réputés pour changer de peau, on croyait que les malades qui en mangeaient auraient, comme par une espèce de magie sympathique, le même pouvoir. Mais jadis, cette connivence avec le Serpent, et donc avec le Diable, a causé plus de tort que de bien : elle a conduit au bûcher des centaines de lépreux. Isa à Gus

Quand Gus pénétra dans le lazaret, il pensa aussitôt que c'était une chance que Charlotte ne l'ait pas accompagnée. Elle aurait eu le cœur brisé de voir l'état, de plus en plus lamentable, des lieux. Dans la pénombre, il vit Léo Lamy, assis auprès de l'un de ses enfants. Quand il leva les yeux vers Gus, celui-ci vit que de grosses larmes roulaient sur les joues de l'homme qu'il avait toujours cru d'un optimisme à toute épreuve. Le cœur de Gus se serra en voyant l'état de la petite dernière de Léo. Celle qui, il y avait quelques mois à peine, était une enfant magnifiquement belle et enjouée, n'était plus désormais que l'ombre d'elle-même. Maigre et pâle à faire peur, elle avait perdu toutes ses dents.

— C'est pas la lèpre qui a fait ça, mais les onguents et les remèdes du docteur. Je l'ai vu mélanger du mercure avec de la potasse. L'homme à qui il en a donné avait l'intérieur des joues et les lèvres en feu. Il y avait de la salive visqueuse et puante qui coulait de sa bouche. Sa tête a enflé. J'ai jamais vu ça, moi, un remède qui fait enfler la tête. Je suis sûr que c'est pas un vrai remède. La preuve, le pauvre homme est mort quelques jours plus tard. Tu devineras jamais ce qu'a dit le docteur ?

Gus fit signe que non.

— Il a eu l'audace de dire au père François que c'était un bon remède puisqu'il était mort guéri de la lèpre ! C'est absurde ! J'ai refusé d'en prendre. J'ai refusé qu'il en donne à ma fille. Il a insisté pour nous frictionner avec un onguent. J'ai fini par accepter, mais je me méfiais un peu. Quand il a eu le dos tourné, j'ai pris le pot d'onguent. C'était écrit dessus qu'il contenait du bichloride de mercure. Je n'ai plus jamais voulu qu'il nous en redonne. Mais le mal était fait. Je n'ai jamais ressenti de telles douleurs. Elles sont si insupportables que je préférerais mourir si ce n'était de l'idée que je laisserais mes enfants dans cet enfer. Il nous tue avec ses saletés de remèdes, ce maudit docteur Key.

Gus n'avait jamais vu Léo dans cet état. Habituellement maître de ses émotions, il fallait que sa souffrance soit grande pour parler de cette façon. Très croyant et vénérant Dieu, jamais, auparavant, il n'avait blasphémé.

— Il dit que tous nos malaises et toutes nos souffrances sont des bons signes. Que lorsqu'ils disparaîtront, la lèpre disparaîtra avec. J'y ai cru un temps, mais plus maintenant. Regarde ma petite, conclut Léo dans un sanglot.

Gus s'approcha et chuchota :

— J'ai un plan. Si tu m'aides, je peux vous aider à vous enfuir.

Une lueur d'espoir s'alluma dans les yeux de Léo.

— Je t'écoute.

— Le pont de glace est bien formé ; à la prochaine pleine lune, je viendrai de nuit avec des chevaux. Je connais un endroit où le shérif et ses hommes n'iront jamais. Charlotte et moi, à tour de rôle, on ira vous porter à manger. Je te laisse choisir qui tu décideras d'avertir. Tu connais mieux que moi ceux qui sont assez forts pour se sauver. Il y aura de la place pour sept ou huit personnes dans la cachette. Ma fille, elle, viendra chez nous. Je peux aussi aider à s'enfuir ceux qui pensent pouvoir aller dans leurs familles. Je viendrai avec mes meilleurs chevaux.

— Où est-ce qu'on va se cacher ?

— Dans la maison hantée, répondit Gus, tout bas.

Léo blêmit. Depuis des années, il faisait un détour pour éviter de passer devant cette maison. L'idée d'y vivre le terrorisait. Jamais cependant il ne l'aurait avoué. Mais si c'était la seule façon de sauver ses petits, il n'allait pas laisser la peur lui barrer la route. Il voyait bien que les enfants mouraient plus vite que les adultes. Il fallait les sortir de l'île au plus tôt. Depuis des semaines, la tentation de fuir était si forte qu'il se sentait capable de partager une maison avec un spectre, aussi méchant fût-il.

— Je te revaudrai ça, tu peux être certain, mon Gus, dit-il en cachant sa peur. Je serai pas avare, tu peux être sûr. Et à partir d'aujourd'hui, je prends ta fille sous mon aile. Parce que Monette, elle est gentille, mais elle est trop malheureuse et faible pour s'occuper de ton Isabelle.

Léo ne dit pas qu'il l'avait déjà fait. Pas question de parler d'Agénard. Il ne voulait pas que Charlotte et Gus soient encore plus inquiets qu'ils ne l'étaient déjà. C'était d'autant plus inutile qu'Isa allait bientôt quitter l'île. Ce serait à Isa de se confier à ses parents, le moment venu.

Les deux hommes s'enlacèrent et se tapèrent dans le dos. Gus était si heureux que Léo accepte de l'aider qu'il en avait oublié sa promesse faite à Charlotte : ne jamais toucher un lépreux. Voulant cacher les émotions qui les assaillaient, Léo dit, avec un rire forcé :

— On va arrêter ça. On va nous prendre pour des invertis !

Gus rit aux éclats : même s'il s'était déjà lié d'amitié avec un homme qui aimait les hommes, il n'avait jamais été attiré que par des femmes. Il sortit une petite fiole de sa poche et dit :

— C'est du laudanum. Charlotte l'a volé chez le curé. Penses-tu être capable d'en donner au gardien pis à sa femme, le soir de la fuite ? Ça va les endormir. T'en donnes un peu plus à l'homme. Parce qu'il est plus costaud que sa femme. T'inquiète pas, il y a juste de quoi les endormir. S'ils en prenaient trop, ils dormiraient pour l'éternité.

Léo prit le flacon et le glissa dans ses poches.

— N'oublie pas, dès le premier soir de la prochaine pleine lune, je serai là.

Pendant un moment, Léo le regarda s'éloigner. Ensuite, il se tourna vers son enfant et dit :

— Tiens bon, ma fille. On va te sortir de là. Tu vas guérir. Je vais t'acheter la belle poupée que tu m'as demandée. Elle va être tellement belle que toutes tes petites amies vont être jalouses.

La fillette sourit faiblement et ferma les yeux.

Léo alla de lit en lit parler à ceux qu'il jugeait assez forts et fiables pour prendre la fuite. À sa grande surprise, plusieurs refusèrent. Léo crut d'abord qu'ils avaient peur, mais après les avoir écoutés, il comprit qu'ils étaient trop déprimés pour tenter quoi que ce soit. Ils avaient perdu le goût de vivre et de se battre. Devenus indifférents à tout, ils attendaient que la mort les délivre. Ils n'avaient plus la force ni le désir de tenter quoi que ce soit pour retrouver leur liberté. Léo n'avait rien dit à Agénard. Il ne voulait pas l'avoir dans les jambes.

Je ne prenais pas encore conscience de ma force. J'étais trop jeune. Aujourd'hui, c'est ce qui me donne la sérénité. Je sais que je peux faire face à beaucoup d'épreuves et y puiser. Isa à Gus

Chaque fois qu'elle venait voir Isa, Charlotte ne pouvait se résoudre à repartir sans elle. Au moment du départ, elle la serra si fort qu'elle lui fit presque mal. Isa ne s'en plaignait pas. Rien n'était pire que d'être séparée de ses parents et de se retrouver avec des étrangers sur cette île maudite.

— Viens Charlotte, dit doucement Gus.

Celle-ci embrassa encore sa fille, essuya ses joues et déclara :

— Bientôt, tu partiras d'ici. Fais bien attention à toi. Je t'aime très fort.

— Promis, maman. Il ne m'arrivera rien. T'inquiète pas. Moi aussi je t'aime.

Gus la serra à son tour dans ses bras en refoulant ses larmes.

Charlotte et lui allaient monter en selle quand ils entendirent une voix qui criait :

— Madame, attendez !

C'était Monette. La jeune femme essayait de les atteindre le plus vite possible, mais elle trébuchait sans cesse et faillit échapper le poupon qu'elle tenait serré contre elle.

Charlotte et Gus vinrent vers elle, suivis d'Isa.

— Madame, je vous en prie. Emmenez-la avec vous, supplia-t-elle en tendant un bébé rachitique qui hurlait à pleins poumons.

Charlotte regarda l'enfant, ne sachant trop que faire.

— Je vous en prie. Je crains qu'elle n'attrape la maladie si elle reste ici. J'ai écrit une lettre à toutes mes sœurs, et mes belles-sœurs, et à ma mère aussi pour leur demander de s'occuper d'elle. Le père François m'a juré qu'il leur avait remis mes lettres en mains propres, mais aucune n'a répondu.

Charlotte savait que personne ne voulait des enfants qui venaient de l'île. Elle comprenait cette femme et compatissait de tout cœur.

Implorante, Monette déposa l'enfant dans les bras de Charlotte. Le cœur de celle-ci fondit : elle adorait les bébés.

— Comment s'appelle-t-elle ? demanda-t-elle.

— Je ne lui ai pas encore donné de nom. J'attendais que son père choisisse avec moi, mais…

Monette éclata en sanglots et ajouta, en hoquetant :

— Il, i… n'est… j… ja… jamais… ve… nu… lui non… p… plus.

Charlotte se rappela que Monette était seule sur le quai le jour du départ pour l'île. Vraisemblablement, elle avait été abandonnée par toute sa famille. Elle se mit à sa place : elle aurait été désespérée d'avoir mis au monde ses filles sur cette île, les condamnant dès la naissance à une vie parmi les exclus.

— Nous ne pouvons faire cela sans avoir l'autorisation du médecin, vous le savez Monette, dit Charlotte, sincèrement désolée.

— Je vous en supplie, répéta Monette, vous seriez un ange pour moi.

Charlotte hésitait. Elle souleva le bonnet du bébé qui tombait sur ses yeux. Son sang se glaça : deux taches dessinaient un arc juste au-dessus des sourcils. Le bébé avait la lèpre. Monette, qui avait capté son regard, supplia encore :

— À Tracadie, il doit bien y avoir moyen de la soigner, dit-elle.

— Nous ne savons pas comment. Croyez bien que si c'était possible, nous partirions aussitôt avec votre fille. Mais nous mettrions la vie de Juliette, notre autre fille, en danger, expliqua Gus.

Puis, il ajouta :

— Viens Charlotte, il est temps de partir.

Charlotte déposa l'enfant dans les bras de Monette.

— Mon bébé n'aurait jamais attrapé la lèpre si on l'avait sorti d'ici au plus vite. Les taches viennent d'apparaître. Il n'est peut-être pas trop tard, cria désespérément la jeune mère pendant que Gus et Charlotte montaient en selle.

— Je suis vraiment navrée, lança Charlotte.

— *Désolé ! Navrée !* C'est tout ce que vous trouvez à me dire ? Je vous maudis, hurla Monette avant de tomber à genoux dans la neige en sanglotant.

Charlotte comprenait sa détresse et pleurait à chaudes larmes en s'éloignant avec son mari.

— On m'avait pourtant ben dit que t'avais du sang de Sauvagesse ! J'aurais cru que t'allais prendre ma fille. Les Micmacs, c'est connu, sont rien que des voleurs d'enfants, lui cria Monette que le désespoir rendait méchante. Je vous maudis, répéta-t-elle.

Isa attendit un peu que Monette se calme avant d'aller vers elle. Ne sachant que faire pour la consoler, elle posa un geste qu'elle savait dérisoire : elle mit du pain et du fromage à quelques pas de la lépreuse et recula. Elle n'attendit pas longtemps sa réaction. La faim était une compagne si oppressante que, malgré sa tristesse, Monette prit la nourriture et s'empiffra sans plus attendre. C'était aussi sa peine qu'elle refoulait en mangeant de la sorte.

J'ai souvent tenu la main d'agonisants. Ceux qui me savaient athée m'ont fait la promesse de m'envoyer un signe après leur mort afin que j'aie la preuve que leur âme avait survécu. Je n'ai jamais rien reçu. Mais peut-être ai-je été aveugle à leurs signes. Isa à Gus

Rien, hormis les sanglots déchirants de Léo, ne brisait le silence qui régnait dans la léproserie. Quelques heures plus tôt, quand sa petite fille était morte, il avait poussé un hurlement terrible. Isa n'avait jamais entendu le chagrin exprimé de façon si poignante. Il avait rabroué ceux qui avaient tenté de le consoler. Il faisait pitié à voir, berçant le corps froid de son enfant, la suppliant de revenir à la vie.

Isa s'approcha et lui dit doucement :

— Monsieur Lamy, ce soir ce sera la pleine lune.

Léo la regarda comme s'il ne la reconnaissait pas.

— Ce sera le moment, indiqua Isa.

Léo comprit enfin : le moment de s'enfuir était arrivé. Il songea avec tristesse que, si tout se passait bien, il aurait bientôt la pénible tâche d'annoncer à sa femme la mort de leur enfant. Il songea aussi que sa fille, en mourant, lui avait fourni le prétexte pour avoir accès à la maison du gardien. Il l'en remercia en pensée : « Ma petite fille adorée, j'aurais mille fois donné ma vie pour toi, mais tu avais un si grand cœur que je me demande si tu n'es pas morte aujourd'hui pour me procurer une façon d'entrer chez le gardien. »

Il sortit de la léproserie, tenant serré contre lui le corps inerte de son enfant. Une heure plus tard, il se présenta devant la maison du gardien.

— Hé, gardien ! J'ai besoin de toi, cria-t-il.

Stanislas sortit presque aussitôt et, de sa galerie, demanda d'une voix forte :

— Oui ?

— Ma fille est…

Le mot *morte* restait coincé dans sa gorge.

— Qu'est-ce qu'elle a ? demanda le gardien.

Il avait de l'estime pour Léo et voyait bien qu'il n'était pas dans son état normal.

— Est morte.

Stanislas le regarda et resta silencieux un moment, ne sachant quoi dire. Il ne trouvait pas de mots réconfortants.

— La terre est trop gelée pour l'enterrer. Je l'ai placée dans le cimetière des lépreux, au pied d'un arbre. Il faudrait que vous alliez ouvrir le charnier. Moi, je peux pas y aller, j'ai trop de peine.

— Je vais y aller.

Léo aurait aimé déposer lui-même le corps de sa fille dans cette cabane où elle devrait attendre au printemps avant d'être enterrée. Il aurait rempli ses gestes de tendresse, lui aurait parlé doucement, lui aurait raconté une dernière fois son histoire préférée, celle avec une sorcière. Il la faisait rire aux éclats quand il imitait la méchante sorcière. Il l'aurait couverte de baisers. Même ses plaies purulentes, il les aurait embrassées. Il l'adorait et Dieu la lui avait enlevée. Il Le maudissait. Il maudissait aussi la vie qui le privait des derniers gestes que lui seul aurait dû poser. Mais il fallait éloigner le gardien et sa femme. Pour sauver ses autres enfants et ses amis d'infortune.

— Ta femme, elle n'aurait pas une belle robe pour ma petite dans les vêtements que les gens du village ont envoyés la semaine passée ? trouva-t-il encore la force de demander.

Il n'était pas question que le gardien ou sa femme touche à un lépreux. Avant de mettre la petite dans le charnier, il mettrait des gants, l'envelopperait dans une toile, prendrait mille précautions. Non, pas question de la déshabiller et de lui mettre une robe. En plus, on pourrait lui reprocher d'avoir donné un beau vêtement à une morte quand des enfants, à la léproserie, en avaient un besoin criant.

— Je pense qu'on peut trouver ça, mentit le gardien.

Inutile de lui dire qu'il ne ferait pas tout ce qu'il lui demandait. La peine de Léo était trop grande. Lui-même, s'il avait perdu un de ses enfants, il…

Il rejeta cette pensée. C'était trop horrible. Il avait eu la chance de voir grandir ses enfants. Ils ne vivaient plus au Nouveau-Brunswick. Dieu merci, ils étaient à l'abri de « la maladie ».

— J'aimerais ça que ce soit ta femme qui l'habille. Ma petite, elle n'aurait pas aimé qu'un homme la déshabille et puis l'habille.

— T'en fais pas Léo. On va faire ce que tu demandes, mentit encore Stanislas.

— Merci beaucoup. Une dernière chose. Pouvez-vous y aller tout de suite ? Il y a des rapaces qui rôdent autour de ma petite. J'aime pas ça.

Le gardien jeta un coup d'œil à sa femme. Le souper était prêt. Silva venait de déposer leurs assiettes et la carafe d'eau fraîche sur la table. Mais comment refuser une pareille requête ? Elle haussa les épaules et se dirigea vers le coffre où étaient rangés les vêtements. Elle en sortit une belle petite robe bleue. Se plaçant devant son mari, elle la tint suffisamment haut pour que Léo la voie.

Le remords lui rongea le cœur. Il regretta que jamais de son vivant sa fille n'eût la chance de porter pareille merveille. Il avait eu pourtant assez d'argent pour lui en acheter mais, taraudé par la crainte du lendemain, il avait économisé en prévision d'éventuels mauvais jours. Il se mit à pleurer si fort que même les cœurs les plus durs auraient été secoués de l'entendre.

Le gardien et sa femme sortirent. L'un portant une pelle, l'autre la belle robe. Léo attendit qu'ils s'éloignent. Il vérifia s'il n'avait pas oublié la bouteille de laudanum. Il était si bouleversé. Elle était là, au fond de sa poche. Il se dirigea vers la maison du gardien.

Si je n'avais pas possédé de cheval, je me demande quelle personne je serais devenue. Je suis convaincue que Mage m'a changée. Il m'a donné confiance en moi et m'a fait découvrir un monde insoupçonné, le monde animal. Il m'a insufflé un goût si grand pour la liberté que jamais je n'ai renoncé à la retrouver. Mage m'a donné plusieurs occasions d'affronter mes peurs. Avec lui, je me sentais puissante et invincible. J'aimerais acquérir sa noblesse, mais je crois que jamais je n'y parviendrai. Isa à Gus

Vers onze heures trente, Léo réveilla ses trois garçons. Les enfants savaient ce qu'ils avaient à faire : se lever sans bruit, apporter leurs couvertures et sortir à pas de loup de la léproserie. Léo n'eut à réveiller ni Isa, ni Olivia, ni aucun des huit lépreux qu'il avait jugés suffisamment forts pour traverser le pont de glace. Aucun d'entre eux n'avait réussi à fermer l'œil. Ils mirent leurs manteaux, prirent leurs couvertures et sortirent en silence.

Ils marchèrent jusqu'à la plage. Ils n'attendirent pas longtemps avant de voir des taches noires qui, éclairées par la lune qui grimpait dans l'infini, bougeaient au loin sur la glace.

— C'est Gus, dit Léo avec soulagement.

À l'heure où on éteignait habituellement les lampes de la léproserie, il avait craint que le gardien ne vienne, comme à l'habitude, faire sa tournée d'inspection. Nul ne le vit. Manifestement, le laudanum faisait effet. Il l'avait versé dans la carafe d'eau que Silva avait déposée près de leurs assiettes.

Il savait que Stanislas en buvait plus que sa femme. Elle se moquait souvent de lui : « C'est un grand buveur. D'eau », précisait-elle en s'esclaffant.

Tous les fuyards gardaient les yeux fixés sur le chemin de glace. Ils virent d'abord Gus sur son pur-sang, suivi de plusieurs chevaux liés par une solide corde. Deux autres étaient attelés à une charrette conduite par Charlotte. Comme s'il savait qu'il reviendrait avec Isabelle, Mage, pour une fois, s'était laissé conduire docilement par une Charlotte à la fois déconcertée et heureuse de cette inhabituelle soumission.

Charlotte se sentait étonnamment confiante. Quelques heures plus tôt, pendant qu'elle préparait les couvertures, les fanaux et l'eau, elle avait senti un grand calme l'habiter. Elle avait été alors persuadée que le plan de Gus ne serait pas un échec. Elle avait même réussi à le convaincre de l'accompagner. Rébecca veillerait sur Juliette.

L'esclave appelait toujours Charlotte « l'ange de Tracadie », mais celle-ci n'était pas loin de penser que le véritable ange, c'était Rébecca. Juliette, qui s'ennuyait de sa sœur et qui souffrait de la triste atmosphère familiale, aimait la compagnie de l'esclave. Charlotte leur avait fait jurer de barrer les portes aussitôt qu'ils seraient sortis. Elle n'était pas inquiète.

Pratiquement aucune parole ne fut échangée quand ils mirent les pieds sur l'île. Il était convenu que tout se passerait en silence. Nerveux, les lépreux retenaient leur souffle. Charlotte étreignit sa fille pendant que Gus donnait les rênes aux hommes et que les autres s'installaient dans la charrette.

Quand il avait vu Isa, Mage avait henni doucement en balançant la tête de haut en bas. C'était tout le contraire des hennissements longs et douloureux qu'il lançait à intervalles réguliers depuis qu'elle l'avait quitté. Isa caressa le bout tendre de son nez et déposa des dizaines de baisers sur son cou. Elle ne put s'empêcher d'admirer sa puissante encolure, large et musclée, sa tête, au front si noble.

Isa plongea ses yeux dans ceux de son cheval. Ils étaient comme dans son souvenir : magnifiques, d'un noir d'encre, comme trempés d'amour. Il eut alors ce geste de tendresse extraordinaire et terriblement touchant. Pendant qu'Isa était appuyée sur son cou, il tourna la tête vers elle, leva sa patte droite et l'appuya sur la hanche de la jeune fille. Il l'enlaçait. Les lépreux, les yeux voilés de larmes, enviaient cette complicité qui unissait Isa et son cheval.

Celle-ci ne se sentait pas observée. C'était comme si elle était seule avec Mage. Comme si rien d'autre n'existait qu'eux, enfin réunis. Elle avait le sentiment de communiquer avec lui en pensée, aussi clairement que s'il avait l'usage de la parole. Isabelle croyait que les chevaux peuvent débusquer nos intentions et sentir nos souffrances. Leur façon de regarder, intense et profonde, laisse croire qu'ils boivent avec leurs yeux l'énergie de chaque personne. Rien ne semble leur échapper, même les plus infimes changements d'humeur. Elle avait aussi la conviction qu'ils peuvent lire nos pensées. Il était d'ailleurs souvent arrivé, par le passé, que Mage semblait comprendre d'instinct ce qu'elle souhaitait.

Isa se souvenait notamment de cette fois où ils étaient passés devant cette allée resplendissante de lumière tracée entre de grands peupliers. Comme s'il avait deviné le désir muet de sa cavalière, Mage s'y était aventuré lentement, laissant à Isa le temps d'admirer la beauté qui s'étalait devant elle. Elle avait alors eu l'idée de le dresser par la pensée.

Elle ne l'aurait avoué à personne de peur de s'attirer les moqueries, mais il était souvent arrivé que Mage obéisse à un ordre qu'elle lui avait donné mentalement. Chose certaine, il sentait ses états d'âme mieux que quiconque. Sa tristesse, ses ennuis, ses joies, il semblait les boire par les yeux qu'il posait sur elle avec une tendre intensité qui lui chavirait l'âme.

Isa entendit son père qui donnait des directives aux fuyards : « Ce sont de bons chevaux. De très douces pressions des genoux sur leur ventre suffisent à les faire avancer. » Gus connaissait trop de cavaliers qui, par les brusques secousses qu'ils exerçaient sur les mors, causaient des blessures dans la bouche de leurs chevaux alors que d'autres tiraient inutilement fort sur les rênes.

Isa se dirigea vers la charrette afin d'y déposer son violoncelle. Pendant que les autres chevaux s'ébrouaient, Mage, immobile, ne la quittait pas des yeux.

Léo prit place dans la charrette auprès de ses garçons. Charlotte avait constaté avec tristesse que Monette ne faisait pas partie des fugitifs. Elle s'informa auprès de Léo de l'état de la jeune femme.

— Elle est très mal en point. Les remèdes du docteur la rendent très malade. Je ne crois pas qu'elle passe l'hiver. Son bébé n'a pas survécu, elle a attrapé une pneumonie, répondit-il en réprimant ses larmes.

Charlotte avait de la peine pour lui aussi. Quand elle l'avait vu entouré seulement de ses fils, elle avait compris que sa petite fille était morte.

Isa monta sur son cheval, se pencha et lui flatta le cou en attendant le signal du départ. Il lui sembla que Mage lui insufflait du courage. Elle ne l'aurait avoué à personne, mais elle était morte de peur. Elle craignait que cette tentative d'évasion échoue et qu'elle doive rester dans cet enfer. Chaque journée passée depuis sa séquestration avait progressivement sapé sa joie de vivre et son optimisme naturel. Gus ouvrit la route et lui fit signe de le suivre. À mesure que l'équipage avançait, la présence de Mage, sa force tranquille, éloignèrent toutes les menaces, toutes ses angoisses. Avec lui, Isa se sentait la force d'affronter le danger.

Pendant ce temps, sur l'île, des lépreux que Léo n'avait pas informés de son projet parce qu'il les estimait peu fiables, s'étaient aperçus que plusieurs couchettes étaient vides. Ils comprirent très vite que plusieurs de leurs compagnons s'étaient enfuis sans eux. Ils coururent sur la plage. Au loin, ils virent les lueurs des lanternes. Ne pouvant supporter d'être abandonnés par leurs semblables, ils coururent sur la glace dans l'espoir fou de les rattraper.

Un peu avant le lever du jour, la même situation se répéta : d'autres lépreux, Agénard en tête, s'enfuirent à leur tour. Projetant de se cacher dans des cabanes abandonnées dans les bois, ils trouvèrent la force d'emporter la literie et ce qui était nécessaire à leur survie. En traversant à pied le pont de glace, ils trouvèrent, gisants sous l'œil glacial de la lune, les corps gelés des hommes formant le deuxième groupe de fuyards. Leurs yeux fixaient le ciel comme si leur dernier regard s'était tourné vers les étoiles.

Sans s'attarder, craignant de se laisser décourager par ce spectacle morbide, la plupart poursuivirent leur route. Ils marchèrent d'un pas déterminé, leurs ombres furtives glissant dans les franges d'ombre que jetaient sur eux les nuages complices de leur fuite. Trois d'entre eux réussirent, à pied, la traversée. Quelques-uns, ivres de fatigue, s'écroulèrent en cours de route. Leur dernier baiser, ils le donnèrent au froid de la banquise. Leur dernier cri fut rempli d'amertume. Ou de terreur. Ou de l'infinie tristesse de mourir privé d'une présence aimée.

Agénard décida de rebrousser chemin. Il était terrorisé à l'idée de finir de la même façon que les lépreux agonisants dans le froid. L'île, tout à coup, lui sembla bien loin. Il trébuchait sans cesse et restait à genoux sur la neige, toussant sans répit, incapable de reprendre son souffle. Il avait chaud malgré le froid intense. Il mesura alors à quel point la maladie l'avait affaibli. Après tout, un homme en santé pouvait faire, à pied, le trajet du lazaret à la terre ferme en moins de quarante-cinq minutes.

Ce n'était pas au bout du monde. Mais pour quelqu'un de malade, c'était un effort incommensurable. Il réussit tout de même à atteindre le lazaret, à bout de forces. Il ouvrit la porte avec fracas. Il marcha en chancelant jusqu'à sa paillasse et s'y étendit. Dans sa fuite, il avait perdu sa couverture et son oreiller. Il se leva et vola ceux de son voisin. Celui-ci, craignant les coups, n'osa pas protester. Il se mit à pleurer comme un enfant. Agénard, lui, ronflait déjà.

Dans les moments les plus difficiles,
quelqu'un m'a toujours tendu la main.
Parfois, ce fut un parfait inconnu. Isa à Gus

La fuite orchestrée par Charlotte et Gus s'était somme toute mieux déroulée qu'ils ne l'avaient imaginé au départ. Avant d'entrer dans Tracadie, ils s'étaient arrêtés et avaient chaussé les chevaux avec les pantoufles rembourrées que Charlotte et Rébecca avaient confectionnées afin d'étouffer le bruit des sabots. Quand ils arrivèrent à la maison hantée, une lépreuse s'exclama en riant :

— Au moins, pas de danger que les esprits nous dénoncent à la police.

— Ne ris pas avec ça, on ne sait jamais, répondit Léo en faisant un signe de croix.

« L'ange de Tracadie » approchait. Rébecca en était certaine : sa condition d'esclave, qui l'avait rendue vulnérable aux abus de ses maîtres à toute heure du jour et de la nuit, l'avait rendue hypersensible à tout ce qui l'entourait. Son esprit était toujours en alerte. Les bruits, les mimiques, les odeurs, pratiquement rien ne lui échappait. Mieux que quiconque, elle pouvait flairer l'odeur du danger, entendre un bruit inhabituel et deviner les mauvaises intentions cachées derrière les sourires.

Elle ne s'était pas trompée. Elle entendit clairement l'ébrouement des chevaux dans l'obscurité, le grincement de la porte de l'enclos, la voix chantante d'une jeune fille et les cliquetis des éperons. Rébecca avait hâte de rencontrer Isa.

Mais celle-ci tarda : après avoir souhaité bonne nuit à Mage et l'avoir longuement enlacé, elle s'attardait désormais devant la chambre de Juliette. Adossée au chambranle de la porte, elle la regardait dormir en souriant.

— Elle a beaucoup grandi en peu de temps, dit-elle en se tournant vers sa mère.

— Oui, je crois qu'elle sera la plus grande de vous trois.

En d'autres circonstances, Isa se serait avancée et aurait réveillé sa sœur pour lui parler. Mais elle gardait ses distances. Charlotte comprenait pourquoi. Elle partageait d'ailleurs ses craintes : il n'était pas impossible qu'Isa ait attrapé la lèpre.

Mieux valait être prudent. D'ailleurs, Juliette et elle s'étaient entendues : elles nettoieraient tout ce qu'Isa toucherait. Juliette s'était encore une fois plongée dans ses livres et avait lu tout ce qui s'était écrit sur l'hygiène. Charlotte et elle en avaient parlé avec enthousiasme, car tout ce qui touchait de près ou de loin à la médecine les passionnait. Quand Gus les entendait, il leur disait que si elles continuaient, elles allaient devenir aussi hypocondriaques que Kenneth : « Ça frôle l'obsession votre affaire ! »

Charlotte et Juliette lui répondaient en chœur qu'il était ignorant et que les scientifiques les plus avant-gardistes alertaient l'opinion publique sur les dangers du manque d'hygiène. Gus haussait les épaules. « En tout cas, soyez discrètes, ça serait blessant pour Isa de vous voir nettoyer tout ce qu'elle touche. » Là-dessus, elles étaient parfaitement d'accord.

— Viens, je vais te présenter à Rébecca, lui dit Charlotte.

— Non, maman, je voudrais prendre un bain avant.

Charlotte s'excusa de ne pas y avoir pensé. Elle aurait dû deviner que sa fille n'avait pas envie de rencontrer une étrangère dans cet état : elle était sale et empestait. Rébecca, elle, y avait pensé : une grande cuvette d'eau chauffait sur le poêle. Elle connaissait ce goût irrépressible de se nettoyer de tout ce qu'on a laissé dans la fuite.

Quelques minutes plus tard, Isa goûtait au bonheur de se plonger dans un bain dans lequel sa mère avait versé des gouttes d'essence de sapin. Le plancher de cette salle d'eau était en partie recouvert de branches de sapins enduites de térébenthine. Isa se serait crue dans une forêt tant les émanations qui en provenaient étaient fortes. Elle adorait ce parfum. Elle respirait mieux, se sentait plus calme, presque heureuse. Il y avait longtemps qu'on ne s'était pas occupé d'elle avec autant d'attention.

Charlotte ouvrit la porte du poêle afin d'y jeter les vêtements sales d'Isabelle. Elle frissonna en voyant des poux qui sortaient des plis des vêtements et tentaient d'échapper aux flammes. Elle ferma vivement la porte, bouleversée. Isa lui avait caché cela. Que lui avait-elle caché d'autre ? Charlotte imaginait les pires scénarios.

Quand on est jeune, on se laisse moins facilement duper par les apparences. On sait d'instinct à qui l'on peut faire confiance. Plus on vieillit, plus on a d'occasions de constater que le mal ne creuse pas souvent son nid là où on le croit. Il habite aussi parfois le cœur des grenouilles de bénitier pour qui la charité n'est qu'une question d'apparences. Isa à Gus

Isa fut intimidée par la beauté et la grâce de Rébecca. Étant donné sa condition d'ancienne esclave, elle s'était attendue à trouver une fille au dos courbé et au regard fuyant. Elle avait au contraire devant elle une belle jeune femme dont l'assurance la déroutait et l'intimidait. Elle songea à toutes les choses risibles qu'elle s'était imaginées. Elle avait même eu la naïveté de penser que Rébecca faisait de la magie noire, qu'elle portait des pentacles et cachait dans ses poches des objets d'envoûtement.

De son côté, Rébecca se fiait beaucoup à ce qu'elle détectait dans la voix pour juger les gens. Même si elle était empreinte de tristesse, la voix d'Isa, douce et mélodieuse, lui plut beaucoup. Elle estima qu'elle pouvait lui accorder sa confiance. Elles éprouvèrent l'une envers l'autre un élan de sympathie spontané.

— Je vous laisse faire plus ample connaissance. Je vais te préparer une collation, dit Charlotte en regardant sa fille. As-tu faim toi aussi, Rébecca ?

La jeune femme hocha la tête en riant. Rébecca avait toujours faim. Charlotte la taquinait souvent :

— Tu manges comme un ogre.

Rébecca rattrapait bien des années de privations.

Gus, lui, bouchonnait les chevaux afin de les débarrasser de la sueur qui inondait leur corps. Malgré le froid, les bêtes, qu'ils avaient poussées à aller le plus rapidement possible, étaient en nage.

Il appuya sa tête sur le cou de Mage. Le bouchon de paille tremblait dans ses mains. Le contrôle dont il avait fait preuve quelques heures plus tôt semblait l'abandonner. Il avait peur de l'avenir. Qu'allaient-ils faire désormais ? Isabelle, sa belle princesse, ne pourrait passer sa vie cachée. Et si on la retrouvait, Charlotte et lui risquaient la prison. Qui s'occuperait de Juliette, cette enfant qu'ils adoraient bien qu'ils l'aient négligée depuis le drame ? Il laissa couler ses larmes et finit par se ressaisir en se répétant : « On trouvera bien une solution. » Il donna de l'eau fraîche et du foin aux chevaux et rejoignit les siens.

Après s'être sustentée, Isa se coucha mais ne trouva pas le sommeil. Elle était bien trop fébrile. Trop heureuse de se retrouver dans un lieu où elle se sentait aimée et en sécurité, malgré la menace d'être découverte. Même si elle devait rester enfermée dans cette seule pièce, elle en appréciait le confort. Elle ne ressentait ni le froid, ni la faim, ni la peur. Elle n'avait plus à craindre d'être mordue par un rat ou de recevoir un coup de poing d'un malade qui, terrassé par le désespoir, faisait une crise de colère ou de folie. Elle pensa à Olivia qui, à cette heure-ci, se trouvait sans doute dans la maison de son père. En pensée, elle lui souhaita bonne nuit et finit par trouver le sommeil alors que le soleil se levait.

Toute la famille d'Olivia était réunie dans la cuisine. Zoé, sa mère, regardait ses autres enfants, les yeux pleins de larmes. Elle était si heureuse de les revoir. C'était trop d'émotion. Elle pleurait et riait tout à la fois. Au début, Zoé avait cru qu'ils la dévisageaient parce qu'ils avaient été sortis brusquement de leur sommeil, mais elle dut se rendre à l'évidence : ils avaient peur d'elle. Elle avait considérablement changé depuis qu'elle était partie sur l'île. La lèpre avait commencé à ravager son visage Avant, ils la regardaient comme si elle était la plus belle. Elle eut le cœur brisé à l'idée qu'elle devait renoncer à la caresse de leurs petites mains sur son visage. Elle s'était tellement ennuyée d'eux.

Elle leur sourit mais, serrés les uns contre les autres, ils la fixaient comme s'ils ne la reconnaissaient pas. Leur père se tenait auprès d'eux, tout aussi distant. C'était dur. Zoé comprit que même chez elle, plus rien ne serait comme avant. Elle ne pourrait plus jamais s'asseoir encore sur sa terrasse et saluer ses voisins quand ils passeraient. Ils ne s'arrêteraient plus prendre un thé et discuter en mangeant des petits fruits des champs.

Olivia vint s'asseoir auprès de sa mère et lui prit la main. Personne ne parlait. Seul le crépitement des bûches dans le poêle brisait le silence. C'était comme si la lèpre les avait rendus étrangers.

Dans une autre maison, Bernadette, une autre lépreuse, était couchée dans son lit. Son mari l'enlaçait. « Tu m'as tant manqué », lui répétait-il en lui embrassant les cheveux. C'était merveilleux de retrouver son foyer, son homme, et le lendemain de rencontrer enfin ses deux petits-enfants qui étaient nés durant son absence.

— Il faut que je te dise, nos filles ne viendront pas avec leurs bébés. Ne le prends pas mal. Elles ont peur de la maladie. Moi, je ne crois pas à la contagion, mais elles, elles y croient.

Bernadette eut du mal à cacher sa peine : elle était impatiente de voir ses petits-enfants. Mais elle ne voulait pas gâcher ces beaux moments que la vie lui offrait après tant de jours malheureux. Elle se releva et parcourut les deux uniques pièces de sa maison en souriant. C'était une maison de pauvres, mais elle était chez elle. Elle ouvrit les armoires et ne put résister à l'envie de cuisiner.

— T'es folle. En pleine nuit ! dit son mari.

Mais elle vit bien qu'il était heureux. Il avait hâte de sentir les bonnes odeurs des petits plats qu'elle seule savait préparer. Ils se figèrent quand ils entendirent des coups à la porte. Bernadette courut se cacher. Ce serait sa vie désormais. Avoir toujours peur d'être ramenée sur l'île. Sous le lit où elle s'était réfugiée, elle entendit la voix de Gontrand, son beau-frère qui, lui aussi, s'était enfui de Sheldrake :

— Je ne sais pas si ma femme dort profondément, mais elle ne m'a pas ouvert la porte.

Ne pouvant admettre que sa femme pouvait ne plus vouloir de lui dans leur maison, il avait rejeté cette éventualité.

— Ben rentre. Bernadette préparait justement un repas.

Gontrand, persuadé de retourner chez lui le lendemain, leur raconta combien il avait hâte de retrouver ses filets de pêche.

— Es-tu fou ? dit Bernadette en riant. La mer est gelée.

— Ça fait rien. Je vais les préparer pour l'été, répondit-il en riant lui aussi.

À la maison hantée, personne ne dormait. Ils n'avaient pas tardé à se coucher, pourtant heureux d'avoir un vrai lit. Mais ils étaient morts de peur. Ils se demandaient s'ils pourraient vivre bien longtemps avec cette crainte atroce qu'un fantôme ne leur apparaisse ou, pire encore, ne les agresse. Parmi eux cependant, un homme était heureux comme il ne l'avait pas été depuis longtemps. Au village de Saint-Rosaire où il habitait avant, on l'appelait « le solitaire ». Ce qui lui avait manqué le plus sur l'île Sheldrake, c'était sa solitude d'antan.

D'aussi loin qu'il se souvienne, il avait toujours aimé être seul. À la léproserie, même s'il n'avait rien à faire, il n'avait pas un instant pour penser en paix. Il y avait toujours quelqu'un autour qui parlait, bougeait, toussait, se grattait, se lamentait, sanglotait. Dieu, que ça le fatiguait ! Il n'était jamais tranquille. Pas moyen d'avoir un peu d'intimité.

Il s'endormit en pensant que, dès le lendemain, il reprendrait le chemin menant à sa maison. Il y aménagerait le grenier et s'y cacherait. Il y serait bien. Seul. Enfin ! Dans le couloir, il entendit des craquements et, quelques instants plus tard, des cris. Lui ne bougea pas. Il n'avait pas peur des fantômes. Les vivants étaient plus effrayants.

On raconte que Mozart s'est approprié des œuvres composées par sa sœur. J'ignore si c'est vrai. Je sais cependant que pendant longtemps les femmes ne pouvaient jouer en public. Isa à Gus

En cette douce journée d'hiver, les notes de musique s'échappaient par les fenêtres que Charlotte avait entrouvertes quelques instants afin d'aérer la maison envahie par la fumée d'un feu de cuisson. Comme chaque fois qu'elle jouait, peu importe l'instrument, que ce soit le piano, le violon ou le violoncelle, les chevaux s'étaient approchés et restaient immobiles, les oreilles pointées vers la maison. Au même moment, Théodora, la vieille commère, passait par là, tenant sa pipe d'une main, sa canne de l'autre. Elle lança à Gus :

— On dort enfin tranquille ! Depuis une semaine, votre cheval ne s'est pas lamenté, précisa-t-elle en regardant Mage.

Le cheval leva la tête et la fixa de ses grands yeux humides et noirs comme des billes. Soudain, comme s'il se moquait d'elle, il montra ses dents comme le font parfois les chevaux. Comme s'il avait compris que les filles de Gus le trouvaient hilarant quand il faisait ça, c'était devenu chez lui une habitude.

Depuis le retour d'Isa, il y avait de cela sept jours, Mage avait en effet cessé de gémir et de ruer dans sa stalle. Le cheval était heureux. Il avait retrouvé son Isabelle : elle allait le voir chaque nuit.

— Oui, Mage a été malade ces derniers temps. Aux États-Unis, il y a une maladie appelée « la maladie des yeux jaunes ». Il y a tant de chevaux qui en sont atteints qu'on a pris des esclaves pour tirer les calèches. J'ai eu peur que mes chevaux l'aient attrapée, mais ce n'était pas ça.

Théodora le regarda, sceptique : elle colportait tous les commérages sans prendre la peine de vérifier s'ils étaient fondés, mais se méfiait des informations qu'on trouvait dans les livres et les journaux. Elle savait que Charlotte et Gus lisaient beaucoup.

— Les yeux jaunes ! dit Théodora en se retenant de rire. Où est-ce que vous avez pris cette nouvelle-là ?

— Dans les journaux, répondit Gus.

— Ha oui, c'est vrai, vous êtes abonnés aux journaux français, et américains, répondit Théodora d'un ton dédaigneux.

Elle n'avait jamais compris ce goût effréné de la lecture que partageaient Gus, Charlotte et leurs filles. Une perte de temps, voilà ce que ce penchant représentait à ses yeux. Savoir ce qui se passait dans son village était bien suffisant. Elle allait montrer à ce prétentieux qu'elle en savait plus que lui sur ce qui se déroulait presque dans sa cour.

— J'en ai appris une bonne tantôt, qui n'est pas encore écrite dans aucun journal, dit-elle, l'air triomphant.

— Quoi donc ? demanda Gus qui pressentait qu'elle lui parlerait de la fuite des lépreux.

Le père François qui, la veille, était allé sur l'île, était revenu avec la nouvelle. Il s'était arrêté chez eux après avoir alerté les autorités. Il leur avait dit qu'il était convaincu qu'ils cachaient Isa, mais que loin de chercher à leur nuire, il les aiderait. « Je vous comprends », avait-il dit en regardant Charlotte qui était tombée dans ses bras en pleurant. Ils éprouvaient encore beaucoup de tendresse l'un pour l'autre même si leur amitié avait souvent été menacée ces derniers temps.

— Il y a plusieurs lépreux qui se sont sauvés de l'île, répondit Théodora, confirmant ainsi l'intuition de Gus.

— Oui, les policiers sont venus chez nous. Notre fille fait partie des fuyards et ils voulaient vérifier si nous la cachions. Depuis ce temps, nous sommes morts d'inquiétude. On se demande où elle peut bien être, mentit Gus, espérant ainsi berner Théodora.

Elle ne devinait pas sa nervosité, pourtant grande, depuis que les policiers étaient venus fouiller leur maison. Charlotte et Gus avaient retenu leur souffle et essayé de calmer les battements précipités de leur cœur quand ils avaient inspecté la salle de musique. N'ayant pas soupçonné l'existence de la cachette, les policiers étaient repartis bredouilles.

— Ils vont les retrouver bien vite. Ne vous inquiétez pas, dit Théodora, faussement compatissante. D'ailleurs, plusieurs lépreux sont déjà repartis là où ils doivent être.

— Où ça ? demanda Gus, véritablement stupéfait cette fois.

— Hé bien, à l'île Sheldrake voyons ! répondit Théodora en haussant les épaules.

— Comment ça ? demanda Gus, de plus en plus étonné.

— Il y a des familles qui n'ont pas voulu qu'ils reviennent chez eux. Je les comprends. C'était bien trop dangereux qu'ils contaminent tout le monde. Quand ils sont partis pour l'île au courant de l'été, ces familles-là ont brûlé leurs lits, leurs vêtements, tous leurs effets personnels. Ils ont bien fait. Je pense même qu'on devrait les laisser mourir.

Gus la regarda, pétrifié. La colère qu'il avait ressentie en entendant cela avait vite été remplacée par un autre sentiment. Il avait pitié de cette femme qui avait le cœur si dur qu'elle était incapable de la moindre compassion.

— Mettez-vous à leur place. C'est cruel d'avoir une telle maladie et personne pour les soigner, dit-il, espérant la toucher.

C'était peine perdue :

— Ils l'ont méritée cette maladie. Les lépreux, c'est des vicieux, des malpropres ! Ils méritent rien que la mort ! Ben il y a des exceptions, ajouta-t-elle, prenant subitement conscience qu'elle venait de dire cela à un homme dont la fille avait été séquestrée dans une colonie de lépreux.

Gus, de nouveau, sentit la colère monter en lui. Il ouvrit la bouche pour l'invectiver, mais la referma aussitôt. Il savait qu'il était inutile d'argumenter avec cette femme qui non seulement manquait de cœur, mais aussi d'intelligence.

— Votre femme joue plus souvent du piano ces temps-ci, dit Théodora en regardant vers la fenêtre entrouverte donnant sur la salle de musique.

Charlotte se mettait en effet plus souvent au piano. Non seulement parce qu'elle était heureuse qu'Isa soit à la maison, mais aussi pour la distraire ainsi que Rébecca. Les deux jeunes filles avaient en commun l'amour de la musique. Isa lui disait souvent à quel point la musique lui avait manqué sur l'île.

— Oui, elle donne des leçons à Juliette. C'est une enfant douée.

— J'espère qu'elle saura faire d'autres choses.

Gus ne répondit pas. Ces remarques-là, il les avait entendues souvent. Dans l'esprit de bien des gens, toutes les formes d'art étaient une perte de temps.

— Je dois vous laisser, j'ai du travail, dit-il. À la prochaine.

Il se dirigea vers sa maison d'un pas rapide, soulagé. Il n'était pas toujours si facile de se débarrasser de Théodora. Surtout dans « ses mauvais jours », ainsi que qualifiait Charlotte les heures où la commère ressentait un besoin irrépressible de parler sans arrêt. Ces jours-là, elle se présentait chez eux à l'improviste et pouvait y rester longtemps, parlant sans qu'il soit possible pour Charlotte ou Gus de placer un mot. Si, par miracle, cela advenait, Théodora ne prenait jamais la peine de les écouter et continuait son interminable soliloque. Si seulement ce qu'elle racontait avait présenté quelque intérêt !

Après que Gus eut raconté à Charlotte ce qui était arrivé aux autres lépreux en fuite, celle-ci se remit au piano. Dans l'état de tension dans lequel ils vivaient depuis que la lèpre avait ravagé leur vie, la musique était son refuge.

— Ma mère est tendue, dit Isa à Rébecca. Elle fait des fausses notes quand elle est inquiète.

— Ha oui ? répondit Rébecca, surprise : elle n'avait pas remarqué que Charlotte jouait faux.

Au contraire, quand Charlotte touchait le piano, Rébecca était transportée. Elle fermait les yeux et se laissait porter par la mélodie. Elle rêvassait et s'inventait un monde meilleur. Un monde où elle pourrait vivre en toute liberté. Les doigts de Charlotte, bien que parfois trop tendus pour jouer à la perfection, ajoutaient néanmoins à la beauté du monde. Un monde où les Noirs seraient autant respectés que les Blancs. Elle confiait ses rêves à Isa. Celle-ci la comprenait très bien. Elle se sentait d'ailleurs plus proche de Rébecca que de Juliette. Comme elle, Rébecca avait lutté pour survivre. Juliette ne lui semblait être qu'une enfant gâtée. Une barrière s'était élevée entre elles depuis qu'Isa avait été envoyée sur l'île.

***

Ils venaient de terminer leur déjeuner quand le claquement du heurtoir de la porte d'entrée se fit entendre. Isa et Rébecca se levèrent à toute vitesse et coururent se réfugier dans leur antre. Charlotte s'empressa de cacher leurs tasses et leurs assiettes sales dans l'armoire : autrement, dans l'éventualité où le visiteur serait un policier, ou un chasseur de lépreux, venu, encore une fois, fouiller la maison, il verrait que le nombre de couverts ne correspondait pas à celui des personnes présentes.

Pendant ce temps, Gus, d'un pas lent, alla ouvrir. Il poussa le verrou — les portes étaient désormais toujours barrées — et se retrouva devant le docteur Labergne. Celui-ci sourit pour mieux masquer sa déception : il avait espéré se retrouver seul avec Charlotte.

— Je suis le docteur Adam Labergne, dit-il en tendant la main. Je mène une importante enquête sur la lèpre. Si vous le permettez, j'aimerais vous poser quelques questions.

— Une enquête ? questionna Charlotte qui venait d'entrer dans la pièce, suivie de Juliette.

— Oui, bredouilla le médecin en rougissant : cette femme lui faisait perdre la confiance et l'assurance qu'il affichait habituellement. Je…

Il se racla la gorge pour se donner une contenance, se ressaisit, lui tendit la main en souriant et, après s'être présenté, dit :

— Je crois qu'il y a une part d'hérédité dans cette maladie et je veux interroger les familles afin de voir s'il se trouve parmi leurs ancêtres des personnes qui en ont été atteintes.

— Il n'y en a pas, dit Gus en faisant le geste de fermer la porte.

Il n'aurait su dire pourquoi, mais cet homme lui déplaisait.

— Permettez-moi d'insister, monsieur, répondit le médecin. Il faut y réfléchir un peu avant d'affirmer cela, car cette maladie peut sauter plusieurs générations avant de réapparaître, dit-il en jetant un coup d'œil à Charlotte.

Espérant la convaincre, il ajouta :

— Bien sûr, même si elle s'avère héréditaire, cela ne veut pas dire qu'elle soit incurable. D'ailleurs, plus nous en connaîtrons sur cette maladie, plus nous aurons de chances de trouver la façon de la guérir.

— De toute façon, notre fille n'a pas la lèpre, dit Charlotte.

Le docteur la regarda, perplexe : « Ils disent tous ça jusqu'à ce que les signes soient si évidents qu'ils ne puissent plus nier », se dit-il. Mais il ne voulait surtout pas la contrarier.

— C'est possible, répondit-il. Quand j'aurai démontré que cette maladie est héréditaire plutôt que contagieuse et que, conséquemment, les malades n'ont pas besoin d'être isolés. Votre fille, Isabelle, c'est bien son nom ?

— Oui, répondit Charlotte.

— Isabelle pourra vivre avec vous.

Charlotte et Gus se regardèrent et restèrent silencieux. Inutile d'informer le médecin qu'elle s'était enfuie.

— Je ne suis pas le seul à penser que la lèpre est héréditaire, ajouta le médecin. Récemment, le docteur Boyle de Saint-John l'a écrit dans *The London Medical Gazette.* Il est si convaincu qu'il s'oppose aux mesures de quarantaine. Je peux vous montrer ce journal si vous me permettez d'entrer, dit Adam qui en avait assez d'être planté devant la porte.

— Oui, entrez, l'invita Gus qui n'avait manifestement pas très envie de discuter avec ce médecin.

Depuis qu'ils cachaient Rébecca et Isa, il était toujours très nerveux quand des visiteurs se présentaient chez eux.

— Installez-vous. Je reviens tout de suite avec du thé, dit Charlotte avant de demander à Juliette de venir l'aider.

Celle-ci la suivit à regret. Les médecins la fascinaient.

Pendant qu'elles s'éloignaient, les deux hommes s'assirent au salon. Gus observa le docteur qui sortait de sa serviette le magazine dont il venait de parler et une masse de papiers.

— Vous avez une magnifique maison, complimenta Adam pour casser la glace.

— Merci, dit Gus en affichant un sourire forcé.

Le médecin ne comprenait pas pourquoi Gus lui manifestait si peu de sympathie. Il se demanda s'il devinait les sentiments qu'il éprouvait pour Charlotte, mais se dit aussi que cela n'avait peut-être rien à voir avec lui. Après tout, il ne connaissait pas Gus. Celui-ci affichait peut-être toujours un air aussi renfrogné.

Il tenta néanmoins de l'amadouer en lançant avec humour :

— Les métiers d'éleveur de chevaux et de luthier paient plus que celui de médecin.

Blessé dans son orgueil, Gus lui lança un regard noir. Il se demandait si le médecin se moquait de lui. Jamais il n'aurait pu se payer une si belle demeure. Charlotte en avait hérité de son père qui, à sa retraite, avait décidé de finir ses jours au bord de l'océan, dans le village qui l'avait vu naître. Il avait passé la majeure partie de sa vie à Québec où il avait été l'un des plus brillants et redoutables avocats de la ville.

Les deux hommes se regardaient en chiens de faïence. Le silence était lourd. Heureusement, Charlotte ne tarda pas à revenir avec un plateau. Elle servit le thé et prit place auprès de son mari. Juliette s'assit à côté d'elle, un livre à la main. Le médecin nota la ressemblance frappante entre la mère et la fille. Leurs grands yeux noirs étaient magnifiques.

— Comme je vous l'ai dit tout à l'heure, je compile les données généalogiques. Je suis convaincu que la lèpre a une composante héréditaire. Il faut que ce fait soit mieux étayé. Comme je vous le disais aussi tantôt, la lèpre saute souvent plusieurs générations avant de se manifester de nouveau. Savez-vous si l'un de vos ancêtres, même éloigné, a souffert d'une maladie qui l'a isolé des autres ? Vous savez, c'est souvent la seule façon de penser qu'il a peut-être eu la lèpre. C'est une maladie honteuse que l'on cache.

Charlotte et Gus réfléchirent un instant et, en chœur, répondirent :

— Nous n'avons jamais entendu parler de cela.

Le fait qu'ils aient répondu en même temps les fit rire, ce qui détendit l'atmosphère. Juliette en profita pour demander au médecin si elle pouvait fouiller dans sa sacoche. Elle était entrouverte et le stéthoscope qu'elle voyait attisait sa curiosité.

Tandis que celui du père François était fait avec une liasse de papier enroulé, celui du docteur était en bois et avait un bout en ivoire. Ce dernier lui montra comment écouter les battements du cœur en prenant Charlotte comme cobaye. Quand elle les entendit, Juliette afficha un visage radieux.

— Ma fille a toujours prétendu qu'elle deviendrait médecin, dit Gus.

Le médecin se retint d'éclater de rire.

— Ma femme et moi sommes convaincus qu'il ne faut jamais briser un rêve, aussi impossible paraisse-t-il. On ne sait jamais comment les choses peuvent évoluer, expliqua Gus.

— Oui, c'est certain, approuva le médecin.

— Moi aussi, j'aurais aimé exercer la médecine. Je lui ai peut-être transmis ce goût-là, dit timidement Charlotte, craignant de paraître ridicule.

— Oui, dommage que les femmes ne puissent exercer cette profession, répondit le docteur Labergne.

Quelque chose dans sa voix sonnait faux. Juliette sentait qu'il n'était pas sincère. Elle détestait les hypocrites. Elle remit le stéthoscope dans la sacoche et revint s'asseoir auprès de sa mère.

Le médecin continua son enquête :

— Parlez-moi quand même de vos ancêtres. Commençons par ceux de votre père, dit le médecin en s'adressant à Gus.

Certes, il aurait aimé parler d'abord avec Charlotte, mais les convenances exigeaient qu'il s'intéresse au chef de famille en premier.

— Mon ancêtre est Antoine Roy dit Desjardins. Il est venu de Joigny en France.

— Ha, un Français, comme moi ! s'exclama-t-il, tout content, comme si cela les rapprochait.

Devant le peu de réactions de Gus et Charlotte, il poursuivit son enquête :

— Que faisait-il ?

— Il était maître tonnelier, mais en Nouvelle-France il faisait partie des soldats du régiment de Carignan.

— Hum, dit Adam, songeur. Joigny ne fait pas partie des régions françaises les plus touchées par la lèpre. Vous me dites qu'il était maître tonnelier. Il a donc parcouru les différentes régions de la France afin d'apprendre les particularités de son métier propres à chacune de ces régions. Il y avait aussi pas mal de lépreux qui exerçaient le métier de tonnelier. Ceux de Bretagne portaient un nom péjoratif : les cacous. Et sa femme, venait-elle de Joigny elle aussi ?

— Non, ils se sont connus ici. Antoine a épousé une fille du roi, Marie Major.

Gus n'ajouta pas qu'Antoine avait été ensuite assassiné dans le lit de sa maîtresse. C'était un sujet tabou dans la famille.

— Elle venait d'où ?

— De Touques, en Normandie, mais elle a vécu à Paris avant d'être enfermée par sa famille à la Salpêtrière.

— Holà ! Nous avons peut-être une piste. Regardez, dit le médecin en sortant une carte de sa serviette.

Se penchant vers le couple, il pointa la région de Normandie.

— Vous voyez, je l'ai colorée en rouge. La Normandie était jadis l'une des régions les plus affectées par la lèpre. D'ailleurs, la léproserie de Rouen, près de la maison familiale de votre ancêtre, était l'une des plus grandes d'Europe.

Gus se souvint que son grand-père lui avait raconté qu'à l'heure de la mort de Marie Major, son fils Pierre visitait l'église de Saint-Thomas de Touques où elle avait été baptisée. Il avait demandé au curé à quoi servait l'orifice qui avait été fait dans le chœur de cette église : « C'est pour permettre aux lépreux d'entendre la messe de l'extérieur », avait-il répondu. Le grand-père de Gus avait à son tour visité l'Europe et avait raconté que beaucoup de Normands avaient été atteints de la lèpre. Ce médecin disait donc vrai.

— Est-ce que vos parents vous ont parlé de cette femme ?

— Oui, dit Gus.

Il raconta ce qu'il savait de la vie, à la fois terrible et belle, de Marie Major. À la Salpêtrière où sa famille l'avait fait enfermer, on avait entassé dans des salles communes des infirmes, des orphelines, des aveugles, des teigneuses, des criminelles, des estropiées, celles qui manquaient de respect au roi ou à l'évêque, des défigurées, des protestantes et toutes autres hérétiques, des vieilles qui retombaient en enfance, des violentes, des mendiantes – il y avait plus de 40 000 mendiants dans les rues de Paris –, sans oublier les démentes et les épileptiques qui, la plupart du temps, étaient enchaînées et dont les gémissements crevaient le cœur.

S'y trouvaient aussi les filles rebelles, comme Marie Major. Toute fille qui entrait dans cet hôpital ne rêvait que du jour où elle en sortirait. Cela s'avérait souvent improbable, la Salpêtrière étant un véritable mouroir. Affaiblies par la malnutrition, par la saleté et par la tension causée par l'enfermement, les pensionnaires succombaient rapidement aux épidémies qui s'y propageaient[1].

Le docteur Labergne songea que Marie Major devait avoir une bonne constitution pour avoir survécu à tout cela. Il questionna Gus sur les parents de Marie, mais celui-ci ne se rappelait pas grand-chose les concernant. Il interrogea ensuite Charlotte. Elle raconta que, comme bon nombre d'Acadiens, son

1. Ce passage reprend textuellement le passage sur la Salpêtrière de mon roman *Marie Major*.

arrière-grand-père, Liboire Dion, avait été chassé de ses terres par les Anglais et avait été déporté au Massachusetts. Durant cette déportation, les femmes, les hommes et les enfants furent séparés. Le grand-père de Charlotte n'avait jamais revu ses parents ni ses frères et sœurs. Il vécut un certain temps en Louisiane.

— C'est l'un de ses fils, mon père, qui est venu s'établir au Nouveau-Brunswick, ajouta Charlotte. Il a épousé une Micmaque.

Elle avait hésité avant de confier cela. Les mariages mixtes étaient mal vus. Mais, sachant que ce médecin passait beaucoup de temps auprès des Amérindiens, elle se dit qu'il avait sans doute l'esprit plus ouvert.

— Ha oui ! s'exclama le médecin.

« Décidément, les Sauvagesses m'attirent plus que n'importe quelle autre femme, songea-t-il. Mais comment ne l'ai-je pas vu plus tôt ? Les yeux et cheveux noirs de Charlotte et sa fille auraient dû me mettre la puce à l'oreille. » Comme si elle suivait le cours de ses pensées, Charlotte précisa :

— De mes trois filles, seule Juliette semble avoir du sang indien.

— Comme vous, dit le médecin en la dévisageant.

— Oui, mais pour en revenir à mon père, dit Charlotte qui se sentait gênée d'être dévisagée de la sorte, je sais très peu de choses sur sa vie aux États-Unis. Il disait qu'il fallait toujours avoir le regard tourné vers l'avenir et ne pas perdre son temps à ressasser le passé. Je sais qu'ils étaient tous en très bonne santé. Mon grand-père a vécu jusqu'à cent ans et mon père est mort alors qu'il venait d'atteindre quatre-vingt-quinze ans. Ma mère aussi était en très bonne santé. Elle n'a jamais été malade.

Le médecin se demanda comment le père de Charlotte, issu d'un milieu très modeste, avait réussi à étudier le droit. La question lui brûlait les lèvres mais il décida de la lui poser à un autre moment. Il sentait que Gus n'aimait guère qu'il parle trop longtemps avec Charlotte.

Il ne se trompait pas. Gus voyait bien le désir qui allumait le regard du médecin quand il se posait sur sa femme. Le pire, c'est qu'il voyait aussi que Charlotte n'était pas insensible à la présence du médecin. Il y avait entre eux une énergie que Gus n'aimait pas. Mais pas du tout. C'était la première fois qu'il se sentait jaloux. Bien des hommes, dont le père François, désiraient Charlotte. Gus le savait. Il estimait que cela était plutôt flatteur : sa femme était très désirable. L'important, c'était que Charlotte, elle, ne le désire pas. Mais là, avec le médecin, il se passait quelque chose qui ressemblait beaucoup au désir.

Quand il eut fini de tout noter, le docteur Labergne rangea ses feuilles. Charlotte lui demanda quand il aurait terminé ses recherches.

— Ce ne devrait pas être trop long. Si vous le permettez, je viendrai régulièrement vous tenir au courant.

Une lueur de reconnaissance brilla dans les yeux de Charlotte. Pour la première fois, elle avait le sentiment qu'un étranger avait véritablement le pouvoir de les aider. Elle se leva, lui prit les mains et dit :

— Ce serait vraiment très aimable de votre part.

Même Gus, porté par cet espoir, oublia sa jalousie et sourit au médecin. Il lui mit la main sur l'épaule et le remercia vivement de sa visite.

***

Un rayon de lune éclaira le visage de Charlotte qui dormait paisiblement. Gus lui couvrit les épaules et la regarda un moment. Elle affichait un air calme qu'il ne lui avait pas vu depuis longtemps. La visite du docteur Labergne lui avait fait du bien. Gus était trop jaloux pour s'en réjouir totalement. Toute la soirée, elle n'avait cessé de parler de lui comme d'un sauveur. « Tu as remarqué, il ne s'est pas moqué quand je lui ai dit que j'aurais bien aimé être médecin. »

Si elle avait su ce qu'Adam pensait véritablement : l'idée lui semblait totalement ridicule. « Aucun homme, se disait-il, ne voudrait être examiné par une femme. Elles n'ont pas les nerfs assez solides. Pendant qu'elles mettront la dernière main à leur toilette, leurs patients auront le temps de mourir cent fois. »

Charlotte qui, habituellement, était douée pour jauger les gens, se laissait berner par cet homme. Sans doute parce qu'il lui donnait ce dont elle avait le plus besoin : l'espoir.

N'arrivant pas à trouver le sommeil, Gus se leva sans faire de bruit et, à pas de loup, descendit à la cuisine. Il fit chauffer un verre de lait et le but lentement, debout devant la fenêtre. Il pensa à cette Marie Major dont lui avait parlé son grand-père. Il se rappela que le nom de famille de la mère de Marie était Le Pelé. Il se demanda soudain si ce nom n'avait pas été donné à cause justement de la présence de la lèpre dans cette famille.

Le père François leur avait dit qu'on surnommait les lépreux « les pelés » à cause de l'aspect de leur peau. C'était d'autant plus vraisemblable que, jadis, les noms de familles avaient souvent un lien avec les caractéristiques physiques : Le Petit, Le Grand, etc.

Il songea aussi que son père racontait que les ancêtres ne laissaient pas en paix leurs descendants s'ils avaient été mal enterrés. La dépouille d'Antoine, l'époux de Marie Major, avait été jetée à la voirie parce qu'on estimait qu'il était mort en état de péché mortel. Son père croyait aussi que l'on répète, sous une forme ou sous une autre, le destin de nos ancêtres jusqu'à ce que leur âme soit en paix.

Gus ne put s'empêcher de penser qu'Isabelle avait été séquestrée comme l'avait été Marie Major à la Salpêtrière. Les deux portaient la honte de cette séquestration. Les filles du Roi cachaient le fait qu'elles étaient passées par la Salpêtrière. C'était aussi honteux que d'avoir transité par la Bastille. De la même façon, il valait mieux taire le fait d'avoir fait partie d'une colonie de lépreux. Une malédiction étendait peut-être ses ailes noires sur tous les descendants d'Antoine et Marie.

Gus vit une ombre qui revenait de l'écurie. C'était Isa qui courait, pliée en deux comme un voleur. Il sourit. Elle était comique, habillée en homme. L'idée venait de Charlotte :

— Si quelqu'un te voit, de loin, avait-elle dit quelques jours plus tôt, il croira que nous avons engagé un jeune garçon pour aider Gus à l'écurie.

Charlotte avait d'abord pensé acheter des pantalons au magasin général mais, craignant d'éveiller les soupçons, elle avait décidé de les coudre elle-même. Le résultat avait été catastrophique. Rébecca lui avait alors confié qu'elle savait coudre et s'était attelée à la tâche avec plaisir.

Elle aimait rendre service. Elle espérait que soit fini à tout jamais le temps où elle travaillait seulement parce qu'elle avait peur du fouet. Charlotte et Rébecca avaient ensuite convaincu Isa de se laisser couper les cheveux, ce qui n'avait pas été facile : la jeune fille adorait ses longs cheveux, si longs qu'ils descendaient jusqu'en dessous de ses fesses. Sur l'île, elle avait préféré supporter le peigne qui délogeait les poux plutôt que de se résoudre à les couper.

Elle avait pleuré en voyant tomber ces longues mèches blondes comme les blés. Pour la consoler, Charlotte lui avait parlé de sa tante Marjorie, mais aussi de toutes ces femmes exceptionnelles qui, dans l'Histoire, s'étaient déguisées en hommes afin d'accomplir des choses qui leur étaient interdites : des femmes pirates ou des exploratrices qui parcouraient le monde à leur guise. Charlotte avait cherché dans la bibliothèque un livre de l'écrivaine Aurore Lucile Dupin qui, non seulement adopta un pseudonyme masculin, George Sand, mais s'habillait aussi comme un homme.

— En plus d'écrire des livres, dit Charlotte, elle était aussi critique musicale et littéraire. D'ailleurs, elle n'aurait pas eu accès au poulailler si…

— Au poulailler ? l'interrompit Isa.

— Oui, je ne parle pas de cet endroit où l'on garde des poules, répondit sa mère en riant, mais de la galerie supérieure d'un théâtre réservé aux hommes journalistes lors des concerts. Pour signer ses critiques musicales, Sand y montait habillée en homme.

Isa et Rébecca apportèrent dans leur cachette deux livres de Sand. Rébecca choisit *Indiana*, une histoire d'amour qui se passe sur une île. Charlotte avait choisi pour Isa *Un hiver à Majorque*, un récit de voyage que fit l'écrivaine en compagnie de Frédéric Chopin.

Pour accompagner leur lecture, Charlotte eut l'idée de jouer des airs de ce pianiste et compositeur virtuose. Isa interrompit sa lecture et ferma les yeux. C'était un pur moment de grâce. Sur l'île, la musique lui avait si souvent manqué. Dire qu'avant, elle la considérait comme allant de soi. Désormais, elle savait que rien n'est acquis une fois pour toutes. La vie est terriblement fragile et imprévisible. L'espace d'une seconde, on peut perdre tout ce qu'on aime.

Je sais ce qu'est la peur, celle qui paralyse, mais je ne trouve pas les mots pour la décrire. Imaginez que vous avez devant vous une bête féroce qui s'apprête à vous dévorer et vous aurez une petite idée de ce qu'on peut ressentir quand on a vraiment peur. Isa à Gus

Charlotte souleva le rideau de dentelle de la fenêtre pour la énième fois. Elle surveillait le retour de Juliette. Elle regrettait de lui avoir donné la permission d'aller chez son ami Zacharie. Même s'il habitait à quelques pas de leur maison, c'était plus fort qu'elle, Charlotte était terrorisée à l'idée que Juliette attrape la lèpre. Les rares fois où sa fille sortait, elle s'empressait, les jours suivants, de vérifier si des marques de la lèpre n'étaient pas apparues sur son corps. Elle savait qu'elle s'inquiétait trop, mais c'était plus fort qu'elle. Elle eut honte d'être soulagée par le fait que Juliette avait peu d'amis. La majorité des Tracadiens croyait qu'Isa avait véritablement la lèpre.

Or, plusieurs parents défendaient à leurs enfants de s'approcher d'enfants dont des membres de la famille étaient atteints de « la maladie », et ce, même s'ils se trouvaient dans la même situation. Comme sur l'île Sheldrake, chacun était persuadé que c'étaient les autres qui étaient véritablement atteints ou qui, tout au moins, avaient la pire forme de lèpre. Alors que, sur l'île, des lépreux refusaient de manger la nourriture préparée par d'autres lépreux, à Tracadie, la méfiance prenait des formes semblables.

Entre Juliette et Zacharie, ç'avait été le coup de foudre quand le garçon était arrivé au village avec ses parents. Un coup de foudre d'amitié, comme on en rencontre rarement dans une vie : Juliette jouait avec d'autres enfants sur la plage quand elle vit ce jeune garçon — il devait avoir son âge, estima-t-elle — qui se dirigeait vers eux. Marchant sur la pointe des pieds, les genoux rentrés, il s'accrochait à la main de sa mère plus qu'il ne la tenait.

Tous les enfants avaient cessé de jouer pour l'observer. Zacharie se déplaçait lentement, et plus il s'approchait de tous ces yeux inquisiteurs qui le fixaient, plus sa démarche devenait boiteuse. Sous les quolibets qui n'avaient pas tardés à fuser, tant il est vrai que la méchanceté s'affirme plus vite que la bonté, il marchait de plus en plus maladroitement. Juliette, qui a toujours été sensible au malaise que peuvent ressentir les autres dans des situations pénibles, s'était avancée vers lui et avait lancé un sonore et amical *bonjour.*

Elle avait entendu ce que son père avait dit de cette famille, nouvellement arrivée à Tracadie, où il y avait un boiteux : « Pauvre eux autres. Ça doit être dur d'avoir un enfant handicapé. S'il faut qu'en plus ils se sentent jugés. » Juliette se souvenait que son père avait dit le nom de cet enfant : *Zacharie.*

— Zack a ri, avait-elle dit en riant. C'est un drôle de nom.

Jusqu'à sa première rencontre avec Zacharie, Juliette n'avait jamais vu quelqu'un lui sourire comme l'avait fait, ce matin-là, Sarah-Jane, la mère de Zacharie. C'était un sourire d'une reconnaissance inouïe, comme si Juliette, en allant vers eux, venait de lui faire le plus somptueux des cadeaux. Sarah-Jane était une femme courageuse. Plusieurs familles cachaient leurs enfants handicapés. Soupçonnés d'avoir commis une faute grave, ces parents, disaient les ignorants, s'étaient attirés la colère divine.

Depuis la naissance de Zacharie, sa mère avait affronté dignement les jugements de toutes sortes, les paroles blessantes et humiliantes, le mépris ou l'indifférence. C'est pourquoi elle était infiniment reconnaissante lorsqu'elle rencontrait une personne compatissante et dénuée de préjugés. Que cette personne, Juliette, ne soit qu'une enfant, n'avait pas moins de valeur à ses yeux.

Juliette et Zacharie étaient vite devenus inséparables. Ils n'avaient pas de secrets l'un pour l'autre. Et puis, Juliette se sentait bien dans la maison de Zacharie. C'était un endroit au calme délicieux où les jours s'écoulaient sans drames. Comme chez elle, avant. Elle aimait beaucoup la mère de son camarade. Elle pouvait se confier à elle et même pleurer sur son épaule. Avec ses parents, elle se retenait. Ils lui disaient souvent à quel point elle était chanceuse. Si chanceuse comparée à Isa.

Le jour allait tomber. La poudrerie s'élevait par endroits sous la force d'un vent furieux filant au-dessus des congères. « S'il peut finir cet hiver-là. Gus va pouvoir sortir son bateau et aller enfin conduire Isabelle à Québec. Personne ne pensera à aller la chercher chez Marjorie », se disait Charlotte, debout devant la fenêtre. La neige commença à tomber. De plus en plus inquiète, elle décida d'aller chercher Juliette. Elle s'habilla et sortit. Au même moment, elle vit un attelage qui, un peu plus loin, ralentissait l'allure.

Elle reconnut le docteur Labergne. Depuis quelques semaines, tout en menant son enquête sur la lèpre, il acceptait d'examiner et de soigner les Tracadiens qui faisaient appel à ses services. La majorité d'entre eux étaient pauvres et il n'était pratiquement jamais payé en argent sonnant. Il n'était donc pas rare de le voir passer, tantôt avec un cochon, tantôt avec une poule, la plupart du temps encore vivants.

Non seulement il prenait ce qu'on lui offrait avec bonne humeur, mais il exprimait vivement sa gratitude afin, disait-il, que ses patients ne se sentent pas humiliés. Il faisait tout cela en grande partie pour séduire Charlotte, car il savait qu'en se faisant aimer des Tracadiens, il se construisait la réputation d'un médecin bon et dévoué. Réputation qui, immanquablement, parviendrait aux oreilles de Charlotte.

Ce jour-là, il fut heureux de la voir sortir de la maison en courant, mais sa joie fut de courte durée. Certes, elle lui offrit un large sourire en le saluant, mais elle passa devant lui sans ralentir. Elle se sentait un brin ridicule. Ce n'était pas seulement l'urgence de rejoindre Juliette qui l'empêchait de parler au médecin. L'attirance irrésistible qu'elle ressentait pour cet homme la troublait tant qu'elle était convaincue qu'elle ne pourrait la lui cacher. Depuis qu'elle était tombée amoureuse de Gus, jamais elle n'avait connu pareil trouble. Elle le combattait de toutes ses forces.

Pendant ce temps, Juliette, assise sur le lit de son ami Zacharie, inconsciente de l'heure qui passait, se laissait aller à des confidences qui la délestaient un peu de sa tristesse. Tout ce qu'elle cachait à ses parents afin de ne pas ajouter à leur peine, elle le lui confiait. Elle pouvait lui dire que ses parents n'étaient plus les mêmes depuis le départ d'Isa. Ils ne riaient pratiquement jamais. Ils étaient impatients et nerveux, toujours sur le qui-vive, craignant qu'on ne découvre où se cachait Isa et qu'on la ramène sur l'île maudite.

À lui, et à lui seul, elle avait dit qu'Isa était dans une cachette secrète attenante à la salle de musique. Elle lui avait fait jurer de ne jamais le dire à personne. Des années plus tard, elle mesura le risque qu'elle avait pris, mais ne regretta jamais d'avoir fait confiance à Zacharie. Ce jour-là, elle lui raconta qu'ils avaient tous failli mourir de peur la veille, quand un policier s'était présenté chez eux.

— C'est papa qui est allé lui ouvrir la porte. Maman m'apprenait à jouer la *Sonate à la lune.* Nous ne l'avions pas entendu parler avec papa. Ils sont entrés tous les deux dans la pièce parce que le policier voulait venir me voir jouer. Il avait trouvé ça beau ce qu'il avait entendu, ajouta Juliette en rougissant un peu : elle ne voulait pas avoir l'air de se vanter.

— J'aimerais bien ça que tu me la joues.

— Oui, j'espère que je ne ferai pas de fausses notes comme ce jour-là, parce que j'en ai fait. Rébecca…

— Rébecca ? Qui c'est Rébecca ?

Juliette prit alors conscience qu'un secret en cache souvent un autre et qu'en révéler un engendre une suite de confidences qu'on aurait mieux aimé ne pas faire.

— Ben, c'est une esclave qu'on a cachée chez nous.

— Une esclave ? Cachez-vous beaucoup d'autres personnes ? demanda Zacharie, les yeux écarquillés d'admiration.

Il avait le sentiment que son amie et sa famille étaient de véritables héros.

— Non, répondit Juliette. Donc, Rébecca a crié pour me taquiner : « Tu fausses Juliette », qu'elle a dit. « D'où vient cette voix ? » a aussitôt demandé Ivanhoé Gaudreau, le policier.

Zacharie s'attendait à ce que son amie lui raconte que quelque chose de terrible était survenu, mais il apprit que finalement rien de tel n'était arrivé. À la question posée par le policier, Gus avait innocemment demandé :

— Quelle voix ?

— Mais celle qui semble provenir de la toile, avait dit le policier en s'approchant d'elle.

— Une toile qui parle ! Ne me dis pas que tu crois aux esprits. C'est comme ceux qui disent qu'ils entendent des voix dans les églises, avait dit Gus en s'esclaffant.

Son rire forcé sonnait terriblement faux.

Le policier avait compris qu'il cherchait à détourner son attention. Il ne tarda pas à trouver l'entrée de la cachette. Charlotte et Gus, figés sur place, se lancèrent des regards désespérés.

Une main sur son arme, Ivanhoé ouvrit la porte. Il s'attendait à devoir effectuer une fouille, mais Rébecca sortit de sa cachette. Charlotte et Gus comprirent que la jeune esclave était prête à sacrifier sa liberté pour sauver Isa. « Pourvu que ce sacrifice ne soit pas vain », s'était dit Charlotte. Bien qu'elle soit devenue aussi blanche qu'une morte et que ses jambes soient aussi molles que de la guenille, elle avait trouvé la force de s'avancer vers Ivanhoé Gaudreau et de lui dire :

— Vous avez deviné notre secret. Nous sommes des passeurs.

Charlotte n'avait guère hésité avant de le lui avouer, car elle savait qu'il était antiesclavagiste.

Les secondes qui s'écoulèrent ensuite lui parurent des siècles. Le policier Gaudreau n'était pas dupe. Il avait compris que la jeune noire n'était pas seule dans la cachette. Presque tous les lépreux qui s'étaient enfuis de l'île avaient été retrouvés. Certains étaient retournés d'eux-mêmes sur l'île parce qu'ils mouraient de peur dans la maison hantée. Mais il y eut plus triste encore : certains furent dénoncés par leurs proches, d'autres se livrèrent à la police parce que toutes les portes où ils avaient frappé pour obtenir de l'aide étaient restées désespérément closes.

L'ostracisme, la peur, le dégoût d'une partie de la population avaient finalement été d'une aide précieuse pour les policiers. Au moment où ces malades auraient eu le plus besoin des autres, ils étaient abandonnés de tous. Quand l'abandon venait d'un membre de leur propre famille, cela leur causait une peine infinie autant qu'innommable. Rien n'est pire que de n'être aimé de personne. C'était comme s'ils ne comptaient plus. Comme si leur vie ne valait rien.

Isa, elle, était demeurée introuvable. Depuis plusieurs semaines, Ivanhoé Gaudreau se doutait bien que ses parents savaient où elle était. Lorsqu'il observait Charlotte aux offices du dimanche, il avait remarqué qu'elle avait les traits moins tirés et qu'elle avait cessé de maigrir. Il était depuis trop longtemps fasciné par la beauté de cette femme pour que ce genre de détails lui échappe. Il avait alors compris qu'elle savait sa fille en sécurité. « Mais où ? » ne cessait-il de se demander. Leur maison avait été fouillée.

Il était désormais convaincu qu'elle était là, à quelques pas de lui, et que s'il avait tendu un tant soit peu l'oreille, il aurait entendu sa respiration que la peur rendait saccadée. Il aurait suffi qu'il entre dans cette cachette et l'arrête. Mais il hésitait. Outre celles qui se tenaient devant lui, il ne connaissait personne qui partageait son idéal : libérer les esclaves. S'il n'avait été policier, il aurait bien aimé être lui aussi un « ange de Tracadie ».

Les secondes paraissaient des heures. Il referma enfin la porte de la cachette sous les regards étonnés, mais infiniment soulagés et reconnaissants de Gus, Charlotte, Juliette et Rébecca.

— Vous faites de très bonnes actions, dit-il simplement.

Gus lui tendit la main et le remercia d'une voix chevrotante. Il pleurait. Charlotte s'avança vers le policier et l'embrassa sur la joue. Ivanhoé Gaudreau rougit jusqu'aux oreilles. Il n'avait jamais espéré que la plus belle femme de Tracadie pose un regard sur lui. D'ailleurs, s'il avait été parfaitement honnête avec lui-même, il ne se serait pas caché que la beauté de Charlotte avait pesé assez lourd dans le geste qu'il venait de poser.

***

Le policier Gaudreau n'était pas le seul à avoir remarqué que Charlotte avait cessé de dépérir. Plusieurs l'avaient noté, dont Kenneth, l'homme d'affaires hypocondriaque qui était aussi membre du Bureau de santé. Avant que la lèpre ne devienne son obsession, il s'était fixé comme objectif de devenir plus riche que son concurrent Lunard. Il avait la naïveté de croire qu'imiter les manières de Lunard l'aiderait en ce sens.

Comme Lunard, Kenneth s'était donc fait construire une somptueuse résidence décorée avec beaucoup de clinquant. Comme chez Lunard, des paons se pavanaient dans son immense jardin. Comme ces oiseaux, et comme Lunard, Kenneth aimait parader vêtu d'un veston bleu rappelant d'ailleurs la magnifique livrée bleue des paons mâles. Comme Lunard, Kenneth se déplaçait accompagné d'un laquais et, selon la saison, en carrosse ou en traineau d'un doré étincelant.

Depuis l'apparition de la lèpre, il avait cependant l'air encore plus excentrique que Lunard. Il avait ajouté d'autres pièces à son accoutrement. Il s'était fait confectionner une protection pour son nez semblable à celle que portaient les médecins au temps de la peste, ainsi qu'un masque qui lui couvrait la bouche. En public, il n'enlevait jamais ses gants et, une fois entré chez lui, il brossait longuement ses mains et les parties de son corps qui étaient restées découvertes. Craignant que la maladie ne pénètre par ses yeux, il portait aussi les besicles de son défunt père. Tout cela avait l'avantage de provoquer les rires qui, en ces temps difficiles, se faisaient aussi rares que la neige en juillet.

Durant l'office du dimanche, Kenneth ne pouvait détacher son regard de Charlotte, qu'il trouvait lui aussi fort séduisante. Sa crainte de la maladie l'avait rendu expert dans l'art de détecter tous les signes de faiblesse. Il nota que Charlotte était moins cernée et que son visage affichait de nouveau une certaine sérénité. Elle se penchait souvent vers Juliette pour lui parler en souriant.

— Je suis convaincu que Gus et Charlotte savent où est leur fille, dit-il quelques heures plus tard aux policiers sans enlever son masque.

Pendant que les autres policiers réprimaient un fou rire suscité par l'accoutrement de Kenneth, l'agent Gaudreau, lui, avait peine à cacher sa nervosité. Si on découvrait qu'il savait où était Isa, non seulement il pouvait dire adieu à sa carrière, mais il risquait la prison.

— Juste avant de venir ici, j'ai parlé aux membres les plus influents du Bureau de santé et nous nous sommes entendus sur un point : vous devez surveiller les alentours de leur résidence.

Je n'ai rien dit au père François, bien sûr. Il est trop lié à Gus. Et à Charlotte, surtout.

— Ça oui, ricana un policier pendant que Kenneth continuait sur sa lancée.

— Puisque vous avez fouillé la maison et que la petite lépreuse ne s'y trouve pas, elle finira par se pointer ou bien ses parents iront jusqu'à elle pour lui porter des vivres. Ce n'est pas bien compliqué de la trouver, il me semble, dit-il d'un ton condescendant.

Puis, il ajouta :

— Je dois vous quitter, il neige et j'ai une longue route à faire.

Kenneth, en homme habitué à ce qu'on suive ses consignes, se leva sans plus attendre et leva le col de son manteau.

— L'hiver qui n'en finit plus, dit-il en s'emmitouflant.

Les policiers tournèrent leur regard vers la fenêtre. Le plus jeune d'entre eux était l'une des rares personnes à aimer l'hiver. La neige l'émerveillait autant que lorsqu'il était enfant. Perdu dans ses souvenirs, il souriait béatement quand Kenneth le ramena brusquement à la réalité :

— N'oubliez pas : cette surveillance doit s'exercer jour et nuit ! tonna-t-il avant de refermer la porte.

Les policiers acquiescèrent. La lèvre inférieure d'Ivanhoé Gaudreau tremblait légèrement. Il était pâle. Afin de cacher son malaise, il se dirigea vers la fenêtre et, pensif, regarda Kenneth qui, d'un pas rapide, rejoignait son laquais. Transi, celui-ci l'attendait auprès de son cheval. Avant de monter dans son traîneau, Kenneth se retourna et regarda Ivanhoé. Était-ce le fruit de son imagination ? Ce regard semblait bien menaçant. Le soupçonnait-il d'avoir aidé Charlotte et Gus ?

Québec, hiver 1845.

Fébrile, Marjorie frappa quelques coups à la porte de la chambre de sa nièce.

— Dépêche-toi Fanny. J'ouvre ma boutique dans moins d'une heure, dit-elle d'un ton joyeux.

C'était la Saint-Valentin et, pour Marjorie, c'était un jour de grandes réjouissances. Il était synonyme à la fois d'amour, d'amitié. Et d'argent ! L'année précédente, elle avait eu l'idée de peindre des cartes destinées à souligner cette journée spéciale. Elles s'étaient vendues comme des petits pains chauds. Elle en avait manqué et s'était promis d'en produire plus l'année suivante. Cette année, Fanny en avait peint aussi, et les deux femmes étaient confiantes à l'idée de toutes les écouler.

Il y en avait pour tous les goûts. Les plus populaires étaient celles représentant une femme ou un homme qui, sourire aux lèvres, tenait un immense cœur dans ses mains. D'autres célébraient plutôt l'amitié et illustraient des femmes ou des hommes trinquant joyeusement ensemble. Malgré une forte demande, Marjorie refusait de peindre des Valentin satyriques. Elle recevait chaque année ces cartes dont les vulgaires illustrations ciblaient, entre autres, les « vieilles filles » ou les femmes qui, comme elle, ne se conformaient pas aux normes de son temps. Une femme à barbe ou encore une femme à la langue longue et volumineuse illustraient plusieurs de ces cartes et ces dessins étaient aussi révélateurs que la légende qui les accompagnait : « Soyez modeste, gardez la place que la Providence a assignée à votre sexe. »

Ces cartes que Marjorie recevait chaque année n'étaient jamais signées. Elle n'était pas dupe. Elle savait que c'était là un moyen d'intimidation, un parmi tant d'autres, pour la faire rentrer dans le rang. On se moquait de son indépendance, de son célibat volontaire, de sa vie qu'elle menait librement. Qu'importe, ce n'était certainement pas cela qui allait la discipliner et faire d'elle une femme soumise.

L'heure passait et Fanny ne s'était toujours pas présentée à la cuisine pour déjeuner. Marjorie frappa de nouveau à sa porte et demanda d'un ton qui cachait mal son impatience :

— Fanny, tu viens ?

— Oui, j'arrive, dit celle-ci en se levant.

Fanny mit sa robe de chambre et ouvrit la porte. Ses yeux pochés et son teint blême révélaient qu'elle avait pleuré. Marjorie ne fut pas surprise de la voir dans cet état : la fête des amoureux, quand on a une peine d'amour, est une dure journée.

— Viens, dit-elle en lui passant le bras autour des épaules. Tu verras, c'est une journée rigolote, remplie de surprises. Je te laisserai ouvrir les enveloppes des Valentin satyriques que je recevrai. C'est plutôt drôle.

Fanny sourit : il n'y avait que sa tante pour s'amuser même du fait qu'on se moque d'elle.

— Je t'ai préparé ton déjeuner. Je vais m'habiller. Je reviens et ensuite, allez hop ! On ouvre la boutique.

La bonne humeur de sa tante, jointe à celle de Mercure qui, comme chaque matin, faisait tout pour attirer son attention, la réconforta. Elle avalait sa rôtie lorsque Marjorie fit son entrée dans la cuisine.

— Palam ! cria-t-elle joyeusement.

Toute vêtue de rouge, Marjorie portait une robe qui dépassait à peine le genou et sous laquelle elle avait mis un pantalon blanc brodé qui lui allait jusqu'à la cheville. Elle avait cousu sur son pantalon des dizaines de cœurs. Fanny se mit à rire. Sa tante ne cessait de la surprendre. Elle ne s'ennuyait pas une seconde avec elle.

— Comment tu me trouves ?

— Pour être franche, c'est surprenant et osé, mais très joli.

— Tant mieux, parce que je t'en ai fait coudre un pour toi aussi.

— Eh, je…

Fanny n'eut pas le temps de terminer sa phrase. Déjà, sa tante courait chercher le costume. Il fallut moins de deux coups de cuillère à pot avant qu'elle ne revienne.

— Tiens, enfile ça. J'ai hâte de voir la tête des clients. Je vais ouvrir la boutique. Viens me rejoindre dès que tu seras prête.

Fanny s'habilla et alla devant le grand miroir. Elle poussa une exclamation en voyant l'image qu'il lui renvoya. Elle pensa aussitôt aux filles à marins qu'elle apercevait parfois en se promenant près du port. Dans l'intimité des maisons closes, elles portaient parfois des tenues semblables à celle-là. Elle avait vu cela sur l'une des gravures que Marjorie avait rapportée de Paris.

Elle trouvait sa tenue bien osée. Que dirait Théo s'il la voyait accoutrée ainsi ? « Au diable Théo », se dit-elle. « Il ne donne pas signe de vie. Au diable l'amour. Je mènerai une vie libre comme ma tante. Voilà ce que je ferai. Elle me semble bien plus heureuse que bien des femmes mariées que nous croisons », se dit-elle encore comme pour se persuader elle-même. Elle éclata de rire en pensant aux religieuses si elles la voyaient ainsi accoutrée. Les Ursulines la chasseraient de leur couvent, c'est certain.

Plusieurs clients, déjà, attendaient en file devant la caisse. Malgré l'attente, Fanny ne remarqua aucun signe d'impatience. Elle comprit assez vite pourquoi ils affichaient plutôt un air content, voire égrillard : les yeux rivés sur la poitrine de Marjorie ou sur la sienne, ils se rinçaient l'œil en attendant. Fanny se sentit encore plus gênée. Elle regrettait de s'afficher en public, la poitrine en partie dénudée. Si ses parents la voyaient !

Il était trop tard pour se changer. D'autres clients sollicitaient son aide. L'un d'eux hésitait entre une carte sur laquelle était peint un immense cœur rouge, et une autre représentant une jeune fille tenant un cœur identique. Le sourire qu'elle affichait révélait qu'elle était amoureuse et que son amour était partagé.

— J'aime mieux la carte avec la jeune fille. Mais si je l'offre à ma dulcinée, elle pourra croire que j'aime la fille qui est sur la carte. Elle est terriblement jalouse.

Marjorie, qui avait entendu le jeune homme, fit un clin d'œil à sa nièce. Elles s'efforcèrent de réprimer leur fou rire.

Heureusement, un autre jeune homme sollicita les conseils de Fanny. Sa tante l'avait prévenue : elle serait très occupée toute la journée. Mais jamais elle n'aurait cru à une telle effervescence. Elles avaient à peine eu le temps de toucher au dîner froid que Marianne était venue leur porter.

— Je ferme boutique. Il n'est pas cinq heures, mais il ne reste plus aucune carte et je suis épuisée, dit Marjorie quelques heures plus tard.

Fanny se laissa tomber sur le fauteuil, épuisée elle aussi.

— Quelle journée, dit Marjorie après avoir barré la porte. Et elle n'est pas finie. Ce soir, c'est la fête !

Depuis des semaines, Marjorie parlait de cette fête des célibataires, organisée par Marianne et à laquelle toutes les locataires de la maison ainsi que leurs amies étaient conviées. Après avoir goûté à un repas fastueux, elles danseraient et chanteraient. « C'est la fête la plus joyeuse de l'année », promettait Marjorie.

— Je n'irai pas, dit Fanny, consciente qu'elle allait décevoir sa tante.

Mais contrairement à ce à quoi elle s'était attendue, celle-ci n'insista pas. Elle voyait bien que sa nièce n'avait nullement le cœur à la fête et qu'il ne servirait à rien de la forcer.

— Je garderai Mercure, ajouta Fanny.

— Celui-là ! C'est un vrai gros bébé ! Il ne supporte pas de rester seul. Et pas question de l'emmener chez Marianne. Sa petite Missie en mourrait de le voir sur son territoire, plaisanta Marjorie qui se moquait gentiment de son amie quand elle parlait de sa petite « chienne-médium ».

Fanny prit les enveloppes que le facteur avait apportées. Ni Marjorie ni elle n'avaient eu le temps d'y jeter un œil. Fanny espérait reconnaître l'écriture de Théo sur l'une d'elles. Elles étaient toutes adressées à Marjorie.

Celle-ci les ouvrit une à une, s'esclaffant chaque fois. Elles contenaient toutes des Valentin satyriques. Une d'elles la représentait habillée en homme.

— Tiens, je me demande qui a peint cela. L'artiste est plutôt talentueux. Le portrait est ressemblant. C'est moi tout craché ! dit-elle en la tendant à Fanny.

— Oui, en effet, on dirait presque un daguerréotype.

Marjorie se leva et les mit toutes dans un coffret avec les autres. Fanny se demanda pourquoi sa tante conservait ces armes d'intimidation : ce n'étaient pas là des mots doux dont elle aimerait se souvenir toujours. Ils ne méritaient que la poubelle, ces mots assassins, des mots cruels ne visant qu'à la discipliner.

Elle, Fanny, ne souhaitait entendre ou lire que des mots d'amour. Les mots de Théo.

***

Debout devant la fenêtre, Fanny regardait les flocons de neige qui tombaient doucement. Dans le faisceau des lanternes, on aurait dit des dizaines d'étoiles scintillantes. Fanny imagina que cela aurait été romantique à souhait de se promener en traîneau avec son amoureux par un temps pareil. Des éclats de rire lui parvenaient du troisième étage où la fête des célibataires battait son plein. « Peut-être aurais-je dû y aller, au lieu de me morfondre toute seule », se dit-elle. Elle songea à Isa et se dit qu'elle n'avait pas le droit d'être triste. Sa sœur se trouvait dans une bien pire situation.

Isa avait beaucoup perdu en peu de temps : la sécurité, le confort, ses amis, sa musique, ses habitudes, son cheval. Elle devait renoncer à l'amour, à la liberté, à la fête, à rêver de son avenir ou d'amour. Elle devrait peut-être même renoncer à sa santé. Fanny frémit en pensant qu'Isa pourrait attraper la lèpre. Elle se morigéna encore : c'était indécent d'être triste quand, finalement, Isa aurait eu bien des raisons de l'envier. Elle s'approcha de la fenêtre. Des mélodies lui parvinrent de l'étage au-dessus. Elles chantaient un air d'opéra. C'était beau. Fanny le connaissait : *La sonnambula* de Bellini. Elle se mit à fredonner. Elle eut soudain envie d'aller les rejoindre.

Sa main allait laisser retomber le rideau quand elle vit au bout de la rue une silhouette qui lui était familière. Son cœur s'affola. Il n'y avait pas de doute, c'était lui : Théo. Replaçant brusquement le rideau, elle se plaça de façon à ce qu'il ne la voie pas. Elle, cependant, pouvait continuer de l'observer. Il ralentit le pas. Une joie immense l'envahit : il allait frapper à sa porte, c'était certain.

Elle aurait voulu courir lui ouvrir, mais l'orgueil la retint. Elle attendit. Mais que faisait-il donc ? Elle avança doucement la tête et vit qu'il faisait les cent pas devant la maison. Elle devinait que c'était l'orgueil qui le retenait lui aussi. Il fit demi-tour. Il s'en allait. Une telle tristesse l'envahit que Fanny ne résista pas plus longtemps à l'envie de lui parler. Elle se précipita vers la porte, l'ouvrit et cria : « Théo ! »

Il se retourna immédiatement et son visage s'éclaira. Il s'approcha et, cherchant à se donner une contenance, se retint de courir vers elle.

— Je passais par ici. J'avais envie de marcher. Il fait si beau.

— Viens, dit simplement Fanny.

Elle n'avait pas aussitôt fermé la porte que, déjà, il la couvrait de baisers. Éperdus de désir, leurs mains découvraient avidement le corps de l'autre. La voix de la conscience de Fanny lui disait qu'il était encore temps d'arrêter. Qu'une fille bien sait se faire respecter. Mais elle avait besoin de l'amour de Théo. Il lui semblait que lui seul pouvait la consoler de la peine qu'elle ressentait quand elle pensait à Isa. Avec lui, elle se sentait en sécurité. Aimée. Protégée. Et il y avait ce désir fou auquel ni l'un ni l'autre n'eurent la force de résister.

Fanny entraîna Théo dans sa chambre. Dès lors, tout alla très vite. Mais ce qui se passa ensuite ne ressembla en rien à ce que la puissance de son désir lui avait laissé entrevoir. Quand il la pénétra, la douleur vive qu'elle ressentit s'ajouta à la crainte de tomber enceinte et à celle tout aussi grande de n'être plus aux yeux de Théo qu'une « fille de rien ».

Heureusement, ensuite, il n'avait cessé de lui manifester son amour et sa tendresse. Elle était si bien, blottie dans la chaleur de ses bras, discutant avec lui de choses et d'autres. Ils entrecoupaient leurs paroles de baisers, riaient pour rien, se regardaient dans les yeux sans parler, heureux. Lorsqu'ils n'entendirent plus les échos de la musique parvenant de l'étage au-dessus, Théo se leva à regret. Ni Fanny ni lui ne souhaitaient que Marjorie les surprenne.

Le lundi suivant, quand elle retourna chez les Ursulines, Fanny avait le sentiment que toutes les religieuses pouvaient deviner qu'elle n'était plus vierge. La jeune femme avait quelquefois entendu l'une de ses compagnes parler des sœurs :

— As-tu remarqué leur démarche ? Elles ne marchent pas comme les femmes mariées. Les sœurs marchent toutes pareilles parce qu'elles n'ont pas connu d'hommes.

Les deux filles avaient éclaté de rire.

Fanny se disait que l'on pouvait peut-être deviner ce qu'elle avait fait avec Théo rien qu'en la regardant marcher. Elle faisait tant d'efforts pour se mouvoir comme avant qu'elle en devenait gauche. Il lui semblait qu'elle marchait tout de travers. En tout cas, elle se cognait à tous les cadres de portes, laissait tomber ses livres, sursautait pour un rien. Elle se sentait nerveuse et triste. Elle aurait aimé en parler à sa tante, mais elle craignait de n'être pas comprise. Marjorie lui avait confié n'avoir jamais ressenti aucune forme d'attirance sexuelle. Comment pourrait-elle comprendre qu'elle avait perdu la tête dans les bras de Théo ?

Quand ils sont venus me chercher, j'aurais préféré mourir plutôt que de retourner sur l'île. Ce n'était pas comme lorsque j'y fus emmenée la première fois. Là, je savais ce qui m'attendait. Je savais que l'île n'était pas un endroit où l'on soignait les lépreux, mais une prison où on les enfermait en attendant qu'ils meurent. Et moi qui n'étais pas malade, qu'adviendrait-il de moi ? Je ne voulais pas retourner en enfer. Je voulais avoir une vie, comme mes sœurs et même Rébecca qui, elle aussi, pouvait désormais rêver à son avenir. Isa à Gus

Tracadie, Hiver 1845.

Depuis qu'elle était revenue à Tracadie, il ne se passait pas une nuit sans qu'Isa aille voir son cheval. La tête appuyée sur l'épaule de Mage, elle se disait qu'elle aurait beaucoup plus de difficulté à rester recluse toute la journée si elle était privée de ces moments où elle s'évadait de sa cachette pour le rejoindre. Mage lui faisait du bien. La façon dont il la regardait, avec des yeux remplis de bonté, la réconfortait.

Le cheval lui faisait d'autant plus de bien qu'elle avait compris, les mois précédents, que la véritable bonté était une denrée plutôt rare en ce monde. Elle aimait rester dans l'écurie, respirer l'odeur des chevaux, s'asseoir sur les bottes de foin et rêvasser, ou simplement regarder Mage. Elle se disait que cet endroit était infiniment plus confortable que la léproserie de l'île.

À quelques reprises, Isa s'était endormie dans l'écurie, ce qui lui avait attiré les vertes réprimandes de son père. Gus et Charlotte ne cessaient de lui répéter qu'elle devait être extrêmement prudente. Ils le lui redisaient d'autant plus souvent qu'ils constataient qu'Isa prenait beaucoup moins de précautions qu'au début, sortant entre chien et loup plutôt que d'avoir la patience d'attendre la tombée de la nuit.

Même s'il savait qu'il n'arriverait pas à dormir le jour, Ivanhoé proposa à son collègue de travail d'effectuer le guet de nuit. Il se doutait bien qu'Isa allait voir son cheval : l'amour des chevaux de la « famille de Gus » était connu de tous. Ce qu'Ivanhoé ignorait toutefois, c'était qu'elle le faisait chaque nuit. Il se retint d'aller dire à Charlotte de la garder à la maison.

Il estimait s'être suffisamment impliqué dans leur secret. Il pouvait d'autant moins se permettre de prendre le risque de perdre son emploi qu'il avait la charge de ses parents âgés et qu'il était la seule personne sur qui ils pouvaient compter. Après avoir observé pendant cinq nuits les allers et retours d'Isa, il décida de lui faire peur. Quand il la vit sortir de l'écurie, il s'aventura sur la route en sifflotant afin qu'elle le voie. Isa, aussitôt, se jeta dans la neige et ne bougea pas jusqu'à ce que le policier fût hors de sa vue.

Ivanhoé croyait qu'elle n'oserait plus sortir. Quelle ne fut pas sa surprise de la voir le lendemain, à la même heure, qui se dirigeait allègrement vers l'écurie, des pommes plein les mains. Ivanhoé attendit et répéta le même manège. Isa, couchée dans la neige, se retenait de rire. « Ce qu'il peut être bête. Il ne me voit pas. Il est aveugle ou quoi ? » Mais une fois dans sa cachette, elle comprit qu'il avait décidé de lui laisser sa liberté. Comme il l'avait fait avec Rébecca. Elle se sentit protégée.

Mais la bonne étoile d'Isa cessa de briller le soir où Ivanhoé fut trop malade pour faire le guet. Il se sentait tellement faible et fiévreux qu'il avait dû se rasseoir après avoir fourni le simple effort de s'habiller avec la ferme intention d'aller travailler.

— Recouche-toi ! ordonna sa mère.

— Je dois y aller, dit-il d'une voix faible.

— Non, pas question ! Avec une grippe pareille, voir si ça aurait du sens ! Tu n'es pas le seul policier de Tracadie. D'ailleurs, ton père est allé avertir tes collègues. Ils trouveront bien quelqu'un pour te remplacer. Personne n'est irremplaçable, dit-elle en finissant de le couvrir. Je t'apporte un bouillon de poulet. Tu ne bouges pas !

Ivanhoé était convaincu qu'Isa serait arrêtée cette nuit-là. Il ne lui restait plus qu'à prier pour qu'elle soit, comme lui, retenue à la maison. Ce dont il doutait. Isa n'avait pas raté un seul rendez-vous avec son cheval.

Le père d'Ivanhoé, le souffle court, dut se résoudre à parcourir à pied une plus grande distance qu'il ne l'avait prévu. Il s'était arrêté chez le policier qui habitait tout près, mais son épouse lui avait appris qu'il était sorti et qu'elle ne savait pas quand il reviendrait. Il marcha donc encore un demi-mille avant de frapper à la bonne porte.

Hilaire Bastarache promit d'aller faire le guet à l'heure prévue.

— Ne vous inquiétez pas. Je suis encore assez jeune pour passer une nuit blanche, dit-il pendant que sa femme versait du thé fumant dans la tasse qu'elle tendit au père d'Ivanhoé.

Dès la tombée de la nuit, Hilaire se dirigea d'un pas tranquille vers la maison de Gus. Appuyé à l'un des grands chênes centenaires qui avaient poussé face à la maison, il s'alluma une cigarette. Il savait bien qu'il pourrait être ainsi repéré, mais il était convaincu que ce guet était une perte de temps. Il vit soudain sur la route la silhouette de l'autre policier chez qui le père d'Ivanhoé s'était arrêté quelques heures plus tôt.

— Mais qu'est-ce que tu fais ici ?

— C'est ma femme qui m'a dit qui fallait que je vienne.

— On n'a pas besoin d'être deux. Tu sais aussi bien que moi que ça ne sert à rien. Ivanhoé s'est pointé ici depuis des semaines. Il n'a rien vu.

— Chut, dit son ami en pointant du doigt une silhouette qui sortait de la maison de Gus.

— Ben, mince ! Ça ne se peut pas ! C'est la lépreuse, j'en mettrais ma main au feu !

— Arrête où je tire ! cria l'autre sans plus attendre.

Isa s'immobilisa, stupéfaite. Lorsqu'elle comprit ce qui se passait, elle retourna en courant vers sa maison. Des pommes glissèrent sur la neige et les policiers qui la suivaient eurent peine à les éviter. Paniquée, Isa, ne songea pas à verrouiller la porte. Plutôt que d'aller se réfugier dans sa cachette, elle monta à toute vitesse à l'étage où dormaient ses parents : elle se sentirait plus en sécurité auprès d'eux et ne voulait surtout pas que les policiers découvrent la présence de Rébecca.

Pendant une seconde, elle pensa à ce que lui avait raconté sa mère : « Il ne faut jamais éveiller quelqu'un brusquement. Son âme s'évade de son corps et il ne peut plus la récupérer. » Elle chassa cette pensée en se disant que ce n'étaient que des superstitions.

Les deux gendarmes montèrent derrière elle en lui criant de se rendre. Charlotte et Gus, alertés par le brouhaha, rejoignirent leur fille. Les deux policiers pointèrent leurs armes vers eux.

Ces hommes, qui étaient des amis de Gus, s'étaient fait une carapace depuis qu'ils avaient commencé à faire des rafles dans plusieurs maisons. Au début, ils avaient tenté, à force d'arguments, de calmer des parents qui, avec toutes les armes qu'ils avaient sous la main — que ce soit un pistolet, une fourche, une hache ou un bâton —, essayaient de les empêcher d'emmener un des leurs à la léproserie.

Car si, pour certains, la crainte de la contagion était si forte qu'elle surpassait leur désir d'aider leurs proches, elle n'empêchait pas d'autres de tout faire pour les secourir. Tout faire. Tuer s'il le fallait. Une fois d'ailleurs, l'aventure s'était terminée dans un bain de sang : des parents avaient blessé gravement un gendarme. Depuis ce jour-là, les policiers ne discutaient plus et n'hésitaient pas à user de violence dès le début des opérations.

Durant cette triste nuit de février où ils vinrent chercher Isa, l'un d'eux asséna, avec la crosse de son fusil, un violent coup sur la tête de Gus pendant que l'autre poussait brutalement Charlotte sur le mur. Juliette, qui avait été réveillée par les cris, hurlait. Impuissante, elle vit les gendarmes qui, de la même façon qu'on lance un lasso aux chevaux, prirent au piège Isa en lui encerclant la taille avec une corde. Craignant « la maladie », ni l'un ni l'autre n'avaient voulu trop s'approcher d'elle pour lui menotter les pieds et les mains.

— Avance et grouille-toi damnée lépreuse ! cria l'un d'eux.

De la voir ainsi traitée comme une criminelle était d'une tristesse infinie.

Isa se retourna et lança à ses parents des regards de détresse. Dans sa poitrine, son cœur cognait comme celui d'une bête affolée prise au piège.

— Fais quelque chose, hurla Charlotte à son tour en se tournant vers Gus qui, sonné, se frottait la tête.

La blessure était assez profonde et du sang coulait jusque dans son cou. Il se releva péniblement, étourdi et, titubant, se dirigea vers la petite remise près de l'entrée arrière de la maison.

Quand Juliette vit son père qui revenait, un fusil à la main, elle hurla : « Non papa ! » C'était un cri d'une telle terreur que Gus, aussitôt, reprit ses esprits. Car l'espace d'un instant, il n'avait plus été lui-même, mais un homme perclus d'une douleur et d'une colère telles qu'il aurait pu tuer pour sauver sa fille.

***

François intervint avec autorité afin que l'amende que devait payer Gus pour avoir caché sa fille ne soit pas trop élevée. Ce ne fut pas facile. Deux autres membres du Bureau de santé, Lunard et Perry, voulaient qu'ils soient emprisonnés. « Pour donner l'exemple », disaient-ils. Le curé avait bien l'intention d'avoir le dernier mot. Comme il l'avait fait une fois avec une veuve, il sortit son fouet. Il le fit claquer à proximité de Kenneth. Celui-ci, craignant par-dessus tout d'avoir une plaie vive, véritable porte d'entrée de la lèpre, se rangea du côté du prêtre. Key, pour la même raison, fit de même. Ils étaient trois contre deux. Le père François avait eu gain de cause.

Comme si nous n'étions pas suffisamment malheureux sur l'île, un des membres du Bureau de santé ordonna que tous les fuyards, même les enfants, soient sévèrement punis : « Mettez-les au pain et à l'eau et enfermez-les à la noirceur dans la petite cabane isolée au bout de l'île. » Maman avait bien raison de penser que les monstres c'étaient des hommes comme lui et non pas les lépreux que la maladie avait rendus monstrueux. L'absence de cœur cause plus de dégâts que la laideur physique. Isa à Gus

Quand Charlotte eut cessé de revoir en pensée, minute après minute, sa fille, arrêtée comme une criminelle, quand, enfin, ces images cessèrent de l'obséder à tout instant, elle laissa libre cours à sa colère envers Gus.

— À quoi pensais-tu en voulant tirer sur eux ? Qu'aurais-je fait sans toi ?

Éclatant en sanglots, elle s'approcha de lui, l'enlaça et murmura :

— Je ne pourrai surmonter cette épreuve si tu ne me prends pas tendrement chaque jour dans tes bras. J'ai besoin que tu sois là. Que tu me soutiennes.

Gus la serra contre lui. Il avait besoin de sentir qu'elle l'aimait. Ils ne s'étaient plus touchés depuis qu'Isa avait été envoyée sur l'île. Sauf une fois, dans la maison hantée. La culpabilité les rongeait. Depuis leur mariage, ils s'étaient tant aimés. Si passionnément. Charlotte en rougissait parfois en pensant à la façon dont ils donnaient libre cours à leurs désirs. Perfide, Théodora-la-commère leur avait rappelé ce que disent les curés : ceux qui ne respectent pas les périodes d'abstinences prescrites par l'Église mettent au monde des enfants lépreux ou sont punis de toutes sortes d'autres façons.

La faute. Le péché. Une idée vieille comme le monde : « Toutes les épreuves et cette maladie, comme toutes les autres, ont été méritées à cause du péché. » Même si Gus et Charlotte se révoltaient contre cette façon de penser, ils ne pouvaient parfois s'empêcher de se demander quelle faute ils avaient commise. Certains jours, la douleur altérait leur jugement. Ils se disaient qu'ils avaient peut-être effectivement attiré sur eux la colère de Dieu. Ils n'osaient plus se toucher et répéter ces gestes qui L'avaient peut-être offensé.

Pendant ce temps, sur l'île Sheldrake, Stanislas regardait les policiers qui s'approchaient avec Isa. La jeune fille semblait terrorisée. Était-ce à cause des larmes qui lui embrouillaient la vue, ou à cause des entraves qui la tenaient prisonnière ? Stanislas n'aurait pu le dire, mais Isa tombait souvent et les policiers tiraient sans ménagements sur les cordes qui la maintenaient prisonnière. Sans attendre qu'elle se relève, ils la traînaient comme un cheval tirant une charrue. Le corps frêle d'Isa traçait des sillons dans la neige. Stanislas décida alors d'intervenir :

— Mais arrêtez ! cria-t-il, de la colère plein la voix en s'avançant vers eux en courant.

— La maudite lépreuse, elle n'a pas cessé de se débattre depuis qu'on l'a reprise. Elle mérite pas qu'on fasse attention à elle, dit l'un des policiers.

— Ce n'est encore qu'une enfant ! rétorqua Stanislas.

— Enfant, pas enfant, dit l'un des deux policiers, tous les fuyards doivent être punis de la même façon. Perry, du Bureau de santé, a été très clair. Il a dit : « Vous devez punir sévèrement tous les lépreux délinquants afin de leur couper l'envie de recommencer » Il a précisé que les fuyards qui sont repris doivent, lorsqu'ils reviennent sur l'île, être isolés et mis au pain et à l'eau.

— Je me demande si c'est bien nécessaire d'enfermer Isa. Il me semble qu'elle est assez punie de même, répondit Stanislas.

Les policiers ne voulurent rien entendre. Stanislas eut des haut-le-cœur quand il enferma Isa dans le petit cabanon, à peine plus large qu'une niche à chiens. L'enfermer dans la noirceur le rendait malade. Isa était si terrorisée qu'il crut qu'elle devenait folle. Elle se débattait, hurlait, mordait sans que rien ne puisse la calmer. Afin qu'elle reprenne ses esprits, il dut se résoudre à lui asséner une bonne gifle. Il s'agenouilla ensuite auprès d'elle et la prit dans ses bras. Il n'avait pas peur de la contagion. Comme Charlotte et Gus, il était convaincu qu'Isa n'avait pas la lèpre. Elle était victime d'une terrible injustice.

Isa ne pouvait cesser de claquer des dents, autant de terreur que de froid. La chaleur des bras de Stanislas semblait ne pas l'atteindre.

— Écoute, si tu te calmes, je t'enferme une demi-heure, ce ne sera pas long trente minutes, et je reviens avec un chiot.

Isa était incapable de répondre. Elle avait l'impression de manquer d'air et respirait bruyamment en le regardant avec dans les yeux la terreur des bêtes prises au piège.

— Si tu les voyais, ce sont les plus beaux petits chiens que j'aie jamais vus.

— Un petit chien, hoqueta Isa, qui avait toujours désiré en avoir un, mais avait dû y renoncer à cause de l'allergie d'Adéline, leur bonne.

— Oui, ma chienne a eu des petits. Je devais les donner demain pour qu'on les amène sur la terre ferme, mais je vais t'en donner un. Il sera à toi.

Isa respirait moins bruyamment.

— Es-tu capable d'attendre, seule, sans paniquer, que j'aille le chercher ?

— Oui, murmura Isa, l'air hébété.

— Préfères-tu un mâle ou une femelle ?

Isa réfléchit un moment. Son cheval étant un mâle, elle opta pour une femelle.

Stanislas se leva et, d'un pas rapide, se dirigea vers sa maison en marmonnant : « Maudit Bureau de santé qui nous oblige à faire des choses si inhumaines. Si ça du bon sens d'enfermer une jeune fille dans le noir. Dans une cabane isolée. Qui sait ce qui pourrait lui arriver ? Maudit sois-tu, Perry, avaricieux que tu es, d'avoir décrété qu'il faut ne rien leur donner d'autre que du pain et de l'eau. Maudit sois-tu, Perry ! »

Son cri se mêla à ceux des oiseaux de mer et le vent l'emporta loin de toutes oreilles humaines.

Silva l'aida à choisir la plus belle petite chienne de la portée : elle avait de grosses pattes d'ours et son poil, doux comme du velours, avait trois couleurs. Le noir prédominait, mais la tête, la face et les pattes étaient éclairées de blanc et de roux. Elle était magnifique.

— Attends, dit Silva. Je vais préparer un lunch pour la petite.

Silva mit dans un linge propre du pain, du fromage et du chocolat. Donner de la nourriture et, plus encore, un chien à Isa pouvait leur coûter leur emploi. Ils le savaient. Mais ils étaient prêts à prendre le risque.

Stanislas embrassa sa femme et sortit dans le noir et le froid. Il courait en pensant à la détresse d'Isa. Il avait hâte de la réconforter.

Dans les bras d'Isa, la petite chienne ne cessait de lui lécher le visage. Elle était si excitée et semblait si heureuse d'être avec elle qu'elle réussit à faire sourire sa jeune maîtresse.

— Je vais rester devant ta porte. Tu n'as pas à avoir peur, dit Stanislas avant de sortir.

— Merci, dit Isa en reniflant. Merci beaucoup.

Pour cacher son émotion, Stanislas se racla la gorge et sortit. Pour se réchauffer, il alluma un feu sur la grève. Il entendait Isa qui parlait à son animal. Il se demanda ce qu'il allait faire le lendemain : comment réagiraient les autres lépreux s'il laissait Isa apporter le chien à la léproserie ? Que feraient les membres du Bureau de santé quand ils l'apprendraient ?

Isa s'endormit au petit matin, recroquevillée sur elle-même et sur son chagrin, la joue appuyée sur le dos d'Amy. Ce nom lui était venu à l'esprit spontanément, comme une évidence : cet animal serait, avec Olivia, sa meilleure amie. Elle ignorait encore qu'elle serait aussi sa plus ardente protectrice.

Moins d'une heure plus tard, Isa, à peine réveillée, se redressa brusquement. Elle mit quelques secondes avant de comprendre où elle était. Amy lui lécha les mains, ce qui la réconforta. Isa frappa à la porte :

— Monsieur le gardien, je voudrais sortir s'il vous plaît.

Stanislas ouvrit aussitôt. Il y avait pensé durant la nuit : il la libérerait bien plus tôt que ne l'avaient ordonné les policiers. Elle retournerait au lazaret le jour même.

Isa ne fut pas surprise de retrouver au lazaret la grande majorité des lépreux qui avaient pris la fuite en même temps qu'elle. Tout se sait dans un petit village. Surtout avec une commère comme Théodora qui questionne tout le monde et colporte ensuite les nouvelles.

Isa était à peine revenue à la léproserie que des lépreux se rappelèrent avoir lu dans la bible que Lazare avait été guéri de la lèpre par les lèchements de son chien. Remplis d'espoir, plusieurs d'entre eux s'avancèrent vers Amy pour être léchés. Isa s'objecta fermement. Pas question qu'ils touchent sa chienne, encore moins qu'elle les lèche. Le risque qu'Amy lui transmette ensuite la lèpre était trop grand. La jeune fille aimait que son animal lui manifeste son affection en lui léchant le visage et les mains.

C'était grâce à sa sœur Juliette qu'Isa était devenue de plus en plus prudente. Juliette avait lu dans une revue médicale récente qu'un médecin, Ignace Semmeilweis, avait demandé à ses collègues de bien se laver les mains avant de se rendre au chevet des femmes qui accouchaient. Il était persuadé qu'elles étaient atteintes de fièvres puerpérales à cause du manque d'hygiène dans les hôpitaux. Celles qui accouchaient à l'hôpital mouraient en plus grand nombre que celles qui donnaient naissance à la maison. Il avait bien d'autres arguments pour légitimer son point de vue, mais rares étaient ceux qui l'écoutaient. Il était plutôt ridiculisé par la plupart de ses collègues.

Juliette, elle, l'admirait. Elle était convaincue qu'il avait raison. Elle en parlait avec tant d'admiration qu'Isa lui avait demandé des détails sur l'importance de l'hygiène. Juliette avait été intarissable. Isa devait se rendre à l'évidence : on avait raison de dire que sa sœur était d'une intelligence au-dessus de la moyenne. Avoir un tel bagage de connaissances à cet âge était phénoménal. Au bout de deux heures, Isa s'était levée pour rejoindre Rébecca dans sa cachette. Elle était heureuse ce jour-là d'avoir eu cette conversation même si elle l'avait trouvée par moment ennuyante à peine quelques semaines plus tôt.

Vivement déçus, les lépreux apprécièrent néanmoins la présence d'Amy. Même si leurs repas quotidiens ne comblaient pas leur appétit, chacun d'entre eux en gardait un peu pour elle. Comme eux, elle maigrit. Comme eux, elle se nourrissait cependant suffisamment pour survivre. Pendant qu'ils mangeaient, Amy attendait sagement que l'un d'eux lui lance quelque chose à manger. Elle ne s'approchait jamais trop d'eux, restant bien sagement à la distance permise par Isa.

Quelques-uns lui apprirent à gagner sa pitance en s'asseyant, en se couchant, ou en effectuant quelques pirouettes. Elle les faisait rire et les distrayait. Elle était la seule à ne pas remarquer leur laideur. Bien sûr, quelques-uns d'entre eux n'aimaient pas les bêtes et l'ignoraient. Mais rares étaient ceux dont, au fil des semaines, elle ne gagna pas le cœur. Une lépreuse dit même qu'Amy avait adouci son cœur : « Je voudrais être aussi bonne qu'elle. Aussi humaine, oserais-je dire si elle n'était pas un chien. » Un seul avait ri de cette remarque qu'il jugeait stupide. Les autres avaient acquiescé en regardant l'animal avec tendresse.

Il n'y avait qu'un seul homme qu'Amy ne supportait pas : Agénard. Elle sortait les crocs dès qu'il s'approchait d'Isa. Avec elle, Isa se sentait en sécurité. Léo, lui, était rassuré : il était de plus en plus malade et n'aurait plus eu la force de défendre Isa si Agénard s'en était pris à elle. Il n'était pas loin de penser qu'Amy était un ange envoyé du Ciel. Isa aussi en était un : quand elle venait s'asseoir à proximité de lui avec son violon, il avait le sentiment qu'elle jouait la musique des anges.

Olivia était, elle aussi, revenue au lazaret. Les raisons de son retour avaient été bien plus cruelles que l'arrestation d'Isa. Le père d'Olivia était allé trouver les policiers pour leur dire de venir chercher sa femme et sa fille fugitives. Une trahison terriblement douloureuse, bien plus blessante que si elle était venue d'un étranger.

Mais le père d'Olivia avait peur. Peur pour ses enfants. Peur pour lui. Le geste qu'il avait posé avait été le plus difficile de sa vie. Il ne s'en remettrait jamais et vivrait toujours avec le poids du remords et de la tristesse. Il n'était cependant pas le seul à avoir agi ainsi. Des lépreux étaient revenus sur l'île pour les mêmes raisons. Mais pas tous, comme l'apprit Isa en les écoutant raconter ce qui les avait obligés à revenir.

Les uns avaient frappé à bien des portes, suppliant qu'on les aide, ou qu'au moins on leur lance une miche de pain. En vain.

Ils n'avaient guère eu d'autre choix que de retraverser le pont de glace. Au moins, à la léproserie, ils avaient un toit et n'étaient pas seuls. Quant aux autres, ils mouraient de peur dans la maison hantée. Ils préféraient la misère de Sheldrake plutôt que de vivre avec des fantômes.

Après leur avoir manifesté sa compassion, Isa chercha Monette du regard et ne la trouva pas. Elle s'informa de son absence auprès d'un lépreux qui lui dit :

— Elle est morte. Elle a fini de souffrir.

Isa, le cœur gros, rejoignit Olivia. Une chance qu'elle fût là. Elle ne l'aurait jamais avoué bien sûr, car c'était bien égoïste de sa part de penser cela. Mais elle se doutait qu'Olivia nourrissait les mêmes pensées. L'une sans l'autre, la vie sur l'île serait encore plus insupportable. Olivia était non seulement réconfortée par la présence d'Isa, mais aussi par celle d'Amy. Elle avait le privilège de la toucher parce qu'elle n'avait, pas plus qu'Isa, aucun signe pouvant laisser croire qu'elle avait la lèpre. Les deux jeunes filles étaient les victimes de l'ignorance et de l'injustice.

Québec, printemps 1845.

David ne put s'empêcher de sourire en regardant son fils qui, depuis le matin, ne cessait de chanter et de siffloter en travaillant. Depuis qu'il avait renoué avec celle qu'il appelait « Ma Fanny » ou « Mon amour », Théo semblait le plus heureux des hommes. Il était convaincu qu'elle allait l'épouser. Elle n'était pas le genre de femmes à se donner à un homme sans avoir l'intention de se marier. Il avait d'ailleurs été le premier : il en avait eu la preuve en voyant les draps tachés de sang. Quand il songeait à ce soir du 14 février, il bouillait d'impatience d'en faire sa femme.

Le tintement de la clochette de la porte de la boutique le tira de sa rêverie.

— Termine ton travail, dit son père. Je vais servir ce client.

Quand celui-ci les salua, Théo et David reconnurent aussitôt l'accent chantant des Tracadiens.

— Je gage que vous venez du Nouveau-Brunswick, dit David.

Il avait beau être souvent d'humeur morose, le père de Théo était toujours affable avec ses clients. Enfin, la plupart du temps.

— Mais oui, je viens de Tracadie, affirma l'homme en riant. Je suis venu de bonne heure cette année. On est seulement en avril et le fleuve est déjà dégagé de ses glaces. Mais comment savez-vous que je viens de Tracadie ? Soit, vous êtes voyant comme ma cousine. Soit, vous êtes familier avec notre accent.

— Pour cause. Mon fils est amoureux d'une fille de chez vous.

— Ha oui ? Ben là vous piquez ma curiosité ! C'est qui ?

— Vous la connaissez certainement, indiqua David. C'est l'une des filles du luthier.

— Gus ?

— Tout à fait.

— Fanny ?

— En plein dans le mille.

— C'est pas bien dur à deviner. Il n'y a qu'un luthier à Tracadie et je savais que son aînée étudiait chez les Ursulines et logeait les fins de semaine chez sa... sa tante... si on peut appeler ça une tante, dit l'homme en éclatant de rire.

Quand Marjorie était venue à Tracadie quelques années plus tôt, habillée en homme, certains en avaient parlé en s'esclaffant pendant des mois tandis que d'autres, rouges de colère, décrétaient qu'on devrait enfermer à l'asile ce genre de femmes.

Théo sentait la nervosité le gagner. L'homme avait l'air d'aimer discuter. Il ne tarderait pas à parler d'Isabelle.

les maladies, la lèpre est celle qui fait le plus peur. D'autant plus qu'on ne sait même pas comment on l'attrape. Plusieurs médecins pensent qu'elle est héréditaire. As-tu pensé aux enfants que vous aurez ? Qui te dit que demain tu ne verras pas que des marques sont apparues sur le visage de Fanny ?

Théo avait pensé à tout cela. Après avoir fait l'amour avec Fanny, l'espace d'un instant, il avait même eu peur qu'elle lui ait transmis « la maladie ». Il s'était documenté. Il savait que, parfois, une personne atteinte pouvait mettre des années avant de ressentir les symptômes de la lèpre. Mais il avait vite chassé ces pensées-là de son esprit. Il aimait trop Fanny. Il était prêt à prendre tous les risques pour la garder.

— Alors je vous quitterai. J'exercerai un autre métier. Fanny et moi irons vivre ailleurs qu'à Québec. Comme ça, je ne vous ferai aucun tort, dit-il en enlevant son tablier.

D'un pas décidé, il se dirigea vers la porte, prit son manteau et sortit.

David le regarda s'éloigner, pétrifié. Tout s'était passé si vite. En colère, d'un geste brusque, il balaya le comptoir. Des herbes tombèrent sur le plancher. Il héla sa servante afin qu'elle vienne les ramasser.

***

Depuis des semaines, vingt fois par jour, Fanny répétait le même manège. Sans relâche, elle vérifiait si elle avait ses règles. De plus en plus paniquée, elle passait sa main sur son ventre afin de voir s'il avait grossi. Il était resté le même, toujours aussi plat.

Elle poussait alors un soupir de soulagement jusqu'à ce que l'angoisse l'amène à répéter ce geste. Elle promettait à Dieu d'être chaste jusqu'à son mariage s'il l'exauçait : qu'elle ne soit pas enceinte.

Mais ce matin-là, prise de nausées, elle dut se rendre à l'évidence. Elle était enceinte. « Je n'ai fait l'amour qu'une seule fois et je suis enceinte, c'est révoltant », se dit-elle. Elle avait tant prié depuis qu'elle avait commis cette « faute ».

Elle pensa à ses parents : comment allait-elle leur annoncer cela ? Ils étaient déjà suffisamment accablés par le destin. Un souvenir de la petite église de Tracadie lui revint à l'esprit : des filles qui s'asseyaient sur le « banc de la honte », le banc réservé aux filles-mères. Une humiliation publique !

Pourtant, elle était presque certaine que Charlotte la comprendrait. Elle avait toujours su trouver les mots pour réconforter ses filles. Elle n'était pas non plus de ceux qui se scandalisent facilement. Les amies de Fanny n'avaient pas toutes eu autant de chance. La jeune femme se rappela avec quel doigté sa mère lui avait expliqué les menstruations. Plusieurs mères ne disaient rien ou se contentaient de leur lancer des linges en disant : « Mets ça quand tu as tes rouges. »

Plusieurs étaient terrifiées parce qu'elles ne savaient toujours pas pourquoi elles saignaient. Si seulement Charlotte était auprès d'elle, Fanny pourrait se confier à elle. Elle était convaincue aussi que sa mère trouverait les mots pour calmer Gus. Il se mettrait sûrement en colère s'il apprenait que sa fille était enceinte. Il parlerait encore de la mauvaise influence de Marjorie. Fanny soupira. Il valait mieux qu'ils ne sachent rien. Ce serait plus simple.

Une seule solution : épouser Théo au plus vite. Que Charlotte et peut-être aussi Gus n'assistent pas à son mariage était un moindre mal. C'était moins grave pour eux que d'avoir ce genre de fille dans la famille. Une fille perdue. Une fille de rien. Mais qu'ils viennent ou pas, elle ne ferait pas le grand mariage dont elle avait rêvé enfant, avec plein d'invités. Elle ne pouvait plus compter sur ses parents pour défrayer les coûts d'un tel mariage. Ils avaient dû payer une forte amende pour avoir caché Isabelle et aider des lépreux à s'enfuir. Fanny frissonna en pensant que sans l'intervention musclée du père François, ils auraient été emprisonnés.

Le carillon de la porte la fit sursauter. C'était Théo.

— Tu es bien courageux de sortir par un froid pareil, lui dit-elle avant de l'embrasser.

— Je ne pouvais pas attendre avant de venir t'annoncer la nouvelle.

— Moi aussi j'ai quelque chose à te dire.

— Toi d'abord, dit-il en souriant.

— Pas question, répliqua-t-elle d'un ton badin en lui plaquant un baiser sur la joue.

En marchant vers la rue Saint-Louis, Théo avait réfléchi à la façon dont il annoncerait la nouvelle à Fanny. Il avait d'abord pensé lui cacher les véritables raisons qui le poussaient à quitter son père. Il savait qu'il ferait de la peine à Fanny en lui avouant que son départ était causé par le fait que sa sœur vivait avec des lépreux. Mais comme le lui avait dit David, tout finit par se savoir. D'ailleurs, Théo ne voulait pas construire sa relation avec Fanny sur un mensonge. Il lui raconta donc tout avec franchise.

En l'écoutant, Fanny affichait un air calme, mais son cerveau était en ébullition. Elle évaluait la meilleure façon d'agir. Elle ne voulait pas que Théo soit dépossédé de la pharmacie à cause d'elle. Il lui avait répété maintes et maintes fois que le travail d'homme de guet qu'il avait effectué pendant quelques mois lui avait fait prendre conscience à quel point il était fait pour être apothicaire. C'était sa passion. Le mariage avec Théo lui apparaissait de moins en moins comme une solution. S'il quittait son père à cause d'elle, de quoi vivraient-ils ? Et puis, immanquablement, un jour ou l'autre, il lui en voudrait d'avoir tout abandonné pour elle.

— Voilà, dit-il. À ton tour maintenant.

Fanny avait le cœur en lambeaux. D'une voix sourde, elle déclara :

— Je pars pour un an à Paris avec ma tante. Je ne peux pas laisser cette chance de faire ce voyage. Je veux apprendre la peinture. Et puis, quand je reviendrai, je suis persuadée qu'Isabelle sera revenue dans notre famille. Il y aura bien un médecin qui dira enfin que ce fut une erreur de l'envoyer sur l'île. Nous pourrons alors nous marier.

Théo dut s'asseoir tant le choc fut grand.

— Comprends-moi, dit Fanny. Tu as une passion dans la vie. Comme la peinture est la passion de ma tante. Mais moi, pourquoi, parce que je suis une femme, ne devrais-je pas découvrir ce que je veux faire réellement de ma vie ? Est-ce que je veux n'être qu'une épouse et une mère ?

Fanny répétait les paroles de sa tante lorsque celle-ci avait tenté de la convaincre de venir avec elle à Paris afin d'y étudier la peinture. Fanny adorait peindre, mais elle ne croyait pas véritablement en son talent et préférait ne pas se lancer dans une telle voie plutôt que de subir des échecs répétés. Marjorie avait beau lui dire qu'elle était plus talentueuse qu'elle-même, Fanny n'en croyait pas un mot.

— Paris ! Tu partiras à Paris ! répétait Théo, sous le choc. Tout ce temps sans nous voir. Y as-tu pensé ?

Sur ces entrefaites, Marjorie, que ni Fanny ni Théo n'avaient entendu entrer, s'écria :

— Mais c'est merveilleux ! Comme je suis heureuse que tu te sois enfin décidée.

Sans se préoccuper de Théo, elle prit Fanny par le bras et, avec son exubérance habituelle, l'entraîna dans une valse.

Théo se leva et se dirigea vers la porte. Fanny se dégagea de l'emprise de Marjorie et tenta de le retenir. En vain. En la regardant danser avec sa tante, il s'était dit que Fanny était de la même trempe que Marjorie. Une libertine. Quel genre de femmes part sans homme pour l'escorter dans une ville comme Paris, la ville de tous les péchés ? « Une libertine, rien d'autre qu'une libertine ! » se répétait-il. Il avait été naïf, il s'était trompé. Il essayait de se consoler en se disant qu'au moins, il se rendait compte de son erreur avant le mariage.

Les larmes aux yeux, Fanny le regarda s'éloigner. Marjorie, remarquant enfin la mine défaite de sa nièce, demanda :

— Mais que se passe-t-il ?

— Allons à la cuisine, j'en ai long à te raconter.

D'apprendre que sa nièce était enceinte bouleversa Marjorie. N'ayant jamais ressenti la moindre attirance pour quiconque, Marjorie ne pouvait imaginer que le désir et la passion puissent faire perdre la tête au point de commettre des actes que l'on regrette ensuite toute sa vie. « Quel gâchis », se disait-elle en elle-même.

— Chose certaine, tu ne pourras plus être pensionnaire chez les Ursulines. Les portes de ce couvent te seront fermées dès que tu ne pourras plus cacher ta grossesse.

— De toute façon, je ne crois pas que mes parents auraient encore bien longtemps les moyens de le payer, dit Fanny.

— Et puisque tu ne veux pas épouser Théo, tu n'as guère le choix de me suivre à Paris.

— Non, j'ai dit ça à Théo, mais je n'ai jamais considéré sérieusement l'éventualité d'aller vivre un an à Paris.

— Mais comment ça ? Où iras-tu ?

— Je ne suis pas encore décidée, mais j'ai ma petite idée.

— Prends le temps de bien réfléchir. Il ne faut pas prendre une décision aussi grave à la légère.

— Oui, répondit Fanny. Je vais y penser. Je monte dans ma chambre. J'ai besoin d'être seule.

— Nous allons souper dans moins d'une heure.

— Je n'ai pas faim, dit Fanny sans se retourner.

Marjorie allait répliquer qu'elle devait manger pour deux mais elle songea que le moment était mal choisi pour lui rappeler qu'elle était désormais responsable d'un autre être. Si jeune ! Fanny venait d'avoir seize ans.

***

Mercure poussa la porte avec sa grosse patte et sauta sur le lit. Puisque Fanny n'avait jamais cherché à le dresser, il accourait jusqu'à sa chambre dès qu'il savait qu'elle était réveillée. Le moindre petit bruit le lui révélait. En deux temps trois mouvements, il sautait sur son lit et lui léchait la figure. Inutile d'essayer de se dégager, il était trop lourd et surtout trop heureux de la voir. D'ailleurs, elle aimait cette façon spontanée et joyeuse qu'ont les chiens de démontrer leur affection et leur joie de vivre.

Grâce à lui, elle commençait toujours sa journée en riant. Quand elle avait raconté cela à Théo, il lui avait dit qu'après leur mariage, il saurait lui faire débuter la journée de façon encore plus agréable. Elle avait rougi, devinant à quoi il faisait allusion. Elle chassa Théo de ses pensées et se leva.

— Bonjour, dit-elle en entrant dans la cuisine en bâillant, suivie de Mercure.

Marjorie, ses longs et épais cheveux en bataille, lui sourit et répondit :

— Tu dois avoir une faim de loup. Depuis le temps que tu n'as rien mangé.

— Oui, quand j'ai senti l'odeur des œufs, j'ai réussi enfin à m'extirper du lit. Le temps est si sombre ce matin.

En voyant son teint crayeux et ses yeux cernés, Marjorie devina que sa nièce n'avait pas fermé l'œil de la nuit.

Elle ne se trompait pas. Fanny avait beaucoup pensé à son avenir et à sa réputation qu'elle avait souillée. Elle avait aussi beaucoup pensé à ses parents et à la peine qu'elle leur ferait s'ils apprenaient qu'elle était enceinte. Bien qu'ils ne lui en aient jamais parlé, elle n'était pas sotte : elle était née cinq mois après leur mariage. Mais eux, justement, s'étaient mariés. Elle n'était pas une bâtarde.

— Tiens, je te donne mes œufs et mes rôties, dit Marjorie en les mettant dans l'assiette de sa nièce.

Fanny protesta : elle n'allait pas commencer à se faire servir. Marjorie ne voulut rien entendre. Elle avait besoin de s'occuper. Elle se sentait nerveuse. Elle non plus n'avait guère dormi, cherchant en vain des arguments qui auraient pu convaincre Fanny de l'accompagner à Paris. À ses yeux, c'était la meilleure chose à faire. Ayant l'intuition que Fanny n'en ferait rien, elle s'était même demandé si elle ne renoncerait pas à ce voyage.

En mettant du beurre dans la poêle, Marjorie s'efforça de prendre un ton désinvolte et dit :

— Si tu n'as pas dormi, on ne peut pas dire alors que la nuit t'ait porté conseil.

— Pourtant oui, répondit Fanny la bouche pleine.

— Tu viens avec moi à Paris ? demanda Marjorie, la voix pleine d'espoir.

Évitant de regarder sa tante, Fanny donna un morceau de sa rôtie à Mercure.

— Non. Je te remercie infiniment de ta générosité, mais ma décision est prise : j'irai chez Rosalie Jetté, la cousine de mon père. Elle accueille des filles dans ma situation. Tu te souviens à quel point papa en parlait avec admiration ? Je serai bien traitée chez elle. Je ferai croire à tous que je pars avec toi à Paris. Ce sera d'autant plus facile que nous pourrions partir de Québec ensemble. Toi pour

Paris. Moi pour Montréal. Ça tombe bien, tu pars dans quelques semaines. Ma grossesse ne se verra pas encore. Personne ne se doutera de rien. Je déciderai ensuite si je garde l'enfant ou non.

Le beurre qui crépitait dans la poêle éclaboussa la main de Marjorie. Elle se retourna vivement et vit que ses œufs étaient un peu calcinés. Mais cela la laissa indifférente. Elle n'avait plus faim tout à coup.

— Tu songes à garder l'enfant ! Tu ne le donneras pas en adoption ? Comment feras-tu pour gagner ta vie ? Et as-tu pensé à la façon dont on traite les bâtards ?

— Durant le temps que je passerai chez Rosalie, j'aurai amplement le temps de peser le pour et le contre, dit Fanny.

Elle semblait si déterminée et si sûre de sa décision que Marjorie comprit qu'il était inutile d'insister.

— Mais j'aimerais au moins qu'avant, nous allions ensemble à Montréal voir Rosalie. Je veux être rassurée sur ton sort avant de partir. Ton père a dit qu'elle était d'une grande bonté mais qu'elle vivait aussi dans une toute aussi grande pauvreté. Je ne veux pas que tu te retrouves dans la misère.

Marjorie espérait qu'après cette visite, Fanny reviendrait sur sa décision.

— Merci beaucoup, dit Fanny en trouvant le courage de sourire malgré la tristesse qui l'accablait.

Elle avait espéré que sa tante lui fasse une telle offre. Elle se leva et alla l'embrasser sur les deux joues. Elles entendirent quelqu'un qui toquait à la porte.

— C'est sûrement le livreur de lait, dit Marjorie. Je vais lui ouvrir.

— Et moi, je vais m'habiller. Je vais être en retard au couvent, déclara Fanny.

Le livreur, habituellement d'humeur joyeuse, ne pouvait cacher sa tristesse ce matin-là.

— Je vous annonce que c'est aujourd'hui ma dernière livraison. J'en ai assez d'être accusé d'être un meurtrier.

— Comment cela ? demanda Marjorie, interloquée.

— On dit que c'est à cause du lait que je livre que les enfants meurent de la diarrhée. Moi, madame, j'ai des enfants, et je les aime. Qu'on m'accuse d'en faire mourir me rend malade. J'aime mieux me trouver un autre ouvrage. Si vous connaissez quelqu'un qui cherche un homme à tout faire, vous seriez bien bonne de me l'envoyer.

Marjorie le lui promit. Elle l'aimait bien. Il lui avait donné Mercure quand sa chienne, qui transportait le bidon de lait, avait mis bas. Fanny, qui avait entendu leurs conversations, se dit que l'enfant qu'elle portait ne vivrait peut-être pas longtemps. La grande Faucheuse venait chercher un enfant sur quatre avant qu'il n'atteigne l'âge d'un an. Elle fut surprise de s'inquiéter pour un être qu'elle ne connaissait pas encore. Elle commençait à comprendre que le lien entre la mère et l'enfant est très fort.

***

Sans la grande tristesse qui lui étreignait le cœur, Fanny aurait pleinement profité du trajet que Marjorie et elle effectuèrent jusqu'à Montréal. Le son cristallin des grelots qui tintaient joyeusement, la beauté et le calme qui émanaient des chemins de campagne, tout cela, habituellement, suffisait à la rendre heureuse. Marjorie, elle, en profitait pleinement. Depuis leur départ de Québec, elle conduisait allègrement sa calèche, ne cessant de s'exclamer sur la beauté tantôt d'un lever de lune, tantôt de la drôlerie des jeunes veaux de printemps qui couraient dans les champs, tantôt de la beauté gracieuse des maisons ornées de corniches.

À intervalles réguliers, elle immobilisait son cheval et restait figée devant le paysage, comme en extase. Elle prenait ensuite son cahier à dessin et y traçait à grands traits ce qu'elle avait sous les yeux. Fanny l'observait : sa tante semblait en état de grâce. Elle l'enviait. Pour elle, dessiner était source d'angoisse : elle n'était jamais satisfaite du résultat et finissait par détruire ses œuvres.

— Je me servirai de ces croquis pour peindre d'immenses toiles, dit Marjorie en refermant son cahier avant de lancer d'un ton joyeux « Hue dia ! »

Marjorie était d'excellente humeur. Plus elle y réfléchissait, plus elle était convaincue que Fanny changerait d'avis quand elle verrait à quel point la vie chez Rosalie ne lui offrirait pas le confort auquel elle était habituée. À Trois-Rivières, elle avait loué deux chambres dans l'établissement le plus huppé et elle comptait emmener sa nièce manger dans l'un des meilleurs restaurants de Montréal. Le contraste avec la vie miséreuse de Rosalie n'en serait que plus frappant. Elle était certaine que Fanny la supplierait de la ramener à Québec. Ensemble, elles iraient à Paris.

Lorsqu'elles s'arrêtaient dans des relais pour se sustenter et délier leurs membres, Fanny notait, chaque fois, la surprise dans le regard des palefreniers à qui Marjorie confiait son cheval. Elle était sans doute la seule femme qu'ils aient vu habillée en homme et qui poussait l'audace jusqu'à leur donner des ordres avec assurance. Marjorie suscitait au mieux l'amusement, au pire l'agressivité. Il s'en trouva même un qui refusa de soigner le cheval d'une « invertie ». Un autre murmura qu'elle devrait être emprisonnée. Marjorie, loin d'être gênée ou insultée, riait en entendant cela, ce qui suscitait encore plus la colère de ces hommes à l'esprit encombré de préjugés.

La lumière ocre de cette fin de journée éclairait la rue Saint-Simon sur laquelle la calèche de Marjorie venait de s'engager. Les deux femmes restaient silencieuses. Elles étaient fatiguées. Le copieux repas qu'elles avaient pris — Marjorie avait voulu qu'elles mangent comme des reines — avait été suivi d'une longue marche dans les rues de Montréal.

— Voilà, ce doit être là, dit Marjorie en désignant la maison décrépie où vivaient Rosalie et son fils Pierre.

Le cœur de Fanny battait la chamade. Bien qu'elle ait écrit à Rosalie, la jeune fille n'avait pas attendu sa réponse pour venir à Montréal. Elle ignorait si Rosalie accepterait, comme elle le lui avait demandé, de ne jamais révéler à Gus et Charlotte qu'elle était enceinte. Elle ignorait même si elle accepterait qu'elle vienne vivre chez elle. Elle avait d'autant plus d'appréhensions que la maison de Rosalie lui semblait bien petite : peut-être n'y aurait-il pas de place pour elle.

Sincèrement heureuse de la revoir, Rosalie les accueillit avec chaleur et s'empressa de la rassurer :

— Je t'aiderai tout le temps que tu auras besoin de moi et je saurai être discrète. Toutes les filles qui viennent ici peuvent d'ailleurs compter sur ma discrétion. Je suis si heureuse de te revoir. Quand je t'ai vue la dernière fois, tu n'étais pas plus haute que trois pommes.

Spontanément, Fanny l'embrassa sur les joues. Elle n'avait aucun souvenir de Rosalie, mais elle fut, ce jour-là, séduite par son visage plein de bonté et de candeur.

Le regard de Marjorie balayait la pièce, mais revenait irrésistiblement vers sa nièce et leur hôte. Il était évident que ces deux femmes avaient d'emblée sympathisé. Elle se dit que la partie était loin d'être gagnée.

— Venez que je vous présente à mon fils Pierre, dit Rosalie, tout sourire.

Pierre était beaucoup moins chaleureux que sa mère. Fanny nota que ses yeux scrutaient sans cesse son ventre. Gênée, elle plaça sa cape de voyage devant elle afin de cacher la courbe de son ventre, pourtant à peine visible. Elle fut soulagée lorsque Pierre annonça qu'il devait retourner travailler. Il précisa qu'il confectionnait une bottine commandée par une bourgeoise. Sa fierté était évidente.

Après s'être assurée que ses visiteuses n'avaient ni soif, ni faim, Rosalie leur demanda de l'attendre un instant :

— Je dois avertir les filles qui sont à l'étage qu'il y aura des visiteuses, dit-elle. Les filles qui viennent ici souhaitent cacher leur état. Je permets rarement à des visiteurs de monter. Remarquez que ce n'est pas bien difficile. Jusqu'à présent, pas une seule fille n'était accompagnée lorsqu'elle est arrivée ici. Elles ont toutes été rejetées par leur famille. Mais puisque vous avez eu la bonté d'accompagner Fanny, je vais vous faire visiter les lieux si les filles n'y voient pas d'objection.

Il était évident aux yeux de Fanny que Rosalie respectait les filles qu'elle accueillait. Cela la réconforta.

Lorsqu'elle arriva au grenier, Fanny eut un choc : cinq des sept filles qui s'y trouvaient avaient caché leur visage sous un voile. « Le voile de la honte ! Comme le banc de l'église de Tracadie ! » pensa Fanny.

Rosalie, qui avait perçu son émotion, lui expliqua :

— Les filles ne veulent pas être reconnues. Elles mettent ce voile chaque fois qu'elles sortent ou qu'il y a des visiteurs. Tu seras libre de le porter ou non.

Fanny frissonna. Le grenier était une véritable glacière. La fille enceinte qui était étendue sur l'une des minces paillasses disposées directement sur le plancher se lamentait en grelottant de froid. Près d'elle, une femme l'encourageait en lui disant que l'accouchement ne tarderait pas. Rosalie la présenta :

— C'est Geneviève Salois, la sage-femme qui vient délivrer nos filles sans rien attendre en retour, précisa-t-elle.

Rosalie se dirigea vers le vieux poêle et Marjorie nota qu'il n'avait même pas de clenche. Rosalie prit une cuillère pour l'ouvrir avant d'y mettre une bûche. Toujours avec la cuillère, elle brassa les tisons afin de ranimer le feu. Elle le referma lorsqu'elle entendit son fils Pierre qui l'appelait.

— Je reviens aussi vite que je peux, dit Rosalie.

Les deux filles qui étaient assises devant la petite table placée à l'extrémité de la pièce se levèrent et offrirent leur place à Marjorie et Fanny.

Les chaises de bois étaient inconfortables. Marjorie guettait les réactions de Fanny. Elle était convaincue qu'elle n'accepterait pas de vivre dans un tel taudis. Elle était à mille lieux d'imaginer ce que pensait sa nièce. « Mon Dieu, priait celle-ci, je promets d'aider Rosalie aussi longtemps qu'elle aura besoin de moi si vous exaucez ma prière : que mon enfant naisse en parfaite santé. Faites qu'il n'ait pas la lèpre. Faites qu'il vive longtemps et heureux. »

Dans une lettre, Charlotte lui avait dit que cette maladie pouvait être héréditaire et qu'elle pouvait sauter plusieurs générations avant de se manifester. Si Isa l'avait réellement, rien ne pouvait garantir que l'enfant qu'elle portait soit épargné. Cette idée la torturait. Pendant qu'elle lançait cette prière muette, des éclats de voix parvinrent de l'étage inférieur.

— Bon ça y est, ça recommence, dit Domitile, excédée.

Appréciant Rosalie au point d'avoir décidé de vivre auprès d'elle après son accouchement afin de l'aider dans son œuvre de charité, Domitile ne supportait pas que celle-ci soit malmenée. Elle expliqua à Marjorie et Fanny que c'était ce qui se passait à ce moment-là :

— Ce sont les enfants de Rosalie et quelques voisins. Ils la harcèlent afin qu'elle cesse de nous accueillir, nous les filles-mères. Ils ont honte d'elle. Pourtant, ils devraient être fiers. Elle est la seule qui, à Montréal, nous aide. Une voisine a même dit à Rosalie qu'elle fait perdre de la clientèle à son fils Pierre.

— Est-ce que c'est vrai ?

— C'est bien possible. Pas plus tard qu'hier, on a lancé des pierres dans les vitres de sa boutique. Pierre est maître cordonnier de la Cité de Montréal. Il doit faire attention à sa réputation s'il ne veut pas se faire voler cette place. Elle est bien convoitée.

— Mais pourquoi ce que fait sa mère lui nuirait-il ? demanda Fanny.

— Parce que les bonnes gens disent que Rosalie encourage le vice en nous accueillant. Qu'elle devrait nous laisser à nous-mêmes afin qu'on expie nos péchés, répondit Domitile.

Elle poussa un soupir et ajouta :

— Rosalie, c'est une sainte. Quand je lui disais de prendre soin d'elle de temps en temps, vous savez ce qu'elle m'a dit ?

— Non, dit Fanny, en haussant les épaules.

« Comment pourrais-je le savoir ? » pensa-t-elle.

— Elle m'a dit : « La vie que Dieu m'a donnée n'est pas seulement pour moi. Je crois bien humblement que nous sommes sur terre pour nous aider les uns et les autres. »

Même si elle n'en parlait jamais, Marjorie ne croyait plus en Dieu. Du moins pas au Dieu de son enfance qui veillait sur la vie de chacun. Elle croyait que s'il y avait un Dieu, il était non pas en chaque être humain mais entre les humains : dans les relations d'amour qu'ils entretenaient les uns avec les autres.

Marjorie se dit que Rosalie était de celles par qui Dieu pouvait se manifester. Fanny n'était pas loin de penser la même chose. Elle avait plus que de l'admiration pour Rosalie. Elle avait le sentiment qu'auprès d'elle, elle touchait à la bonté même. C'était décidé, elle voulait que ce soit Rosalie qui l'aide à donner naissance à son enfant.

***

Fanny jeta un coup d'œil vers la fenêtre mais ne se laissa pas déconcentrer par le rayon de soleil qui caressait sa joue. Elle s'étira comme un chat en goûtant au confort de la chambre d'hôtel que Marjorie avait payée. Dans le lit douillet où elle avait dormi étaient éparpillées des dizaines de lettres. Avant de s'endormir, Fanny avait pensé en écrire plusieurs pour ses parents. Elle les remettrait à Marjorie qui, de Québec, et ensuite de Paris, les enverrait dans la même enveloppe que les siennes.

Ni Charlotte ni Gus ne pourraient douter un seul instant que leur fille aînée était à Montréal chez Rosalie. Elle fut tentée de dire la vérité à Isa car elle songea que ce serait difficile pour elle de penser qu'elle vivait à Paris alors qu'elle-même était enfermée avec les lépreux. Mais, après réflexion, elle dut abandonner cette idée car elle ne trouvait personne à qui elle pourrait envoyer les lettres destinées à sa sœur.

Au déjeuner, Marjorie essaya de lui arracher la promesse qu'elle viendrait la rejoindre aussitôt après son accouchement.

— Tu peux venir avec ton enfant si tu décides de le garder. Nous nous en occuperons toutes les deux.

Fanny retenait ses larmes. L'avenir lui semblait si incertain. Elle ne savait pas si elle allait élever son enfant ou le donner en adoption.

Quand Marjorie la reconduisit chez Rosalie, elle la serra longuement dans ses bras. Leurs deux têtes rousses collées l'une contre l'autre formaient comme un soleil flamboyant.

***

Le lendemain de son arrivée chez Rosalie, tous les enfants de celle-ci, accompagnés de leurs conjoints respectifs ainsi que de quelques voisins, montèrent au grenier pour la supplier de cesser de déshonorer la famille et le voisinage en aidant ces filles. Fanny, ainsi que les autres filles-mères étaient stupéfaites de voir qu'on parlait d'elles comme si elles étaient sourdes. L'une des belles-filles de Rosalie ouvrit la discussion :

— Quand j'ai épousé votre fils, j'étais fière d'entrer dans votre famille. Mais là, on ne peut plus vous considérer comme une personne respectable. Ce que vous faites rejaillit sur nous. C'est honteux.

Des filles de rien : Fanny tressaillit en entendant cela. C'était comme si elle avait été giflée.

Les larmes affluèrent aux yeux de Rosalie. Elle sortit son mouchoir de sa poche et les essuya. Elle offrit un faible sourire à sa belle-fille et murmura :

— Je suis désolée.

— Oui, c'est tout notre quartier qui se trouve déshonoré par votre œuvre. On a honte d'y habiter, ajouta un voisin, insensible à la peine de Rosalie.

— Je suis désolée, répéta Rosalie.

— Mais enfin, ouvrez-vous les yeux ! Ne voyez-vous pas que votre œuvre est méprisée du monde ? renchérit une voisine. On doit laisser ces filles-là à la rue pour qu'elles expient leurs fautes. En vous dévouant auprès d'elles, vous les encouragez à recommencer. C'est ni plus ni moins comme si vous leur disiez que ce qu'elles ont fait ne méritent pas d'être puni. C'est bien simple, vous encouragez le péché, conclut-elle en prenant un air scandalisé.

— Moi en tout cas, j'ai vraiment honte de vous avoir comme belle-mère, renchérit sa belle-fille.

Fanny sentait la colère bouillir en elle. Elle fixa Rosalie : pourquoi les laissait-elle lui parler ainsi ? Non seulement elle ne réagissait pas, mais elle posait un regard plein de bonté sur ceux qui l'insultaient. Elle aurait aimé que Rosalie soit plus combattive. Fanny estimait qu'ils devraient tous être fiers d'elle au lieu de la blâmer. Il fallait non seulement un grand cœur, mais aussi une grande audace et un esprit frondeur pour braver ainsi l'opinion publique comme le faisait Rosalie.

Fanny regarda les autres filles-mères qui restaient là et écoutaient en silence ce qu'on disait sur elles. Elle eut envie de soulever leurs voiles et de les obliger à parler. Mais elle-même n'osait rien dire, ni rien faire. L'humiliation musèle.

— Je comprends, je vous comprends, dit simplement Rosalie d'une voix douce. Je vais trouver un autre endroit qui ne nuira à personne.

Dès le lendemain, Rosalie annonça aux filles qu'elle se mettait en quête d'un logement. Fanny insista pour l'accompagner. Elles frappèrent à de nombreuses portes. Plusieurs claquèrent dès que Rosalie révélait la nature de son œuvre. Chaque jour, c'étaient les mêmes réactions. Cela dura plus de deux semaines. Rosalie ne semblait nullement découragée.

Un midi, les pieds en feu, Fanny demanda impulsivement à un charretier s'il acceptait de les laisser monter dans sa charrette. L'homme, d'un âge avancé, accepta de bon cœur. Pendant que son cheval, maigre à faire peur, montait en soufflant une côte abrupte, Fanny engagea la conversation avec le vieil homme :

— Nous cherchons un logement pouvant accueillir une dizaine de personnes. En connaissez-vous un de libre, par hasard ?

— Ha ben, vous êtes comme moi : vous avez une grosse famille !

Rosalie ouvrit la bouche pour le détromper, mais Fanny lui toucha le bras et lui fit signe de se taire.

— C'est le Bon Dieu qui m'a mis sur votre chemin, précisa l'homme. Une partie de la maison que j'habite est libre depuis hier.

— Dieu soit loué ! s'écria Rosalie en se signant. Où habitez-vous ?

— Sur la rue Wolfe.

— Je ne sais pas où c'est, dit Rosalie en espérant qu'elle ne soit pas trop éloignée du centre-ville.

— C'est dans le faubourg Québec, près de la rue Sainte-Catherine. Si vous voulez, je fais ma livraison et je vous y conduis tout de suite après.

— Vous êtes bien bon, monsieur, dit Rosalie.

— Y'a pas de quoi, répondit l'homme en fouettant doucement son cheval qui avançait de plus en plus lentement en soufflant et suant.

Moins d'une demi-heure plus tard, dès qu'il reconnut la maison où habitait son propriétaire, l'animal, motivé par l'eau et la nourriture qui l'attendaient, trouva la force d'avancer au petit trot.

La maison de deux étages offrait un espace beaucoup plus vaste que le petit grenier de la rue Saint-Simon. Le propriétaire ne sourcilla pas quand Rosalie lui révéla qui l'habiterait. Elle pouvait déménager dès le lendemain, si elle voulait, lui proposa celui-ci simplement. À la condition toutefois de payer un mois à l'avance, s'empressa-t-il de préciser. Rosalie promit qu'elle reviendrait le lendemain avec l'argent et leurs effets. Fanny était stupéfaite : elle savait que le matin même Rosalie avait dépensé ses derniers sous pour acheter un pain.

— Si seulement je pouvais vous aider, dit-elle une fois qu'elles furent dans la rue. Je vous dois bien ça.

— Tu sais que je ne demande rien aux filles qui viennent chez moi, répondit Rosalie. Pas plus à toi qu'aux autres.

— Eh bien, vous devriez être plus exigeante. Vous vous privez de tout pour nous. Ça n'a pas de bon sens.

Fanny était estomaquée de constater que non seulement Rosalie dormait souvent sur le plancher afin de laisser sa paillasse à une des filles, mais qu'elle se privait aussi de manger. La jeune fille se disait qu'elle devait être une véritable force de la nature pour trouver l'énergie d'accomplir tout ce qu'elle faisait sans s'effondrer. La nuit, Rosalie allait parfois chercher le médecin quand une complication survenait lors d'un accouchement.

Plus Fanny la connaissait, plus elle avait de l'admiration pour cette femme. Elle incarnait ce qu'il y a de plus noble chez l'humain. La bonté, l'absence de rancœur et de méchanceté. Elle aurait aimé lui ressembler, mais se demandait comment y arriver.

— Comment faites-vous ? lui avait-elle demandé. Encore la nuit dernière, je vous ai entendu sortir pour aller chercher le docteur. Moi, j'aurais bien trop peur de marcher seule sur la rue Saint-Laurent.

— J'ai mon chapelet. Je suis protégée.

Bien que Rosalie ait l'âge d'être sa grand-mère, Fanny la trouvait parfois d'une naïveté déconcertante. Elle demanda :

— Et votre énergie, vous la prenez où ? Comment faites-vous pour tout accomplir sans presque rien manger et en dormant si peu ?

— J'ai appris assez tôt qu'on a plus d'énergie quand on est attentif à nos pensées et à nos gestes. Il suffit qu'ils soient remplis d'amour.

« Remplis d'amour, comme si c'était facile ! » pensa Fanny. Elle, l'amour, quand elle y pensait, cela lui faisait mal.

Quand elles rentrèrent, fourbues, dans leur logis de la rue Saint-Simon, une femme les y attendait. Assez richement vêtue, l'œil vif et intelligent, l'air avenant, elle tendit sa main gantée en se présentant :

— Je m'appelle Sophie Desmarêts. J'ai souvent entendu parler de votre œuvre et j'aimerais me joindre à vous, dit-elle.

— Toutes les personnes de bon cœur sont bienvenues, répondit Rosalie en prenant les deux mains de Sophie dans les siennes avant de l'inviter à s'asseoir.

Une des filles déposa aussitôt sur la table une tasse dans laquelle elle versa du thé.

Rosalie la remercia d'un sourire avant de demander à Sophie d'où elle venait.

— Je viens de Rivière-du-Loup dans le « d'en bas de Québec ». Après la mort de mon mari, Michel Raymond, j'ai voulu consacrer ma vie aux autres. Je me suis présentée chez les Sœurs du Bon-Pasteur qui viennent en aide aux ex-prisonnières. Mais j'ai vite compris que je n'étais pas à ma place. Mgr Bourget m'a conseillée de venir ici.

— Bon, il s'est enfin souvenu de vous ! s'exclama Fanny.

Rosalie tapota gentiment la main de la jeune fille. Elle n'aimait pas qu'elle parle sur ce ton d'un évêque.

Fanny expliqua néanmoins à Sophie que l'évêque envoyait des filles-mères à Rosalie et lui demandait même d'aller ici et là à travers la ville sans toutefois lui offrir un grand soutien.

— Comme si nous vivions d'amour et d'eau fraîche. Demain, nous devons déménager et nous n'avons pas un sou pour payer le loyer.

— N'embête pas madame Desmarêts avec nos problèmes, dit doucement Rosalie.

— Au contraire, elle a bien fait, répondit Sophie en se levant. Je vais de ce pas chez quelqu'un qui pourra vous aider.

Sans plus de cérémonie, elle descendit l'échelle et sortit de la maison d'un pas pressé.

Sophie Desmarêts n'était pas de celles qui font de vaines promesses. Non seulement revint-elle quelques heures plus tard avec un bon montant d'argent, mais le lendemain, un de ses amis, monsieur Berthelet, arriva avec sa charrette. Lorsqu'il avait promis à Sophie de venir les aider à déménager, il croyait qu'il passerait la journée à faire des allers-retours entre la rue Saint-Simon et la rue Wolfe. Mais il constata vite que Rosalie avait peu d'effets et qu'un seul voyage suffirait.

Les filles s'assirent dans la charrette sous les regards tantôt moqueurs, tantôt agressifs de ceux qui les voyaient passer. Que Rosalie et ses filles vivent dans le dénuement le plus total toucha monsieur Berthelet plus qu'il n'aurait voulu l'avouer. Il revint plus tard dans la journée avec des vivres et des effets de toutes sortes.

Rosalie exultait. Après cette journée éreintante, une fois que toutes les filles furent couchées, elle s'agenouilla devant le crucifix qu'elle avait accroché dans sa chambre et remercia Dieu.

Étendue dans sa couchette, Fanny tentait tant bien que mal d'étouffer ses sanglots sous sa mince couverture. Le jour, elle était si occupée qu'elle n'avait guère le temps de penser. Mais la nuit, la tristesse l'envahissait. Penser à Isa et à Théo lui tirait les larmes. L'avenir lui faisait peur. Elle n'arrivait pas à se décider : allait-elle garder son enfant ? Elle ne pouvait se résoudre à devoir le porter à l'asile des enfants trouvés.

L'orphelinat était bondé et presque quatre-vingt-dix pour cent des bébés y mouraient. L'y conduire, c'était comme l'envoyer à la mort. Aucune des filles de la maternité ne semblait partager ses angoisses. Elles se sentaient indignes et parlaient comme si elles souhaitaient souffrir pour expier « leur faute ». L'une d'elles priait pour que son enfant meure à la naissance. « Comme ça je serai punie et mon enfant ne connaîtra pas la vie dure des bâtards », expliquait-elle.

En pensant à cela, Fanny se mit à sangloter de plus belle.

— Arrête, tu m'empêches de dormir, dit brusquement la fille qui était couchée sur la paillasse à côté d'elle.

Autant que les privations de toutes sortes, la perte de toute intimité était difficile à supporter. Elle pensa à Isa qui non seulement avait elle aussi perdu toute forme d'intimité, mais était en plus menacée par la plus terrible des maladies. Elle se trouva lâche de s'apitoyer sur son sort. Elle ravala ses larmes.

***

Contrairement à ceux de la rue Saint-Simon, les voisins de la rue Wolfe n'étaient pas tous scandalisés par l'œuvre de Rosalie. Deux personnes se présentèrent spontanément pour offrir leur aide. Monsieur Saint-Jean et madame Saint-Louis leur donnèrent de la viande, des légumes, du thé, du café, de la flanelle pour habiller les bébés naissants et des couvertures.

La fille de leur plus proche voisin, Lucie Benoît, vint même leur prêter main forte. Les parents de Lucie étaient de bonnes gens qui évitaient de porter trop rapidement des jugements sur les autres. Même celles qui, comme ces filles, étaient la lie de la société. Ils permirent à Rosalie et à ses protégées d'étendre leur lessive dans leur cour et d'y fendre leur bois. Fanny et Lucie se lièrent d'amitié. Fanny lui confia ses secrets les plus intimes. Elle ne lui cacha qu'une chose : la situation dans laquelle se trouvait Isa.

L'amitié qu'elle avait pour Fanny poussa Lucie à l'accompagner à l'église. Elle devinait combien cela pouvait être difficile de s'exposer aux regards de la population qui estimait que les filles-mères étaient les rebuts de la population. Lucie lui prenait même la main lorsqu'on les insultait. Même si cette pénible situation se répétait souvent, Fanny ne s'y habituait pas. Un jour, une femme, croyant que Lucie était elle aussi une fille-mère, s'avança vers elle et lui cracha au visage.

— Tu n'as pas suffisamment honte. Sinon tu ferais comme les autres, tu cacherais ta face sous un voile, dit-elle d'une voix dévote et méchante.

Fanny souleva le sien et lui jeta violemment :

— Et vous, madame, n'avez-vous pas honte ? Est-ce le comportement d'une chrétienne que vous avez là ?

Un crachat atterrit sur l'épaule de Fanny. Ses larmes affluèrent. Elle parvint à les maîtriser. Elle ne voulait pas donner à cette mégère la satisfaction de voir sa peine. Elle se sentait déjà bien assez humiliée comme ça.

De retour à la maternité, elle lava sa robe tout en maudissant celle qui lui avait imposé cette tâche supplémentaire. Elle avait bien assez à faire du matin au soir. Toutes les filles se levaient avec le soleil et effectuaient différents travaux afin de gagner un peu de sous. Certaines faisaient des lessives pour des voisins, d'autres de la couture ou confectionnaient des chandelles et des savons. L'une d'elles réparait et faisait des meubles. On la taquinait en disant que c'était un garçon manqué. Fanny aimait la regarder travailler. Comme elle aimait regarder son père quand il fabriquait ses violons.

Rosalie, elle, confectionnait des souliers qu'elle vendait pour trois fois rien. Au lieu de s'en plaindre, chaque soir, elle remerciait Dieu d'avoir appris de son fils cordonnier les rudiments de ce métier. Elle ne sentait aucune colère lorsque les profiteurs lui rappelaient qu'il leur était difficile de vendre les produits qui sortaient de la « maison du péché ». Elle se répétait plutôt les paroles du Christ : « Pardonnez-leur car ils ne savent pas ce qu'ils font. » Elle n'enviait pas non plus les autres femmes qui, à Montréal, se dévouaient dans différentes causes. Les bonnes gens admiraient leur travail et n'hésitaient pas à ouvrir leurs bourses.

Émilie Gamelin, qui accueillait des femmes âgées, était certes ridiculisée par certaines personnes qui disaient qu'elles s'occupaient de « vieilles folles », mais elle était tout de même soutenue par des femmes de milieux aisés dont elle était elle-même issue. Rosalie ne venait pas de ce monde-là. Ses origines étaient modestes. Elle n'était pas instruite, ne connaissait pas les codes qui régentent la vie des bourgeois et qui les font se reconnaître entre eux. Mais surtout, pratiquement personne n'approuvait ce qu'elle faisait et, par conséquent, ne voulait l'encourager.

Rosalie était revenue bredouille de sa visite au maire de Montréal. Non seulement la Ville refusait de la soutenir, mais il n'était pas question d'effacer sa dette : elle n'avait pas encore payé la taxe d'eau.

Mgr Bourget lui remettait parfois un peu d'argent, mais c'était rare. Les Sulpiciens faisaient aussi leur part de temps en temps en lui donnant le fruit de la quête du dimanche. Tout cela ne suffisait pas à bien nourrir toutes les filles. Les jours où le boucher leur cédait ses restes de viande étaient de véritables fêtes. Quand l'une des filles se plaignait au prêtre qui venait les visiter chaque semaine qu'elles souffraient assez souvent de la faim, celui-ci répétait immanquablement que la soupe et le pain dont elles devaient se contenter l'aidaient à expier leur péché.

Fanny était celle qui rapportait le moins d'argent. Certes, elle travaillait du matin au soir, lavait les vêtements de toutes les pensionnaires, nettoyait la pièce, mais de l'argent sonnant, elle n'en rapportait jamais. C'était donc elle que les autres filles avaient nommée pour aller quêter le pain et la soupe au Dépôt des pauvres ou chez les Sœurs de la Providence. S'acquitter de cette corvée était un supplice. Tout au long du chemin, on lui jetait des paroles et des regards assassins.

Certains jours, il lui prenait l'envie d'écrire à ses parents et de tout leur avouer. Mais les lettres qu'elle recevait de Charlotte étaient empreintes de tant de tristesse qu'elle n'avait pas le cœur de rajouter à sa peine. Elle lui disait donc que tout allait bien pour elle. L'astuce qu'elle avait imaginée pour correspondre avec ses parents marchait à merveille. Certes, le processus était long. Marjorie devait lui retourner les lettres que Charlotte postait à Paris. Mais le stratagème fonctionnait quand même. Charlotte se plaignait qu'elle ne lui écrivait pas souvent, mais ne se doutait de rien.

Dans ses rares moments de loisirs, Fanny apprenait à lire et à écrire à plusieurs de ses compagnes. Pour lui témoigner leur reconnaissance, plusieurs d'entre elles la choisirent comme marraine de leur bébé. Fanny ne pouvait refuser, mais cet honneur l'exposait encore plus à l'opprobre. Quand elle entrait à l'église en portant « l'enfant du péché », même les religieuses d'autres congrégations manifestaient ouvertement leur mépris : elles mettaient leurs mains devant leurs yeux afin de ne pas voir l'innocent bébé et la pécheresse qui le portait.

Sur le chemin qui menait à l'église, Fanny craignait toujours de rencontrer quelqu'un de sa connaissance ou, pire encore, son père. Il n'était pas impossible qu'il revienne à Montréal pour vendre ses violons. Même si elle cachait son visage sous un voile, elle était persuadée qu'il la reconnaîtrait.

Mais au fil du temps, cette crainte s'évanouit et elle ressentit une sorte d'indifférence aux jugements des autres. Elle appréciait même d'avoir à sortir aussi souvent et de pouvoir s'éloigner de la maternité. Ce qu'elle appréhendait le plus étaient les moments où l'une d'elles accouchait. Les cris et la souffrance qu'elle lisait sur leur visage l'effrayaient. Accoucher lui faisait terriblement peur. Son ventre était désormais bien visible. « Il est rond, tu auras une fille », lui disait Rosalie. Fanny ne répondait pas.

Sa mère avait le ventre pointu quand elle portait Juliette et elle n'avait pas eu de garçon pour autant. « Histoires de bonne femme », pensa-t-elle. Qu'il soit rond ou pointu importait peu. Elle le caressait souvent en parlant à son enfant ou en lui chantant des berceuses. Les autres filles essayaient de la dissuader d'agir ainsi.

— Tu t'attaches à ton bébé. Faut pas !

Fanny savait qu'elles avaient raison, mais c'était plus fort qu'elle.

— Surtout ne lui donne pas de prénom, conseilla Lucie.

Certes, elle ne lui en avait pas donné. Mais elle l'appelait de la plus belle façon qui soit : « mon amour ». Car c'était bien un enfant de l'amour et non un enfant de la honte qu'elle portait.

La mort était si présente, si omniprésente, qu'elle ne m'avait pas donné le choix de me rendre responsable. Je devais m'occuper de moi-même, faire tout ce que je pouvais pour vivre. Vivre une vie qui ait du sens. Ne pas oublier que j'étais humaine. Isa à Gus

Île Sheldrake, avril 1845.

La révolte grondait de plus en plus fort sur l'île Sheldrake. Plus fort encore que les vents violents qui, tout l'hiver, s'étaient infiltrés dans le lazaret par les nombreux interstices et avaient glacé les malades. Des batailles éclataient pour un rien. Même les enfants n'échappaient pas à la colère de ceux avec qui ils partageaient leur quotidien. Plusieurs d'entre eux avaient les gestes répétitifs semblables à ceux des animaux enfermés : ils tournaient en rond inlassablement jusqu'à ce qu'ils tombent de fatigue. Certains s'allongeaient et se léchaient les genoux. Ces gestes les apaisaient et leur donnaient le sentiment d'exister.

Plus d'une fois, Stanislas s'était félicité d'avoir donné un chien à Isa. Amy savait si bien défendre sa maîtresse que personne n'osait la toucher. La chienne n'était pas d'un naturel agressif, mais elle n'hésitait pas à montrer ses crocs et à grogner si quelqu'un osait brusquer sa maîtresse. Agénard devait se tenir loin. Avec Isa et Olivia, Amy était cependant l'animal le plus tendre et affectueux qu'on eût souhaité.

En réponse aux tentatives d'évasion qui n'avaient cessé de se multiplier, l'Assemblée législative vota de nouveaux règlements, limitant encore plus la liberté des lépreux. Le peu qu'ils avaient s'était volatilisé. Ils devaient même désormais attendre la permission du médecin avant de pouvoir se promener sur l'île. Sheldrake n'était plus ce terrain de jeu qui, parfois, avait permis à Isa d'oublier son triste sort. Les nouveaux règlements stipulaient aussi que de moins en moins de visites seraient permises. Depuis son retour sur l'île, Isa n'avait pas vu ses parents une seule fois.

On avait ordonné au gardien de ne pas hésiter à se servir de son arme pour faire obéir les lépreux. Soupçonnant Stanislas et Silva de ne pas faire respecter les règlements à la lettre, les membres du Bureau de santé avaient engagé un autre gardien, Cérénus Evans. Cet homme trapu, gras et au visage peu avenant, frappa un bon matin à la porte de la maison de Stanislas. Sans esquisser un sourire, il se présenta et leur donna la lettre du Bureau de santé.

Ce nouveau gardien, lut Stanislas à voix haute, *prendra le tour de garde de votre femme.* Silva savait que les membres du Bureau de santé avaient toujours été réticents à ce qu'elle partage avec son mari le travail de gardien de l'île. Mais jusque-là, ils n'avaient trouvé personne d'autre qui veuille travailler dans la colonie de lépreux : « Nous devrons nous contenter d'une femme, mais elle n'aura que la moitié du salaire de son mari », avaient-ils dit.

Dès que Cérénus s'était présenté chez eux, Stanislas et Silva n'avaient pas aimé ce nouveau gardien avec qui ils devaient aussi partager leur maison. Les jours suivants les confortèrent dans cette première mauvaise impression. Ils comprirent assez vite que Cérénus Evans était de ceux qui, en se soumettant passivement aux autorités, étouffent facilement la voix de leur conscience : ils ne se sentent jamais coupables car ils ne se sentent pas responsables. Ils peuvent obéir aux ordres les plus cruels avec l'assurance tranquille de ceux qui se répètent qu'ils ne font que leur travail. Pour vérifier s'ils avaient raison de le juger ainsi, ils lui avaient demandé si cela ne l'empêchait pas de dormir parfois de savoir que ces pauvres malades étaient si mal traités.

— Moi, je me contente de faire ce qu'on me demande, avait répondu Cérénus.

— Que ferais-tu si on te demandait de torturer un lépreux pour le punir ?

— J'obéirais aux ordres, avait rétorqué Cérénus sans hésiter une seconde.

Stanislas et Sylva étaient découragés d'avoir à partager leur vie avec une personne si dépourvue de compassion et de sens critique.

Pendant l'une de ses rondes de nuit, Stanislas aperçut des flammes qui s'élevaient dans le ciel. Il courait vers sa maison afin de réveiller sa femme et Cérénus lorsqu'il vit des lépreux qui prenaient la direction du pont de glace. Il tira un coup dans les airs pour les dissuader de s'enfuir. Ceux qui ne tenaient plus à la vie continuèrent leur route comme s'ils n'avaient rien entendu. Les autres levèrent les bras et rebroussèrent chemin. Cérénus, alerté par le bruit, se leva, s'habilla à la hâte et rejoignit Stanislas en courant. Il prit les choses en main :

— Rassemblons ces maudits lépreux et enfermons-les dans la buanderie.

À Silva qui, elle aussi, était accourue, il ordonna d'aller immédiatement alerter les autorités. Même si c'était un peu risqué, Stanislas n'hésita pas à la laisser partir seule. Silva et lui savaient qu'il était plus dangereux de rester sur l'île et de contenir la colère des lépreux.

S'ils avaient su ce qui arriverait après, jamais les lépreux n'auraient mis le feu à la léproserie. Dans la buanderie où on nous enferma ensuite, je n'avais rien à faire. J'avais le temps de penser. Penser à tout ce que j'avais perdu. Tous les moments heureux de mon enfance resurgissaient à ma mémoire avec une douloureuse netteté. Je les chassais et me répétais que j'étais chanceuse malgré tout. Ceux qui avaient vraiment la lèpre étaient dans une bien pire situation que la mienne. C'est ce qui m'a empêché de sombrer. Quand j'y pense maintenant, je mesure à quel point c'est triste de trouver une consolation dans le malheur des autres. Isa à Gus

Stanislas s'avança à la rencontre des trois membres du Bureau de santé. L'inquiétude marquait ses traits : il craignait qu'on ne le rende responsable de l'incendie. Il ne fut pas surpris de constater que Kenneth n'était pas venu. Aucun hypocondriaque ne mettrait les pieds sur cette île.

— Est-ce qu'on a pu sauver une partie de la bâtisse ? demanda Lunard pendant que le gardien les conduisait auprès des ruines fumantes.

— Non. Quand on est arrivé sur les lieux de l'incendie, il était trop tard pour faire quoi que ce soit. Le vent soufflait assez fort et j'ai eu bien peur que toute l'île y passe. Quelques lépreux, parmi les moins malades, m'ont aidé. On s'est passé les seaux d'eau de main en main.

— Personne n'a eu le temps de rien sauver ? demanda Perry.

Stanislas se racla la gorge et dit :

— Ils ont sauvé leurs vêtements, leurs literies, quelques-uns de leurs effets personnels. Ils n'ont pas grand-chose, alors c'était pas bien dur pour eux de tout emmener.

— Pensez-vous que l'un d'eux ou plusieurs d'entre eux aient pu allumer intentionnellement l'incendie ? demanda Lunard en le regardant d'un air inquisiteur.

Lorsqu'ils en avaient parlé ensemble, Stanislas et Silva étaient arrivés à cette conclusion. Les malades étaient de plus en plus révoltés de leur situation. Quand ils avaient appris l'existence des nouveaux règlements, plusieurs avaient juré de trouver des façons de sortir de l'île. Cherchant désespérément un moyen de fuir cet endroit maudit, mettre le feu à la léproserie leur était sans doute apparu comme la seule façon d'y arriver.

« Ils ont dû penser que s'il n'y avait plus de léproserie, il faudrait bien qu'ils soient logés ailleurs », avait dit Silva. Stanislas avait acquiescé. Mais cela, jamais il ne le dirait aux membres du Bureau de santé. Il craignait que tous les lépreux ne soient punis sévèrement.

— Je ne pense pas, mentit-il. Ils ont dû chauffer le poêle un peu trop. Ils avaient beau chauffer, il faisait toujours froid dans la baraque. Elle était si mal isolée, reprocha-t-il.

— Ben voyons, dit Lunard. C'est bien connu, les lépreux deviennent insensibles au froid et à la chaleur. Et même à la douleur.

— Pas tous, répondit le gardien qui, quotidiennement, voyait à quel point les lépreux souffraient.

Et pas à n'importe quel stade de la maladie, ajouta-t-il, dépité de constater qu'on ne l'écoutait même pas.

Le richissime homme d'affaires poussait du pied des bûches fumantes, à la recherche d'un indice. Perry l'imitait. Les deux hommes étaient convaincus qu'il s'agissait d'un incendie criminel. Le père François ne pensait pas autrement, mais il s'inquiétait plus de la façon dont étaient logés les malades que de trouver des coupables.

— Je vais aller voir les lépreux, dit-il.

— Il faut que j'aille avec vous, dit Stanislas. Il y a un cadenas sur la porte de la buanderie, expliqua-t-il. Une idée de Cérénus.

Quand il pénétra dans la buanderie, les yeux du père François mirent un certain temps à s'habituer à l'obscurité. Avant de voir les quatorze personnes entassées dans ce minuscule réduit, l'odeur le prit à la gorge. À celle de la lèpre, reconnaissable entre toutes, s'ajoutaient les relents d'urine et d'excréments. Craignant de les humilier, le père François se retint de porter son mouchoir à son nez. La pitié lui meurtrit l'âme : « Comment pouvait-on laisser des êtres humains vivre dans un tel lieu ? Des malades de surcroît. »

Plusieurs, des enfants surtout, se balançaient d'avant en arrière, le regard absent. Depuis le temps qu'ils étaient sur l'île, ils avaient perdu le goût de jouer. On les disait matures, alors qu'ils étaient déprimés et n'avaient plus le goût de rien. Le père François chercha Isa du regard. Il la vit, assise par terre, une couverture sur les épaules, caressant d'une main distraite la tête d'un énorme chien.

François s'efforça de lui sourire, mais Isa resta de marbre. Elle semblait hébétée, comme en état de choc. Quand ils avaient été enfermés dans la buanderie, elle avait fait des efforts surhumains pour ne pas s'effondrer. Elle pouvait à peine parler. La détresse qu'elle ressentait d'avoir perdu le peu de liberté qu'elle avait sur l'île était innommable.

Pour se ressaisir, elle se disait que même si elle était emprisonnée, son esprit, lui, était libre. En pensée, elle pouvait aller où elle voulait. Elle rappelait à sa mémoire les moments heureux qu'elle avait vécus avant de venir là. Elle se revoyait avec son cheval, ses parents, ses sœurs. Dans cette buanderie où elle était enfermée, elle s'imagina qu'elle était en réalité dans celle attenante à sa maison d'enfance. Quand elle était petite, elle s'asseyait auprès du bac à lessive et s'amusait à faire des bulles pendant qu'Adéline chantonnait en frottant les vêtements sur une planche.

Elle pensa ensuite à son cheval et à la musique. Celle que jouait sa mère au piano et celle qu'elle-même jouait au violon. Vivaldi et Mage meublaient sa vie intérieure. Elle rejouait en pensée les *Quatre saisons* de ce virtuose de la musique. Les murs de n'importe quelle prison ne peuvent emmurer l'imagination. Elle s'envole où elle veut, quand elle veut.

Mais les images fugitives qui, souvent, réconfortaient Isabelle avaient aussi leurs effets pervers. Loin de toujours la consoler et de mettre de la lumière dans sa vie, ces images ravivaient aussi parfois la douleur d'avoir perdu tout ce qu'était jadis sa vie. Ce qui l'aida un peu fut de regarder autour d'elle et de se répéter qu'elle avait malgré tout de la chance : « Les bébés nés sur l'île ne connaîtront sans doute jamais la liberté. Ils ne verront jamais leur mère heureuse. Ils n'iront jamais à l'école. » Contrairement à la majorité des lépreux, Isa savait qu'elle pouvait espérer. Elle n'avait toujours aucune marque de la lèpre. Elle avait de l'espoir.

Isa comprit aussi que pour survivre en un tel endroit, il fallait se forger une carapace. Une cuirasse qui empêcherait la tristesse qui s'était accumulée en elle de l'anéantir si elle y donnait libre cours. Son regard et ses traits se durcirent et n'affichèrent plus qu'une féroce détermination.

Charlotte avait laissé une lettre pour elle et avait préparé un panier de victuailles pour tous les lépreux. Le père François demanda au gardien d'aller le chercher pendant qu'il bénirait les malades. Seuls quelques-uns d'entre eux dirent une prière, les autres, désabusés ou déprimés, restaient muets.

Quand Stanislas revint avec le panier rempli de sandwichs, les lépreux s'avancèrent en se bousculant. Le gardien eut à peine le temps de le déposer au centre de la pièce qu'ils se précipitèrent sur la nourriture. Ils semblaient affamés. Isa se leva, prit deux portions, l'une pour elle, l'autre pour Amy, et retourna s'asseoir dans son coin.

« Ils ont moins de retenue que des animaux. Ils se nourrissent avec autant d'avidité que ces loups affamés que j'ai vus un jour dans la forêt », pensa François avec pitié en les regardant manger les miettes tombées sur le sol. La faim triomphait de la dignité qui, en d'autres circonstances, les aurait empêchés d'agir de la sorte.

Le gardien détourna le regard. Il ne pouvait rien faire pour les sortir de là. Il ouvrit la bouche pour demander au prêtre pourquoi Dieu permettait que des personnes aient un tel destin, puis la referma. Il connaissait la réponse : « Les voies de Dieu sont insondables. » Le prêtre l'avait si souvent répétée.

— Deux membres du Bureau ont ordonné qu'on les fasse jeûner une journée par semaine afin qu'ils se repentissent, dit-il au curé.

— Se repentir de quoi ? demanda François.

— D'essayer de s'enfuir, répondit le gardien. Même si certains ne sont pas complices de cela, ils sont punis eux aussi.

François comprit qu'on voulait ainsi créer de la discorde entre les délinquants et les autres. Moins il y aurait de solidarité entre eux, plus ils seraient faciles à contrôler. Il se promit de demander des comptes aux autres membres du Bureau de santé : pourquoi lui n'était-il pas au courant de toutes ces décisions ?

En les regardant s'empiffrer, ni le père François, ni le gardien ne comprenaient que ce qui les empêchait de sombrer dans le désespoir le plus profond étaient justement la faim et les privations qu'ils subissaient dans ce minuscule réduit. C'étaient des dérivatifs : la faim, la soif et le froid les libéraient, au moins par intermittence, du désespoir.

Le père François promit aux malades qu'un nouveau lazaret serait bientôt construit et qu'il serait beaucoup plus confortable que l'ancien. Ses propos furent accueillis avec un grand scepticisme. On leur avait promis tant de choses depuis qu'ils étaient sur l'île. Non seulement les promesses n'avaient pas été tenues, mais leur situation ne cessait d'empirer.

Le père François s'approcha d'Isa pour l'examiner. Dès qu'il la toucha, Amy gronda en montrant les crocs. D'un simple geste, Isa la calma. François ne vit aucune marque sur le corps de la fillette. La culpabilité le rongeait. Charlotte avait sans doute raison : sa fille n'avait pas la lèpre. Il aurait dû l'écouter. Depuis, appuyé par le docteur Key, il avait essayé à quelques reprises de convaincre les autres membres du Bureau de santé de la libérer. Ils avaient refusé :

— Il faut beaucoup de temps avant que la maladie ne se déclare, jusqu'à trente ans parfois. Même si elle ne l'avait pas au départ, elle l'a certainement attrapée. C'est presque impossible de vivre si près des grands malades sans être contaminé. Mieux vaut être prudent. Si on la libère, les autres demanderont d'être libérés aussi, ça ne finira plus, avaient-ils argumenté.

François accordait plus d'attention à Isa qu'à tout autre malade. Mais quand il lui parlait, elle ne lui répondait que par monosyllabes ou se contentait de hocher la tête. François ne l'avait jamais vue aussi déprimée. Mais cela, il se promit de le cacher à Charlotte. Il lui dirait plutôt qu'Isa avait un bon moral et, pour achever de la rassurer, lui parlerait de la chienne que Stanislas lui avait donnée. Il sortit de son havresac des vêtements propres que Charlotte avait envoyés à sa fille.

Isa les lui arracha des mains et les porta à son nez. Elle respirait le parfum de sa maison, le doux parfum de sa maison. Elle resta ainsi, figée, les yeux fermés, tenant ses vêtements sur son nez. Elle ne répondit pas quand le père François lui fit ses adieux. Elle semblait ailleurs, loin de la buanderie aux odeurs insoutenables.

La porte s'ouvrit. La poussière virevolta dans la pièce soudain éclaboussée de lumière. Deux ombres, impossibles à identifier à cause du contre-jour, entrèrent dans la buanderie. C'étaient Perry et Lunard. Les deux hommes portèrent leur mouchoir à leur nez. L'un d'eux s'approcha d'Isa et, désignant sa chienne, demanda brusquement :

— Qu'est-ce que c'est que cela ?

D'un même geste, Olivia et Isa posèrent des mains protectrices sur Amy.

— C'est une chienne monsieur, répondit laconiquement Isa en le fixant.

Lunard blêmit : « Comment cette maudite petite lépreuse ose-t-elle se moquer de moi ? » se dit-il.

— Sortez-moi cet animal d'ici ! ordonna-t-il en se tournant vers Stanislas.

Isa, tenant Amy par le cou, lança un *non* désespéré pendant qu'Agénard hurlait :

— Oui, qu'on se débarrasse de cette chienne. Elle nous donne ses puces.

— Ce n'est pas vrai ça, crièrent d'autres lépreux. On veut la garder avec nous !

Le docteur Key qui jusque-là était resté silencieux, intervint enfin :

— Depuis que cette chienne est là, j'ai noté une certaine amélioration de l'état de santé de plusieurs lépreux. Je suis convaincu que la présence d'Amy les distrait. Ils sont moins déprimés.

L'argument du médecin voulant que les lépreux se sentent mieux depuis qu'Amy vivait parmi eux était le pire des arguments. Les membres du Bureau de santé espéraient toujours que les lépreux meurent au plus vite.

— Il n'est pas question que cette chienne reste là, répondit Perry.

Les lépreux se levèrent en bloc et sans l'intervention de Stanislas, Perry aurait sans doute passé un mauvais quart d'heure.

— Écoutez-moi, dit Stanislas, une fois, un lépreux a essayé de s'enfuir et c'est la chienne qui m'a alertée. Elle nous est très utile à Cérénus et à moi.

Il mentait avec assurance.

— Bon, si c'est comme ça et si elle ne coûte rien au Bureau de santé, qu'elle reste, trancha Perry avant de sortir de la buanderie.

Ce n'était pas seulement l'argument de Stanislas qui l'avait fait changer d'idée. La peur y était aussi pour quelque chose. Il avait été effrayé par la colère qu'il avait vue dans les yeux des lépreux.

Isa et Olivia se regardèrent en souriant.

Quand j'écoutais les lépreux, je comprenais que l'ennui était l'une des pires choses qu'ils vivaient. Mon père répétait souvent que le travail est le souverain remède à toutes les souffrances. Moi, mes journées étaient bien remplies. J'occupais mes temps morts à dresser Amy. Je lui ai appris plein de choses. Elle était si intelligente. Parfois, j'avais vraiment l'impression que nous communiquions en pensée. Je ne l'aurais jamais dit à personne mais elle répondait aux ordres que je lui lançais mentalement. Comme Mage. Je rendais service aussi souvent que je pouvais. Pour avoir du tabac, mais aussi parce que c'était naturel chez moi. Jusqu'à l'âge adulte, presque tout le monde trouve naturel de donner sans que cela rapporte nécessairement quelque chose. Isa à Gus

Stanislas, une arme à la main, marchait derrière un groupe de lépreux qu'il escortait durant leur promenade hebdomadaire. C'était leur première sortie depuis l'incendie. Isa et Olivia ouvraient la marche. Amy gambadait autour d'elles. Les jeunes filles riaient de voir la chienne faire des cabrioles comme les veaux de printemps. Amy mettait son museau dans le peu de neige qui, de-ci de-là, résistait aux assauts du soleil, et courait ensuite en tous sens, le nez au vent. Elle détalait si vite dans le sable que des dizaines de petites roches virevoltaient sous l'impact de ses grosses pattes.

Tout le monde était de belle humeur, sauf Agénard qui marchait derrière les filles en marmonnant on ne sait trop quoi. Personne ne s'intéressait à lui. Pas question de laisser quiconque gâcher leur plaisir. Le froid, mordant pour un jour d'avril, les revigorait. Ils entendirent soudain Silva qui criait à son mari :

— Stanislas, attends.

Essoufflée d'avoir couru, elle s'appuya sur lui afin de reprendre son souffle.

— Quelque chose de grave est arrivé ? demanda Stanislas.

Elle fit signe que non avant de préciser :

— Ce sont deux médecins. Ils sont auprès des lépreux les plus malades, mais ils disent qu'ils veulent les voir tous. Même ceux qui se sentent assez forts pour sortir. Ils veulent que tu les ramènes.

— Mais pourquoi ?

— Ils font une enquête.

— Une enquête ? À propos de l'incendie ? Il me semblait qu'on en parlait plus.

— Non, c'est pas ça. L'Assemblée législative a décidé que serait menée une vaste enquête sur la lèpre. Ils ont mandaté le docteur Robert Bayard de Saint-John et le médecin irlandais William Wilson qui pratique la médecine à Dorchester et qui est aussi le député de l'endroit. Ce sont ces deux médecins qui attendent chez nous. Ils veulent voir tous les lépreux.

— Plusieurs malades ne peuvent pas marcher bien vite. Prends les devants et va leur dire que j'irai les rejoindre à la buanderie dans une trentaine de minutes.

Les bruits des marteaux se firent entendre de plus en plus clairement à mesure que les lépreux avançaient. Depuis plus d'une semaine, des ouvriers s'affairaient à la construction de la nouvelle léproserie.

Il n'avait pas été facile de trouver des hommes pour venir travailler sur l'île. La peur de la lèpre était plus forte que le besoin, pourtant criant, de gagner un bon salaire.

Les autorités durent se résoudre à engager des hommes qui n'avaient pratiquement jamais touché un marteau, mais qui avaient accepté ce travail parce que l'un des leurs était séquestré sur l'île. Outre le salaire exorbitant qu'ils avaient réclamé, ils avaient exigé que les lépreux se tiennent loin d'eux. Même s'il s'agissait de membres de leurs familles.

Ce matin-là, les malades virent, atterrés, que des menuisiers érigeaient une haute palissade autour de la nouvelle léproserie. Isa et Olivia pensèrent que de leur petite fenêtre, elles ne verraient plus la mer. Calme ou écumant des vagues furieuses, elle leur offrait chaque jour un spectacle différent qui les distrayait. La palissade allait encore rétrécir leur univers.

La construction de la léproserie était presque terminée et les malades voyaient bien qu'elle ne serait pas plus grande, ni plus confortable que la précédente. Ce furent donc des lépreux fort mécontents que les docteurs Bayard et Wilson rencontrèrent. Avant de les questionner, ils prirent le temps d'écouter leurs plaintes. Ils en auraient eu long à dire sur leurs peines et tous les deuils qu'ils devaient faire.

La peine de voir leurs enfants atteints comme eux de « la maladie » ; la lèpre qui rongeait leurs membres ; la terreur à l'idée de devenir aveugles ou des monstres ; le terrible sentiment d'être abandonnés ; l'absence de soutien dont ils avaient si soif. Ils n'avaient pas la force de parler de tout cela sans pleurer. Ils abordèrent donc des choses concrètes, comme si c'était véritablement ce qu'ils subissaient de pire. Ils se plaignirent de la nourriture insuffisante et infecte et de l'ennui qui les rongeait parce qu'ils n'avaient rien à faire.

— Pourtant, vous ne vous occupez pas des choses du quotidien. On nous a rapporté que le lazaret a toujours été d'une saleté épouvantable. On donne un petit montant d'argent à ceux qui acceptent de le nettoyer, dit l'un des médecins. Personne ne le fait.

— Gagner de l'argent à nettoyer du linge puant pis la crasse des malades et risquer d'être encore plus malade, ça ne nous intéresse pas. Puisqu'on ne pourra jamais guérir, à quoi ça sert de ramasser de l'argent ? demanda une lépreuse qui espérait qu'ils comprennent que l'avenir était trop sombre pour présenter quelque intérêt.

Tous acquiescèrent. Ne pas avoir de projets était infiniment démoralisant. C'était la lèpre qui décidait quel serait leur avenir, s'ils en avaient un. Avec l'ombre de la mort qui planait, chaque journée était comme un sursis. On se couchait le soir en se disant qu'on avait échappé à la grande Faucheuse. Certains étaient soulagés, d'autres par contre étaient encore plus accablés d'avoir survécu et de devoir encore, jour après jour, supporter les souffrances morales et physiques que personne ne pouvait apaiser.

Soudain, tous les lépreux se mirent à parler en même temps, se plaignant de l'absence de traitements, et des douleurs qu'aucun remède ne soulageait. « Les remèdes du docteur Key nous rendent malades. » « On vomit. » « On a des tremblements, de la diarrhée. » « On perd nos dents. » « Nos gencives saignent. » « La tête enfle : ça c'est affreux à voir et à endurer surtout. »

Les docteurs Bayard et Wilson se regardèrent d'un air entendu. Ils avaient souvent constaté les effets nocifs des médicaments faits à base de mercure. Encore récemment, ils avaient parlé de ce navire qui, en 1810, transportait des vessies remplies de cet élément chimique capable de dissoudre l'or et l'argent. Après le naufrage de ce navire, trois personnes moururent et plus de trois cents tombèrent malades parce qu'elles avaient respiré les vapeurs de mercure.

Des médecins s'élevaient contre l'utilisation du nitrate de mercure afin de préserver et traiter les peaux servant entre autres à la fabrication de chapeaux. Plusieurs chapeliers, dont des enfants, souffraient de troubles neurologiques graves. L'expression « faire du chapeau » venait d'ailleurs de là. L'écrivain Lewis Carroll s'inspira de ce fait pour créer son personnage de chapelier fou dans *Alice au pays des merveilles*, personnage que le docteur Bayard qualifia de fort attachant lorsqu'il lut cet ouvrage quelques années plus tard.

Les médecins savaient donc que le mercure était nocif, mais ils ne jetaient pas pour autant le blâme sur le docteur Key. Ils comprenaient combien il devait être difficile pour lui de soigner des malades dont les souffrances étaient aussi grandes. « N'ayant aucun remède efficace, il fait ce qu'il peut avec ce qu'il a », se dit le docteur Bayard.

L'homme qui avait perdu ses sourcils, ses cils et sa barbe, ajouta :

— Pourquoi est-ce qu'on ne peut pas retourner chez nous ? Je ne pourrais peut-être plus nourrir ma famille, mais je suis certain que je pourrais encore être un peu utile !

— Notre enquête vise justement à évaluer si la lèpre est contagieuse. Si nous concluons qu'elle ne l'est pas, vous pourrez retourner chez vous.

Des exclamations de joie et des applaudissements fusèrent de part et d'autre du groupe : « Oui, c'est ce que nous voulons ! » s'écrièrent les lépreux.

— Ne vous réjouissez pas trop vite, dit le docteur Wilson. Ce n'est pas certain que nous arriverons à ces conclusions.

— Mais c'est possible. Il n'est pas interdit d'espérer, ajouta le docteur Bayard.

Il aurait tant aimé pouvoir faire immédiatement quelque chose. La vie malheureuse des lépreux le touchait plus que celle de tous les malades qu'il avait rencontrés jusqu'à ce jour.

— Espérer, espérer, c'est tout ce que vous trouvez à dire, cracha Agénard. Je vais vous dire ce que j'en pense, moi, de vos enquêtes. C'est rien que des affaires de pousseux de crayons[1] ! C'est pas ça qui va nous aider.

Les médecins l'ignorèrent. Le docteur Bayard s'intéressa plutôt à un homme qui gardait la tête baissée et dont le capuchon lui cachait une partie du visage.

— Et vous monsieur, avez-vous quelque chose à dire ? lui demanda-t-il.

L'homme ne broncha pas.

— Est-il sourd ? s'enquit le docteur Wilson.

---

1. Expression québécoise désignant, de manière péjorative, une personne intellectuelle, mais incapable de réaliser des tâches physiques. (NdE)

— Non, il n'est pas sourd, mais il agit comme s'il l'était, indiqua la lépreuse assise auprès de lui. Il n'a plus envie de parler. Je le connais, moi. C'est le Solitaire. Depuis qu'on l'a retrouvé dans le grenier de sa maison, il n'a plus dit un seul mot.

Le Solitaire continua de faire comme s'il n'entendait rien. Isa aussi aurait voulu pouvoir consoler cet homme dont le silence disait mieux que toute parole l'étendue de sa douleur. Il semblait ne plus s'intéresser à rien.

Les médecins se tournèrent vers la femme qui ne cessait de renifler depuis qu'ils étaient arrivés. Une lépreuse qui avait intercepté leurs regards expliqua :

— Bernadette n'arrête pratiquement jamais de pleurer. Elle s'ennuie trop de ses enfants qu'elle n'a même pas eu le temps de voir quand elle s'est enfuie. Elle leur écrit, mais ils ne lui répondent pas.

Le docteur Bayard lui fit signe de se taire : ne comprenait-elle pas qu'elle ajoutait à la peine de cette femme en parlant d'elle comme si elle était sourde ?

Un terrible sentiment d'impuissance s'empara des médecins. Ils avaient hâte de quitter l'île. La détresse des lépreux, plus encore que l'odeur infecte, était dure à supporter. Mais avant de les quitter, ils les questionnèrent sur leurs antécédents médicaux et leurs liens matrimoniaux avec d'autres lépreux. Ils voulaient faire une « table de consanguinité ».

Les jours suivants, ils parcoururent les villages du Nouveau-Brunswick afin de rencontrer toutes les familles dont un des membres était atteint. Dans certains cas, il y avait déjà des lépreux parmi leurs ancêtres. Ils conclurent ce que plusieurs soupçonnaient déjà : ce fléau pouvait sauter plusieurs générations avant de réapparaître. Ils ajoutèrent que certaines conditions favorisaient sa réapparition : des mariages entre lépreux ; une grande fatigue ; un froid excessif ; la malnutrition ; une mauvaise hygiène ; la consanguinité. Ils étaient convaincus que cette maladie n'était pas contagieuse et recommandèrent que la léproserie de l'île soit fermée.

***

Le docteur Labergne avait ragé quand il avait appris que le Bureau de santé avait engagé deux enquêteurs. Puisqu'il menait déjà une enquête, il aurait voulu que son travail soit apprécié et reconnu officiellement. Une fois sa colère calmée, il se dit qu'il valait mieux se montrer bon prince. Il rencontra les deux médecins enquêteurs et leur montra le fruit de ses recherches. Le docteur Bayard lui appris qu'il recommanderait que les malades restent dans leurs familles, pourvu que leurs maisons soient nettes, qu'ils aient un bon régime alimentaire, qu'ils « soient propres de leur personne », qu'ils respirent de l'air pur en prenant quotidiennement de « grandes marches de santé ». En entendant cela, le docteur Labergne pensa aussitôt à Charlotte.

Le lendemain, à l'aurore, son épouse le vit partir à la belle épouvante[1], ignorant ce qui pouvait le presser à ce point. Il tenait à être le premier à porter la bonne nouvelle à Charlotte. Il avait hâte de lire la gratitude dans ses yeux. En chemin, lui revint en mémoire le fait que, jadis, des hommes avaient payé de leur vie les mauvaises nouvelles qu'on leur chargeait de

1. Au Québec, « partir à la belle épouvante » signifie « partir très rapidement ». (NdE)

transmettre. La colère des tyrans s'abattait sur eux comme s'ils étaient responsables des tragédies qu'ils annonçaient. À l'inverse, les porteurs de bonnes nouvelles étaient récompensés et appréciés. Il avait d'excellentes raisons d'espérer qu'il gagnerait, sinon l'amour, du moins l'estime et l'affection de Charlotte.

— Vous avez eu raison d'espérer, s'empressa-t-il de lui dire aussitôt qu'elle lui ouvrit la porte de sa maison. Les médecins qui ont fait enquête sont d'avis qu'il ne sera plus nécessaire de séquestrer les lépreux. Je crois bien que cette île maudite ne sera plus qu'un mauvais souvenir. Isa vous reviendra bientôt.

Charlotte était si heureuse qu'elle lui sauta au cou et l'embrassa sur la joue, tout près de la commissure des lèvres. Il ressentit un tel trouble qu'il ne put s'empêcher de la serrer dans ses bras et de lui embrasser les cheveux. Mal à l'aise, soudain consciente du geste que sa joie l'avait amenée à poser trop spontanément, Charlotte se dégagea de l'étreinte, rougissante et confuse. Pour dissiper le malaise, le docteur Labergne dit aussitôt :

— Je ne peux en parler trop ouvertement, mais je crois bien avoir trouvé le remède pour guérir les lépreux. Je prouverai que bien qu'elle soit héréditaire, la lèpre est néanmoins guérissable.

Il crut déceler beaucoup d'admiration dans les yeux de Charlotte. Il espérait que ce soit plus que de l'admiration, quelque chose qui ressemblait à l'amour ou tout au moins au désir.

Montréal, 25 novembre 1845.

À tour de rôle, Rosalie et Geneviève, la sage-femme, encourageaient Fanny à pousser.

— Courage, ce ne sera plus très long, dit Geneviève.

Fanny rageait. Pourquoi endurait-elle une telle souffrance ? Pourquoi Théo, lui, dormait-il sans doute à poings fermés à l'heure qu'il était ? Pourquoi était-elle la seule à avoir souffert, ces derniers mois, des humiliations, de l'inconfort, de la faim, du froid, de la peur ? Pourquoi, lui, n'avait-il rien enduré de tout cela ? Pourquoi devrait-elle, dans quelques heures, se séparer de son enfant ? Toute la colère qu'elle s'était interdit d'exprimer durant toutes ces semaines passées à la maternité semblaient vouloir exploser en même temps que la douleur de l'enfantement.

On entendit soudain des coups violents frappés à la porte.

— Ouvrez, police !

Rosalie et Geneviève se regardèrent, déconcertées. Avant même que Rosalie ait le temps d'aller ouvrir, un des policiers força la porte en donnant un violent coup d'épaule.

— Mais que se passe-t-il pour l'amour de Dieu ? demanda Rosalie.

— On nous a avertis que cette maison était un lieu de débauche, répondit le policier Valmont Théberge en regardant partout autour de lui.

Il ne lui fallut pas beaucoup de flair pour comprendre que toutes les filles qui dormaient sur des paillasses étaient enceintes.

Il fit le tour de toutes les pièces avec ses deux collègues. L'un d'eux ricana en disant :

— Y'en a pour tous les goûts dans la nature. Y'en a qui ne baisent qu'avec des filles grosses.

D'un regard, Valmont le fit taire. Il avait vite compris qu'il n'avait pas affaire à des prostituées. Il s'approcha de la salle d'accouchement d'où provenaient les plaintes de Fanny. Comprenant qu'elle était sur le point d'accoucher, il recula et s'excusa auprès de Rosalie de les avoir dérangées. Il appela ses hommes et allait sortir lorsque son regard fut attiré par les dessins de Fanny qui avaient été collés sur le mur près de l'entrée. Il ne pouvait détacher son regard de celui qui représentait un nouveau-né dont les yeux étaient si tristes qu'il en fut tout remué.

— Qui est le dessinateur qui a fait cela ?

— C'est la femme qui est en train d'accoucher, répondit Geneviève, la sage-femme.

Remarquant qu'il avait lu la signature de Fanny, elle lui demanda d'oublier ce prénom.

— Toutes les filles ici prennent un nom d'emprunt. Elles veulent cacher leur état avant de retourner chez elles, expliqua-t-elle. Oubliez s'il vous plaît qu'il y a ici une fille qui s'appelle Fanny.

Il acquiesça mais se dit que cette femme devait être bien naïve : demander à un policier d'oublier un prénom était en réalité une bonne façon de l'aider à s'en souvenir. Il n'oublierait jamais non plus le visage de Fanny. Bien qu'empreint de douleur, il la trouvait magnifiquement belle. Surtout, il adorait les rousses.

Fanny lâcha un cri de bête qu'on égorge. Rosalie accourut à son chevet. Valmont eut le réflexe de la suivre, habitué qu'il était d'accourir en entendant des cris. Geneviève lui demanda de partir avec ses collègues.

— Oui, je comprends, excusez-nous, bafouilla Valmont en jetant un dernier regard à Fanny qui grimaçait de douleur.

— Seigneur, quand est-ce qu'on va cesser de penser que toutes les filles ici sont des débauchées ! s'exclama Geneviève.

Ce jour-là, elle avait vu des hommes qui regardaient par les trous de la clôture pour voir ce qui se passait dans la cour. Ils espéraient découvrir de quoi les émoustiller. Filles tombées et prostituées, à leurs yeux, c'était du pareil au même.

Fanny lâcha un autre cri de bête traquée. Geneviève l'encouragea à pousser : « Ce ne sera plus très long ma fille. »

— Ça y est, je vois la tête ! dit la sage-femme. Pousse ! Pousse fort !

À travers ses larmes, Fanny poussa de toutes ses forces.

— Attends un peu maintenant. Tu donneras une autre poussée quand je te le dirai. Et puis ce sera fini.

Fanny n'oublierait jamais le moment où Rosalie déposa sa petite fille dans ses bras.

— Elle a le baiser de l'ange ! s'exclama Rosalie en voyant, près de la tempe, une tache de naissance en forme d'étoile.

Fanny se dit que mise à part cette marque, le bébé était une copie conforme de sa petite sœur Juliette, à sa naissance. Fanny avait alors quatre ans. Charlotte lui avait permis de la prendre dans ses bras quelques heures à peine après qu'elle fut née. Elle n'avait jamais oublié ce moment-là, ni le bonheur qu'elle lisait sur le visage de ses parents. Elle les comprenait désormais. Elle n'avait jamais ressenti pareille émotion. Un si grand amour. Elle caressa les petits doigts recroquevillés de son enfant. C'était comme si plus rien d'autre n'existait.

Fanny avait le sentiment d'être seule avec sa fille dans une autre dimension, un lieu hors d'atteinte de la folie et de la douleur du monde. Un lieu enchanteur. C'était ce moment magique dont elle se souviendrait le lendemain. Du reste : l'expulsion du placenta, les douleurs, tout cela serait déjà oublié.

Comme si la nature avait créé cette amnésie pour assurer la survie de l'humanité. Car si une femme se souvenait de l'intensité des douleurs ressenties, elle ne voudrait plus jamais donner naissance.

Quand sa fille eut cessé de téter le précieux lait, elles s'endormirent, collées l'une contre l'autre. Elles s'éveillèrent quelques heures plus tard, au même moment, comme si un lien invisible les liait. Aussitôt, du lait s'écoula du sein de Fanny. Donner la tétée à sa fille était un pur bonheur. Elle avait la réponse à la question qu'elle s'était posée si souvent durant les derniers mois : elle garderait son enfant. Elle ignorait comment elle se débrouillerait, mais elle ne l'abandonnerait pas. Il n'en était pas question.

— Tu ne devrais pas la regarder comme ça. Tu t'attaches, pis tu vas devoir t'en séparer, dit Célestine, une fille qui, elle aussi, avait accouché la veille.

Elle donnait le sein nonchalamment, évitant de regardant son bébé, se tenant le plus loin possible du petit corps frêle, comme si elle avait peur qu'un simple contact l'attache à elle pour toujours.

— Je la garde, dit Fanny avec un sourire rayonnant.

Célestine lui jeta un regard de pitié et marmonna :

— Un autre enfant qui sera mis dans la misère avant même d'apprendre à marcher.

Rosalie s'approcha de Fanny avec un bol de gruau.

— Quand t'auras fini d'allaiter, tu devras manger. Elle a l'air d'avoir un très bon appétit c't'enfant-là, dit-elle en souriant. Ce qu'elle est jolie ! Pis naître avec le baiser de l'ange, c'est un don de Dieu.

Fanny sourit. Elle espérait que son enfant soit bénie.

— Elle ressemble tellement à Juliette, dit-elle.

Dans sa poitrine, soudain, son cœur s'affola. Elle craignait que Rosalie refuse la faveur qu'elle allait lui demander.

— Rosalie…

Elle hésitait, au bord des larmes.

— Bon, c'est à mon tour d'être émotive, dit-elle en s'efforçant de rire.

Toutes les filles de la maternité savaient qu'accoucher pouvait rendre sensible la plus coriace d'entre elles.

— Tu veux la garder, c'est ça ? demanda Rosalie.

— Comment l'avez-vous deviné ?

— C'est pas bien difficile. Ça se voit rien qu'à la façon dont tu la regardes. As-tu remarqué que tu la tiens très près de ton cœur ? répondit Rosalie.

Puis, elle ajouta :

— Pour toi, je vais faire une exception. Puisque tu es presque de ma famille, tu peux rester ici avec ta fille le temps que tu trouves un moyen de la faire vivre.

Fanny pleura de joie et de gratitude. Certes, elles vivraient dans la pauvreté, mais la jeune fille ne serait pas seule et elles auraient un toit sur la tête.

— As-tu pensé à un prénom ? demanda Rosalie.

— Oui. Elle en aura deux. Élisabeth, parce qu'il y a le mot *Isa* dedans, et Désirée, parce que je veux qu'elle se souvienne toujours que dès que je l'ai vue, j'ai souhaité qu'elle reste auprès de moi. Même dans ma situation.

***

Deux mois plus tard, Fanny chantait en étendant des couches sur la corde à linge accrochée, durant l'hiver, dans le couloir de la maternité. La mélancolie dans laquelle l'avait plongée la période des Fêtes commençait à se dissiper. Décembre avait été difficile à traverser. Fanny aurait tant aimé passer Noël et le jour de l'An à Tracadie avec sa famille. Elle leur aurait présenté sa petite fille. Ses parents seraient tombés amoureux fous d'elle

et l'auraient chouchoutée. Ils auraient été si heureux qu'ils n'auraient même pas pensé lui reprocher de leur avoir caché sa grossesse. Mais à quoi bon les regrets ?

D'autant plus que partir de Montréal pour se rendre à Tracadie en plein hiver, avec une enfant, n'est pas une mince affaire. Et, de toute façon, rien ne permettait d'affirmer que cela se serait bien passé. Ses parents auraient peut-être eu honte de sa situation. Gus surtout. Et puis, sa mère aurait sans doute été choquée de la voir s'exposer, et exposer sa fille, au risque d'attraper la lèpre. Les Fêtes avaient certainement été très tristes pour eux aussi. Comment festoyer alors qu'Isa vivait dans une colonie de lépreux ?

Fanny soupira. Il valait mieux attendre que l'épidémie soit du passé avant de tout avouer à ses parents. À ce moment-là, elle irait avec sa fille dans son village natal. Elle lui jeta un coup d'œil. Sa petite Élisabeth dormait à proximité dans un couffin. Fanny la gardait toujours auprès d'elle. Elle n'aimait pas trop la façon dont certaines filles de la maternité traitaient les bébés.

Célestine s'approcha d'elles et, sans un regard pour le poupon, s'adressa à Fanny :

— Il y a un homme qui voudrait te voir. Veux-tu prendre le temps de mettre ton voile ?

— C'est qui ? demanda Fanny, soudain inquiète.

Elle craignait toujours que ses parents n'aient percé son secret et que son père ne vienne à la maternité.

— C'est l'un des policiers qui est venu quand tu accouchais.

— Puisqu'il m'a déjà vue, pas besoin de mettre de voile. Dis-lui qu'il peut venir, répondit Fanny en s'essuyant les mains sur son tablier.

L'homme d'une trentaine d'années qui lui tendit la main quelques minutes plus tard était beau, très beau :

— Je me présente : Valmont Théberge. Je suis le policier qui a eu la mauvaise idée de venir à la maternité le soir où vous accouchiez, dit-il en pointant Élisabeth.

Elle rougit. Qu'il l'ait vue en train d'accoucher la gênait d'autant plus qu'elle le trouvait séduisant. Elle imagina la scène : elle était en sueur, avait les cheveux collés sur le visage, était souffrante et d'une humeur massacrante, bref, ce n'était pas le moment de faire une première rencontre. Ne dit-on pas que la première impression est très importante ?

Elle passa la main dans ses cheveux en se disant qu'il était décidément doué pour la surprendre alors qu'elle n'était pas très présentable. N'ayant pas fait la lessive depuis plusieurs jours et n'ayant plus rien à se mettre, elle portait la robe de l'une de ses compagnes. Non seulement était-elle trop courte, mais elle était aussi déchirée sous les aisselles. La jeune femme s'efforça de se donner une contenance et lui demanda en quoi elle pouvait lui être utile.

— J'ai vu l'un de vos dessins et je connais des dames de la haute qui cherchent une personne de talent qui voudrait faire leurs portraits.

Fanny le regarda, estomaquée. Elle se demandait s'il se moquait d'elle. Depuis qu'elle habitait à la maternité, elle avait entendu toutes sortes de plaisanteries et d'insultes adressées à ses compagnes et elle. Des mots blessants, qui faisaient mal. Mais si cet homme se permettait de se moquer de ses dessins, elle en éprouverait peut-être plus de peine encore.

— Vous vous moquez, dit-elle d'un ton acerbe.

Elle ne croyait pas avoir suffisamment de talent pour faire des portraits.

— Pas du tout ! rétorqua aussitôt Valmont. Regardez, dit-il en sortant un papier de sa poche. J'ai ici le nom et l'adresse de dix femmes qui veulent vous rencontrer.

Fanny essuya de nouveau ses mains sur son tablier et s'approcha. Les noms valsaient devant ses yeux. C'était peut-être un avenir meilleur qui se présentait à elle au moment où elle ne s'y attendait pas. Être payée pour dessiner. C'était trop beau.

— Et bien j'irai les voir, dit-elle en éclatant d'un rire nerveux. Merci beaucoup. Merci, répéta-t-elle.

Valmont riait lui aussi. Ne sachant plus quoi dire alors qu'il aurait tant aimé rester auprès d'elle, il déclara simplement :

— Eh bien, je dois y aller.

— Oui, dit Fanny, gênée à son tour. Merci encore.

Elle se trouvait stupide de répéter toujours la même chose.

Quand il fut parti, elle lut les noms et les adresses. Certaines étaient très éloignées. Il lui faudrait marcher longtemps. Qu'importe ! Elle gagnerait un peu d'argent. Mais à qui pouvait-elle confier Élisabeth ? Pas question de la laisser à la maternité. Certaines filles s'en seraient bien occupées, mais d'autres…

Elle serait trop inquiète de laisser sa petite avec elles. Élisabeth se réveilla au même moment et bâilla d'une manière comique.

— J'y pense, lui dit Fanny, pourquoi te faire garder ? Je vais t'emmener avec moi. Tu dormiras dans ton couffin pendant que je peindrai. On va essayer. Si t'es sage, on sera toujours ensemble, lui dit-elle.

Fanny prit sa fille dans ses bras et l'embrassa avec effusion.

— Toi et moi on va se faire une belle vie, tu verras.

***

— Je ne suis pas du tout superstitieuse. Beaucoup de mes connaissances refusent qu'on fasse leur portrait parce qu'elles pensent que cela provoquera leur mort. Elles nous cassent les oreilles avec ce qui est arrivé au père Rouillard lorsqu'il s'est arrêté chez le seigneur de Trois-Pistoles. Celui-ci insista pour qu'on le peigne. Quand le dessinateur eut fini, le père Rouillard s'est exclamé : « Je suis blême comme un noyé ! » Eh bien, le pauvre homme est mort noyé quelques jours plus tard. Moi, je dis que ce n'est qu'une simple coïncidence. On devrait plutôt compter le nombre de personnes dont le portrait est accroché dans leur salon et qui sont encore bien vivantes.

Fanny acquiesçait, mais évitait de répondre. Elle ne voulait surtout pas nourrir la conversation. Cette femme était un véritable moulin à paroles. Elle aurait aimé pouvoir mieux se concentrer sur sa peinture. C'était le premier portrait qu'elle peignait en échange d'un montant d'argent. Un montant beaucoup plus substantiel qu'elle ne l'avait imaginé.

Elle avait calculé que si elle en faisait plusieurs par semaine, elle pourrait vivre, non pas grassement, mais confortablement avec sa fille dans un petit logement. Elle en avait vu un à louer près de la maternité.

Elle n'en revenait toujours pas : elle effectuait un travail d'artiste ! Fanny n'aurait jamais osé exprimer cela ouvertement. Elle estimait que c'était prétentieux, mais à l'intérieur d'elle-même, elle ressentait une grande fierté d'être payée pour peindre. Elle avait décidé d'attendre encore un peu avant d'annoncer cette nouvelle à Marjorie dans une lettre. « Ne vendons pas la peau de l'ours avant de l'avoir tué », se dit-elle. Peut-être qu'après ce premier ouvrage, toutes les autres personnes se décommanderaient. Elles étaient toutes des connaissances d'Agnès, dont, à cet instant, elle essayait de reproduire les traits et la personnalité aussi fidèlement que possible.

Ce n'était pas facile. Non seulement Agnès parlait sans cesse, mais elle se penchait souvent pour prendre un chocolat dans la boîte qu'elle avait déposée auprès d'elle. « Elle mériterait que je lui dessine des lèvres noircies de chocolat comme celles qu'elle me présente à l'instant, se dit Fanny. Comment fait-elle pour ingurgiter autant de chocolats et être aussi maigrichonne ? »

— Et vous, qu'en pensez-vous ? demanda Agnès, la bouche pleine.

Fanny se sentit prise au piège. Perdue dans ses pensées, elle avait cessé de l'écouter. Elle risqua un :

— Je suis tout à fait d'accord avec vous.

La satisfaction qu'elle lut sur le visage d'Agnès la rassura. Elle avait bien répondu.

— Savez-vous que Marguerite d'Youville refusait qu'on fasse son portrait ? Quand elle mourut, le peintre Philippe Liébert fut appelé auprès d'elle afin d'immortaliser son visage. Mais la sœur, une sainte femme, dit Agnès en se signant, était si déterminée, pour ne pas dire entêtée, qu'elle me pardonne de dire cela, ajouta-t-elle en se signant de nouveau, qu'elle fit en sorte que ses traits s'altèrent au point que le pauvre peintre n'eut d'autre choix que d'abandonner ses pinceaux.

— C'est ce que je dois faire moi aussi, indiqua Fanny.

— Mon Dieu, ne me dites pas que mes traits s'altèrent. Que je suis en train de disparaître !

Fanny réprima difficilement un fou rire :

— Mais non, ma chère dame, j'ai terminé votre portrait. C'est pourquoi j'abandonne mes pinceaux.

Agnès rit nerveusement et demanda si elle pouvait voir le portrait.

— Mais oui venez ! répondit Fanny, anxieuse.

Elle le savait : le verdict de cette bourgeoise aurait des conséquences sur sa vie. Si elle était satisfaite, elle le claironnerait partout dans la ville.

Agnès mit sa main sur sa bouche et resta un long moment silencieuse. Fanny n'arrivait pas à deviner ce qu'elle pensait. Le silence était de plus en plus pesant. « Pour une fois que j'aimerais l'entendre, voilà qu'elle reste muette », se disait-elle quand Agnès, soudain, se tourna vers elle et la prit dans ses bras. À travers ses larmes, tant la peinture l'émouvait, elle lui dit :

— C'est magnifique. Je n'aurais jamais espéré que vous me fassiez aussi belle.

Fanny, très touchée, la remercia chaleureusement.

— Je vais chercher votre argent, déclara Agnès en sortant de la pièce.

Fanny prit sa petite Élisabeth dans ses bras. Elle n'avait pas cessé de dormir dans son couffin tout le temps de la séance. Cette enfant était parfaite. Certes, elle se réveillait à l'aube, mais le reste de la journée, elle était une grosse dormeuse ou restait tranquille à gazouiller. Fanny était ravie de pouvoir l'amener avec elle pendant qu'elle travaillait. Élisabeth ouvrit les yeux et bâilla. Fanny la couvrait de bisous quand Agnès revint. La femme gratifia Fanny d'un montant d'argent bien supérieur à ce qui avait été entendu.

Cette dernière la remercia encore vivement, emmitoufla sa fille et sortit de la maison cossue. Elle exultait : Marjorie avait peut-être raison. Elle avait du talent.

L'air était doux. Février finissait à peine et, pourtant, ça sentait le printemps. Élisabeth gazouillait dans son traîneau. Fanny se sentit heureuse. Elle prit une grande inspiration et leva les yeux au ciel, le cœur rempli de gratitude. Elle vit des hiboux de plâtre sur la corniche de la maison d'en face. C'était beau. Elle resta un instant à les observer. Plus tard, bien des années plus tard, elle repenserait à cet instant quand, le lendemain d'une grande tempête ayant détruit plusieurs maisons riveraines, elle verrait, avec sa sœur Isabelle, des dizaines de hiboux survoler l'île en face de Rimouski.

Un peu plus loin, sur la même rue, elle s'arrêta devant la vitrine d'un artiste peintre réputé. Son attention fut attirée par une toile.

— Regarde comme c'est beau, dit-elle à sa fille. Là, c'est une vache et…

Fanny s'arrêta net de parler. Elle avait le sentiment d'avoir déjà vu cette toile quelque part. La mémoire lui revint. Mais oui, pas de doute, c'était celle que Marjorie avait peinte le jour où elles avaient été chassées d'un champ à la pointe d'un fusil par un fermier en colère. Fanny se pencha pour voir la signature : Bouffard ! Le célébrissime peintre avait signé la toile. Le prix qu'il en exigeait était fabuleux ! Fanny décida d'entrer pour demander des explications mais elle se heurta à une porte close.

— Ce monsieur-là ne peut être là toute la journée. C'est un artiste, un grand artiste. Il faut qu'il peigne, dit une voix derrière elle.

Fanny se retourna et vit que l'homme qui avait dit cela s'éloignait déjà. Chapeau haut de forme, canne à la main, habit de prix, il était sans doute un fin connaisseur. Elle se dit que si des personnes telles que lui admiraient le peintre Bouffard, il ne serait pas facile de le dénoncer. C'est bien connu : on ne peut raconter en public les bassesses des personnes socialement valorisées sans perdre beaucoup de plumes. Elle décida tout de même d'avertir Marjorie. Elle lui écrivit le soir même, l'informant aussi du fait qu'elle venait de toucher, pour la première fois, une somme d'argent pour avoir réalisé un portrait. Élisabeth dormait sagement auprès d'elle.

— Ta mère est une artiste, lui dit-elle tout bas. Je te le répète, toutes les deux, nous allons nous faire une belle vie.

Elle chassa de son esprit ce que les autres filles de la maternité lui serinaient trop souvent :

— Les bâtardes ont une vie misérable. Fais-la adopter pendant qu'il est encore temps. Dans peu de temps, tu seras trop attachée à elle pour t'en défaire.

Et patati, et patata.

Fanny leur rétorquait que c'était déjà fait. Il n'y avait que Rosalie pour l'encourager à la garder. Elle aussi était tombée sous le charme d'Élisabeth. Même si elle était débordée de travail et accablée de fatigue, elle trouvait toujours du temps pour la bercer.

À la fin de sa lettre à Marjorie, Fanny mit un long postscriptum :

Ma chère Marjorie,

Inutile désormais de m'écrire que tu regrettes d'être allée à Paris. J'ai compris depuis longtemps que tu me caches ton plaisir d'y être parce que tu trouves indécent d'afficher ton bonheur devant moi qui, comme tu le crois, traverse une période difficile. Rassure-toi, ce n'est plus le cas. Malgré ma situation, je ne suis pas malheureuse. J'irais même jusqu'à dire que chaque journée est remplie de plusieurs moments de bonheur. Quand tu verras Élisabeth, tu comprendras. En attendant, je t'envoie son portrait. Crois-moi, je ne l'ai pas embellie. Merci de m'envoyer au plus vite les lettres de maman. Elle ne se doute de rien. Grâce aux descriptions que tu me fais de Paris, je peux lui en parler comme si j'y étais. Pauvre maman, elle a déjà bien assez de peine comme ça ! Elle n'est plus la même. Quand je la lis, j'ai le sentiment de lire une étrangère. Elle parle beaucoup d'Isabelle. Elle est morte d'inquiétude. Elle s'inquiète pour moi aussi. Je la rassure. Je lui dis que tu veilles sur moi. Je sais qu'elle t'écrit à toi aussi. Tu serais bien gentille de la réconforter toi aussi.

Je t'embrasse.

Fanny.

Fanny aurait aimé écrire à ses parents pour leur annoncer qu'ils étaient grands-parents. Depuis qu'elle avait donné naissance à Élisabeth, elle se sentait plus proche de sa mère. Elle aurait tant aimé partager sa joie avec elle. Elle se donna encore du temps pour y réfléchir.

Les journalistes, en publiant les noms des familles où cette maladie honteuse avait fait son nid, n'ont sans doute pas pensé qu'ils nous marquaient au fer rouge. Ils faisaient de nous des exclus et des parias. Même ceux qui, comme moi, étaient victimes d'une erreur médicale. Isa à Gus

Tracadie, printemps 1846.

Pour la dixième journée de suite, la pluie frappait violemment les vitres de la maison de Gus. Charlotte ne s'en plaignait guère. Elle avait bien d'autres préoccupations que le temps qu'il faisait. C'était au moins la dixième fois qu'elle relisait les titres faisant la une des grands journaux : « La lèpre n'est pas contagieuse. » Elle but une gorgée de thé et reprit le journal où étaient publiés, jusque dans les moindres détails, les résultats de l'enquête menée par les docteurs Wilson et Bayard.

Les médecins avaient même donné aux journalistes leur table de consanguinité : tous pouvaient lire les noms des lépreux qui avaient des liens de parenté avec les premières familles du Nouveau-Brunswick ayant été affectées par la lèpre. Bayard recommandait qu'on interdise les mariages entre les personnes issues de familles où la lèpre faisait, ou avait fait, des ravages.

Mais loin de rassurer tout le monde, ces conclusions ravivèrent le débat. Les spécialistes les plus éminents n'arrivaient pas à s'entendre. Ironiquement, celui à qui on accorda, en ce temps-là, le moins de crédit serait reconnu, un siècle plus tard, comme étant le plus éclairé. Surnommé « le Contagionniste », le docteur Key martelait que la lèpre se transmettait lorsqu'une personne vulnérable était en contact direct, soit avec les plaies des lépreux, soit avec les sécrétions du nez et de la gorge. Il rassurait cependant la population en affirmant qu'elle ne s'attrapait pas aussi facilement que la grippe.

Le docteur Bayard réagit vivement à ces affirmations. Il adorait les débats et se servait de sa plume comme d'une arme. Il n'hésita pas à la tremper dans le vitriol pour qualifier le docteur Key d'ignorant. « Si la lèpre est contagieuse, comment expliquer que des personnes ayant été en contact direct avec de grands malades ne soient pas atteintes à leur tour ? » argumentait-il. Était-il de mauvaise foi ? Certains le croyaient, car le docteur Key avait bel et bien précisé que seules les personnes les plus vulnérables l'attrapaient.

Le docteur Labergne entra à son tour dans la danse médiatique. Il envoya un article aux journaux. Il y qualifiait les idées du docteur Key d'« une masse d'absurdités ». Qui plus est, il accusa ce médecin d'avoir des idées du Moyen Âge. Le docteur Labergne cacha cependant son identité sous le pseudonyme de « Delta[1] ».

1. Le 11 mars 1848, de tels propos furent effectivement publiés dans le *New Brunswick Courier* sous ce pseudonyme ainsi que l'extrait cité deux lignes plus bas.

Quand, quelques jours plus tard, il envoya un autre article dans lequel il demandait qu'on libère les lépreux, il s'empressa de venir le montrer à Charlotte : « Le système actuel qui consiste à exclure avec force toute personne qui manifeste les symptômes de la maladie entraîne des dépenses importantes chaque année pour la province, sans qu'elle en retire quelque avantage que ce soit. Ce système cause une affliction des plus cruelles sur la liberté personnelle du sujet. »

Émue aux larmes qu'il prenne la défense des lépreux, Charlotte se leva et l'embrassa encore sur les joues. Le médecin avait connu trop de femmes pour être aveugle au désir qu'il suscitait chez elle. Il eut envie de poser ses lèvres sur les siennes, mais se contenta de respirer son parfum. Son instinct de séducteur le trompait rarement. Il lui dictait d'attendre un peu avant de poser les gestes dont il rêvait. Il sentait qu'il n'aurait pas à patienter bien longtemps avant qu'elle ne soit sienne.

Prenant la main de Charlotte, il lui promit d'entrer en contact avec les autorités provinciales afin qu'elles prennent les mesures qui s'imposaient à la suite du rapport des deux médecins ayant mené l'enquête.

Quand il la quitta, Charlotte le regarda jusqu'à ce que sa monture ne fût plus qu'un point noir à l'horizon. Si une amie le lui avait demandé, lui aurait-elle confié qu'elle éprouvait pour ce médecin un désir irrépressible ? Elle avait honte d'elle-même. Comment pouvait-elle songer à cela avec ce qui arrivait à sa fille ? D'autant plus qu'elle ployait déjà sous le poids de la culpabilité. Ne disait-on pas que des couples s'attiraient les foudres de Dieu en jouissant trop de la chair ?

Depuis que leur Isabelle était enfermée, Gus et elle n'avaient osé refaire ces gestes qu'une seule fois. Ceux qu'ils avaient jadis si souvent répétés et qui les avaient rendus si heureux lui manquaient terriblement. Avant l'enfermement d'Isa, Charlotte était persuadée que leur amour avait non seulement exulté leur corps, mais aussi rendu leur âme meilleure. En présence du docteur Labergne, elle devait s'avouer que tout son être, trop longtemps privé, avait soif de cela.

Quelques jours plus tard, l'été semblait être arrivé d'un coup. Après des semaines de pluie, la chaleur s'était installée pour de bon. Charlotte marchait sur la plage en remerciant le ciel de lui avoir envoyé Rébecca. Juliette s'était beaucoup attachée à l'ancienne esclave, de sorte que Charlotte pouvait profiter de quelques moments de solitude. Six semaines plus tôt, Charlotte et Gus avaient proposé à « l'esclave » de l'engager comme servante.

Rébecca avait accepté avec une joie évidente : elle avait souvent prié pour qu'ils le lui demandent. Non seulement elle ne se sentait pas prête à rejoindre des inconnus à Halifax, fussent-ils d'anciens esclaves comme elle, mais elle s'était attachée à Charlotte et Juliette.

Pour éviter d'éveiller les soupçons, il avait suffi que Charlotte raconte à Théodora que Gus avait engagé cette servante lors de l'un de ses déplacements. Comme elle l'espérait, en un rien de temps, tous les villageois avaient été mis au courant. Personne n'avait trouvé à redire. Il y avait beaucoup de Noirs au Nouveau-Brunswick, le Canada étant, depuis 1834, un pays où les esclaves étaient libres. De toute façon, le débat sur la lèpre occupait toutes les conversations. Personne ne se préoccupait de savoir d'où venait cette servante noire. Rébecca pouvait se promener librement dans le village. Elle savourait chaque instant de cette liberté. On s'était habitué à la voir à l'église, au bureau de poste, au magasin général. Elle était considérée comme une des leurs.

Du haut de la falaise où nichaient des dizaines d'hirondelles, le docteur Labergne, assis sur son cheval, observait Charlotte. Il l'espionnait souvent, espérant que l'occasion se présenterait de la rejoindre dans un endroit isolé. Comme si elle répondait à son souhait, Charlotte pénétra dans l'une des grottes marines dont pratiquement personne ne connaissait l'existence. Elle aimait y être seule et pouvoir pleurer à sa guise si elle en éprouvait le besoin. Là, elle implorait aussi le Dieu des chrétiens, mais aussi Glouscap, le dieu suprême de ses ancêtres Micmacs.

Lorsque le docteur Labergne entra à son tour dans la caverne, Charlotte parut d'abord surprise, mais elle ne posa aucune question. Ils se regardèrent un moment en silence. Il s'avança vers elle et la serra dans ses bras. Elle ne résista pas et ferma les yeux. Offerte. Oublier, tout oublier, voilà ce qu'au fond d'elle-même, elle désirait le plus. Il l'embrassa avec passion et elle répondit avec autant d'ardeur à ses baisers.

Son désir de rester fidèle à Gus s'effondra devant la force de leur désir. Les jambes enroulées autour du corps de son amant, elle se cramponnait à lui. Elle comprendrait plus tard que c'était aussi une façon de se cramponner à la vie.

La lèpre m'a volé mon enfance et une partie de ma jeunesse. Elle changea aussi la vie de tous les membres de ma famille. Isa à Gus

Pendant qu'elle rajustait ses vêtements, Adam s'approcha et lui caressa les cheveux. Charlotte cherchait un sujet de conversation qui créerait une distance entre eux. Un sujet qui n'avait rien à voir avec les gestes intimes qu'ils venaient de poser. S'éloignant de quelques pas, elle lui demanda si les démarches auprès des autorités avaient porté fruit. Surpris de cette soudaine froideur, il s'éloigna d'elle et regarda l'horizon qui se profilait à l'entrée de la grotte. Il savait que ses paroles allaient la blesser :

— Hélas, dit-il enfin, la vaste enquête qui a coûté si cher a été faite pour rien. Les lépreux devront rester sur l'île.

Charlotte s'appuya sur la paroi de la grotte ruisselant d'humidité et se mit à pleurer.

Parlant fort afin que le fracas des vagues n'étouffe pas ses paroles, Adam lui expliqua que les politiciens étaient confrontés à différents problèmes : s'ils avaient écouté les recommandations des deux enquêteurs, il aurait fallu qu'un médecin se charge de soigner les lépreux à leur domicile. De plus, les causes de la maladie n'étaient pas suffisamment étayées pour qu'on puisse prendre le risque de contaminer plusieurs personnes.

Le médecin eut la délicatesse de ne pas préciser que les autorités se désintéressaient d'autant plus de ce sujet qu'ils croyaient toujours que la meilleure solution était d'attendre la mort des lépreux. « Quand ils seront tous morts, il suffira de tout brûler sur l'île », tel était le leitmotiv qu'ils répétaient en catimini.

Les paroles du médecin claquaient comme un fouet et la meurtrissaient tout autant. Charlotte refoula ses larmes. Avant de le quitter, elle lui dit :

— Ce que nous avons fait aujourd'hui ne se répétera plus. Je crois bien que j'ai perdu la raison pour en arriver à tromper un homme que j'aime et qui m'aime. Pardonnez-moi.

Il fit un pas vers elle, cherchant les mots pour lui dire qu'il n'avait rien à lui pardonner, qu'elle l'avait rendu heureux, qu'il ne demandait rien de plus que de la revoir de temps en temps, mais elle s'enfuyait déjà en courant.

Au fur et à mesure qu'elle approchait de sa maison, Charlotte s'efforça de se donner une contenance. La fumée des feux qu'on allumait dans les rues presque quotidiennement lui piqua les yeux et lui permit de laisser couler ses larmes sans qu'on s'en étonne. Elle n'était pas la seule, loin de là, à être incommodée par cette fumée qui avait, croyaient plusieurs, le pouvoir de freiner la contamination.

***

Quand elle rentra chez elle, Rébecca l'avertit aussitôt que Juliette était fiévreuse.

Terrorisée, Charlotte songea aussitôt à la lèpre. Mais cette fois, se promit-elle, elle ne permettrait pas qu'on emmène sa fille sur l'île. Elle pensa aussi que ce n'était pas un hasard si Juliette tombait malade peu après qu'elle eut trompé son mari. C'était clair : Dieu la punissait.

Le front de sa fille était brûlant. Paniquée, Charlotte courut chez le père François, espérant le trouver chez lui à cette heure de la journée. Non seulement y était-il, mais le docteur Key s'y trouvait aussi. Les deux hommes acceptèrent de venir aussitôt examiner Juliette. Rébecca l'avait installée dans l'endroit de la maison que la jeune fille préférait : la petite cuisine d'été. Quand Juliette, des années plus tard, visita une exposition de peinture avec sa tante Marjorie, elle resta figée devant l'une des toiles du peintre Luke Fildès, intitulée *The Doctor.* C'était comme si ce peintre avait été dans la cuisinette d'été le jour où le docteur Key l'avait examinée.

Fildès avait peint une mère qui pleurait pendant qu'un médecin examinait une enfant couchée sur des chaises qu'on avait rapprochées et sur lesquelles on avait mis des oreillers afin de faire comme un petit lit. Le père, la main posée sur l'épaule de sa femme, affichait un air inquiet pendant que le médecin, fixant l'enfant, semblait hésiter sur la marche à suivre. Deux détails sur la peinture ne correspondaient pas à son souvenir. Juliette était plus vieille que l'enfant malade et dans la pièce se trouvait un petit oiseau en cage. Jamais Charlotte n'aurait permis cela. Elle devenait d'ailleurs complètement hystérique quand elle était témoin d'un inutile enfermement. Cela lui rappelait trop la cruelle séquestration dont Isa faisait l'objet.

Un jour, au bureau de poste, son attention avait été attirée par une mouche qui était prise entre deux vitres. Essayant de se libérer, l'insecte se frappait avec de plus en plus de force contre les vitres. Charlotte s'était approchée et avait essayé de soulever la fenêtre à guillotine.

L'humidité ayant gonflé le bois, elle n'y arrivait pas, malgré tous ses efforts. Sous les regards éberlués des personnes qui se tenaient dans la pièce, elle s'était mise alors à frapper à coup de poings dans la vitre. Le postier, qui ne voulait pas trop s'approcher d'elle parce qu'il croyait qu'elle était la mère d'une lépreuse, lui avait crié de sortir immédiatement. Impuissante à libérer la mouche, Charlotte s'était laissé tomber par terre et, à genoux, avait sangloté sans retenue. Une femme s'était approchée et, lui prenant doucement le bras, l'avait aidée à se relever et à sortir du bureau de poste.

Charlotte lui en avait été d'autant plus reconnaissante qu'elle savait que personne, quelques mois plus tôt, ne serait venue l'aider. Après l'avoir tenue à l'écart pendant longtemps, les Tracadiens la considéraient désormais comme une des leurs. Ils avaient d'abord été impressionnés de voir avec quel courage elle avait participé à l'évasion des lépreux. Ils avaient ensuite appris avec quel dévouement elle s'était occupée de ceux qui avaient trouvé refuge dans la maison hantée. Ils répétaient que même si elle vivait dans l'aisance et était instruite, elle était autant affectée qu'eux par la maladie. La douleur de Charlotte, qu'elle cachait si mal, n'avait pu faire autrement que de les toucher. Ils étaient unis par une souffrance commune.

— Cessez de pleurer madame, dit enfin le docteur Key, votre fille n'a pas la lèpre. Ce n'est qu'un mauvais rhume. Elle a les bronches un peu prises. Je vais vous laisser un sirop.

Gus prit sa femme dans ses bras. Charlotte aurait tant voulu revenir en arrière et défaire ce qu'elle avait fait avec Adam quelques heures plus tôt. Elle avait honte d'elle-même. Elle n'arrivait plus à regarder son époux dans les yeux. Elle s'en voulait terriblement de s'être abandonnée dans les bras d'un autre homme. D'autant plus que ce qu'elle y avait trouvé ne ressemblait en rien à ce qu'elle ressentait dans toutes les fibres de son corps quand elle se donnait à Gus. Ce n'était ni la même jouissance, ni surtout le même bonheur. Avec le médecin, cela avait été mécanique, sans âme. Elle regrettait amèrement cette trahison.

Charlotte recommença à croire en Dieu. Chaque matin, elle le remerciait d'avoir épargné Juliette. Alors qu'il se préparait à déjeuner, elle annonça à Gus qu'elle veillerait à ce que Juliette ne voie personne, pas même son ami Zacharie, jusqu'à ce que la lèpre soit éradiquée.

— Il n'en est pas question, dit-il. Juliette a perdu sa grande sœur. Ne lui enlève pas cette amitié. C'est déjà bien assez qu'on ne voie plus Fanny qui est d'autant moins pressée de revenir de Paris que tu ne cesses de lui écrire que là-bas elle ne risque pas d'attraper la lèpre. Ta peur de la maladie est exagérée. Maladive, je dirais. Tu t'en viens comme

Kenneth qui se promène au village habillé comme une momie.

— Tu sais que je n'aime pas que tu prennes ce ton avec moi, répondit Charlotte, bouillante de colère.

— Il le faut bien. Tu n'en fais qu'à ta tête, répondit Gus lui aussi en colère. Tu ne veux même plus qu'elle aille à l'école.

— Je vais commencer à lui enseigner. Ce n'est pas bien compliqué.

Rébecca entra sur ces entrefaites, les bras chargés de linges à vaisselle fraîchement lavés.

— Je pourrai du même coup enseigner à Rébecca, ajouta Charlotte.

Rébecca resta éberluée un moment : se pouvait-il que ce qu'elle avait si souvent souhaité se produise enfin ? Savoir lire et écrire. Ne pouvant cacher sa joie, elle s'écria :

— C'est vrai madame Charlotte ? Vous allez m'enseigner à lire et à écrire ? Vous allez m'apprendre tout ce que les Blancs apprennent dans leurs écoles ?

— Oui, Rébecca, répondit Charlotte, ravie.

Elle n'avait jamais pensé que la jeune fille puisse souffrir d'être analphabète. Elle s'en voulut de n'y avoir jamais songé.

Gus, voyant que la partie était perdue, se leva et sortit sans déjeuner.

Charlotte soupira. Elle avait le cœur gros. L'un autant que l'autre avaient besoin de réconfort et de tendresse, pas de querelles.

Montréal, août 1846.

Fanny sortit son papier de sa poche et vérifia l'adresse. Elle était bel et bien à l'endroit que son ami le policier Valmont Théberge lui avait indiqué. Depuis qu'elle avait commencé à faire des portraits, celui-ci ne cessait de promouvoir son travail auprès de toutes les bourgeoises que son métier l'amenait à rencontrer parce qu'elles avaient été victimes de petits larcins, le plus souvent des vols sans grande importance.

Il leur racontait une histoire triste à mourir : Fanny avait perdu son époux dans des circonstances tragiques le jour même de son accouchement et, orpheline, la jeune femme n'avait personne au monde pour l'aider à pourvoir aux besoins de sa petite fille. Craignant que Fanny soit une piètre menteuse, il demandait aux bourgeoises de ne jamais lui parler de ce douloureux épisode de sa vie.

Même si elle était triste chaque fois qu'elle pensait à Théo, Fanny s'estimait plutôt heureuse. Des mois plus tôt, elle n'aurait jamais pensé ainsi. Mais la situation d'Isa lui permettait de relativiser sa peine. Elle gagnait sa vie et éprouvait cette fierté et ce sentiment de sécurité engendrés par la capacité de pouvoir se suffire à soi-même. Elle avait fini par croire que sa tante Marjorie n'exagérait pas quand elle lui disait qu'elle avait du talent.

Fanny adorait d'autant plus son métier qu'il lui permettait d'être constamment avec sa petite Élisabeth. Pendant qu'elle peignait, Élisabeth dormait dans son couffin ou s'amusait avec des jouets que Fanny déposait par terre. Personne jusqu'à présent ne s'était plaint de la présence de la petite. Au contraire, si elle réclamait trop d'attentions, les bourgeoises la cajolaient et demandaient ensuite à leur bonne de s'en occuper.

Mariette, la bourgeoise qui reçut Fanny ce matin-là, n'en finissait plus de s'exclamer devant la beauté d'Élisabeth qui la regardait avec le sérieux qu'ont souvent les bébés lorsqu'ils dévisagent quelqu'un. Quand Fanny lui enleva son petit chapeau et que Mariette vit la petite étoile près de la tempe, elle faillit tomber en pâmoison.

— Mais c'est extraordinaire, c'est le baiser de l'ange ! En forme d'étoile en plus ! Cette enfant est bénie des dieux !

— Oui, elle n'a que neuf mois et elle marche déjà, répondit Fanny avec fierté.

— Permettez-vous que je la prenne ?

Fanny la lui tendit et Mariette la berça dans ses bras avec tendresse.

— Vous savez, je vais avoir moi aussi un enfant.

Les yeux de Fanny se posèrent immédiatement sur le ventre plat de la femme.

— Il arrivera bientôt. Je l'ai adopté.

— Félicitations, je crois que vous serez une excellente mère, dit Fanny. Vous l'avez adopté à la crèche d'Youville ?

— Non, s'écria la femme si violemment qu'Élisabeth sursauta et se mit à pleurer.

— Oh, ma pauvre petite, je suis désolée, dit Mariette en mettant l'enfant dans les bras de sa mère.

L'enfant se calma aussitôt.

Mariette reprit la conversation et expliqua que les bébés de la crèche d'Youville n'étaient pas en très bonne santé :

— Ils vivent dans une trop grande promiscuité. Un ami médecin nous a confirmé que quatre-vingt-dix pour cent des bébés qui y sont accueillis meurent avant d'être adoptés.

Fanny acquiesça. Elle savait que c'était vrai, mais elle se dit aussi que, justement, il fallait les sortir de là au plus tôt.

— Et puis, ajouta Mariette, on sait quel genre de filles vont les porter là. Je ne veux pas que mon enfant soit le fruit du péché.

Fanny blêmit en entendant ces mots méprisants. Inconsciente de la blessure qu'elle venait de lui infliger, Mariette ajouta :

— Non, j'ai trouvé une maternité privée à Halifax dont les propriétaires enquêtent sur les familles des bébés qui leur sont apportés. Ils n'accueillent que ceux dont les mères sont mortes en leur donnant naissance ou bien les bébés de femmes veuves comme vous mais qui n'ont pas les moyens de les garder. Attendez-moi, je reviens, dit-elle en sortant du salon.

Mariette revint aussitôt avec un journal.

— Regardez, ils ont dû payer cher pour cette publicité.

L'illustrateur que les propriétaires de la maternité avaient payé était talentueux. Le dessin était aussi réel qu'un daguerréotype. On y voyait une immense bâtisse qui, avec ses tourelles et les immenses galeries qui l'encerclaient, ressemblait plus à un château qu'à une maternité. Les grands jardins richement entretenus qui l'entouraient ajoutaient à la beauté du lieu. Des nounous, assises dans l'herbe devant l'imposante maternité, tenaient en souriant des bébés bien dodus.

Fanny lut la légende : *La maternité idéale. Refuge pour les mères et filles-mères. Discrétion assurée. Adoption de bébés en santé et issus des meilleures familles, exemptes de toute forme de tare héréditaire.*

Dans le court article qui accompagnait la publicité, on pouvait lire que le propriétaire avait obtenu un diplôme d'une école de médecine aux États-Unis, alors que son épouse avait obtenu le sien dans une école ouverte spécifiquement pour les femmes voulant exercer cette profession.

Pendant que Fanny lui remettait son journal, Mariette ajouta :

— Bien sûr, nous avons dû payer très cher. Mais il n'est pas question de lésiner sur le prix. Nous n'avons même pas songé à marchander. La qualité de notre enfant est ce qui compte le plus.

Fanny resta un moment stupéfaite. Elle n'aurait jamais imaginé qu'on puisse acheter un bébé.

Élisabeth s'était endormie. C'était son heure de sommeil. Fanny la déposa dans son couffin et commença le portrait de la bourgeoise. Celle-ci resta figée comme une statue, se donnant à peine le droit de respirer. Elle avait une crampe dans la jambe, mais n'osait le dire. Plus le temps s'écoulait, plus son sourire était crispé. Elle fut soulagée quand sa bonne vint l'avertir que monsieur et madame Williams voulaient la voir.

— Mon Dieu, ce sont les propriétaires de la maternité ! s'exclama-t-elle en mettant la main sur son cœur. Ils viennent me faire signer le contrat. Cela veut dire que j'aurai mon enfant très bientôt. Peut-être même aujourd'hui.

Fanny lui sourit. Le désir d'enfant de cette femme était attendrissant.

Aussitôt qu'elle les vit, monsieur et madame Williams déplurent à Fanny. Instinctivement, elle prit Élisabeth et la serra contre elle, ce qui attira l'attention de madame Williams. Pendant que Mariette lui parlait, elle ne cessait de fixer l'enfant de ses yeux de fouine. Quand Mariette se tut pour signer le contrat, elle se leva et s'approcha.

— Votre enfant est magnifique. Je n'avais jamais vu ça une étoile près de la tempe. C'est un bon signe. Le signe qu'elle aura un destin exceptionnel.

Madame Williams la questionna ensuite tant et si bien que Fanny, exaspérée, se disait qu'elle était l'objet d'un véritable interrogatoire. Elle voulait savoir où elle habitait, si elle était mariée et patati, et patata. Fanny lui raconta les mensonges habituels : elle était née à Kamouraska et était veuve.

Si le portrait de Mariette avait été terminé, Fanny aurait filé au plus vite. Mais elle devait rester là à subir les questions indiscrètes de cette femme qui sentait trop le parfum. Et cela ne semblait pas près de finir : Mariette, surexcitée, n'en finissait plus de poser des questions au docteur Williams. Au bout d'un moment, Fanny se racla la gorge afin d'attirer son attention.

Mariette la regarda et s'exclama :

— Mon Dieu Fanny ! Excusez-moi, je vous ai complètement oubliée. Revenez demain matin, nous terminerons ce travail.

Soulagée, Fanny ramassa ses affaires, prit son enfant et fila aussitôt.

***

Fanny avait mal dormi. Elle avait rêvé que son ami le policier essayait en vain de la consoler pendant qu'elle pleurait à chaudes larmes.

Depuis son réveil, l'angoisse lui oppressait la poitrine et ne la quittait plus. Ses mains tremblaient pendant qu'elle terminait le portrait de Mariette. Celle-ci était radieuse. Dans moins d'une semaine, elle aurait son enfant auprès d'elle.

Élisabeth, ressentant l'angoisse de sa mère, réclamait sans cesse son attention au lieu de dormir ou de jouer sagement comme elle avait l'habitude de le faire. Fanny lui parlait gentiment tout en peignant, mais elle réclamait plus et se mit à hurler. Mariette fit résonner la clochette déposée sur la table auprès d'elle :

— Ma bonne va s'en occuper, dit-elle à Fanny.

Comme si elle avait été cachée derrière la porte, celle-ci entra aussitôt et emmena Élisabeth. Au bout d'une dizaine de minutes, on ne l'entendit plus.

Fanny se concentra sur son portrait. Elle écoutait d'une oreille distraite le babillage de Mariette qui ne cessait de parler de l'enfant qu'elle avait adopté. Fanny aurait préféré qu'elle soit aussi compassée que la veille. Mais non, c'était comme si son portrait, tout à coup, n'avait plus aucune importance.

— Savez-vous que la maternité des Williams a si bonne réputation que des familles adoptives viennent de partout pour y chercher des bébés ? dit-elle. Non seulement de toutes les provinces du Canada, mais aussi d'ailleurs où les lois sur l'adoption sont plus strictes. Si ma mémoire est bonne, madame Williams m'a dit qu'aux États-Unis les lois ne permettent pas qu'une famille adopte un bébé issu d'une famille dont la religion est différente de la leur. Le choix de bébés exempts de toute tare est ainsi plus limité.

Fanny demeurait silencieuse. Cette quête du bébé « exempt de toute tare » avait quelque chose de déplaisant à ses yeux. Elle songeait que les gens parfaits n'ont pas nécessairement l'avenir le plus brillant et sont rarement les personnes les plus intéressantes. Ceux qui font les découvertes les plus utiles pour l'humanité, ceux qui sont les plus intéressants, sont souvent des gens qui se moquent des convenances et sont même parfois un brin excentriques.

— Elle aimerait sans doute que vous fassiez son portrait car elle m'a beaucoup questionnée sur vous. Je lui ai dit que vous étiez veuve et que vous aviez du sang noble.

Fanny regrettait de lui avoir parlé de cette ancêtre. D'autant plus que cela ne voulait rien dire à ses yeux. Qui s'intéressait à l'histoire du monde savait que la noblesse n'a pas toujours posé les actes les plus glorieux. Loin s'en faut.

Elle termina son tableau, le montra à Mariette qui le trouva magnifique. Fanny, elle, estimait que c'était la moins réussie de ses œuvres. Elle se dit que Mariette était si heureuse qu'elle aurait aimé un tableau peint par un gorille. Elle ne savait pas pourquoi cette idée lui était venue à l'esprit. C'était tout à fait saugrenu de penser qu'un singe puisse dessiner ou peindre.

Sur ces entrefaites, la bonne entra, affolée.

— Badame ! Badame ! Je ne trouve plus Élisabeth !

Comme Adéline, cette bonne prononçait *Badame.* En d'autres circonstances, Fanny aurait ri sous cape. Mais, en l'entendant, elle eut plutôt l'impression que tout son sang s'était retiré de son corps. Elle s'avança vers la bonne, la prit par les épaules et la secoua en hurlant :

— Comment ça *disparue* ?

— La petite jouait un peu à l'écart dans le jardin. Je lui avais donné un petit seau et une petite pelle et elle s'amusait à faire des petits chemins. Je devais dépoussiérer les tapis et je ne voulais pas qu'elle reçoive la poussière pendant que je les frappais avec un bâton. Vous savez, Badame, c'est vous qui m'avez appris comment faire, dit la bonne qui, en se dégageant de l'emprise de Fanny, s'adressait à sa maîtresse.

— On s'en fout des tapis ! cria Fanny. Qu'est-il arrivé au juste ?

— Quand je me suis retournée, elle n'était plus là, dit la bonne qui pleurait à chaudes larmes. J'ai cherché partout, demandé à tous les autres domestiques, mais personne ne l'a vue ni entendue.

Fanny sortit en courant. Une personne pouvait l'aider : son ami le policier. Elle n'eut même pas à courir jusqu'à son lieu de travail, il venait justement lui annoncer qu'il avait trouvé d'autres contrats pour elle. Elle se jeta dans ses bras en pleurant. À travers ses sanglots, elle réussit à lui raconter ce qui s'était passé.

Pendant plusieurs semaines, les policiers de Montréal firent d'intenses recherches pour retrouver la petite Élisabeth. En vain.

Fanny était inconsolable. Elle n'avait qu'un espoir : que Valmont revienne d'Halifax avec son enfant. Quand elle lui avait parlé de l'attitude de madame Williams, Valmont avait décidé d'envoyer un télégramme aux policiers de cette ville afin qu'ils se rendent à la maternité pour vérifier s'ils y trouveraient un bébé avec une étoile sur le front. Leurs recherches furent vaines. Mais Fanny n'en démordait pas.

C'était devenu une obsession. Elle répétait à Valmont qu'elle sentait intuitivement que ces gens-là avaient quelque chose à voir avec la disparition de sa fille. Sensible à sa détresse, il décida de prendre quelques semaines de congé et d'aller lui-même enquêter sur place. Fanny lui était d'autant plus reconnaissante qu'elle savait qu'il ne serait pas payé pendant ce congé. Elle n'était pas dupe non plus. Elle savait qu'il faisait cela parce qu'il était amoureux d'elle. Elle se sentait vaguement coupable d'accepter son aide étant donné qu'elle n'éprouvait pour lui rien de plus que de l'amitié.

Une grande amitié et une affection sincère, mais rien de semblable à l'amour passionnel qu'elle avait vécu avec Théo. Elle songea à l'accompagner, mais elle préférait continuer ses recherches à Montréal. Du matin au soir, elle arpentait les rues dans l'espoir de voir miraculeusement apparaître sa fille. Chaque fois qu'elle retournait chez Rosalie, elle espérait qu'Élisabeth y était. Elle ne pensait qu'à elle. Ne parlait que d'elle. Elle imaginait les pires scénarios. Cela la torturait. Elle ne mangeait ni ne dormait pratiquement plus. Rosalie la soutenait du mieux qu'elle pouvait, mais elle voyait bien qu'elle était impuissante à soulager cette douleur-là.

Pour la première fois depuis qu'il était policier, Valmont avait fait une entorse à la loi et à son code d'éthique : n'ayant aucun motif valable justifiant qu'il aille fouiller la maternité des Williams, il trafiqua un mandat de perquisition. Les Williams, pourtant méfiants, n'y virent que du feu. Après les avoir interrogés, il exigea de consulter les registres des adoptions. Il fut d'abord consterné de constater le prix exorbitant que payaient les familles adoptives. Il ignorait que les Williams étaient l'objet de régulières marques de reconnaissance de la part de familles riches dont les filles avaient accouché à la maternité. Ce qui se traduisait par de fortes sommes d'argent, toujours accompagnées d'un rappel important : la discrétion absolue et éternelle.

Il ne s'attendait pas à trouver le nom d'Élisabeth dans les registres. Si les Williams l'avaient enlevée, ils auraient immédiatement changé son nom. Il lut tout de même les noms d'enfants qui y figuraient ainsi que le lieu de leur provenance. Aucune trace d'Élisabeth. Il lui semblait cependant que quelque chose clochait. Il prit un papier et un crayon. Il ne tarda pas à constater quelques irrégularités dans la tenue des registres et les protocoles d'adoption. Amoureux des chiffres, il décelait rapidement des erreurs de calcul. Il se mit donc à additionner le nombre d'enfants abandonnés et ensuite ceux qui avaient été vendus à des parents adoptifs ou qui étaient morts.

Cela ne concordait pas. On ne retrouvait la trace de plusieurs bébés ni dans la colonne d'adoption, ni dans celle des décès. Il soupira et eut ce réflexe qu'il avait toujours quand il réfléchissait : il se passa souvent les mains sur son visage. Il prit le papier sur lequel il avait fait ses calculs, se leva, sortit et marcha dans les rues de la ville en réfléchissant. Il s'arrêta dans un des nombreux jardins publics, qualifiés de plus beaux en Amérique du Nord, et donna à manger aux pigeons voyageurs dressés pour porter des messages d'un fort à un autre. Il les observa un moment en jetant des coups d'œil au couple d'amoureux assis sur un banc à proximité.

Il pensa à Fanny. Il aurait aimé qu'elle soit auprès de lui. Il se leva et marcha en réfléchissant toujours aux bébés de la maternité dont il ne restait plus aucune trace dans les registres. Il s'arrêta au marché public où abondaient fleurs, fruits, légumes et volailles. En croquant dans la pomme qu'il venait d'acheter, il regarda les « Négresses » qui portaient sur leur tête d'énormes paniers de légumes qu'elles espéraient vendre au marché. Leur lourde charge ne les empêchait pas d'avoir une allure royale. Elles marchaient avec élégance, le dos droit, et Valmont fut comme hypnotisé un moment par les douces ondulations de leurs jupes aux couleurs vives. L'une d'elles lui sourit et déposa son panier sur la table à côté de celle où une vieille Squaw fumait sa pipe.

Il s'éloigna et se dirigea vers les petites îles fortifiées garnies de troupes. Des sentinelles aux habits bleus ou rouges, fusil au bras, arpentaient les remparts près de la citadelle. Il rencontra un prêtre et le salua. Cette rencontre lui donna l'idée d'aller au presbytère afin de consulter le registre des décès. Il compta tous les bébés morts à la maternité. Il n'y en avait pas plus que ceux inscrits dans les relevés des Williams. Où étaient donc les nourrissons qui n'avaient pas été comptabilisés ?

Il retourna à la maternité et interrogea les filles qui y travaillaient. Il lui fallut beaucoup de patience avant d'obtenir quelques informations. Il était évident que ces filles avaient peur. L'une d'elles, Katleen, fut plus bavarde. Elle lui raconta que les filles-mères qui n'avaient pas eu les moyens de payer leur accouchement à la maternité devaient y travailler ensuite sans être payées pendant plusieurs mois, voire plus d'une année, afin de rembourser ce qu'elles devaient aux Williams. Katleen confia du même coup que, contrairement aux autres, elle ne craignait rien pour son enfant parce qu'il était mort :

— Les autres filles, elles veulent pas parler parce que les Williams nous ont bien averties. Si nous ne savons pas être discrètes, nos enfants ne seront plus aussi bien traités par leurs parents adoptifs. Ils n'ont pas dit comment, mais on peut leur faire confiance. Ils n'ont pas de cœur ces gens-là. Je vais vous dire une chose, j'ai vu des petits bébés déposés dans des boîtes à beurre que monsieur Williams achète au magasin général. Les bébés enterrés au cimetière ne sont pas mis dans de beaux cercueils de satin blanc. Pis ça, monsieur, c'est stipulé dans le contrat qu'on signe quand on vient accoucher ici. Si notre bébé meurt, il sera enterré dans un beau cercueil. C'est ça qui est écrit. Et ce n'est pas tout. Y'a pas moyen de sortir d'ici une fois qu'on y a accouché. Ils n'en finissent plus d'ajouter toutes sortes de frais. À les entendre, tous les bébés doivent voir le médecin et prendre des médicaments. Ils disent que ça coûte cher, et ils nous font rembourser en nous faisant travailler pour rien.

La porte du bureau s'ouvrit brusquement. Madame Williams entra, suivie du chef de police d'Halifax. Katleen, devenue pâle, sortit de la pièce sans que madame Williams ait à le lui demander. La dureté de son regard avait suffi. Sans plus de préambule, le chef de police ordonna à Valmont de quitter immédiatement les lieux et de retourner à Montréal. « Nous ferons nous-mêmes notre enquête », précisa-t-il.

Ayant trafiqué un mandat de perquisition, Valmont n'était pas en mesure de contester. Dépité d'être traité de cette façon, il s'en retourna à l'auberge où il logeait. Pas une âme ne s'y trouvait hormis l'aubergiste. Il en profita pour le faire parler sans avoir l'air de le questionner. Cet homme affable et bavard ne se fit pas prier pour parler des Williams qu'il ne semblait pas tenir en haute estime. Il apprit à Valmont que leur richesse leur avait ouvert les portes des plus grandes maisons du Nouveau-Brunswick et de la Nouvelle-Écosse. Ils y avaient aussi créé des liens avec des hommes politiques et des hommes de loi. Valmont imagina sans peine qu'ils avaient usé de leurs relations pour l'évincer. Il ne se trompait pas. La veille, les Williams s'étaient plaints des mesquineries de ceux qui les enviaient :

— Notre richesse nous attire bien des jaloux, disaient-ils en soupirant. Pourtant, ce n'est pas pour nous que nous avons bâti de si somptueuses maternités dans différentes villes. Nous le faisons pour ces filles dont personne ne veut, avaient-ils ajouté sur un ton des plus convaincants. Et voilà que la police s'en mêle. Nous n'avons rien à nous reprocher et sommes victimes du harcèlement d'un policier de Montréal. De quoi se mêle-t-il ? On se le demande !

Ils n'eurent aucune peine à obtenir la promesse qu'ils ne seraient plus importunés par cet enquêteur montréalais et qu'ils pourraient se concentrer sur « leur excellente mission », car c'est en ces termes qu'ils présentaient leurs activités.

Un client entra dans l'auberge et sollicita l'attention de l'aubergiste. Valmont décida de se rendre au magasin général puisque, comme le lui avait dit Katleen, c'est là que les Williams s'approvisionnaient en boîtes à beurre. Il repéra vite le magasin, situé à un endroit stratégique sur la rue principale. Une femme lavait les multiples fenêtres à battants qui entouraient l'immense bâtisse. Il la salua et pénétra dans le magasin dont la porte à imposte était ouverte.

Les hommes qui jouaient aux cartes dans un coin de la pièce interrompirent leurs conversations et le scrutèrent sans le saluer. En s'avançant vers le marchand occupé à placer des vis dans un petit tiroir, la tête de Valmont effleura la lampe suspendue au plafond. Derrière lui, un homme ricana. Valmont se frotta distraitement le crâne. Sa grande taille l'avait habitué à ce genre d'incidents. Le marchand se tourna vers lui :

— Que puis-je faire pour vous ?

— J'aimerais goûter à votre thé, dit Valmont en montrant du doigt la théière qui sifflait sur le poêle au charbon.

— Tout de suite, dit le marchand en saisissant une tasse.

Valmont lui tendit la monnaie. En buvant, mine de rien, il fit des Williams son sujet de conversation avec le commerçant.

— C'est une sacrée belle maternité qu'ils ont ces gens-là, dit-il.

— Ouais, mais je peux vous dire que pour des gens riches, ils mangent pas ce qu'il y a de plus cher, répondit l'homme en riant.

— Comment cela ?

— Ils m'achètent une grande quantité de mélasse. M'est avis qu'ils sont avaricieux. Ils m'achètent aussi pas mal de boîtes à beurre vides. M'est avis qu'ils les retournent pour en faire des sièges. Pas à la maternité, mais dans leur maison. Personne d'ailleurs ne sait où ils habitent.

Valmont jeta un coup d'œil aux boîtes à beurre et ensuite aux pots de mélasse. Il se passa les mains sur le visage, remercia le commerçant et sortit. Il marcha longtemps. Il n'arrivait pas à voir clair dans tous les indices qui le confortaient dans l'idée que les Williams n'étaient pas des gens honnêtes. Il songea à toutes les personnes qu'il avait croisées quand il était allé à la maternité et se remémora tout ce qu'elles lui avaient dit :

— C'est étrange, mais les bébés qui tombent malades sont ceux que les Williams estiment les moins beaux. Je crois qu'ils ne se sentent pas aimés et se laissent mourir, lui avait dit la fille-mère qui lui avait fait des confidences.

— Les bébés malades présentent tous les signes de nourrissons mal nourris, mais si c'était le cas, ils pleureraient. Or, ce sont les plus calmes de la maternité, avait dit le médecin lorsqu'il avait expliqué à Valmont pourquoi il n'avait pu écrire la cause du décès dans les registres.

Il était impuissant à poser un diagnostic.

Valmont s'arrêta net de marcher : « La mélasse ! La mélasse ! » s'écria-t-il sous l'œil étonné des passants. Retournant sur ses pas, il se dirigea vers le poste de police, espérant y trouver Jeannot, le policier qui l'avait accueilli si gentiment quand il était arrivé à Halifax. Il souhaitait aussi pouvoir lui parler discrètement car il n'était pas censé continuer son enquête. Il salua au passage l'allumeur de réverbères. Quand il arriva au poste de police, la nuit était tombée. Valmont craignit que son collègue n'ait quitté son travail.

La chance était avec lui. Jeannot sortait précisément à cet instant. Valmont lui demanda de lui faire confiance et de le suivre jusqu'à la maternité afin de faire le guet : « Je vous expliquerai en chemin », dit-il. Parce qu'il éprouvait pour lui cette espèce d'élan sympathique qui pousse parfois inexplicablement à faire confiance à de parfaits étrangers, Jeannot accepta sans poser de questions.

Ils mirent moins de dix minutes à se rendre à la maternité. En silence, ils en surveillèrent les allées et venues. Les chauves-souris qui avaient passé la journée accrochées autour de la corniche de la maternité prirent soudain leur envol. Dans un bruissement d'ailes, elles volèrent au-dessus de leur tête. Le vent se leva, emportant avec lui l'air frais du large. Jeannot frissonna. Il allait s'impatienter quand Valmont lui toucha le bras et lui fit signe de regarder la galerie arrière de la maternité.

Monsieur Williams venait de sortir par là. La lueur du quinquet qu'il tenait d'une main éclaira la boîte qu'il transportait de l'autre. Sa charge ralentissait ses pas. Les policiers n'eurent aucun mal à le suivre, à pas de loup, jusqu'à la forêt.

Ils marchèrent une quinzaine de minutes et, à cause de la pénombre, ne purent éviter les branches cassées qui craquèrent sous leurs pas. Malgré cela, Williams, qu'une trop grande insouciance rendait sourd aux bruits qui auraient dû l'alerter, ne devina pas leur présence. La lune éclaira une partie du terrain boisé qui, au centre, avait été défriché. C'est là que Williams déposa sa charge. Un nuage masqua la lune. Dans la lueur rouge du quinquet, Valmont reconnut l'une des boîtes à beurre vendues par le marchand général. Williams prit une pelle qui était posée contre un arbre et commença à creuser un trou.

D'un commun accord, les deux policiers s'avancèrent vers lui :

— Que faites-vous là monsieur Williams ? demanda Jeannot en mettant la main sur son arme.

Williams sursauta, mais reprit vite ses esprits. Sans hésiter, d'une voix assurée, il répondit :

— J'enterre ici quelques déchets. Nous les enterrons loin de la maternité afin d'éviter les odeurs.

— Permettez que je regarde, dit le policier qui, sans attendre, s'approcha et ouvrit la boîte.

Valmont, lui, ne quittait pas Williams des yeux.

À cause de l'obscurité, Jeannot se mit à genoux pour voir le contenu. Le vent, complice, poussa le nuage qui voilait la lune. Il fit soudain plus clair. Jeannot recula d'un pas. Un bébé décharné, totalement nu, et dont les yeux encore ouverts semblaient le fixer, gisait au fond de la boîte. Il eut envie de vomir. Il se releva lentement. D'une voix qui trahissait une vive émotion, il stipula à Williams qu'il était en était d'arrestation.

Pendant que Jeannot lui passait les menottes, Valmont s'avança à son tour. Il avait deviné quel était le contenu de la boîte. Il espérait seulement qu'il n'y trouverait pas la dépouille de la petite Élisabeth. Il poussa un soupir de soulagement : c'était un garçon.

L'enquête se déroula très vite. Grâce aux intuitions de Valmont, on découvrit que les Williams avaient tués ceux qu'ils jugeaient inaptes à être adoptés à cause d'une infirmité, si petite fût-elle, ou simplement parce qu'ils ne les trouvaient pas beaux ou parce qu'ils avaient découverts qu'ils n'étaient pas issus d'une « bonne famille ».

La maternité des Williams garantissant l'adoption de nourrissons parfaits », ils avaient imaginé un plan machiavélique afin que leurs meurtres passent inaperçus auprès des nounous : ils nourrissaient les bébés avec de la mélasse et de l'eau afin que leur estomac soit rempli et qu'ils ne manifestent pas leur faim. Les poupons, n'ayant pas les aliments nécessaires à leur croissance et rendus malades par cette grande quantité de mélasse, dépérissaient rapidement et mouraient sans qu'on devine pourquoi. L'enquête permit de découvrir que les Williams ne se contentaient pas d'éliminer les bébés qui pouvaient nuire à la réputation de maternité, mais que des enfants mort-nés remplaçaient souvent des enfants parfaits vendus en adoption. Les filles-mères qui croyaient leur enfant mort devaient travailler gratuitement à la maternité afin de défrayer les soi-disant frais funéraires.

— Ce sont des êtres dépourvus de cœur, ne cessait de se répéter Valmont.

Espérant tirer d'eux quelques informations sur Élisabeth, il décida d'aller les voir en prison.

La force avec laquelle Williams serrait les barreaux de sa cellule exprimait sa rage d'être enfermé. Pacifique, l'homme qui, derrière lui, était assis sur sa paillasse, se racla la gorge et cracha avant de dire d'une voix qu'une mutilation accidentelle des cordes vocales avait rendu fluette :

— Comment avez-vous pu tuer d'innocents bébés ?

Le médecin ne se retourna pas. D'une voix lasse, il répondit :

— Vous divaguez. Nos motifs à ma femme et moi étaient nobles.

Pacifique ricana.

— Oui, nobles, répéta le médecin. Les enfants que nous donnions en adoption auraient eu une vie misérable s'ils étaient restés avec leur mère. Les autres, ceux qui ne pouvaient pas être adoptés, eh bien, il valait mieux qu'ils meurent. Eux aussi n'auraient eu qu'une vie misérable.

Pacifique rit de plus belle.

— Faire du trafic d'enfants, c'est ignoble ! Je vivais pas loin de votre maternité. Tout le bien que j'ai entendu sur vous ! C'est pas croyable. C'est vrai que vous aviez l'air de bonnes personnes. Moi-même j'y ai cru. Vous jouiez bien votre jeu. Comme bien du monde, je n'ai vu que ce qui ressemblait à de la bonté. Votre humanité. Pas votre côté sombre.

— Taisez-vous ! aboya Williams.

— C'est ça qui est troublant, continua l'homme comme s'il se parlait à lui-même. Penser qu'une personne est bonne et charitable et découvrir qu'elle est la plus mauvaise qui soit.

Le docteur se retourna. Son regard était dur :

— Qui êtes-vous pour me juger ?

La lumière qui pénétrait par le minuscule carreau éclaira le visage horriblement mutilé de ce dernier.

— Vous avez raison, je ne vaux pas plus que vous. Mais moi, j'ai payé chèrement. Regardez-moi, ordonna-t-il en maudissant intérieurement sa voix de fillette qui enlevait toute autorité à son ordre.

Le médecin, qui lui tournait désormais le dos, gardait obstinément les yeux fixés devant lui. Il voulait qu'on le laisse tranquille.

— Regardez-moi ! Pourriez-vous vivre avec un visage pareil ? C'est un homme comme vous qui a ordonné à des mécréants de m'arranger la face comme ça. Je suis pas un ange mais j'aurais jamais fait ça. Oui, celui qui a donné l'ordre était comme vous. Il avait l'air d'un homme bien, cria-t-il.

Les deux hommes entendirent le cliquetis des clés que le gardien portait sur lui.

— Cet homme vous importune ? demanda le gardien à Williams.

Comme bien des gens, il croyait que les Williams étaient victimes d'une erreur judiciaire. Ils aimaient mieux penser cela plutôt que d'admettre qu'ils s'étaient trompés sur leur compte.

— Oui, si vous pouviez me mettre dans une autre cellule. Seul.

— Y'en a justement une de libre. Je vous y conduis, dit-il en débarrant la porte.

En marchant dans le corridor, le gardien lui indiqua qu'il avait suivi ses ordres :

— Un homme voulait vous voir. Je lui ai dit que vous étiez trop malade pour recevoir un visiteur. Votre femme, elle, a accepté de le recevoir. Je pense qu'elle supporte pas la solitude. Il est avec elle en ce moment.

***

Valmont essayait de garder son calme. Pour soulager sa conscience que les remords torturaient, madame Williams venait de lui avouer qu'ils avaient éliminé beaucoup plus de bébés qu'il ne le croyait :

— Nous en avons jetés à la mer, confessa-t-elle.

— Et la fille de Fanny, la portraitiste de Montréal, c'est bien vous qui l'avez enlevée ?

— Le baiser de l'ange, murmura-t-elle.

En l'entendant murmurer ces mots, Valmont eut la certitude qu'elle était responsable de la disparition de la petite Élisabeth.

— Est-elle vivante ?

— Jamais nous n'aurions éliminé un bébé qui a la trace de l'ange. Elle a été adoptée.

— Par qui ? demanda Valmont, fébrile.

Il avait le sentiment qu'il touchait au but.

— Je ne peux vous le dire, bégaya soudain la femme.

Valmont lut la terreur dans ses yeux.

— De quoi avez-vous peur ? demanda-t-il.

— Gardien ! hurla soudainement la femme.

Celui-ci, qui se tenait près de la porte de la cellule, apparut aussitôt.

— Veuillez faire sortir cet homme, dit-elle en pointant le policier, la voix tremblotante.

Le gardien ouvrit la porte et, comme si c'était lui le coupable, saisit Valmont brusquement par le bras et l'obligea à sortir.

— Je vous en prie, supplia Valmont en regardant madame Williams. Dites-moi où elle est. Dieu vous pardonnera vos péchés si vous le faites, argumenta-t-il, même s'il n'y croyait qu'à moitié.

Peine perdue : madame Williams, muette, lui tourna le dos.

Quand elle n'entendit plus le bruit de leurs pas, elle prit sa tête entre ses mains et pleura.

***

Pendant qu'à Halifax, on ne parlait plus que des *Butterbox Babies,* littéralement « bébés des boîtes à beurre », Valmont remercia Jeannot, son collègue, et prit le chemin de Tracadie. Il voulait trouver un moyen de parler à Rébecca. Fanny lui avait montré la lettre dans laquelle sa mère lui révélait l'existence de cette fille. C'était un langage codé, connu seulement des membres de la famille à Gus. Charlotte estimait à juste titre qu'accueillir des esclaves fugitifs était une grande responsabilité qui exigeait de la prudence. On ne sait jamais, une lettre égarée peut tomber entre n'importe quelles mains.

Charlotte avait mentionné que Rébecca connaissait beaucoup de Noirs à Halifax. Ils travaillaient sur les quais ou comme domestiques chez des bourgeois. Valmont se dit que ceux-ci avaient justement assez d'argent pour acheter un bébé. Il pensa que Rébecca pourrait leur écrire afin qu'ils l'avertissent si un jour ils voyaient un bébé de près d'un an avec une étoile près de la tempe. Il trouverait bien un moyen de parler à l'ancienne esclave sans que les parents de Fanny le sachent.

Pour Amy, chaque matin était une fête. Dès que j'ouvrais les yeux, elle manifestait sa joie avec une exubérance qui me faisait rire. Quelques instants, j'oubliais où j'étais et je partageais sa joie d'être simplement en vie. Isa à Gus

Île Sheldrake, hiver 1847.

Au fil du temps, colère et révolte grondaient de plus en plus fort parmi les lépreux. Ils n'en pouvaient plus de la vie qu'ils menaient. Isa était effrayée à l'idée qu'elle pourrait devenir aigrie comme eux. Les docteurs Bayard et Wilson n'avaient pas tenu leurs promesses. Non seulement les malades étaient encore confinés sur l'île, mais ils ne virent jamais l'ombre des jouets pour enfants ainsi que les journaux et livres qu'ils avaient promis de leur envoyer pour les distraire.

Quant à la nouvelle léproserie, elle n'était pas plus confortable que la première. C'était une bâtisse rudimentaire de deux pièces séparées par une mince cloison. La haute palissade qui l'encerclait les privait du peu de liberté qui, auparavant, les protégeait un tant soit peu du désespoir. Pour courir sur l'île, Isa et Olivia devaient, comme les adultes, présenter au gardien un papier signé du médecin. Celui-ci venant rarement, elles n'eurent plus guère l'occasion de le faire. Heureusement, Amy les distrayait. Quand elles sortaient prendre l'air, les jeunes filles jouaient avec elle dans les limites de l'enceinte.

Leur plus grand réconfort venait du père John Sweeney, un Irlandais qui avait une cure à Chatham, presque en face de l'île. Il avait commencé à visiter les lépreux afin d'aider le père François. Celui-ci s'arrêtait toujours à son presbytère avant de se rendre dans la colonie de lépreux.

— Je trouve que vous avez l'air bien fatigué, lui dit un jour cet Irlandais. On m'a dit que vous travaillez beaucoup. Le trajet de Tracadie à Sheldrake est long. Je vous propose donc une chose : j'irai moi aussi voir les lépreux, comme ça, vous n'aurez pas à venir aussi souvent.

— Je vous en serai éternellement reconnaissant, dit le père François en le remerciant vivement.

La majorité des lépreux préférait le père Sweeney. Quand le son des grelots des chevaux traversant le pont de glace se faisait entendre, chacun espérait que c'était lui qui venait leur rendre visite.

Toujours d'humeur joyeuse et taquine, il avait gardé l'enthousiasme et l'émerveillement de l'enfance. Un jour, avec Olivia et Isa, il avait construit des igloos près du mur de la palissade. Une autre fois, il avait fait des bonshommes de neige avec les fillettes. Avec les adultes, il pratiquait un sport que plusieurs d'entre eux ne connaissaient pas : le hockey.

Aidé des hommes et des femmes les plus valides, il avait fait une patinoire. Il ne négligeait pas pour autant les tâches les plus ingrates. Il aidait les hommes à couper du bois, et les femmes à nettoyer.

Il les faisait bien rire quand il mettait son tablier et une cornette qu'il avait empruntés à sa servante. Devant les lépreux, il mimait ses gestes et se moquait d'elle allégrement en époussetant avec un plumeau tout en papotant d'une petite voix claire.

Ce curé était plus drôle qu'un clown. Même les plus malades, ceux qui étaient incapables de se lever, le suivaient du regard et riaient. Le bon père passait beaucoup de temps aussi avec chacun d'eux et savait trouver les mots qui réconfortent. Ne craignant pas la contagion, désirant les soulager par sa présence, il n'hésitait pas à dormir dans le lazaret. Il s'installait par terre, près du poêle, s'endormait aussitôt et s'éveillait de bonne heure, frais et dispos, comme s'il avait passé la nuit dans le lit le plus confortable qui fût.

C'était tout un phénomène ce prêtre qui, jamais, même quand il deviendrait évêque, ne se départirait de sa simplicité. Isa l'aimait beaucoup. Quand le père Sweeney dormait sur l'île, elle ne s'éveillait jamais toutes les deux heures en pleurant comme cela lui arrivait trop souvent.

Un matin, le père Sweeney leur confia qu'il se sentait particulièrement heureux depuis qu'il avait appris que plusieurs de ses compatriotes, partis de Liverpool, allaient bientôt arriver au Nouveau-Brunswick. Son bonheur était loin d'être partagé par tous. L'arrivée en masse de milliers d'Irlandais était un casse-tête pour les autorités. En une année, pas moins de seize mille immigrants, fuyant la famine, affamés et souvent malades, arrivèrent au Nouveau-Brunswick. Parfois, les capitaines des navires en direction de Québec demandaient de l'aide : des membres de leur équipage étaient atteints des fièvres des navires.

Ces mots faisaient peur. Tout le monde, ou presque, savait qu'il s'agissait du typhus ou du choléra. L'issue fatale étant rapide, ces maladies avaient de quoi effrayer même les plus braves. L'île Sheldrake, jadis un poste de quarantaine, étant occupée par les lépreux, on ne savait où les loger. On se débrouillait alors comme on pouvait pour les soigner et les nourrir, mais cela causait d'énormes tensions. Personne ne voulait de pestiférés dans sa cour.

Quand l'un de ces navires reprenait la mer avec, à son bord, l'équipage qui avait survécu, tout le monde poussait un immense soupir de soulagement. On l'avait échappé belle ! Il était évident cependant qu'il fallait trouver une solution à cet épineux problème. Un conflit éclata alors entre les membres du Tribunal des sessions générales qui avait juridiction sur la santé et ceux du Bureau de santé.

Les membres du Tribunal décidèrent qu'à l'avenir, on enverrait tous les contagieux sur l'île Sheldrake. Les membres du Bureau de santé s'y opposèrent farouchement. Ceux-ci craignaient que les immigrants attrapent la lèpre et que l'épidémie devienne incontrôlable. Ils avaient l'appui des lépreux qui, eux, ne voulaient pas courir le risque d'attraper des maladies telles que le typhus ou le choléra. Ils se sentaient vulnérables et souffraient déjà bien assez comme ça !

Les lettres adressées au gouvernement provincial se multiplièrent de part et d'autre. Quelques semaines plus tard, l'hypocondriaque Kenneth fut pris d'une angoisse terrible lorsqu'il apprit que le Tribunal avait eu gain de cause : le gouvernement lui avait accordé l'autorisation d'aménager l'île afin d'y recevoir d'éventuels futurs contagieux.

— C'est injuste ! Jusqu'ici, le Tribunal nous a laissé nous occuper des lépreux, et voilà qu'il ne tient pas compte de tout ce que nous avons fait, se plaignait Kenneth à qui voulait l'entendre.

Le Tribunal ordonna que soient construits des hangars destinés à accueillir les futurs pestiférés. En moins de quatre jours, ils furent terminés. Des magistrats furent chargés de les transporter sur l'île. Ne reculant devant rien pour éviter cela, les membres du Bureau de santé cherchèrent des hommes qui n'avaient pas froid aux yeux. Le clan de la famille d'Eustazade Carbonneau avait cette réputation. Ils furent engagés et armés jusqu'aux dents. Les ordres étaient clairs :

— Vous devez empêcher les magistrats de placer les bâtiments sur l'île. Vous avez des fusils, servez-vous-en au besoin. Ne dites jamais qui vous a engagé.

— Le silence, ça vaut cher ! rétorqua Eustazade.

L'homme en imposait, tant par sa stature et sa corpulence que par l'assurance qu'il affichait. Il n'était pas du genre à marchander bien longtemps. Sa discrétion fut grassement payée.

Les magistrats qui avaient hissé sur des patins les petits hangars n'eurent aucune peine à les rouler sur le pont de glace menant à l'île.

— Encore un petit effort, et nous serons arrivés, cria l'un d'eux.

Eustazade et ses hommes les attendaient de pied ferme. Quand ils furent à portée de vue, ils n'hésitèrent pas à tirer dans leur direction. Ils visaient mal. Ils le faisaient exprès. Ils espéraient leur faire peur. En vain. Les magistrats continuaient d'avancer comme si les balles avaient été faites de neige. Quand ils furent très près de mettre les pieds sur Sheldrake, la situation se corsa. Des coups de feu furent échangés. Cette fois-ci, Eustazade visa juste : l'un des magistrats s'écroula, gravement blessé à la tête. Craignant pour sa vie, ses compagnons le ramenèrent au plus vite sur la terre ferme. Les petits hangars restèrent sur la glace.

Dans les heures qui suivirent, Eustazade et ses hommes furent arrêtés. Le lieutenant-gouverneur ordonna que les hangars soient placés sur l'île en attendant qu'on trouve une solution. Il venait à peine d'en donner l'ordre qu'on l'informa qu'Eustazade et ses hommes s'étaient enfuis de la prison. On ne les retrouva jamais.

Il a fallu beaucoup de temps avant que je dessine le visage des lépreux avec qui je vivais. Je le fis seulement après avoir réussi à voir au-delà de la laideur. Plusieurs lépreux étaient de très belles personnes : généreuses et aimantes. Quand j'ai découvert cela, je les dessinai et m'appliquai de façon à ce que l'on voie la bonté dans leur regard.

Isa à Gus

Tracadie, printemps 1847.

Le père François profita du dilemme que posait la cohabitation des lépreux avec des immigrants en quarantaine pour proposer à l'Assemblée législative la construction d'une léproserie à Tracadie, à proximité de l'église. Suffisamment proche pour qu'ils soient, croyait-il, réconfortés d'entendre la cloche du beffroi. Contrairement à toute attente, il n'eut pas à faire trop de démarches pour que l'Assemblée accepte cette proposition. Il n'était pas assez naïf pour croire que seule la pétition signée par cent quatorze Tracadiens et lui-même avait suffi à convaincre le comité chargé d'étudier cette éventualité.

L'argument économique avait pesé de tout son poids : les familles des malades pourraient mieux s'occuper d'eux, notamment en apportant de la nourriture. Un des médecins, membre de ce comité, avait souligné que cela pourrait contribuer à enrayer l'épidémie :

— Les familles ne veulent pas être trop éloignées de leurs malades. Ils les cachent, parfois dans les bois, mais parfois aussi dans leur maison jusqu'à ce qu'ils soient à leur tour contaminés. Ce sera plus facile de les convaincre de les emmener dans une léproserie située près de chez eux plutôt que sur une île.

Le père François ne s'était pas attendu non plus à la façon dont les lépreux de l'île accueilleraient la nouvelle. Il avait cru qu'il serait reçu comme un véritable sauveur lorsqu'il leur annoncerait qu'une léproserie serait construite à Tracadie dès le printemps. Ce fut tout le contraire. Les malades restèrent d'abord cois, figés d'étonnement, mais ne tardèrent pas à exprimer leur désaccord.

— Ici, on est entre nous. On est pratiquement tous pareils. Défigurés. On est habitués à notre laideur. Ce ne sera pas pareil à Tracadie. On ne veut pas être regardés comme des bêtes curieuses.

La situation avait bien changé depuis qu'ils étaient arrivés sur l'île. Au début, ils espéraient des visiteurs, mendiaient une parole, un regard ou un sourire. Désormais, ils ne voulaient plus être regardés.

Les plus atteints étaient d'accord sur un point. Ils ne voulaient pas devenir ces êtres difformes qui excitent les curiosités morbides. Qui, à part eux, pouvait deviner la souffrance ressentie d'être dévisagé quand on est défiguré, mutilé, exclu ? Comme les singes qu'ils avaient vus dans les cirques ambulants, les plus atteints fuyaient les regards des rares personnes bien-portantes qui venaient sur l'île.

Regards fuyants, épaules affaissées, têtes et visages baissés ou cachés sous un voile, tout cela révélait mieux leur honte que de grands discours. Revoir ceux qui les avaient abandonnés et oubliés sur cette île leur serait trop difficile.

À la honte s'ajoutait maintenant la peur. La peur de vivre plus près de ceux qui n'avaient pas « la maladie ». Se considérant comme des morts-vivants, ils estimaient que leur place n'était pas parmi ceux qui marchent droit, sans peine et sans douleur et dont les mains, qui n'étaient pas que des moignons, peuvent caresser ou être utiles. Avec leur bouche qui n'était plus qu'une plaie, comment pourraient-ils rendre les sourires venant d'âmes bien intentionnées et qu'ils recevraient en plein cœur ? Comment pourraient-ils supporter d'avoir constamment sous les yeux ce que c'est que de mener une vie normale ?

À Tracadie, ils prendraient quotidiennement la mesure de tout ce qu'ils avaient perdu. Ce serait trop dur d'avoir sous les yeux les choses et les gestes dont ils étaient privés. Il leur semblait que toute tentative d'améliorer leur sort était vaine. Seule la guérison les intéressait vraiment.

Parce qu'elle partageait leur vie, Isa comprenait tout cela. Elle aurait aimé parler pour eux, mais personne, sur cette île, ne prenait jamais au sérieux ce qu'avaient à dire les plus jeunes. Elle avait pourtant déjà adopté certains comportements d'adulte : son premier geste en se levant était de s'allumer une cigarette. Elle en obtenait une pour chaque service rendu. Comme elle n'était pas malade et était fort vaillante, elle ne manquait jamais de tabac.

Le père François avait tant espéré que la nouvelle du déménagement prochain les sortirait de leur marasme. Il insista encore :

— Je pourrai aller vous voir souvent. Vous serez bien mieux logés qu'ici. La nouvelle léproserie aura deux étages. Vous aurez un petit salon, une place réservée aux repas. Ce ne sera pas loin de l'église. Vous entendrez la cloche chaque matin. Je trouverai un médecin.

Le père François avait dit tout cela lentement. Entre chaque promesse, il faisait une pause, espérant des réactions positives. Mais il ne vit nul sourire, n'entendit aucune exclamation de joie jusqu'à ce que l'un d'eux dise, d'une voix lasse :

— Ce sont encore de belles promesses !

Le père François se sentit terriblement impuissant. Pour la énième fois depuis l'apparition de la lèpre, il se demanda s'il n'aurait pas mieux fait de continuer d'étudier la médecine. Il quitta l'île le cœur lourd.

***

Arrivé au village, le père François s'arrêta chez Charlotte pour lui donner des nouvelles d'Isa. Rébecca vint lui ouvrir la porte et lui dit que « Madame Charlotte » était alitée depuis quelques jours. François pensa aussitôt à la lèpre, mais constata, une fois au chevet de son amie, qu'elle souffrait d'une maladie de l'âme : la mélancolie. Il approcha une chaise de son lit et tous deux discutèrent un moment. Elle en avait gros sur le cœur. Ses propos étaient tantôt teintés de tristesse, tantôt empreints de colère. Au moment où il croyait qu'elle avait retrouvé un peu de sérénité, elle lui lança :

— Tu aurais été bien plus utile si tu avais continué d'étudier la médecine au lieu de dire des âneries, des discours vides que les curés servent afin de faire oublier leur impuissance. Du vide ! Rien que du vide ! Tu as sans doute soif de pouvoir. La médecine doit avouer son impuissance, mais pas le prêtre qui a réponse à tout. C'est pour ça, dis-le, que tu as abandonné la médecine.

Personne d'autre qu'elle n'osait lui parler sur ce ton. Il ne l'aurait jamais permis d'ailleurs. Des larmes coulèrent sur ses joues. Depuis qu'il était adulte, c'était la première fois qu'il pleurait devant quelqu'un. Ce qu'elle lui disait l'atteignait d'autant plus que cela faisait écho à ce qu'il pensait de lui-même.

— Excuse-moi, dit aussitôt Charlotte. Je ne sais plus ce que je dis. Je n'ai pas vu Isa depuis longtemps. Je crois que je deviens folle, ajouta-t-elle en pleurant à son tour.

— Je te comprends. Et puis je ne peux te contredire, tu as raison.

— Non, non, j'ai été méchante. Oublie ce que je t'ai dit.

Mais le père François ne l'écouta pas. Il avait besoin de se confier.

— Il y a souvent plusieurs raisons, plusieurs événements, qui nous amènent à prendre un chemin plutôt qu'un autre. Comme tu le sais, je n'avais que vingt-trois ans quand j'ai vu la mort en face. Je fus atteint de fièvres typhoïdes. J'ai alors promis à Dieu de l'honorer toute ma vie s'Il me sauvait des griffes de cette maladie qui faisait beaucoup de victimes.

C'est vrai aussi que j'ai quitté la médecine parce que, jeune médecin, je me sentais terriblement impuissant quand l'épidémie de choléra a tué des dizaines de personnes à Montréal. Et puis, il y a eu la mort du docteur Hall qui m'avait appris tout ce qu'il savait sur l'art de soigner. Après son départ, je me sentais bien seul et impuissant devant la maladie. J'avais besoin qu'il me prodigue ses conseils. Ma mère a été à son tour atteinte des fièvres typhoïdes. J'ai essayé de la sauver. En vain. Elle est morte dans mes bras. Je savais que je l'avais déçue en devenant médecin. Elle avait espéré que je me fasse prêtre. Je le lui promis sur son lit de mort. Elle partit en paix. Avoir un prêtre dans la famille ouvre toutes grandes les portes du Ciel. Si jamais elle se retrouvait au purgatoire, elle n'y resterait pas longtemps. Dès que je serais ordonné, elle entrerait au paradis. C'est ce qu'elle croyait. Son sourire quand elle est morte était éloquent. Je croyais à tout cela moi aussi, mais maintenant, je ne sais plus…

Le père François fit une pause et tapota la main de Charlotte. Refoulant ses larmes, il dit en s'efforçant de rire :

— Ce n'est tout de même pas banal que ce soit moi qui me confesse.

Charlotte lui sourit et l'invita à poursuivre. Il resta un moment silencieux : même malade, elle était belle et désirable. Il ne pouvait détacher son regard des seins que sa chemise de nuit, trempée de sueur, laissait deviner. Un violent désir s'empara de lui. Il s'approcha, tremblant.

— Tu sembles avoir de la difficulté à me faire certaines confidences, dit Charlotte qui devinait son trouble, mais était loin d'en imaginer la cause.

— Il m'arrive souvent de penser que si je n'avais pas changé de vocation, je pourrais mieux aider les lépreux. J'aurais pu avoir une femme, des enfants. Mais bon, les regrets ne servent à rien. Je te promets de faire tout ce que je peux pour aider Isa. Je te le promets, répéta-t-il.

— Merci du fond du cœur. Mais ne t'en fais pas trop. Tu as beaucoup fait pour tous les Tracadiens depuis que tu es arrivé dans ce village. Nous faisons tous du mieux que nous pouvons.

Elle regrettait de lui avoir parlé si durement. Qui était-elle pour juger les autres ? Elle n'avait même pas réussi à rester fidèle à Gus. La veille, son mari lui avait raconté qu'il avait vu la femme du postier marchant avec un autre homme. « Je ne sais pas si elle le trompe. J'espère que non », avait-il dit. Et il avait ajouté cette phrase étrange :

— Moi, en tout cas, je préférerais être dans une cage avec des lions plutôt que d'être trahi par toi. La trahison de ceux qu'on aime est l'une des pires choses au monde.

Charlotte s'était sentie terriblement mal en entendant cela.

— Je connais un homme qui affirme pouvoir guérir les lépreux, dit le père François sur un ton plus joyeux.

Charlotte blêmit. Elle avait deviné qu'il parlait d'Adam.

— Cet homme, tu le connais, c'est le docteur Labergne, précisa François. Il me reste à le convaincre de travailler à la léproserie de Tracadie. Ce ne sera pas facile. Un médecin qui s'occupe à temps plein des lépreux risque d'être autant ostracisé qu'eux. Il paraît que ce médecin aime les conquêtes, si tu vois ce que je veux dire. Il devra renoncer à ce vice s'il travaille avec les lépreux. Mais qu'as-tu, tu es rouge comme une tomate ?

— Je me sens un peu fiévreuse. J'ai besoin de me reposer, mentit Charlotte.

— Excuse-moi. Je suis resté ici trop longtemps.

Lui aussi d'ailleurs, en parlant du vice du docteur, avait senti une vague de désir le submerger de nouveau. Comme il aurait aimé se blottir contre le corps de Charlotte et laisser libre cours à son désir. Il n'avait jamais touché une femme. Ce jour-là, ce fut peut-être plus la peur d'être gauche qui le retint.

C'est un peu précipitamment qu'il sortit de la chambre. Charlotte, ressentant elle-même un grand trouble depuis qu'il avait parlé d'Adam, n'avait pas vu à quel point son ami était bouleversé.

Par la fenêtre, elle pouvait admirer le miroitement de dizaines d'étoiles. Il y avait longtemps qu'en compagnie de François et de sa famille, elle avait scruté le ciel à la recherche d'étoiles filantes. Elle leur avait jadis lancé des dizaines de souhaits. Comme tout cela lui semblait futile désormais.

Les étoiles, pour elle, n'avaient plus guère de promesses. Elle se surprenait même à observer le ciel avec défiance. Quelques semaines plus tôt, en attendant que le père François revienne au presbytère où elle s'était arrêtée en passant, elle avait pris au hasard un livre dans sa bibliothèque. On y parlait des astres. Elle le feuilletait distraitement quand son attention fut attirée par une illustration où les étoiles étaient d'une dimension démesurée.

Elle avait lu la citation du chroniqueur du XIVe siècle, Jean de Venette, placée en exergue du dessin : « On vit au-dessus de Paris, vers l'ouest, une étoile très grosse et très brillante... au crépuscule. Était-ce une comète ou un astre formé d'exhalaisons et évanoui ensuite en vapeurs, je laisse aux astronomes le soin d'en décider. Mais il est possible que ce fût le présage de l'épidémie qui suivit presque aussitôt à Paris, dans toute la France et ailleurs. »

Cette croyance qui charriait l'idée que les astres portaient avec eux des vapeurs mortifères n'était pas nouvelle. Le passage d'une comète, plus encore que la vue de grosses étoiles, semait la crainte. « Quand rien n'est certain, toutes les théories se valent », s'était dit Charlotte en refermant le livre. Malgré tout, les écrits de Venette avaient insidieusement brisé quelque chose en elle, quelque chose de pur qui datait de l'enfance : l'émerveillement devant un ciel étoilé.

Charlotte détourna le regard et ferma les yeux. « Au moins, se dit-elle afin de se consoler un peu, Isa sera bientôt à Tracadie. »

***

Le père François se dirigea d'un pas rapide, presque en courant, jusqu'à sa maison. Une fois arrivé, il ferma la porte et s'y appuya. Son cœur battait à tout rompre dans sa poitrine. « Mon Dieu, aidez-moi à vaincre ce désir qui me brûle. » Une récente conversation avec le docteur Labergne lui revenait souvent à l'esprit. Le médecin lui avait lu un extrait d'un livre écrit par un expert sur la lèpre qui recommandait la castration des lépreux.

Les lépreux, avait écrit cet expert, sont « persécutés par un désir extraordinaire et insupportable de l'acte vénérien, ils ont toujours le membre raide comme les satyres, on doit donc les châtrer pour les guérir de cette importune persécution. Pour l'honneur de la postérité, on rend service à la race ». Le père François était entré dans une violente colère.

— Comment osez-vous me parler de cela à moi, un homme d'église ! s'était exclamé le père François.

Déconcerté, le docteur lui avait expliqué qu'il lui en parlait en tant que membre du Bureau de santé.

— Il faudrait peut-être songer à castrer les lépreux, avait-il dit.

Le père François s'était calmé. Il savait au fond de lui-même qu'il s'était mis en colère parce que ce désir-là, décrit par le médecin, faisait écho à celui qu'il éprouvait pour Charlotte. Il était à mille lieux de penser que le docteur avait pensé exactement la même chose quand il avait lu cet extrait.

Le père François alla jusqu'à sa chambre, enleva sa soutane, prit son chat à neuf queues qu'il s'était lui-même confectionné en attachant plusieurs lanières, dont il avait durci l'extrémité avec de la résine, et commença à se fouetter le dos sans ménagement. À l'instar d'un de ses amis prêtres, il se mortifiait ainsi deux fois par semaine. Cet ami lui avait raconté que les Rédemptoristes se flagellaient tous les mercredis et vendredis soir. À heure fixe, au moment où était entonné le *Miserere mei Deus*, chaque prêtre, dans la solitude de sa chambre, se flagellait jusqu'à ce qu'il entende les mots du psaume : « Lumière des Gentils ». À cet instant, il se jetait à genoux et récitait le *Salve Regina*.

Pour faire pénitence, François avait adopté cette pratique, mais depuis qu'il était torturé par le désir brûlant qu'il avait de Charlotte, il se flagellait tous les jours et même parfois plusieurs fois par jour. Son dos, plein de cicatrices, était devenu si douloureux que le plus léger frottement de sa soutane sur sa peau meurtrie le faisait souffrir. Il supportait cette souffrance sans broncher, espérant qu'elle l'aiderait à venir à bout de ses pensées lubriques.

Il haïssait toutes ces femmes et ces hommes qui, durant la confesse, lui décrivaient les scènes de luxure afin de se libérer de leurs péchés. Ce qu'il entendait en confession exacerbait son désir. Il sortait du confessionnal et courait chez lui afin de se mortifier et éloigner le Diable qui, il en était convaincu, poussait ses ouailles à lui faire de telles confidences afin de le faire succomber à la tentation de la chair.

Ce soir-là, au moment où sa main se levait pour la quarantième fois, autour de lui tout devint noir. Il s'écroula. Ce fut son frère qui, poussé par une prémonition, décida de venir le visiter et le trouva inerte sur le plancher de sa chambre. La chandelle qui achevait de se consumer jetait une faible lumière dans la pièce. Ce n'est que le lendemain qu'il constata l'ampleur des dégâts. Non seulement les plaies dans le dos de François risquaient de s'infecter, mais le plancher de sa chambre révélait qu'il avait perdu beaucoup de sang. Il n'hésita pas : il écrivit à leur sœur Émilie afin de lui demander de venir aussitôt. Encore célibataire, il était persuadé qu'elle accepterait, une fois sur place, de devenir « la servante du curé ».

Quand je repense à ces années passées sur l'île Sheldrake où, si jeune, j'ai dû affronter le pire, je me dis que sans Olivia et Amy, jamais je n'aurais survécu. La musique, aussi, me fut d'un grand secours. En un sens, j'ai eu de la chance : plusieurs malades ont sombré dans la plus noire dépression. Ils avaient perdu le goût de vivre. Certains se suicidèrent sur l'île. On les trouvait pendus à un arbre. Quand je voyais des rapaces tourner au-dessus de la forêt, je pensais immédiatement qu'une dépouille devait être accrochée à un arbre. Isa à Gus

Île Sheldrake, été 1847.

Les premières lueurs de l'aube venaient à peine d'apparaître dans le ciel que, déjà, les habitants de l'île Sheldrake s'activaient. Il y avait de la fébrilité dans l'air. C'était la veille du départ. Dans la fraîche rosée du matin, Isa et ses compagnons d'infortune faisaient la queue devant les latrines. Ils retournèrent ensuite à la buanderie et rassemblèrent le peu d'effets qu'ils apporteraient à Tracadie. Les deux semaines précédant leur départ, on les avait encore une fois enfermés dans la buanderie.

L'avaricieux homme d'affaires Perry, aussi membre du Bureau de santé, avait vendu un terrain à Tracadie afin qu'on y construise la léproserie. Il avait aussi obtenu le contrat de construction. Par souci d'économies, il avait décidé de réutiliser une partie du bois du lazaret de l'île.

Isa, dont les bagages étaient prêts depuis longtemps, se dirigea vers le lazaret, éventré de toutes parts. Elle pénétra par une trouée où jadis se trouvait son lit. Les murs restants garderaient la mémoire de ce qui avait été vécu là. Ils portaient aussi l'empreinte des multiples symboles que les malades avaient griffonnés. Il était frappant de voir à quel point les dessins de papillons étaient nombreux. Les visiteurs, des années plus tard, se demanderaient sans doute s'ils symbolisaient la transformation intérieure engendrée par la maladie ou bien le désir de renaissance. Isa constata qu'Olivia était celle qui avait dessiné le plus de papillons. Un matin, son amie l'avait brusquement réveillée. L'air terrassé, la gorge nouée, incapable de parler, Olivia lui avait montré son bras : il était couvert de taches.

— Je me pince et je ne sens plus rien, parvint-elle à dire entre deux sanglots.

Isa avait eu le réflexe de la prendre dans ses bras pour la consoler, mais s'était ravisée.

— C'est ça. Ne t'approche pas et ne me touche pas. Je suis maintenant une intouchable, comme les autres, comme ces monstres, dit-elle avant de pointer du doigt les lépreux les plus atteints.

— Je t'en prie, au moins restons amies. Ne me repousse pas. Nous nous sommes aidées mutuellement à traverser cet enfer. L'une sans l'autre, nous sommes perdues, implora Isa.

— Je suis perdue. Je me fiche de toi.

— Tu ne penses pas ce que tu dis, j'en suis certaine, répondit Isa.

Olivia éclata en sanglots et, montrant l'espace entre ses dents, dit :

— Dire qu'on m'a toujours répété que j'aurais une vie heureuse parce que j'ai les dents du bonheur ! Foutaise !

Olivia s'éloigna en courant et en pleurant.

Tétanisée, Isa avait enfoui sa tête dans le cou d'Amy et avait pleuré longtemps. Depuis, les deux jeunes filles étaient, l'une autant que l'autre, privées de la chaleur et de la tendresse qui, souvent, leur avait permis de ne pas s'effondrer. Pire encore, Olivia, sous le choc de se savoir condamnée, passait souvent sa colère sur son amie. Un matin, en l'observant qui jouait avec Amy, elle cria à Isa :

— Profites-en. Toi aussi tu deviendras lépreuse. Personne n'y échappe.

Les jours précédant le départ de l'île, c'est en se recueillant sur les tombes de la vingtaine de lépreux morts sur l'île qu'Isa avait trouvé un peu de paix. Elle avait le sentiment qu'au-dessus du cimetière de l'île flottaient des ombres. Isa crut sentir celle de Vénérande, une jeune femme de vingt ans, qu'Olivia et elle avaient trouvée pendue à un arbre. Fallait-il d'ailleurs que l'instinct de survie soit fort pour que, dans les conditions qui leur avaient été imposées sur l'île, ils n'aient pas tous finis de cette façon, se dit Isa.

Elle pensa aussi que quelques-uns de ses ancêtres Micmacs étaient peut-être enterrés à ses pieds. Les Micmacs ayant coutume d'enterrer leurs morts sur des îles désertes. Les dépouilles étaient déposées cérémonieusement dans une enveloppe en écorce de bouleau et inhumées avec tous leurs effets personnels. Quand Charlotte lui avait raconté qu'après la mort d'un Micmac, la coutume voulait qu'on tue son chien afin de l'enterrer avec lui, Isa s'était révoltée contre ce rituel qu'elle jugeait barbare, inutile et cruel.

— Si ça peut te consoler, avait répondu Charlotte, aucun Micmac ne possède un chien s'il n'est pas marié. Ça en fait moins qui ont été sacrifiés.

Quand j'étais au bord du désespoir, je trouvais du réconfort en regardant la beauté du monde. Les nuages, les oiseaux, les arbres. J'ai appris que même dans le plus grand dénuement, même isolée, même blessée, on peut éprouver quelque chose qui ressemble au bonheur. De la joie. Isa à Gus

Isa se leva juste avant que les étoiles ne se dissolvent dans la lumière. Elle voulait faire un dernier tour de l'île seule avec Amy. Une lumière apparut à l'horizon. D'abord discrète, sa douceur fut éclipsée par l'éclat aveuglant du soleil levant. Isa se dirigea vers son endroit préféré, là où les arbres formaient au-dessus de sa tête un dôme à claire-voie. Là, elle avait le sentiment d'habiter une maisonnette au cœur de la forêt.

C'était son lieu. Son espace à elle. Seule Amy avait le droit d'y venir. Elle enlaça quelques arbres, ceux qu'elle aimait le plus et leur fit ses adieux comme s'ils étaient des amis, car c'était bien ce qu'ils avaient représenté pour elle, les jours de noire tristesse. Elle entendit des branches craquer. Elle tendit l'oreille. Même si elle était convaincue qu'Amy ne laisserait jamais personne lui faire du mal, elle ne pouvait s'empêcher d'être sur le qui-vive. Agénard ne cessait de la harceler avec ses remarques grivoises.

Le bruit était de plus en plus fort. Quelqu'un approchait, c'était certain. Amy entra dans le bois. Isa la rappela, mais sa chienne, pour une fois, fit la sourde oreille. Le cœur d'Isa battait la chamade. Soudain, un aigle aux ailes immenses fonça vers elle, Amy à ses trousses. Il était magnifique. Elle eut à peine le temps de l'admirer que, déjà, il s'envolait. Il tenait une proie dans sa gueule, sans doute un rat. Isa n'arrivait pas à bien le distinguer. Amy et elle le regardèrent jusqu'à ce qu'il disparaisse de leur champ de vision.

Elles se dirigèrent ensuite vers le quai. Sur la plage, la jeune fille se pencha une dernière fois sur cette eau qui, si souvent, avait été son miroir. Son visage portait les marques des années passées sur l'île. Ses yeux, ternes, enfoncés, étaient cernés de bleus. Son regard semblait mort. Amy se mira à son tour. Isa éclata de rire et lui flatta la tête.

Elles montèrent sur un petit rocher. Isa s'y assit et regarda la mer. L'aube rougissait l'océan. Durant les jours les plus tristes passés sur l'île, cette vision l'avait réconfortée. La beauté de la nature lui avait toujours fait du bien. Elle passa son bras autour du corps d'Amy et laissa voguer ses pensées. Elle se revit le jour de son arrivée sur l'île.

Après être restée prostrée, ses journées avaient alterné entre calme et désespoir. Son amitié avec Olivia et la présence d'Amy lui avaient procuré plusieurs moments de joie. Ces instants-là lui avaient prouvé que sa vie n'était pas seulement un cauchemar. Elle sortit une cigarette de sa poche et l'alluma. Elle inspira longuement. Elle ne sut pourquoi, mais lui revinrent en mémoire les histoires que lui racontaient son père avant qu'elle ne s'endorme. Elle se rappelait particulièrement celle d'un éléphant.

— Il aurait pu s'enfuir, lui disait Gus, mais quand il était jeune, on l'avait attaché à une grosse chaîne. Il n'arrivait pas à s'en libérer, même s'il essayait de toutes ses forces. Son propriétaire, après plusieurs mois, ne l'attachait plus qu'avec une petite corde. L'éléphant aurait pu cette fois s'en libérer. Très facilement ! Mais il n'essayait même pas parce qu'il croyait que cela n'était pas possible.

Isa se dit qu'elle ne devait pas faire comme cet éléphant et cesser d'essayer de devenir un être libre parce qu'elle ne croyait plus cela possible. D'ailleurs, elle n'avait pas à chercher bien loin pour constater que des personnes avaient accompli de grandes choses alors que rien ne les destinait à le faire. Lorsqu'il était enfant, personne n'aurait cru que son grand-père, fils d'un pauvre cultivateur chassé de ses terres lors du Grand Dérangement, allait devenir un avocat célèbre.

Des circonstances, bien qu'improbables, s'étaient faites complices de son rêve. Il avait sauvé de la noyade le fils d'un riche homme d'affaires. Celui-ci, pour le récompenser de son geste aussi brave qu'altruiste, lui avait demandé ce qu'il souhaitait. « J'aimerais étudier le droit », avait répondu aussitôt le grand-père d'Isa. Il n'avait jamais cessé d'en rêver, même si on lui avait conseillé maintes fois d'abandonner « cette chimère ». L'enfant, en qui personne ne croyait, était devenu un brillant avocat parce qu'un parfait étranger, loin de se moquer, avait cru en lui et lui avait payé ses études.

Un rêve de la nuit précédente revint aussi à la mémoire d'Isa. Dans ce rêve, sa grand-mère Micmaque lui disait : « Tu seras libre quand tu iras sur l'île en face de la retraite des chiens. » Qu'est-ce que cela pouvait-il bien signifier ? Tout cela lui semblait bien obscur. Ce n'est que bien des années plus tard qu'Isa découvrirait que l'expression « retraite des chiens », d'origine micmaque ou malécite, était l'une des deux appellations désignant la ville de Rimouski, l'autre étant « la terre des orignaux ».

Un goéland se posa au bout du rocher. Il la fixa un moment et s'envola.

— J'aimerais tant voler comme toi, lui murmura Isa. Sur les ailes de la liberté, je pourrais tout supporter. Même la solitude sur une île.

Elle pensa à sa famille qu'elle reverrait bientôt. Elle aimerait tant que Fanny soit à Tracadie quand elle reviendrait. Elle lui manquait énormément. Elle menait la belle vie, sa sœur, croyait-elle.

Elle était loin d'imaginer qu'au même moment, Fanny lisait le télégramme que lui avait envoyé Valmont. La jeune mère avait tant espéré qu'il lui annonce la nouvelle qu'elle attendait en se morfondant. *J'ai retrouvé Élisabeth et je reviens avec elle*, voilà ce qu'elle aurait aimé lire.

Mais non. Rien de tout cela. Au contraire, il ignorait toujours où elle se trouvait. Fanny sentit le désespoir l'envahir. Elle s'accrocha à ces mots d'espoir : *elle est vivante.* Le même jour, elle reçut une lettre de Marjorie. De Québec où elle était de retour, sa tante lui écrivait souvent pour la consoler et tenter de lui insuffler de l'espoir. Elle réitérait toujours la même offre : « Reviens vivre avec moi. » Mais Fanny cherchait sans relâche sa fille dans les rues de Montréal. Elle croyait avoir plus de chances de la retrouver là où elle l'avait perdue.

L'écho de paroles sortit Isa de sa rêverie. Elle se retourna et vit les lépreux qui approchaient du quai. Ils marchaient tous la tête basse, accablés par la honte autant que par la maladie. Isa eut envie de courir vers eux et de les secouer. « Marchez la tête haute, vous êtes des héros » Voilà ce qu'elle aurait aimé leur dire, car elle croyait que les véritables héros sont ceux qui, jour après jour, trouvent non seulement la force de vivre malgré leur situation désespérée, mais arrivent aussi parfois à voir et apprécier la beauté du monde.

Note de l'autrice

« *L'histoire n'est pas l'histoire des grands, ceux qui font l'histoire, mais celle des petits, des oubliés, qui la subissent.*
Parce qu'elle est faite de leurs malheurs. »
Pierre Miquel

En 2006, après la publication de mon roman *Marie Major* inspiré de la vie de mon aïeule, plusieurs lecteurs m'ont écrit pour me demander une suite. Je leur répondais qu'aucun personnage, dans la descendance de Marie, ne m'inspirait suffisamment pour que j'y consacre plusieurs mois de travail.

La vie se chargea de me présenter ces personnages. En 2009, afin d'écrire la biographie de Robertine Barry, la première femme journaliste canadienne-française et la première aussi à défendre publiquement les droits des femmes, je faisais des recherches dans différents fonds d'archives, espérant y trouver des lettres qu'elle avait écrites. Lorsque cela s'avérait, je demandais à l'archiviste de me les poster. Durant cette même période, je fus invitée au Nouveau-Brunswick afin de donner une conférence sur Marie Major et son époque.

Or, au moment où je préparais mes bagages, le facteur déposa dans ma boîte aux lettres une partie de la correspondance de Robertine. Dans une lettre adressée à Marie Gérin-Lajoie, Robertine avait écrit : « Demain, je me rends à Tracadie afin de visiter la léproserie » Belle coïncidence, la conférence que je donnais le lendemain était à moins de dix minutes de Tracadie. Ma curiosité étant piquée, je fis une recherche sur Internet afin de savoir s'il existait encore des traces de cette léproserie. C'est alors que je découvris l'existence du musée de la lèpre de l'endroit. Je le visitai dès le lendemain et fut extrêmement touchée par ce que j'y découvris.

Une autre série de coïncidences, trop longues à énumérer ici, m'apprit que des descendants de Marie Major avaient des liens étroits avec la léproserie de Tracadie. Ceux qui s'intéressent à la généalogie aimeront apprendre que le premier descendant de Marie Major à venir s'installer au Nouveau-Brunswick fut Prospère Desjardins dit Lauzier. Il était le petit-fils d'Augustin Roy dit Lauzier dont l'épouse, Jeanne Boucher de Montbrun, était d'origine noble. Comme le mentionne Andrée Losier dans son *Dictionnaire généalogique de l'Association des familles Losier*, « Prospère joignit la milice du Bas du Fleuve en 1776, puis celle du Nouveau-Brunswick après s'y être établi. En 1812, on le retrouve avec le grade d'enseigne dans le premier bataillon de la milice de Northumberland. »

Les autres personnes apparentées avec lui qui eurent des liens avec la léproserie de Tracadie sont Philias Losier, qui en fut le premier gardien ; sa fille Marianne, la première fille de Tracadie à entrer au noviciat des religieuses qui soignèrent les lépreux à Tracadie ; Marie Anne Losier, la première orpheline accueillie dans un bâtiment annexé à la léproserie ; Arthur Losier qui, diplômé en médecine de l'Université McGill, ouvrit en 1904 un bureau à Tracadie et s'occupa des lépreux ; Soeur Dorina Frigault, fille de Marianne Losier, qui fut, en 1968, l'initiatrice et la fondatrice du Musée historique de Tracadie. D'autres, hélas, souffrirent de cette terrible maladie.

Même si quelques aspects de leur vie m'ont inspirée, le vécu des principaux personnages de ce roman relève en très grande partie de la fiction. Pour des questions de confidentialité, mais aussi pour me donner une plus grande liberté. De toute façon, ce qui m'importait le plus était de relater ce pan largement méconnu de notre histoire qu'est l'apparition de la lèpre au Nouveau-Brunswick.

J'avais aussi à cœur d'essayer de comprendre ce qu'ont pu ressentir et vivre les gens séquestrés à la léproserie ainsi que leurs familles et la communauté. Mes premiers lecteurs m'ont demandé si les pensées d'Isa citées en exergue de plusieurs chapitres ont été tirées d'un document historique. Eh bien non, ils sont le fruit de mon imagination. Est inventé aussi ce qu'Isa a écrit dans ses mémoires et que je cite dans le Prologue : « Je sème la terreur, la laideur, la mort, la discorde, la honte, la détresse, l'exclusion… »

Comme l'a souligné l'écrivain Milan Kundera, le romancier n'est pas le valet des historiens. Il faut prendre cette phrase avec humour et non comme une marque de mépris vis-à-vis des historiens. D'ailleurs, sans eux, le romancier aurait infiniment moins de données qui lui permettent de recréer l'histoire. Kundera désirait sans doute mettre en évidence que le romancier est d'abord au service de ce que seul le roman peut dire : plonger au cœur d'un fait historique pour en tirer tout ce qu'il y a de plus humain, les sentiments, les émotions, les croyances…

Donnant priorité à la trame romanesque, j'ai un peu triché avec l'Histoire. Des événements peuvent se chevaucher dans mon roman alors que, dans la réalité, ils ne se sont pas exactement déroulés à la même date. J'ai aussi compressé le temps, créant ainsi volontairement deux anachronismes : les lépreux ont passé cinq ans sur l'île Sheldrake, alors que je donne l'impression qu'il ne s'est écoulé que trois ans avant qu'ils ne soient transférés à Tracadie. Je confesse aussi un autre petit anachronisme volontaire : la peinture de Rosa Bonheur à laquelle je fais référence n'a été réalisée qu'en 1853. Marjorie n'aurait donc pu la copier au début des années 1840 comme je le raconte.

J'ai fait une autre entorse à l'Histoire en racontant que l'échelle qui, chez Rosalie Cadron-Jetté, permettait aux filles-mères de monter au grenier où elles étaient accueillies, était à l'intérieur de la maison. En réalité, elle se trouvait à l'extérieur, comme on peut le voir sur la maquette au musée de la maison Rosalie Cadron de Lavaltrie : on frissonne en imaginant les filles enceintes mettant les pieds sur les marches glacées de cette échelle ! Enfin, certains pourraient me faire remarquer que le langage des Tracadiens n'est guère conforme à celui de ce temps-là. Mais si j'avais été fidèle à l'accent de chacun de mes personnages, mon roman aurait été un véritable capharnaüm : outre les Tracadiens, sont mis en scène des Amérindiens, des Français, des Anglophones, des Métisses et des Canadiens français, ainsi qu'on appelait à l'époque les Québécois.

Mes premiers lecteurs m'ont aussi demandé comment la lèpre était arrivée au Nouveau-Brunswick. On ne le sait pas encore avec certitude. Mais différentes hypothèses ont été formulées. L'histoire de l'homme qui attrapa la lèpre en portant le cercueil d'une lépreuse que je relate dans ce roman m'a été inspirée par l'un des extraits du livre *Les enfants de Lazare* écrit par Mary Jane Losier et Cécile Pinet :

Par un après-midi étouffant d'août 1828, le Révérend Père de Bellefeuille, missionnaire en visite à Tracadie, fut prié de bénir l'enterrement d'une femme nommée Ursule Landry, morte d'une maladie mystérieuse et répugnante [...] Des rumeurs venues de Newcastle voulaient que la femme d'un Écossais résident de cette ville, du nom de Gardiner, souffrît des mêmes maux [...] Puis Ursule Landry était morte, et quatre de ses compatriotes avaient porté son modeste cercueil sur leurs épaules [...] L'un d'eux, un pêcheur du nom de François Saulnier, était en manches de chemise. Le cercueil était lourd ; il s'enfonçait dans son épaule et, coupant l'étoffe mince, fit une plaie dans la chair... Du pus coulant du coin du cercueil infecta la blessure. Le porteur du cercueil mourut lépreux. La sœur d'Ursule Landry fut aussi victime de la maladie.

Losier et Pinet racontent que plusieurs suppositions ont été émises pour tenter d'expliquer comment Ursule Landry aurait attrapé la lèpre. Voici les plus plausibles : on présume que ce sont des marins de *L'Indienne*, un vaisseau échoué en 1758 dans l'embouchure de la rivière Miramichi, qui auraient apporté la maladie. Dans *The Daily Telegraph* de juillet 1880, le journaliste écrit que les Néo-Brunswickois offrirent l'hospitalité aux membres de l'équipage. Pour témoigner de sa gratitude, le capitaine leur donna des ballots de vieux vêtements.

Ainsi, la lèpre a pu être transmise par contact avec les marins ou par les vêtements usagés. Huit cent personnes de la localité de Beaubair auraient été atteintes. Les deux tiers de la population ! Quelques survivants s'enfuirent à l'Île-du-Prince-Édouard ou vers la Miramichi, mais la majorité s'établit à Caraquet, à Pokemouche et à Tracadie. Une île fut baptisée à la mémoire de l'intendant qui a donné son nom à la localité de Beaubair : l'île du Gentilhomme lépreux.

Une autre hypothèse mérite d'être mentionnée. Selon le généalogiste Placide Gaudet, le cousin d'Ursule Landry, Michel Landry, était capitaine de la goélette *La Florida*. Durant l'un de ses déplacements, il prit à bord des Européens vraisemblablement enfuis de la léproserie Les Fourches de Norvège. Trois femmes de Tracadie lavaient les vêtements des marins. L'une d'elles, l'épouse de Prosper Losier, est une descendante de Marie Major. Les deux autres sont les épouses de Pierre Bastarache et de Joseph Benoit. Il semble que ce soit cette dernière qui, ignorant leur maladie, accueillit les lépreux.

D'autres par contre croient que les lépreux se sauvèrent dans la région de la Miramichi mais qu'ils avaient contaminé des passagers de *L'Indienne*. Une autre hypothèse veut que, lors de la déportation des Acadiens hors des Maritimes, quelques-uns d'entre eux s'établirent en Louisiane où la lèpre sévissait[1]. Ceux qui ne périrent pas et qui étaient au premier stade de la maladie purent revenir à Tracadie ou à Caraquet.

***

La lèpre est loin d'avoir disparu. Il y aurait de dix à quinze millions de lépreux dans le monde. En 2012, plus de deux cent mille cas ont été dépistés : un nouveau cas est diagnostiqué toutes les trois minutes. Même si elle touche plus particulièrement les pays pauvres, des cas sont aussi répertoriés dans les pays riches. Mais on ne peut se fier à tous les symptômes décrits dans cet ouvrage pour la définir. Le lecteur doit garder à l'esprit que j'ai été fidèle à la description des symptômes décrits par les médecins du XIXe siècle. Époque où les connaissances plus limitées de la médecine engendraient beaucoup d'erreurs de diagnostics. Le lecteur intéressé à mieux connaître cette maladie peut consulter en ligne le *Guide de la lutte antilépreuse à l'usage des professionnels de la santé*, édité par la Direction de l'épidémiologie

1. On présume que la lèpre a pu être apportée en Louisiane par des esclaves ou des colons venus d'Espagne, du Mexique, des Antilles ou de France.

et de lutte contre les maladies avec l'appui de l'Organisation mondiale de la santé (OMS).

Afin de briser les préjugés et de combattre la peur qui ostracise encore de nos jours les lépreux, les auteurs de cet ouvrage soulignent qu'il y a « quatre messages clés pour le grand public ». Le premier est que la lèpre est une maladie infectieuse et que non seulement le risque de la contracter est faible, « mais qu'elle peut être guérie avec des médicaments disponibles et gratuits ». Le deuxième est qu'il importe de détecter les signes précoces de la maladie afin d'être traité au plus tôt et, ainsi, prévenir l'invalidité. Les signes précoces sont le plus souvent des « plaques cutanées pâles ou rougeâtres accompagnées d'une perte de sensation ». Le troisième est que « les personnes traitées ne sont plus contagieuses ».

Ils rappellent enfin que « les personnes affectées ont besoin de soutien de leurs familles et de leur communauté ». Cet ouvrage détaille aussi les quatre principales formes de lèpre. *Mission lèpre* est un autre site à visiter. D'autant plus que leur mission est très noble, l'un de leurs buts étant, à eux aussi, d'éviter l'exclusion des personnes affectées par la lèpre.

***

Plusieurs personnages historiques se trouvent dans ce roman. Afin de me donner plus de liberté en ce qui a trait à leurs sentiments, j'ai volontairement modifié le nom de quelques-uns. Le père François-Xavier Lafrance a été rebaptisé François Lagardière. La lecture de la biographie de ce curé m'a cependant aidée à construire un personnage coloré et à intégrer plusieurs faits historiques qui peuvent pourtant sembler invraisemblables.

Ainsi, l'histoire des voix entendues dans les églises du Nouveau-Brunswick a été racontée par le biographe du père Lafrance. Il est vrai aussi qu'il a utilisé le fouet pour « convaincre » une veuve de vendre sa terre. Vrai également qu'il était passionné d'astronomie et qu'il a rédigé un manuscrit de trois cent pages sur le sujet. Soit dit en passant, quand j'ai commencé à me documenter pour écrire cet ouvrage, j'ai constaté avec amusement que le père Lafrance, le fondateur de la léproserie de Tracadie, est né à la même date que Marie Major et Robertine Barry : un 26 février...

Le docteur Labergne est inspiré par le médecin Charles-Marie Labillois. Celui-ci, adulé par les uns, mais surnommé « le Charlatan canadien » par les autres, a été soupçonné d'avoir volontairement enfermé des personnes saines à la léproserie afin de faire croire par la suite qu'il les avait guéries. Bien que personne n'ait jamais prouvé qu'il ait fait cela intentionnellement, il est vrai que des personnes saines ont été enfermées à la léproserie et que des lépreux ont dû retourner à la léproserie alors que ce médecin les avait déclarés guéris. Plusieurs autres aspects de la vie du docteur Adam Labergne m'ont été inspirés en lisant la biographie de Charles-Marie Labillois. Ce personnage prendra plus d'importance dans le prochain tome.

Les excentricités de l'homme d'affaires Josephat Lunard sont inspirées de celles de Joseph Cunard, un prospère marchand de bois qui fut l'un des membres du Bureau de santé chargé d'administrer le lazaret.

Monsieur et madame Williams sont inspirés des tristement célèbres tueurs en série Lila et William Young qui, au milieu des années 1900, dirigeaient à Halifax la Maison de la Maternité idéale. Nous verrons dans le prochain et dernier tome de cette saga quel sort leur sera réservé.

Plusieurs autres personnages historiques ont conservé, dans cet ouvrage, leurs noms réels. C'est le cas du docteur Alexandre Key. Du père John Sweeney. De Rosalie Cadron-Jetté, une descendante de Marie Major, qui fut la première femme à ouvrir une maternité pour les filles-mères malgré l'opprobre et le mépris dont elles étaient l'objet. Adélaïde Lauzon, une cousine de Rosalie Jetté, Sophie Desmarêts, Lucie Benoît et son père ainsi que Pierre Beaudry, monsieur Saint-Jean et madame Saint-Louis furent véritablement de bons samaritains pour Rosalie Cadron-Jetté. Les docteurs Key, Tolverdy, Skene et Gordon ont réellement fait partie du premier comité chargé en 1844 d'enquêter sur la lèpre au Nouveau-Brunswick. Jean Robichaud est un lépreux qui fut effectivement trouvé mort dans les circonstances décrites dans ce roman.

Je mentionne aussi en boucle les personnages historiques ayant joué un rôle mineur dans ce roman : la peintre française Rosa Bonheur. Soit dit en passant, le texte de la permission de travestissement accordée à Rosa Bonheur est fidèle à celui qu'a délivré la Préfecture de police de Paris. Missie, la chienne de la « voyante », est inspirée d'un bostonterrier du même nom dont l'histoire a été racontée par le vétérinaire Joël Dehasse dans *Chiens hors du commun*. Joseph-Édouard Guilbault, à la fois jardinier, fleuriste, botaniste et marchand, fut le créateur d'un magnifique jardin botanique que tout un chacun pouvait visiter moyennant une modique somme. Adam Schott, chef de musique réputé, vint à Québec avec le régiment du Cameron Highlanders.

Ont aussi été nommés la poétesse Elisabeth Barrette Browning ; l'écrivaine George Sand, le docteur Boyle de Saint-Jean au Nouveau-Brunswick ; la mère de Marie Major qui portait le nom de famille Le Pelé ; Geneviève Salois, la sage-femme qui aidait Rosalie Jetté et qui est morte du typhus en 1848 ; Domitile, une jeune fille-mère dont on ignore le nom de famille et qui est restée auprès de Rosalie Jetté après son accouchement ; le docteur Robert Bayard de Saint-John et le médecin irlandais William Wilson ont été mandatés par l'Assemblée législative pour mener une vaste enquête sur la lèpre.

L'écrivain Lewis Carroll, dont l'un des personnages, le chapelier, est devenu fou à cause des vapeurs de mercure ; le père Rouillard qui s'est arrêté chez le seigneur de Trois-Pistoles ; Marguerite d'Youville ainsi que le peintre Philippe Liébert qui tenta d'immortaliser son visage ; le chroniqueur Jean de Venette.

Sans oublier le médecin allemand Robert Koch qui, en 1845, dans son laboratoire de fortune installé dans sa maison de campagne, démontra comment la maladie du charbon était transmissible d'une souris à l'autre. Mis au fait de ces recherches, Pasteur confirma ensuite le rôle étiologique joué par le bacille du charbon. Même si le nom du premier est resté dans l'ombre du deuxième, Koch et Pasteur prouvèrent la théorie microbienne des contagions et, corrélativement, le nombre élevé de maladies d'origine infectieuse.

Plusieurs ouvrages m'ont permis de bien me documenter. Il serait fastidieux de tous les énumérer. J'aimerais toutefois mentionner, et du même coup, rendre hommage aux auteurs des livres suivants : *Impur ! Impur ! La lèpre au Nouveau-Brunswick de 1844 à 1880*, de Laurie C.C. Stanley (1982) ; *Les enfants de Lazare. Histoire du lazaret de Tracadie*, de Mary Jane Losier et Céline Pinet (1987) : plusieurs extraits de journaux d'époque cités dans ce roman sont issus de cet ouvrage. *Pour l'espoir et la dignité des lépreux à Tracadie. Amanda Viger, religieuse hospitalière*, de Mary Jane Losier (2003) ; *Charles-Marie Labillois. Le médecin oublié, 1793-1868*, de Réginald Day (1995) ; *Une lanterne dans la nuit. Rosalie sage-femme* de Yvon Langlois. *Béatification et canonisation de la servante de Dieu. Rosalie Cadron-Jetté (1794-1864) ; Positio*, volumes 1 et 2 (1994) ; *Rosalie Jetté et les filles-mères au XIXe siècle*, de Micheline Lachance (2010). *Les mémoires de Hansen*, de Frederick B. Watt (1976). *Trois siècles de médecine québécoise*, ouvrage collectif publié par la Société historique de Québec (1970).

Pour comprendre les diverses formes de peur et les comportements qu'elles engendrent, l'ouvrage de Jean Delumeau, *La peur en Occident*, me fut très précieux.

Des livres anciens m'ont aussi été fort utiles dont *Vie de l'abbé François-Xavier Lafrance*, de Ph. F. Bourgeois (1925) ; *Mémoire sur la lèpre observée à Constantinople* (1887) et *Voyages chez les lépreux* (1891), du médecin Démétrius Alexandre Zambaco. *Traité théorique et pratique des maladies de la peau fondée sur de nouvelles recherches d'anatomie et de physiologie pathologiques*, du docteur Rayer (1825). Enfin, l'article de Ronald Labelle, « L'image des Micmacs en tant qu'étrangers et sorciers dans le légendaire acadien et terre-neuvien », publié dans la revue *Rabaska*, m'a beaucoup éclairée sur les relations entre les Acadiens et les Micmacs.

Je tiens à mentionner aussi le documentaire sur la léproserie de Tracadie : *Les Larmes du lazaret* (2004), du réalisateur Christien LeBlanc (scénaristes : Christien LeBlanc et Raynald Basque).

Enfin, le site du Musée de la lèpre fourmille aussi de renseignements fort intéressants : www.rmne.ca/musee-historique-de-tracadie.

Dans le prochain tome

De retour à Tracadie, les lépreux auront enfin un médecin qui, chaque jour, viendra s'occuper d'eux : le docteur Labergne. Mais, autant par soif de reconnaissance que par désir de conquérir Charlotte, celui-ci posera des gestes ignobles : il enfermera des personnes saines à la léproserie en espérant faire croire ensuite qu'il les a guéries. Quels torts causera-t-il ? Sera-t-il démasqué ? Qu'adviendra-t-il d'Isa ? Le docteur Labergne la libérera-t-il pour plaire à Charlotte ?

Rébecca jouera un rôle important dans la vie de Fanny. C'est en effet grâce à elle qu'Élisabeth et sa mère seront réunies. Valmont, de plus en plus amoureux de Fanny, réussira-t-il à la séduire ? Fanny retournera-t-elle plutôt auprès de Théo, le père de son enfant ?

Sœur Saint-Jean, un personnage réel, entrera en scène. Considérée par plusieurs comme étant la cofondatrice de la léproserie de Tracadie, pourra-t-elle, ainsi que les religieuses qui l'accompagnent dans sa mission, se libérer des griffes d'un évêque ? Les lépreux seront-ils tous heureux de la venue des religieuses à la léproserie ?

De plus en plus obsédée par le désir de soigner les malades, à quel prix et comment Juliette y arrivera-t-elle ?

Quant à Isa, elle devra traverser d'autres épreuves avant de s'enfuir de la léproserie.

Remerciements

Pour leur lecture attentive et bienveillante, je tiens à exprimer ma vive gratitude envers Denise Desjardins, Raymonde Riou, Martin Desjardins, Rollande Lambert, Louis Belzile, Andrée Losier, Christiane Caron et Huguette Loubert. Leurs réactions enthousiastes ont dépassé mes attentes et m'ont donné le courage de continuer. Ma gratitude éternelle leur est acquise.

Je suis infiniment reconnaissante à Yvon Losier de Tracadie de n'avoir pas ménagé ses efforts pour trouver des renseignements sur l'île Sheldrake.

Pour leurs précieux renseignements, je remercie vivement Sœur Zélica Daigle, du Musée de la lèpre à Tracadie ; Andrée Losier, auteure du *Dictionnaire des Losier* ; Michelle Picard, directrice de la Maison Rosalie Cadron-Jetté de Lavaltrie.

Merci de tout cœur à mon conjoint Rodrigue Proulx dont les talents de cuisinier m'ont gardée en vie durant le processus d'écriture. Il a d'autant plus de mérite que la maladie cœliaque diagnostiquée récemment complexifie nos menus.

Le grand humour de mon fils Philippe m'a souvent réconfortée les jours où le tragique destin de mes personnages affectait mon moral. Ma reconnaissance est pleine de tendresse.

Je remercie chaleureusement Marie-Claire Saint-Jean, ma directrice littéraire : son enthousiasme, la rapidité avec laquelle elle a, pour reprendre ses mots, « dévoré mon manuscrit », ses pertinentes suggestions ont été extrêmement stimulants et m'ont poussée à donner le maximum.

Toute ma reconnaissance va aussi à mon éditrice Isabelle Longpré avec qui ce fut un très grand plaisir de travailler. Ses commentaires, comme ceux de Marie-Claire, ont été très pertinents et stimulants. Sa compétence, son enthousiasme, son sens de l'humour, sa délicatesse, sa disponibilité font d'elle une perle rare.

Je m'en voudrais d'oublier de rendre hommage à toute l'équipe dynamique de Guy Saint-Jean.

Quant à Kami, notre bouvier bernois, toujours auprès de moi pendant que je travaille, sa présence et sa fidélité me sont précieuses.

Ma pensée la plus émue va vers les lépreux dont je n'ai — j'en suis certaine — réussi qu'à moitié à dépeindre toute la douleur et la détresse qui les accablaient. Sont-elles seulement descriptibles ? J'en doute.

Cet ouvrage est composé de matériaux issus de forêts gérées durablement certifiées PEFC™.
Le Programme de reconnaissance des certifications forestières (PEFC™) est le plus grand organisme mondial indépendant de contrôle pour une gestion durable des forêts. Pour en savoir plus, consultez le site www.pefc-france.org

Achevé d'imprimer en novembre 2020
par Novoprint
Dépôt légal : décembre 2020

Imprimé en Espagne